W0404126

**Michael Rutger** est un écrivain et scénariste britannique qui vit en Californie avec son épouse et son fils. Son travail a été retenu par d'importants studios hollywoodiens. Il est le seul auteur à avoir gagné le British Fantasy Award de la meilleure nouvelle à quatre reprises. Il nous livre ici un thriller haletant dans la lignée de Michael Crichton.

Du même auteur :

Sous le nom de Michael Marshall :
*L'homme qui dessinait des chats*
*Avance rapide*
*Nous sommes là*
*Les Hommes de paille*
*Les Morts solitaires*
*Le Sang des anges*

Sous le nom de Michael Marshall Smith :
*Les Domestiques*

Sous le nom de Michael Rutger :
*L'Anomalie*

Chez d'autres éditeurs :

*Frères de chair*
*La Proie des rêves*
*Les Intrus*
*Les Vents mauvais*
*Le Prix d'une vie*
*Machination*

# Michael Rutger

# *L'Anomalie*

Traduit de l'anglais (Grande-Bretagne)
par Claire Kreutzberger

Bragelonne

Collection dirigée par Stéphane Marsan et Alain Névant

Titre original : *The Anomaly*

Originellement publié en 2018
par Grand Central Publishing,
une division de Hachette Book Group



ISBN : 979-10-281-1215-8

Bragelonne
60-62, rue d'Hauteville – 75010 Paris

E-mail : info@bragelonne.fr
Site Internet : www.bragelonne.fr

*À mon père, avec mon amour et mes remerciements pour son soutien indéfectible et sa foi inébranlable.*

*Ce que nous brûlons de savoir, ce que nous désirons*
*le plus reste inconnaissable, et pour nous hors d'atteinte.*
James Hollis, *The Archetypal Imagination*

# Prologue

Il rebroussa chemin en courant.

Il sentait sous ses pieds un écho, le frémissement d'une masse extrêmement lourde rencontrant le sol en pierre. Tout près de là ? Impossible de l'affirmer.

Il hésita, faillit renoncer, mais une mystérieuse impulsion l'aiguillonnait.

— Samuel ! cria-t-il, sa voix s'éraillant.

Et cette fois, il obtint une réaction. Un hoquet à mi-chemin entre un sanglot et un mot étranglé. Sur la gauche. À quelques mètres à peine dans les ténèbres.

— Va chercher la lumière.

Maqk, l'un des deux seuls Indiens encore en vie, les autres ayant péri, déserté ou s'étant égarés, ramassa une bougie au vol et suivit George qui, usé mentalement, avançait vers l'origine du bruit en s'aidant de la paroi, sans jamais baisser son fusil malgré la tétanie qui gagnait ses bras.

Là.

À la lueur mourante d'une bougie. Samuel. Affaissé sur le sol. Il tenait un objet à l'aide duquel il éraflait la roche. Un couteau. Il y avait du sang sur le manche. Et aussi sur sa chemise, son visage.

— Bon sang, dit George. Je t'avais dit de me *suivre*.

Samuel ne semblait pas l'avoir entendu. Il restait étrangement concentré sur sa vaine besogne.

— Si nous ne partons pas tout de suite, *nous allons mourir*.

Maqk supplia à son tour Samuel de se lever, sans plus d'effet.

Un nouveau cri s'éleva des profondeurs de la grotte. Un long hurlement qui allait s'atténuant, pourtant encore plus horrible que le précédent, puisqu'il suggérait que la personne qui l'avait poussé ne serait bientôt plus en état d'émettre le moindre son.

Guetté par l'affolement, George perdit patience. Il fit signe à Maqk, et tous deux empoignèrent Samuel sans plus de cérémonie pour l'obliger à se remettre debout.

— Non ! cria Samuel. Je dois terminer coûte que coûte.

Sans tenir compte de ses protestations, George et Maqk mobilisèrent leurs forces déclinantes pour le traîner dans la direction par laquelle ils étaient arrivés. Tous trois longèrent le passage en titubant, se servant de chaque bougie presque éteinte comme s'il s'agissait des barreaux d'une échelle.

Ils finirent par distinguer un faible halo éclairé, la lézarde bleu sombre de l'aube qui se levait sur le monde extérieur.

Mais ils entendaient aussi du bruit.

— Partez. (La voix de Samuel se brisa.) Allez, partez. Laissez-moi.

George raffermit sa prise autour du bras de Samuel et tira avec une vigueur renouvelée pour atteindre un semblant de course, tandis que Maqk se plaçait derrière eux pour pousser. Mais un cri échappa subitement à l'Indien. Un cri qui s'amplifia vers les aigus.

George regarda par-dessus son épaule et le vit disparaître, comme happé par l'obscurité, les yeux écarquillés, les lèvres figées autour d'un « o ».

George et Samuel se ruèrent vers l'extérieur aussi vite que leurs jambes le leur permettaient, et recommandèrent leur âme à Dieu.

# Première partie

*C'est la perte du Graal qui nous lance sur*
*le chemin de la quête, non sa découverte.*
Martin Shaw, *The Snowy Tower*

*L'Éternel vit que la méchanceté des hommes était*
*grande sur la terre, et que toutes les pensées de leur cœur*
*se portaient chaque jour uniquement vers le mal.*
*Genèse 6:5*

# Chapitre premier

Il nous fallut six heures pour rallier le Grand Canyon en partant de L.A., même si Ken conduit comme un dératé, et quand nous arrivâmes à l'hôtel en fin d'après-midi, tout le monde crevait de chaud et n'avait plus qu'une envie : sortir de la voiture. La Kenmobile, un gros SUV Lexus pas tout jeune, avait été achetée en des temps plus cléments, mais avec des bagages pour cinq, sans oublier la généreuse collection d'équipement vidéo et d'éclairage de Pierre – la majeure partie de cet attirail étant, j'en reste persuadé, tout à fait superflue, sauf lorsqu'il s'agissait de flatter l'*ego* de Pierre –, nous avions passé ces longues heures de fournaise dans un confort tout relatif. Et le fait que Ken avait insisté pour faire hurler du rock progressif des années 70 n'avait pas fait passer le temps plus vite, même si je devais tout de même avouer que, pendant à peu près une heure, vers la fin du trajet, la musique avait donné aux interminables étendues désertiques une noblesse épique de grand film hollywoodien.

Situé à une trentaine de kilomètres du canyon, l'établissement était très récent et tout à fait convenable. Deux ailes composées de chambres identiques réparties sur trois niveaux, avec au milieu un vaste espace qui accueillait un restaurant fonctionnel et un bar comme on en trouve dans les aéroports, le tout cerné par le parking et le désert. Pour Ken, ce genre de logements résultait d'un choix raisonné – c'est toujours Molly qui s'occupe des réservations, mais vous pouviez parier que Ken avait pris la décision finale, comme toujours en matière d'organisation pratique – parce qu'ils sont bon marché et proposent un programme de fidélité qui crédite des points sur la carte de paiement de la boîte. La principale compétence de Ken en tant que producteur/réalisateur consiste à presser chaque centime comme un citron jusqu'à ce qu'il implore grâce. Sans ce talent estimable, jamais l'émission n'aurait pu être diffusée sur Internet, et il était devenu d'autant plus crucial que nous étions désormais soumis au regard sans concession d'un réseau câblé à toutes les étapes de la production. On peut donc affirmer sans grand risque d'erreur que je lui suis redevable. Par ailleurs, je suis bien content que toute cette merde ne soit pas de mon ressort, parce que je serais incroyablement nul si je devais m'en occuper. Mais cela ne m'empêchait pas d'aspirer parfois à autre chose qu'à un quartier général offrant une vue imprenable sur une étendue asphaltée.

Nous parvînmes à nous extraire du SUV, et prîmes le temps de nous étirer à grand renfort de rots et de gémissements d'aise. L'équipe :

Ken, quelque part dans la cinquantaine (et mettant un point d'honneur à rester évasif s'agissant du nombre exact), bedonnant, une face de carlin renfrogné, des cheveux noirs en voie de raréfaction. Venu d'Angleterre il y a belle lurette (peut-être même fuyait-il les autorités locales), il avait fait son trou dans le domaine de la pub et des clips vidéo, puis produit au début des années 90 quelques films d'horreur qui, oui, avaient rapporté de l'argent. Ces derniers temps, il ne s'occupait plus que d'*Aux frontières de l'Anomalie*, et ne perdait pas une occasion de monter sur ses grands chevaux pour dénoncer l'ampleur de sa déchéance à la face du monde.

Molly, assistante de production, vingt-huit piges, sûre de sa séduction dans un style très convenu de Sud-Californienne vouée à un destin hors norme. Greffée à son iPhone, ne se séparant jamais de son classeur, elle affichait généralement un sourire qui semblait suggérer que cela vaudrait beaucoup mieux pour toutes les parties concernées si vous vous contentiez de faire ce qu'elle vous disait.

Pierre, notre cameraman. J'ignore pourquoi il s'appelle Pierre. Il n'est pas français. Ses parents ne sont pas français. Il ne parle pas français et (j'ai vérifié) n'est jamais allé en France. C'est agaçant. Pierre est convaincu d'être lancé sur l'autoroute menant à Hollywood, et un soir, lorsqu'il m'aura énervé encore plus que d'habitude, je lui dirai que j'y suis allé, moi, à Hollywood, et que ce n'est pas aussi *fun* que ça en a l'air. Mais je vais attendre un peu. Parce que ce qu'il y a de plus irritant, chez Pierre, c'est qu'il bosse d'arrache-pied et qu'il est bourré de talent, en tout cas beaucoup plus que les types sur le retour qui acceptent généralement ce genre de plan. Par-dessus le marché, ses parents sont riches, ce qui explique la présence de tout cet équipement haut de gamme qui fait que Ken l'adore. À supposer naturellement que Ken soit capable d'aimer quelqu'un qui n'est pas en train de lui donner de l'argent ou de lui tendre un verre.

Enfin, la dernière venue dans notre bande de gais lurons, une femme que j'avais rencontrée pour la première fois le matin même, quand on l'avait embarquée dans notre Kenmobile à Burbank, devant une petite maison parfaitement banale. Effacée, le teint pâle, cette néohippie flottait dans ses multiples couches de vêtements, portait des sandales en chanvre et une croix égyptienne autour du cou. J'avais encore du mal à l'appeler Feather[1], alors qu'il s'agissait de toute évidence de son vrai nom.

Et puis il y avait votre humble serviteur, bien sûr.

Mais assez parlé de moi.

1. « Plume ». (*NdT*)

Molly entra la première dans l'hôtel et se chargea des réservations. Elle régla d'abord le cas de Ken, naturellement. Après avoir récupéré sa clé, celui-ci ordonna à Molly de faire monter son sac dans sa chambre, et annonça qu'il nous retrouverait au bar une heure plus tard. Sur ce, il se dirigea droit vers ledit bar, histoire de s'imbiber avec une heure d'avance sur nous. Il savait faire preuve en la matière d'une abnégation exemplaire.

Vint ensuite le tour de Pierre et de Feather, puis ils s'aventurèrent vers l'ascenseur, le premier étant tout décoré de sacs en toile noire ; un vrai arbre de Noël. En théorie, il transportait tout son matériel pour éviter de se le faire voler dans la voiture, mais je le soupçonnais plutôt de vouloir exhiber son avantageuse musculature, cultivée en salle de sport.

Ce fut enfin à moi de m'accouder au comptoir près de Molly, et je souris à la réceptionniste.

— Salut, Kim, dis-je, lisant son badge. On passe une bonne journée ?

Elle fronça les sourcils, loin de l'effet que j'avais escompté. Mais, au bout d'un moment, je me rendis compte qu'elle avait l'impression de m'avoir déjà vu quelque part, et cherchait à se remémorer mon nom.

— Waouh, fit-elle. C'est vous.

— À savoir ?

— Oui, c'est vous. Le youtubeur. L'archéologue. Le type qui résout des mystères, ce genre de trucs.

Il convient de noter, à ce stade, qu'il m'arrivait rarement d'être reconnu. Je gratifiai mon interlocutrice d'un sourire charmeur, et haussai les épaules d'une façon qui aurait parfaitement illustré la définition de la fausse modestie sur Wikipédia.

— Je plaide coupable. En effet, je suis bien Nolan Moore.

— Waouh. Mon père *déteste* votre émission.

— Oh. Pourquoi ça ?

— C'est un vrai archéologue, lui. Était. Aujourd'hui, il enseigne à Flagstaff, université publique d'Arizona. Il est vraiment très intelligent. J'ai tendance à partager ses opinions.

— Grand bien vous fasse. En tout cas, désolé qu'il n'apprécie pas mon émission. Je peux m'enregistrer, maintenant ?

Elle pianota sur son clavier, les yeux rivés sur l'écran.

— Il semble que je n'aie aucune réservation au nom de Nolan Moore.

— Cherchez à « Roland Barthes ».

— Pourquoi ?

— C'est une longue histoire.

En réalité, elle pouvait être expédiée en quelques secondes. Un acteur de cinéma très connu avec qui j'avais l'habitude de boire un verre dans une vie antérieure m'avait confié qu'il lui arrivait, dans les premiers temps, d'anticiper sur sa future célébrité en réservant ses chambres d'hôtel sous un nom d'emprunt. Pour alimenter sa légende. Alors, de temps en temps, je l'imitais. Cet échange avec Kim n'était pas la première occasion qui m'avait été donnée de me rendre compte que c'était une idée complètement idiote, en tout cas dans un cadre non hollywoodien.

— Il va me falloir une pièce d'identité à ce nom.

— Je n'en ai pas.

Elle me dévisagea avec un demi-sourire qui n'exprimait pas la moindre contrition.

— Molly, gère-moi ces conneries, tu veux ?

Et je ressortis d'un pas conquérant pour aller fumer une cigarette.

# Chapitre 2

Après avoir pris une douche, consulté Twitter et répondu aux quelques commentaires pas totalement crétins qui étaient apparus sur la chaîne YouTube de mon émission, je passai une demi-heure dépourvue de la moindre péripétie à errer sur le parking, fumant avec application et embrassant le panorama : trois cent soixante degrés de désert, égayés ici et là par quelques arbustes rabougris ; les lumières d'une station-service clignotant au loin dans le crépuscule grandissant. À 19 heures, j'entrai dans le bar de l'hôtel, prêt à me désaltérer.

Ken trônait à la table du milieu, Molly assise à côté de lui sur le canapé. En phase de production, ils n'arrêtent pas de se coller mutuellement pour avoir le plaisir de crier à l'unisson un « Non ! » dévastateur chaque fois que je suggère un truc cool non prévu au programme. Feather était perchée sur une chaise en face d'eux, et affichait un enthousiasme à large spectre. Aucune trace de Pierre pour le moment ; il était sans doute en train de faire du sport, ou bien de méditer dans sa chambre, deux habitudes qu'il avait souvent évoquées et qui, par je ne sais quel miracle, ne m'avaient pas encore incité à lui mettre des baffes.

En me voyant entrer, Ken leva deux doigts. Je consultai nos camarades du regard, mais Molly fit un signe de dénégation, et Feather se contenta de me sourire ; elle n'avait pas compris ma question. Évidemment, les serveurs se déplaçaient pour prendre les commandes, mais Ken voulait une autre vodka, et quand Ken veut une autre vodka, il la veut pour *hier*, et même si je suis censé être la star du projet, c'est généralement moi qui m'y colle. Molly fait les quatre volontés de Ken quand on parle boulot, mais la picole n'entre pas dans cette catégorie, alors Molly reste intraitable : dans ces cas-là, pas question pour elle de jouer les larbins. Le jeu complexe des hiérarchies au sein de notre petit groupe dépasse les capacités de mon cerveau étriqué. Donc, en gros, je fais ce qu'on me dit.

En attendant nos verres, j'observai les autres clients. Quelques couples occupés à planifier leur excursion du lendemain, une famille de quatre personnes faisant paisiblement un sort à des hamburgers gros comme elles, ici et là une poignée de célibataires scrutant leur *smartphone* avec la plus grande attention pour prouver qu'ils n'étaient pas en train de périr de solitude et d'ennui, et enfin une femme à l'apparence soignée, dont les cheveux roux étaient réunis en une queue-de-cheval guillerette. Assise à l'extrémité du zinc, elle pianotait sans relâche sur le clavier de son ordinateur portable. Elle me gratifia d'un sourire amusé, puis se détourna ostensiblement de moi. Pour ma part, je la snobai complètement tandis que je faisais mettre nos consommations sur ma note ; ça lui ferait les pieds.

Lorsque j'allai m'asseoir, Molly avait migré vers le hall et faisait les cent pas en aboyant dans son téléphone. En temps normal, elle se montrait d'un calme olympien, mais je savais d'expérience que les fournisseurs qui la faisaient sortir de ses gonds avaient tendance à le regretter amèrement.

— Y a eu une merde avec le bateau, expliqua Ken.

— Oh. Il se passe quoi ?

— Le dernier groupe de touristes l'a fait couler. On discute du problème.

— Je vois ça.

— De ton côté, t'es au clair sur tout ?

J'écartai les mains posément, en signe d'aplomb.

— Ok, répondit-il patiemment. Mais encore ?

Je me tapotai la tempe.

— Tout est là-dedans.

Il soupira.

— C'est formidable, mon vieux. Mais je te suggère, pour la énième fois, de tout mettre par écrit, parce que je préférerais avoir un vrai *scénario*.

— Ce n'est pas mon fonctionnement. Tu le sais.

— Malheureusement, oui. Rappelle-moi pourquoi tu bosses comme ça.

— Les scénarios, c'est fini pour moi.

— Et en plus, t'es un enfoiré. Ça joue aussi. (Il fit tinter son verre contre le mien.) Tchin. Je bois à notre victoire et à un budget maîtrisé. Encore un clou enfoncé dans le cercueil de ces Grands Manitous malintentionnés qui croient tout savoir.

— Santé, renchérit Feather avec une véhémence surprenante.

Et elle trinqua avec moi.

Pierre entra dans le bar en affichant une sérénité parfaitement crispante. Ken et moi lui fîmes signe. Il comprit qu'on ne cherchait pas à le saluer et, conciliant, se déporta vers le comptoir. Je remarquai que la dame à l'ordinateur et à la queue-de-cheval ne perdait pas une miette de sa silhouette avantageuse.

Pendant ce temps-là, Feather me regardait d'un air radieux.

— Loin de moi l'idée de passer pour une groupie, dit-elle, mais… Bon, regardons la réalité en face, je suis une fan absolue. J'*adore* ton émission. Ce que tu fais, c'est vraiment essentiel, Nolan. Alors, merci.

— C'est nous qui devrions te remercier, voyons, dis-je avec une ferveur qui me déplut.

— Je suis contente de pouvoir me rendre utile. Vraiment.

— J'aimerais en apprendre plus sur la raison d'être de la fondation Palinhem, dis-je, insinuant que j'étais au courant d'à peu près tout, à l'exception des menus détails.

En vérité, je n'avais pas la moindre idée des activités de nos nouveaux sponsors. Ceux-ci avaient démarché Ken directement, et c'était lui qui avait mené les négociations. Ou, plus probablement, leur avait répondu par un « oui » franc et massif. Il aurait même accepté l'argent de la NRA si on lui avait promis une totale absence d'ingérence dans le tournage. Et qu'on lui avait offert un flingue. Sans cette injection d'argent frais – la Fondation étant par ailleurs l'actionnaire majoritaire du réseau câblé NewerWorld – nous n'aurions pas eu l'ombre d'une chance de réaliser une vraie émission de télévision. Plaire à Feather figurerait donc en bonne place sur ma liste de priorités pour les prochains jours, ce que Ken n'avait pas manqué de me rappeler, maintes fois.

— La vérité, souffla Feather. C'est ça qui les intéresse.

— Je n'en doute pas. Mais, euh… quelle idée ils s'en font ?

— La même que toi, Nolan. Comme tu n'as eu de cesse de nous le montrer dans *Aux frontières de l'Anomalie*. Nous avons besoin qu'une voix décisive combatte le portrait mensonger que les scientifiques, le gouvernement et l'autocratie libérale brossent de notre monde, cette interprétation erronée de l'histoire humaine, cette façon qu'ils ont de tomber à bras raccourcis sur tout ce qui ne colle pas avec leurs desseins.

Je ne savais pas bien ce qu'était censé recouvrir le terme d'« autocratie libérale », qui sonnait d'ailleurs comme quelque chose que j'aurais sans doute mieux fait de soutenir, mais j'adressai néanmoins à Feather un sourire chaleureux.

— Tu as tout compris.

— Ouais, mais sérieusement, intervint Ken. D'où provient l'argent ? Ce n'est pas que je souhaite me montrer ingrat, mon petit. Simple curiosité de ma part.

— Seth Palinhem était un industriel prospère, expliqua Feather, sur un ton qu'elle aurait pu employer pour décrire un type violent et alcoolique. Il est mort il y a dix ans. Heureusement, vers la fin de sa vie, il a élargi ses horizons en se rendant compte que certaines vérités nous dépassaient tous. Il a créé sa fondation pour aider financièrement les chercheurs qui partagent sa façon de voir. C'est mon premier projet d'envergure. Je suis tout excitée.

— Et nous sommes bien contents de t'avoir, dit Ken en mettant un point d'honneur à paraître jovial.

J'étais pourtant présent lorsqu'il avait appris qu'un représentant de la fondation Palinhem souhaitait s'inviter sur le tournage de la nouvelle saison, et cela ne l'avait pas du tout réjoui, bien au contraire. Sa réaction s'était révélée sous la forme d'une longue salve de grossièretés hautement créatives qui n'avaient sans doute jamais connu d'équivalent dans l'histoire de l'humanité. Si seulement j'avais pu l'enregistrer…

— J'espère juste que tu ne vas pas t'ennuyer, dis-je. Quand on fait de la télé, on passe aussi beaucoup de temps à poireauter.

— Je suis sûre que ça n'arrivera pas. Et puis, j'aimerais me rendre utile. Faire partie de l'équipe. Comment pourrai-je vous aider ? Lorsque l'expédition aura commencé, je veux dire.

— Ne t'en fais pas, mon petit, répliqua Ken sur un ton léger. On trouvera bien quelque chose. Vois ça avec Molly.

À l'entendre, il allait surtout lui concocter un séminaire sur l'art de glaner des objets dénués de la moindre importance et lui demander son opinion, de loin en loin, sur des sujets insignifiants. Bref, la laisser dans un coin.

C'est à ce moment-là que Molly revint, et s'affala sur la banquette avec des airs de convive repue. Ken lui fit un grand sourire.

— Alors, on l'a, le bateau qu'on avait réservé ?

— Non, répondit Molly succinctement. On a un meilleur bateau, plus gros. Pour le même prix.

— Je te reconnais bien là.

— Le guide n'est pas celui avec qui j'avais parlé, mais il a plus d'expérience, apparemment. Encore un bon point.

— Chouette. Mais qui a besoin d'un guide quand on a un Nolan sous la main ?

Ken et Molly échangèrent un clin d'œil qui se voulait certainement complice.

Quand Pierre nous rejoignit à table avec les boissons, quels ne furent pas ma surprise et mon agacement de constater que la pimbêche rousse du bar l'accompagnait. Il était homme à lever rapidement son gibier, mais là, il avait battu des records.

— Bon, dit-il. Je vous présente Gemma.

— D'accord, fit Molly. Mais où est mon verre ?

L'air faussement atterré, Pierre repartit en direction du bar. La pimbêche rousse nous sourit sans se démonter, comme si Pierre ne venait pas de l'abandonner au beau milieu d'un groupe d'étrangers.

Enfin, le déclic se produisit.

— Gemma, dis-je en me levant pour lui serrer la main. Ravi de faire votre connaissance.

— Pareillement, Nolan.

Sa paume était fraîche.

Nous lui fîmes de la place entre Ken et Molly, mais elle opta plutôt pour un tabouret tout proche.

— Comment se fait-il que vous ne soyez pas venue me dire bonsoir quand j'étais au bar ? lui demandai-je.

— Heisenberg.

Ken parut perplexe.

— Le type dans *Breaking Bad* ?

— Non, répondit Gemma en riant. Ma présence ici ne peut qu'affecter la dynamique de votre petit groupe. Je voulais vous observer avant de vous rejoindre. Histoire de vous cerner.

Ken et moi échangeâmes un regard. Ses traits restèrent impassibles, si l'on excepte le fait que son sourcil s'éleva d'un millimètre; sa façon de me dire: « Fais gaffe à cette nénette. »

Il y eut des bavardages bien arrosés, des hamburgers, des clubs sandwichs et des frites, puis Ken finit par annoncer vers 22 heures:

— Bon, salut la compagnie.

Il se leva avec conviction, une jarre d'alcool fort n'ayant laissé, comme à l'accoutumée, d'autre trace sur lui qu'un volume sonore 20 % supérieur à la normale, ce qui donnait aussi l'impression, curieusement, que sa carrure s'était étoffée d'environ 10 %.

— Demain, c'est le début de l'aventure. Alors, allez vous coucher, et que ça saute. On se fait réveiller à 5 heures. Soyez à côté de la bagnole à 6 heures, sinon vous finirez le trajet à pinces.

Tout le monde commença à partir.

— Si vous êtes disponible, me dit Gemma, ce serait formidable que nous commencions notre entret…

— Pas ce soir, lui répondit Ken avec fermeté. Nolan a des choses plus importantes à faire.

— On aura amplement le temps demain ou après-demain, renchéris-je en tâchant de faire opérer mon charme.

Gemma me gratifia d'un sourire qui ne me permettait pas de savoir si j'avais atteint l'effet escompté, puis s'éloigna.

Ken ricana – il adore jouer au méchant flic – puis nous sortîmes fumer une cigarette.

— Pour moi, ça reste une idée idiote, me dit-il lorsque nous arrivâmes sur le parking.

— Et je pense, moi, que tu as tort. Un article à propos de l'émission, lu par tout ce que la Terre compte de lecteurs… Qu'est-ce que ça peut avoir comme inconvénient ?

— Toute publicité n'est pas bonne à prendre, Nolan.

— Le texte sera soumis à mon approbation finale.

— Certainement pas. Tout ce que Gemma a à faire, c'est appuyer sur « entrée », et deux secondes plus tard, tu te fais clouer au pilori sur leur site Internet. Le temps qu'on se mette en relation avec son rédac' chef pour faire retirer l'article, il aura déjà été lu et retweeté.

— Par les cinq personnes qui n'en ont pas rien à foutre.

— C'est plutôt dix, par les temps qui courent. Tu t'élèves dans la société, Nolan. Et ce ne sont absolument pas les fans qui m'inquiètent. Pour nos fidèles illuminés amateurs de complots, si *Aux frontières de l'Anomalie* se fait étriller par la presse traditionnelle, ça ne fera que les conforter dans leur délire conspirationniste. Aucun préjudice de ce côté-là. Sans compter qu'on a déjà connu ça. Tu te souviens de l'article que *MediaBlitz* t'a consacré l'an dernier ?

— Plus depuis toutes les séances de thérapie que j'ai suivies.

— Exactement. Et puis, on a survécu. Mais là, moi, ce qui m'intéresse, c'est de ne pas tout faire foirer avec Palinhem.

— Ça va aller, dis-je.

— Il va falloir faire beaucoup mieux que ça, espèce de sinistre plaisantin. (Il me dévisageait désormais avec sérieux.) Pour des raisons qui m'échappent mais que j'essaie d'accepter sans poser de questions, l'univers nous a filé un beau morceau à nous mettre sous la dent. C'est notre seule et unique chance de passer sur le câble. Tout faire foirer n'est pas une option. Je vais être franc avec toi, Nolan. Si on doit retourner à la case « Internet », je suis foutu.

Je tâchai de garder un air détaché, mais mon regard me trahit.

— Désolé, vieux. On a pris du bon temps, mais je gagne à peine de quoi me payer de la vodka et des films de boules. Je pourrais insister pour qu'on soit là, Molly ou moi, chaque fois que tu t'adresseras à cette Gemma, mais tu n'en ferais de toute façon qu'à ta tête. Donc, répète après moi : « Je ne vais pas tout faire foirer. »

— Ken…

— Répète après moi, espèce d'abruti.

— Je ne vais pas tout faire foirer, p'pa, marmonnai-je.

— Allez, va bosser, et fais ça bien, dit-il avec un soupir. Et ensuite, couche-toi. On va beaucoup tourner pendant la descente de demain. Évite d'avoir une mine de déterré, ça m'arrangerait.

En regagnant ma chambre, je croisai Gemma et Feather qui attendaient l'ascenseur.

— Pour votre gouverne, disait Feather, tout sucre tout miel, Heisenberg a énoncé le principe d'indétermination. Je crois que vous vouliez plutôt parler de l'effet de l'observateur. Je dis ça, je dis rien.

Gemma accusa le coup.

Décidément, je commençais à bien l'aimer, Feather.

Les archives de Nolan Moorc

*The Phoenix Gazette* – 5 avril 1909

Oldest Paper in Phoenix—Twenty-Ninth Year.

# EXPLORATIONS IN GRAND CANYON

## Mysteries of Immense Rich Cavern Being Brought to Light.

## JORDAN IS ENTHUSED

## Remarkable Finds Indicate Ancient People Migrated From Orient.

The latest news of the progress of the explorations of what is now regarded by scientists as not only the oldest archaeological discovery in the United States, but one of the most valuable in the world, which was mentioned some time ago in the Gazette, was brought to the city yesterday by G. E. Kinkaid, the explorer who found the great underground citadel of the Grand Canyon during a trip from Green river, Wyoming, down the Colorado, in a wooden boat, to Yuma, several months ago. According to the story related yesterday to the Gazette by Mr. Kinkaid, the archaeologists of the Smithsonian institute, which is financing the explorations, have made discoveries which almost conclusively prove that the race which inhabited this mysterious cavern, hewn in solid rock by human hands, was of oriental origin, possibly from Egypt, tracing back to Rameses. If their theories are borne out by the translation of the tablets engraved with hieroglyphics, the mystery of the prehistoric peoples of North America, their ancient arts, who they were and whence they came, will be solved. Egypt and the Nile, and Arizona and the Colorado will be linked by a historical chain running back to ages which staggers the wildest fancy of the fictionist.

### A Thorough Investigation.

Under the direction of Prof. S. A. Jordan, the Smithsonian institute is now prosecuting the most thorough explorations, which will be continued until the last link in the chain is forged. Nearly a mile underground, about 1480 feet below the surface, the long main feet ventilation of the cavern, the steady draught that blows through, indicates that it has another outlet to the surface.

### Mr. Kinkaid's Report.

Mr. Kinkaid was the first white child born in Idaho and has been an explorer and hunter all his life, thirty years having been in the service of the Smithsonian institute. Even briefly recounted, his history sounds fabulous, almost grotesque.

"First, I would impress that the cavern is nearly inaccessible. The entrance is 1486 feet down the sheer canyon wall. It is located on government land and no visitor will be allowed there under penalty of trespass. The scientists wish to work unmolested, without fear of the archaeological discoveries being disturbed by curio or relic hunters. A trip there would be fruitless, and the visitor would be sent on his way. The story of how I found the cavern has been related, but in a paragraph: I was journeying down the Colorado river in a boat, alone, looking for mineral. Some forty-two miles up the river from the El Tovar Crystal canyon I saw on the east wall, stains in the sedimentary formation about 2000 feet above the river bed. There was no trail to this point, but I finally reached it with great difficulty. Above a shelf which hid it from view from the river, was the mouth of the cave. There are steps leading from this entrance some thirty yards to what was, at the time the cavern was inhabited, the level of the river. When I saw the chisel marks on the wall inside the entrance, I became interested, secured my gun and went in. During that trip I went back several hundred feet along the main passage, till I came to the crypt in which I discovered the mummies. One of these I stood up and photographed by flashlight. I gathered a number of relics, which I carried down the Colorado to Yuma, from whence I shipped them to Washington with details of the discovery. Following this, the explorations were undertaken.

### The Passages.

"The main passageway is about 12 feet wide, narrowing to 9 feet toward the farther end. About 57 feet from the entrance, the first side-passages branch off to the right and left, along which, on both sides, are a number of rooms about the size of ordinary living rooms of today, though some are 30 or 40 feet square. These are entered by oval-shaped doors and are ventilated by round air spaces through the walls into the passages. The walls are about 3 feet 6 inches in thickness. The passages are chiseled or hewn as straight as could be laid out by an engineer. The ceilings of many of the rooms converge to a center. The side-passages near the entrance run at a sharp angle from the main hall, but toward the rear they gradually reach a right angle in direction.

### The Shrine.

"Over a hundred feet from the entrance is the cross-hall, several hundred feet long, in which was found the idol, or image, of the people's god, sitting cross-legged, with a lotus flower or lily in each hand. The cast of the

GAZETTE, MONDAY EVENING, APRIL 5, 1909

# EXPLORATIONS IN GRAND CANYON

(Continued from Page One.)

which indicates that some sort of ladder was attached. These granaries are rounded, and the materials of which they are constructed, I think, is a very hard cement. A gray metal is also found in this cavern, which puzzles the scientists, for its identity has not been established. It resembles platinum. Strewn promiscuously over the floor everywhere are what people call 'cats eyes' or 'tiger eyes,' a yellow stone of no great value. Each one is engraved with a head of the Malay type.

### The Hieroglyphics.

"On all the urns, on walls over doorways, and tablets of stone which were found by the image are the mysterious hieroglyphics, the key to which the Smithsonian institute hopes yet to discover. These writings resemble those on the rocks about this valley. The engraving on the tablets probably has something to do with the religion of the people. Similar hieroglyphics have been found in the peninsula of Yucatan, but these are not the same as those found in the orient. Some believe that these cave dwellers built the old canals in the Salt River valley. Among the pictorial writings, only two animals are found. One is of prehistoric type.

### The Crypt.

"The tomb or crypt in which the mummies were found is one of the

contain a deadly gas or chemicals used by the ancients. No sounds are heard, but it smells snakey just the same. The whole underground institution gives one of shaky nerves the creeps. The gloom is like a weight on one's shoulders, and our flashlights and candles only make the darkness blacker. Imagination can revel in conjectures and ungodly day-dreams back through the ages that have elapsed till the mind reels dizzily in space."

### An Indian Legend.

In connection with this story, it is notable that among the Hopis the tradition is told that their ancestors once lived in an underworld in the Grand Canyon till dissension arose between the good and the bad, the people of one heart and the people of two hearts. Machetto, who was their chief, counseled them to leave the underworld, but there was no way out. The chief then caused a tree to grow up and pierce the roof of the underworld, and then the people of one heart climbed out. They tarried by Paisisvai (Red river), which is the Colorado, and grew grain and corn. They sent out a message to the Temple of the Sun, asking the blessing of peace, good will and rain for the people of one heart. That messenger never returned, but today at the Hopi village at sundown can be seen the old men of the tribe out on the housetops gazing toward the sun, looking for the messenger. When he returns, their lands and ancient dwelling place will be restored to them. That is the tradition. Among the engravings of animals in the cave is seen the image of a heart over the spot where it is located. The legend was learned by W. E. Rollins, the artist, during a year spent with the Hopi Indians. There are two theories of the origin of the Egyptians. One is that they came from Asia; another that the racial cradle was in the upper Nile region. Heeren, an Egyptologist, believed in the Indian origin of the Egyptians. The discoveries in the Grand Canyon may throw further light on human evolution and prehistoric ages.

# Chapitre 3

Après être monté dans ma chambre, je bus plusieurs verres d'eau, essayai en vain de remporter la bataille contre une climatisation réglée à une température polaire, puis m'assis au bureau. J'avais déjà rédigé un premier jet de l'article que j'avais prévu de publier sur mon blog, mais j'aime toujours peaufiner ma prose à la toute dernière minute. Il y aurait des vues, ça ne faisait aucun doute, puisque ma lettre d'information était diffusée à plus de trente mille abonnés et que l'émission avait, lentement mais sûrement, atteint la barre des 93 211 *followers* sur Twitter (je ne suis cependant pas un obsédé des chiffres). Rien de bien transcendant, mais j'espérais une croissance exponentielle sitôt qu'on serait diffusés sur le câble. On peut gloser tant qu'on veut sur le fait que YouTube est un repaire de jeunes armés de *smartphones*, mais même une émission de qualité professionnelle reste bien mal considérée par rapport à son équivalent câblé.

Ken avait raison. L'affaire était cruciale ; il ne fallait surtout pas se planter. Mais au fond, les gens attachaient-ils vraiment de l'importance à l'heure et à la date indiquées au début d'un article de blog ? J'essayais de me persuader que cela donnait aux faits un ancrage concret, véridique. Et peut-être que c'était bel et bien le cas. D'un autre côté, peut-être que je me *piquais* simplement de journalisme d'investigation. Quoi qu'il en soit, je devais écrire.

Retroussant mes manches, je terminai le dernier de mes articles qui verrait le jour dans le monde tel que nous l'avons connu.

*1er jour : le calme avant la tempête*

*Je suis assis dans une chambre d'hôtel, à une trentaine de kilomètres du Grand Canyon. Par la fenêtre, je distingue les lampadaires du parking, et les ténèbres qui drapent l'immensité du désert ; un environnement rébarbatif qui dévie le regard de l'humain et, j'en suis persuadé, recèle des secrets ne demandant qu'à être dévoilés.*

*La journée de voyage a été longue. Mais comme toujours, maintenant que le début de l'expédition se profile, mon excitation va de pair avec un pesant sens des responsabilités. Je sais que, pour beaucoup d'entre vous, vous partagez ma conviction que le monde est bien plus vaste qu'on nous l'a laissé entendre… et que l'accès à ces informations ouvrira notre regard aux merveilles de notre pays, de notre espèce, de la planète tout entière… dans tout ce qu'elles comportent d'étranges angles morts et de secrets extraordinaires.*

*Examinons à présent les faits.*

*Le 5 avril 1909, la* Gazette de Phoenix, *qui était à l'époque la principale source d'information en Arizona, un journal tenu en haute estime, a publié la une suivante : « Explorations dans le Grand Canyon ». L'article explique en quelles circonstances l'explorateur et chasseur G.E. Kincaid est venu trouver la rédaction pour lui faire part de son histoire. Il s'était récemment rendu, dans le cadre d'une expédition financée par le musée Smithsonian et dirigée par un professeur répondant au nom de S.A. Jordan, sur un site qu'il avait découvert par* inadvertance, un jour qu'il descendait le fleuve Colorado (et le verbe « descendre » a son importance, comme vous le comprendrez d'ici un jour ou deux) à l'occasion d'une recherche de minéraux dans le Grand Canyon.

Kincaid, donc, avait localisé une ouverture dans la roche, à environ neuf cents mètres de hauteur. Ayant escaladé la paroi, il avait remarqué que l'orifice desservait une grotte, puis un passage qui s'enfonçait près de huit cents mètres sous le niveau actuel du désert. Il s'était livré à une exploration succincte, avait trouvé quelques reliques. Ces reliques, il les avait envoyées à Washington. Ses trouvailles avaient suffi à persuader le Smithsonian de financer une expédition sous l'autorité du professeur Jordan.

Il existe d'autres crevasses dans le Grand Canyon. La grotte Stanton, par exemple, qui abrite non seulement de frappants spécimens d'oreillards de Townsend, une espèce de chauve-souris à longues oreilles, mais aussi des figurines en brindilles, des coquillages et des perles vieux de quatre mille ans, sans compter des restes de condors géants et de chèvres sauvages, datés pour leur part de dix mille ans. Mais dans la grotte qui nous intéresse, la grotte Kincaid, l'expédition a trouvé bien plus que ça. Des… merveilles, faute de terme plus adéquat.

Mais il se fait tard… et nous devons commencer aux aurores demain. Pour le moment, qu'il me suffise donc de vous conseiller la lecture de l'article original (cliquez sur ce lien) ; vous constaterez par vous-mêmes ce qui a été découvert. Ce que les membres de l'exploration ont en tout cas affirmé avoir découvert : de fait, leurs prétentions sont la risée de la communauté archéologique, quand elles ne sont pas purement et simplement ignorées par l'establishment.

*Tâchez de décider par vous mêmes si cet article est de ceux qui font dans la poudre aux yeux, ou s'il est bel et bien possible que ces courageux et curieux hommes de jadis aient découvert des preuves que l'Amérique du Nord a reçu, en des temps immémoriaux, la visite d'une civilisation distincte de la nôtre. Posez-vous la question : les idoles, les divers objets et la crypte que Kincaid et ses collègues prétendent avoir explorée en 1909 et qui, de l'aveu général, n'a jamais été retrouvée au cours des cent années qui ont suivi, relèvent-ils de leur imagination… ou d'une vérité fracassante ?*
Une vérité qu'on nous cache.
*J'avoue pour ma part que je trouve le déni du Smithsonian curieux. Le musée prétend n'avoir aucune trace de Kincaid. Ni du professeur Jordan, d'ailleurs. Mais comme nous avons pu le voir dans de précédents épisodes d'*Aux frontières de l'Anomalie*, le Smithsonian a une fâcheuse tendance à verrouiller sa communication, voire à se livrer à des « déclarations contradictoires » dès lors qu'une idée ne va pas dans le sens qu'il défend depuis sa fondation.*
*Questions. Doutes. Un brouillard entre nous et la vérité. Je me refuse à vivre dans le brouillard. Et à en croire vos commentaires, vos tweets, vos interventions sur ma page Instagram (liens en bas de page), vous ressentez la même chose que moi. C'est pourquoi, demain, nous allons tenter une fois de plus de traverser le rideau de fumée pour voir s'il ne cacherait pas un feu.*
Nous partons à la recherche de la grotte Kincaid.
*Ce ne sera pas facile. Nous allons enfreindre la loi en descendant dans le canyon via un itinéraire fermé au public (et pourquoi l'est-il ? Je vous le demande bien…) J'ai passé de nombreuses heures à conduire ma*

*propre analyse du récit original, et je vais me fonder sur mes résultats pour guider mon groupe vers un lieu bien différent de celui pour lequel avaient opté nos prédécesseurs.*

*Trouverons-nous la caverne ? Je l'ignore. Mais une chose est sûre : quand on est à la recherche de la vérité, le résultat importe peu.*

Tout ce qui compte, c'est de ne pas renoncer à notre quête.

*Je ferais bien d'aller me coucher. Demain, l'expédition commence pour de vrai. Nous descendrons tout d'abord à pied dans…*

Je cessai de pianoter sur mon clavier pour me frotter les yeux.

L'analogie brouillard/fumée n'était pas terrible. Il fallait que mon dernier paragraphe enfonce le clou, que je fasse briller le regard de mon lectorat. Là, il était inférieur à mes standards habituels, il sonnait faux. Quand on cherche à vendre de l'émerveillement, celui-ci doit être palpable.

Je ne ressentais rien.

J'avais bien besoin d'un café et d'une cigarette. La seconde nécessitait un fastidieux passage par la case « rez-de-chaussée », une perspective qui me paraîtrait plus alléchante si je préparais le café au préalable pour l'emporter. Qu'on se le dise : la planification à long terme, c'est tout moi.

En attendant que le café soit prêt, je corrigeai quelques coquilles, puis passai quelques minutes à répondre aux commentaires sur Twitter. Ils n'étaient pas légion, parce que je venais de m'adonner à la même tâche plus tôt dans la soirée, au bar. Heure à laquelle les interventions de mes *followers* étaient déjà peu nombreuses.

Mais c'était sur le point de changer. Pas vrai ?

La cafetière se mit à tousser comme un chien atteint de tuberculose, signe qu'il restait encore une minute à attendre. Ce qui me laissait un bref instant désœuvré, malheureusement. Et j'en profitai pour faire quelque chose que je m'étais pourtant interdit.

J'entrai le nom d'une utilisatrice de Twitter.

La page se chargea rapidement. Je la parcourus du regard avec la sensation de me comporter en intrus, effleurant des messages formulés dans son style : direct, reconnaissable. J'essayais toujours de me convaincre que mon public était très différent du sien, mais la vérité, c'était que Kristy savait condenser savamment ses propos en deux cent quatre-vingts signes. La vérité, c'était qu'elle écrivait mieux que moi, voilà tout.

L'image de son profil avait changé depuis la dernière fois que j'avais cédé à la tentation, quelques semaines plus tôt. Kristy se tenait debout dans la nature, dans le froid, dynamique et volontaire mais aussi vulnérable. Simple et authentique.

Un lien renvoyait vers un article posté sur son site Internet deux jours plus tôt. Je n'avais pas le cœur d'en prendre connaissance. En revanche, je le gardai en cache sur mon téléphone, pour plus tard. Ou, plus probablement, jamais.

Je retournai sur son profil Twitter, et regardai ses photos les plus récentes. Prises elles aussi en milieu froid. Les tweets qui légendaient les clichés expliquaient certainement où elle se trouvait, et les raisons de sa présence dans ce lieu, mais je ne les lus pas.

Je n'avais pas besoin de savoir.

J'emportai mon café au rez-de-chaussée et me postai sur une section de parking particulièrement inintéressante. Les fumeurs ont le chic pour fréquenter l'envers des décors, les endroits que les autres personnes ne remarquent pas, les secrets exposés à la vue de tous. Une fois, j'avais tenté de convaincre Ken que c'était le genre de métaphore qui convenait parfaitement aux *Frontières de l'Anomalie*, mais il s'était contenté de me regarder fixement avant de s'en aller.

La température avait chuté, et je me fis la réflexion qu'un type plus futé que moi aurait mis dans ses bagages un pull épais en vue de la nuit que nous allions passer dans le canyon. Trop tard. J'aurais bien aimé être ce mec-là. Être lui, ça devait être génial.

À mi-cigarette, je me rendis compte que j'entendais des voix, celles de deux personnes qui s'entretenaient en chuchotant dans ce qui formait, pour le reste, un silence absolu. Un homme et une femme, cachés par l'angle de l'hôtel. C'était principalement elle qui parlait. Je ne distinguais pas les mots, mais les inflexions m'étaient familières.

Il s'agissait peut-être de la réceptionniste qui avait traité notre réservation, une interaction sociale que je plaçais dans la catégorie des échecs. Or, j'avais assez bu pendant la soirée pour songer que ce serait somme toute une bonne idée d'aller faire ami-ami.

Toutefois, tandis que je me dirigeais vers le duo, les voix se turent soudain, comme si l'on m'avait entendu approcher. Il y eut un instant de silence, puis deux bruits de pas distincts qui s'éloignaient rapidement.

Lorsque je tournai à l'angle du bâtiment, il n'y avait plus personne. Aucune odeur de fumée révélatrice ni de mégot sur le sol, d'ailleurs. Sans doute avais-je surpris deux amants de passage ; ce n'étaient pas mes oignons. N'empêche que, sur l'instant, je me sentis seul, comme vaguement rejeté.

Je remontai dans ma chambre, corrigeai mon article et le postai. Puis je me mis au lit, et écoutai la climatisation jusqu'à ce que je finisse par m'endormir.

# Chapitre 4

Très tôt le lendemain, Ken sortit de l'hôtel d'un pas conquérant, un gobelet en carton fumant à la main.

— Qu'est-ce qui me vaut cet air suffisant de si bon matin ? s'enquit-il.

J'étais dehors depuis dix minutes, un laps de temps qui m'avait suffi pour découvrir que, dans le désert, il ne faisait pas plus chaud à 5 h 45 qu'à minuit.

— C'est pas de la suffisance. J'ai le visage tout figé.

— Tu parles. D'habitude, à cette heure de la journée, on dirait que tu viens tout juste d'être exhumé. Par un amateur. Mais ce matin, j'ai comme l'impression que tu as trouvé une raison de continuer à vivre. Ce qui est illusoire, soit dit en passant. Écoute la voix enjôleuse de tes petits démons intérieurs. Mets fin à tes jours.

— Ken, je vais pas me faire sauter le carafon pour que tu touches l'argent de l'assurance. On en a déjà parlé.

— Et l'intérêt de l'équipe dans tout ça, mon vieux ?

— Faut croire que je pense qu'à ma gueule, en effet.

— Allez, Nolan. Crache le morceau.

J'avais eu l'intention de garder ça pour moi, mais il était clair que Ken n'allait pas lâcher le morceau.

— J'ai reçu un e-mail.

— De… ?

— De l'éditeur.

— Quel éditeur ? demanda Ken, interloqué.

— Le mien.

Il me sourit comme un gosse, et manqua de me démonter l'épaule en me donnant une bourrade qui fit également gicler la moitié de mon café.

— Putain, c'est fantastique, mon vieux. Grande nouvelle.

On pouvait l'interpréter ainsi, en effet. Les deux ouvrages commis l'an passé par votre humble serviteur – des comptes-rendus d'investigation d'*Aux frontières de l'Anomalie*, incluant des captures d'écran tirées de l'émission et des photographies d'archives – avaient été autopubliés ; du bricolage qui donnait l'impression d'avoir été réalisé par un élève de 6e modérément doué. L'e-mail, arrivé avant que je quitte ma chambre, venait confirmer qu'un éditeur ayant pignon sur rue avait décidé de les publier, et qu'ils se retrouveraient à (plus ou moins) brève échéance dans une librairie proche de chez vous.

— Ils paient bien ?

— Quasiment rien. Mais là…

— … n'est pas la question, je sais, vieux. Félicitations. Ça va donner un coup de fouet à l'émission, en plus de ça. Fichtre. On ferait bien de la trouver, cette foutue caverne, tu ne crois pas ?

— Ça ferait pas de mal.

Nous trinquâmes avec nos gobelets en carton dans un silence chaleureux, et attendîmes les autres en sirotant un café extrêmement commun tandis que le ciel commençait à s'éclaircir.

Molly s'était arrangée, je ne sais comment, pour se procurer une énorme Thermos d'un café bien meilleur que le mien histoire de nous réchauffer, tout transis et encore tout endormis que nous étions. Il y a toujours une bonne ambiance au début de ce genre de projets, quand tout paraît encore possible, enthousiasmant, quand la fatigue et la mauvaise humeur ne se sont pas encore installées, quand vous vivez encore à peu près en bonne intelligence avec vos compagnons. Ken nous fit grâce de son rock progressif, et le trajet autoroutier fut ponctué de rires et de plaisanteries tandis que les rayons du soleil matinal entraient à l'oblique par les fenêtres. Feather semblait dans son élément. Gemma restait pour sa part distante, à moins qu'elle n'ait pas encore été assez réveillée pour participer à la conversation, comme ses cheveux encore mouillés tendaient à le suggérer. Ou alors, il s'agissait du fameux Œil de la Journaliste.

Nous finîmes par quitter la route principale pour bringuebaler le long d'une piste poussiéreuse qui serpentait entre des arbres rabougris, suivant les instructions du fidèle GPS de Molly. Nous allions en avoir bien besoin. En partie pour sacrifier aux exigences de l'itinéraire que j'avais planifié au millimètre près – piochant en grande partie dans des ressources gratuites glanées en ligne (je l'avoue sans détour), avec néanmoins des éléments tirés de ma réflexion personnelle –, mais aussi pour pallier la faiblesse du signal dans le canyon même ; il serait même inexistant la plupart du temps. Et pas la moindre connexion Internet, ce qui me réjouissait. Ainsi, Ken ne pourrait pas m'obliger à me livrer à l'exercice ô combien barbant des « directs live » qui, j'en étais persuadé, devaient être visionnés par environ trois personnes et un chat.

Au bout d'une demi-heure de paysage désertique, la route s'acheva sans crier gare, et Ken arrêta la voiture dans une zone dégagée qui servait à l'évidence de parc de stationnement. Pierre fut le premier à descendre, la dégaine souple, caméra sur l'épaule. Molly le suivit avec la perche et le micro. Quant à moi, je me passai les mains dans les cheveux, attendis le signal de Molly, puis ouvris ma portière.

Je descendis de la voiture, embrassai lentement les alentours du regard et commençai à m'avancer vers le canyon, faisant de mon mieux pour avoir l'air inspiré et investi dans le projet tandis que je me frayais vaillamment un chemin à travers l'étendue semée de broussailles et d'arbres modestes : genévriers, pins à pignons et peupliers de Virginie. Pierre et Molly ne perdirent pas une miette de mon déplacement, Ken s'assurant que Feather et Gemma n'entraient pas dans le champ.

Lorsque le canyon se révéla pleinement, je me surpris à ralentir l'allure, à perdre conscience de mon boulot et de la caméra ; j'étais vraiment saisi par ce que je voyais.

On a beau vous seriner que rien ne vous prépare à découvrir le Grand Canyon pour la première fois, rien ne vous y prépare, c'est un fait. Il engrange tous les superlatifs que vous avez pu croiser, des mots comme « vaste », « inconcevable », « inouï », et les vide de toute leur substance.

Il semble s'étirer à l'infini. La débauche de rouges, d'orangés et d'ocre des parois est à peine croyable. Le gouffre vertigineux au fond duquel coule le fleuve défie lui aussi l'entendement, comme une illusion d'optique, ou un phénomène que l'on aurait pu rencontrer sur une lointaine planète dont les habitants auraient, sous la direction d'un panel de divinités à la bourse bien garnie, pris l'habitude de tout bâtir dans des proportions dantesques.

Je puisai en moi un comportement adéquat, une attitude susceptible d'évoquer la charge émotionnelle de l'instant. Je m'avançai jusqu'au bord, contemplai le paysage avec une folle béatitude et, à l'issue d'une pause sentencieuse qui traîna en longueur, déclarai :

— Hmm.

— Seigneur…, marmonna Ken. (Il fit signe à Pierre d'arrêter de filmer.) Molly, attendons d'avoir bourré Nolan de café et de cigarettes avant de recommencer… D'accord ?

La deuxième prise fut réussie. Épaulé par mes deux groupes d'aliments de prédilection, je gardai le silence quelques instants, puis me mis à parler en portant mon regard vers l'époustouflant paysage qui se déployait devant moi.

— Il paraît que rien ne nous prépare à découvrir le Grand Canyon pour la toute première fois, dis-je avec un sourire discret. Et c'est la vérité. L'humanité bâtit, certes, des tours pour tutoyer le ciel et des circuits trop petits pour être distingués à l'œil nu, mais seule Mère Nature a le don de nous rendre muets de stupeur. Je vous laisse un moment pour en profiter.

Je me décalai alors sur le côté. Pierre eut la présence d'esprit de garder sa caméra braquée plusieurs secondes sur le paysage avant de l'orienter lentement vers ma nouvelle position. Je m'étais entre-temps placé face caméra en bon présentateur qui se respecte.

— Vous en conviendrez, il n'y a rien d'étonnant à ce que bien des histoires soient nées dans ce lieu hors du commun, repris-je. Quand l'humanité se retrouve en présence du merveilleux, elle a tendance à vouloir atteindre les astres… entrer en contact avec le *divin*. Et nous qui nous apprêtons à partir en expédition, nous devons prendre bien soin de ne pas succomber à ce travers. Des secrets, nous en avons nous-mêmes beaucoup, et c'est l'un d'eux que nous allons chercher à percer. Suivez-nous… Qu'allons-nous donc découvrir ?

Je ménageai une courte pause et me déplaçai le long du gouffre d'un pas chaloupé et assuré, digne d'une personne sachant approximativement où elle va.

— Ça fera l'affaire, dit Ken. Maintenant, allons jeter un coup d'œil au sentier.

Étant né et ayant grandi en Californie, j'avais fatalement pratiqué la randonnée. Mais malgré mes qualités d'enfant du pays, je ne m'adonnais qu'à contrecœur à cette activité, dont j'avais toujours préféré la version qui consistait à « déambuler dans de jolis bosquets sans se fatiguer ». Il devint vite évident que descendre jusqu'au fleuve depuis le haut de la falaise ne serait pas une mince affaire.

J'avais expliqué à Molly quel point, d'après mes estimations, nous devions viser des centaines de mètres plus bas, et elle avait fait le reste, établissant la présence d'un ou deux sentiers peu fréquentés dans la zone que j'avais choisie. Techniquement, celui que nous comptions emprunter se situait dans la réserve navajo, et nous n'étions donc pas censés nous trouver là sans autorisation.

— Non, mais c'est une blague ?!

Une piste étroite et accidentée épousait le bord de l'à-pic de roche friable, sinuant entre les reliefs de roche striée et surplombant l'espace ouvert, si vaste que l'on aurait pu y laisser tomber une ville de taille respectable sans qu'elle racle les parois.

Ken émit un sifflement.

— C'est vraiment pas le moment de nous révéler que tu as le vertige, mon vieux.

— Je suis surtout inquiet pour Pierre, vu qu'il doit porter la caméra.

Pierre sauta du bord et se reçut à environ deux mètres du départ du « sentier », sans la moindre anicroche. Il effectua un aller-retour en trottinant pour aller évaluer le terrain avec un professionnalisme crispant.

— Ça ira, dit-il. Quand je fais du trail, c'est sur des chemins pires que celui-là.

— Tiens donc, marmonnai-je.

— OK, dit Ken avec un sourire narquois. Toi, le cameraman, poste-toi vingt mètres plus bas pour qu'on puisse s'avancer vers toi. Molly, prépare le micro pour Nolan. Nolan, tu t'approches de nous en tâchant de dire des trucs intéressants. Et en essayant de ne pas tomber.

— Et moi, que dois-je faire ? demanda Feather.

— Pour être tout à fait franc, ma biche, ce dont j'ai vraiment besoin, en ce moment, c'est que vous ne soyez pas dans nos pattes, Gemma et toi. Donc, tu montes la garde jusqu'à ce qu'on ait terminé la prise de vue. Si un brave de la Nation indienne se pointe, dis-lui qu'on travaille pour le gouvernement.

— Tu es sûr ?

— Non. Ne fais pas ça, *évidemment*. Écoute… Reste là, c'est tout. Restez là ensemble. Et pas un bruit.

Pierre et Ken s'engagèrent sur le sentier. J'attendis qu'ils se soient mis en place tandis que Molly passait le fil du micro HF sous mon ample chemise blanc cassé et rangeait le boîtier dans la poche arrière de mon jean. Elle alla ensuite rejoindre Pierre et Ken d'un pas sûr et alerte, malgré la perche de prise de son qui l'encombrait. M'est avis que, dans sa famille, les randonnées ne commencent pas toutes chez *Starbucks* pour finir dans un bar.

Lorsqu'ils furent tous trois réunis, Ken leva la main.

Je me postai au départ du sentier en contemplant ce paysage lunaire et fantasque, aux maintes couleurs. Puis je commençai à marcher en regardant la caméra et en m'efforçant de faire abstraction du gouffre qui s'ouvrait sur ma droite, à moins d'un mètre.

— Il y a bien longtemps, dis-je, vivait un homme répondant au nom de John Wesley Powell, qui était à la fois soldat, géologue et explorateur. C'est lui qui a dirigé la première traversée du Grand Canyon par des Européens, et il a ensuite pris la tête du département d'ethnologie au Smithsonian. Son influence sur l'étude de la préhistoire américaine fut grande, et pas toujours dans un sens positif. Mais malgré ses préjugés, il a pris l'initiative de recueillir certaines légendes indiennes à propos du canyon.

J'indiquai le gouffre.

— D'après une légende hualapai, il est né à la suite d'une gigantesque inondation, lorsqu'un héros de ce peuple, Pack-i-tha-a-wi – et non, je ne suis pas sûr que c'est comme ça que ça se prononce –, a planté un grand couteau dans la terre et l'a remué jusqu'à ce que le gouffre se forme pour permettre aux flots de regagner la mer du Crépuscule.

Je ne me trouvais plus qu'à quelques mètres de Pierre et des autres. Ken me fit cependant signe de ne pas m'interrompre, et Pierre continua à me filmer tout en reculant avec régularité.

— Une autre légende affirme que le canyon a été créé pour consoler un chef important qui portait le deuil de son épouse. Le dieu Ta-vwoats aurait façonné une piste menant vers une terre de beauté – le Paradis, *de facto* – pour permettre au chef de rendre visite à la défunte. Ta-vwoats lui fit jurer de ne jamais révéler ce qu'il avait vu, craignant que les humains, las des tribulations de l'existence, cherchent à gagner prématurément le Paradis. Le chef accepta, et Ta-vwoats envahit le chemin d'eau, condamnant pour toujours l'accès à l'autre contrée. Nous foulons une terre sacrée. Les tribus de la région ont averti Powell qu'il ne devait pas mettre les pieds dans le Grand Canyon, et que s'il désobéissait, il s'attirerait le courroux des dieux. Ça ne l'a pas dissuadé. Et ça ne va pas *nous* dissuader… d'autant que nous comptons, bien évidemment, agir dans le respect des croyances des tribus locales.

J'avais presque terminé mon laïus, mais Ken et les autres continuaient à reculer le long du sentier.

— Il existe donc deux perspectives bien distinctes, repris-je avec une certaine emphase, pour bien leur faire comprendre que, s'ils persistaient à me fuir, j'allais finir par fermer mon clapet. Et nous avons un avantage, nous, les libres-penseurs : nous savons *écouter*. Nous tenons également compte, notamment, des noms des grandes formations rocheuses du canyon : la Tour de Seth, la Tour de Râ, le Temple d'Isis.

L'histoire officielle estime que les premiers explorateurs avaient simplement un faible pour l'Égypte, qui était à la mode à l'époque, il faut bien le dire. Peut-être qu'il ne faut pas chercher plus loin. Mais gardons l'esprit ouvert. Je vais à présent me taire, et regarder là où je mets les pieds, histoire d'atteindre le fleuve en un seul morceau.

— Et… coupez, déclara Ken. C'est sans doute un poil trop ésotérique pour le grand public qui clique sur tout ce qui bouge, mais les férus d'histoire vont adorer. Beau travail tout le monde. Sauf toi, Nolan. T'as fait de la merde.

— Merci.

— De rien. Allez, les flemmards, on retourne à la voiture et on rassemble nos merdouilles. Partons gaillardement vers l'inconnu.

# Chapitre 5

— J'étais justement en train de dire à Feather, me confia Molly d'un air entendu, tandis que nous arrivions près de la voiture, que j'étais bien contente qu'elle soit là.

— Je suis complètement d'accord ! renchéris-je.

Il fallait bien avouer que la représentante de la Fondation s'était pliée de bonne grâce à nos menues exigences, restant scrupuleusement à l'écart et/ou jouant les coursières de service avec une bonne humeur inextinguible.

— Tu fais déjà partie de l'équipe.

Feather m'adressa un radieux sourire d'écolière.

— Ooh, ooh, fit-elle en tendant son téléphone à Molly. Avant que ça ne capte plus… tu veux bien me photographier avec Nolan ?

Nous prîmes donc la pose. Comme d'habitude, j'essayai de me distancier de l'homme d'âge moyen qui a ses premières rides et ne fait pas tout à fait assez de sport.

Feather récupéra son téléphone et envoya un e-mail avec le cliché en pièce jointe.

— C'est pour mon mari, expliqua-t-elle. Il est super fan, lui aussi.

Elle fit défiler ses photos, puis tourna son appareil vers Molly et moi. Nous découvrîmes un type aux allures de *hipster* qui souriait devant l'objectif avec un petit garçon.

— Il est mignon, dit Molly. Comment il s'appelle ?

— Perry. Il a cinq ans.

J'y allai de ma petite intervention.

— Mais dans ce cas… quel âge a le marmot ?

Feather eut un temps d'arrêt, puis éclata de rire. Molly et moi échangeâmes un regard de connivence.

*Bien joué, Nolan.*

Pendant que l'équipe déchargeait la voiture et répartissait le matériel en vue de la marche, je me plaçai un peu à l'écart pour fumer une cigarette. Au bout de quelques minutes, Gemma vint me trouver.

— Alors, Nolan. Le moment vous paraîtrait bien choisi pour une petite mise au point ?

Je la gratifiai d'un sourire jovial.

— Ce serait parfait.

— Je dois avouer que je ne vous imaginais pas si bon acteur.

— Comment ça ?

— Votre réaction, en voyant le canyon. C'était comme si c'était vraiment votre première fois.

— Peut-être parce que ça l'était.

— Ah bon ? fit-elle avec des yeux ronds.

— Je vis à L.A., rétorquai-je, un peu sur la défensive. Quand je veux partir en vacances, j'ai tendance à aller plus loin que ça.

— Vous dirigez une expédition pour trouver une caverne, dont l'existence n'est absolument pas avérée, et vous n'étiez encore *jamais venu au Grand Canyon* ?

— Je ne suis jamais allé en Égypte non plus. Est-ce que ça discrédite ma position à propos des pyramides ?

— Eh… peut-être bien, oui.

— Les scientifiques affirment un tas de choses sur Mars. Ils n'y ont jamais posé le pied.

Elle me regardait d'un drôle d'air, comme effarée.

— Mais… c'est différent. Vous devez tout de même bien vous en rendre compte, non ?

— À trop s'enferrer dans le consensus, on cesse de voir ce qui se trouve juste sous notre nez, répondis-je, en me demandant si je ne ferais pas mieux d'aller aider les autres à s'occuper des affaires. Pendant des années, par exemple, tout le monde s'est accordé pour dire que l'*Homo Sapiens* a quitté l'Afrique il y a 60 000 ans. Mais, en 2015, lors de fouilles dans le district de Dao, en Chine du Sud, des dents ont été trouvées sur le sol d'une grotte, à moitié enfouies sous des stalagmites de 80 000 ans avant Jésus-Christ, d'après datation par l'uranium. Une preuve en béton armé que les dents étaient plus anciennes. Qu'elles remontaient même sans doute à 125 000 ans. Vous le saviez, ça ?

— Non.

— Et vous vous en foutez. Mais là où je veux en venir, c'est que ça a fini par se savoir. Par être publié dans des journaux que personne ne lit. Et vous savez ce qu'on a dit à tous les chercheurs indépendants qu'on avait tournés en ridicule pendant des années ? « Circulez, y a rien à voir. Les adultes ont enfin trouvé des preuves de ce que vous avanciez. Donc, *maintenant*, c'est la réalité. Mais c'est nous qui contrôlons le récit. Oh, et le reste de vos sornettes ? Un tissu d'âneries, comme d'habitude. »

— Mais vous n'aviez aucune certitude, me fit remarquer Gemma.

Je cillai.

— À quel sujet ?

— Celui-ci, et tous les autres. Vous n'avez fait qu'inventer des conneries, ou resservir à votre sauce les conneries des autres. Vous n'aviez *aucune* certitude.

— Je ne vous savais pas épistémologiste.

— Ça a un rapport avec les insectes ?

— Non. Il s'agit de la discipline qui étudie la nature et le spectre de la connaissance. Kant a sué sang et eau sur la question, toute sa vie durant. Il aurait dû vous parler, ça aurait été réglé.

— Balancer un mot compliqué de temps en temps, ça ne fait pas de vous quelqu'un d'intelligent.

J'essayai de garder un ton léger, mais cela se révéla difficile.

— Même chose quand on balance plein de mots faciles. Et des boutons « suivant » à tire-larigot. Et des pubs Google pour des pilules de régime.

— C'est un coup bas. Et puis-je préciser que ce n'est pas vous qui avez trouvé ces fameuses dents ? Tout ça, c'est de l'info réchauffée. Comme tout ce qui est sorti de votre bouche jusqu'à présent.

— Les découvertes de cette ampleur ne courent pas les rues.

— Exact. D'où votre mantra : « Quand on est à la recherche de la vérité, le résultat importe peu. Tout ce qui compte, c'est de ne pas renoncer à la quête. » Hyper zen. Et fort commode, par-dessus le marché. Parce que ne pas trouver quoi que ce soit, c'est devenu votre spécialité, pas vrai ?

— Si c'était facile, rétorquai-je, ça ferait belle lurette *qu'il n'y aurait plus rien à découvrir*. Tout cela ferait partie de l'histoire officielle, au lieu d'être nié, enfoui dans un coin.

— Bien rattrapé. Mais, sérieusement. Je crois que l'épisode que je préfère est celui où vous vous êtes rendu à Washington pour exiger du Smithsonian qu'il vous montre des squelettes de géants supposément cachés dans ses réserves. Impayable. Vous, sous une pluie battante, protestant contre une prétendue mascarade visant à occulter l'histoire secrète de l'Amérique. Et le pauvre employé qui se tuait à vous répéter qu'il n'y avait pas de squelettes de géants.

— De nombreux rapports rédigés au XIX$^{e}$ siècle mentionnent des squelettes gigantesques. En 1890, même celui du département d'ethnologie du Smithsonian, dirigé à l'époque par notre cher John Wesley Powell – on ne fait pourtant pas plus conformiste que lui –, décrit en détail des squelettes dépassant allégrement les deux mètres, découverts à Dunleith dans l'Illinois et dans le comté de Roane, Tennessee. Je possède même le document original en PDF sur mon téléphone, si ça vous intéresse. Des récits similaires, il y en a *des tas*, et les restes figurent parfois dans des strates suggérant une antériorité par rapport aux Indiens d'Amérique.

— Waouh. Vous avez envie de vous aventurer sur ce terrain-là ? De là à « les tribus n'étaient pas le premier peuple américain, donc qu'elles arrêtent de chouiner pour récupérer leurs terres », il n'y a qu'un pas. Vous tenez vraiment à vous associer à ce genre d'idées ? Vous êtes plus courageux que je le pensais.

— Évidemment que non. Certains comptes-rendus ont sans doute été écrits par des colons décidés à décrédibiliser les prétentions indiennes, à nier leur primauté. Certains mythes indiens font d'ailleurs la même chose, soit dit en passant, puisqu'ils évoquent invariablement des prédécesseurs, des « étendards de culture » à la peau blanche et aux cheveux roux. Même si naturellement, m'empressai-je d'ajouter, il est difficile de savoir si nous avons consigné fidèlement ces récits oraux.

— Encore une fois, bien rattrapé. Vous prenez bien soin de ne pas vous mouiller. Comme d'habitude. Je meurs d'envie de vous demander si vous voulez du café ou du thé. Vous me répondriez certainement les deux. Ou vous refuseriez carrément.

— Bon, ça suffit comme ça.

J'avais haussé le ton, et je vis Ken lancer un regard dans notre direction.

— En principe, vous deviez écrire un papier dans les règles de l'art à propos de l'émission. Ce n'est pas avec ce genre de discours à la con qu'on s'adresse à un professionnel, à un confrère.

— Mais vous n'êtes pas un professionnel, m'objecta-t-elle posément. Sauf au sens, très limité, où vous vivotez grâce à cette activité. Moi, je ne suis pas une épistémo-machin-truc. Mais vous, vous n'avez pas le moindre début de qualification, que ce soit en archéologie ou dans un autre domaine. Vous êtes un as du copier-coller chez qui la moindre déclaration suscite des « Se pourrait-il que... » et des « Cela soulève bien des interrogations... » Tant et si bien qu'au bout du compte, vous ne prenez jamais position sur rien.

— C'est simplement qu...

— Et je ne suis pas du tout persuadée que vous *croyez* ce que vous avancez. C'est bien le pire dans tout ça. Vous ne pensez pas qu'il y a un vaisseau extraterrestre dans la Zone 51. Vous ne pensez pas que nous allons un jour localiser l'arche de Noé. Vous savez simplement reconnaître une belle histoire, et vous avez le don de vendre des complots déjà périmés à des internautes décérébrés en mal de sensations.

— Je ne fais que vous imiter, pas vrai ? Votre prose est tout de même loin de mériter le prix Pulitzer. « Les dix raisons qui font que plus personne n'engage Jessica Biel ». C'est la classe, comme article, ça donne matière à réfléchir.

De toute évidence, je venais de toucher une corde sensible.

— Ces temps-ci, je travaille sur des articles plus sérieux.

— Quelques billets d'humeur non rémunérés pour le *Huffington Post*, ça ne vous hisse pas au niveau de Woodward ou de Bernstein.

— C'est noté, rétorqua-t-elle. Mais, en parlant de *vrais* journalistes, ça ne vous dérange pas que Kristy ait autant de succès ?

— Qui est Kristy ?

Elle hésita. Leva les yeux au ciel.

— Ha. Vous savez bien. Kristy, votre *ex-femme.*

— Qu'est-ce que vous entendez par « autant de succès » ?

— Vous plaisantez ? Tout ce qu'elle écrit en ligne se retrouve immédiatement relayé dans le monde entier, avant même qu'elle ait ôté ses jolis petits doigts de son clavier. Elle propose les conférences TED les plus regardées de tous les temps. Elle vient d'entrer dans le top 50 des Américaines les plus influentes ; d'accord, elle ne figure qu'à la 43e place, mais tout de même… Elle compte plus de 250 000 *followers* sur Twitter. En ce moment, elle vadrouille quelque part en Alaska pour un projet gé-nial concernant le pergélisol. Elle est toute fine, toute menue, on a même l'impression qu'elle disparaît quand elle se tourne de profil. C'est ça que j'entends par « autant de succès ».

— Une chose est sûre, c'est que ça a l'air de vous déranger, *vous.* La solidarité féminine a du plomb dans l'aile.

— Vous êtes vraiment un enfoiré, je crois qu'on peut le dire.

— Ça a été dit, en effet.

— Non, sérieusement. Ça ne vous dérange pas ?

— Quoi, d'être un connard fini ? Non. J'ai l'habitude.

Elle se contenta de me regarder et d'attendre.

— Non, absolument pas. Kristy mérite amplement son succès. Elle a de vraies opinions, qui sont d'ailleurs tout à fait valides. Elle est intègre. C'est la personne la plus intelligente que j'aie jamais rencontrée.

— Si elle a tout pour elle, comment se fait-il que vous vous soyez séparés ?

— Parce que tout ce que je vous ai raconté sur elle ne vaut pas pour moi.

Toute l'équipe était désormais rassemblée près de la voiture, sac au dos, prête à partir. De toute évidence, on n'attendait plus que nous.

— Il est temps d'y aller, dis-je.

Elle me sourit, d'un air pensif.

— Je suis étonnée. Je ne pensais pas que vous vous écrouleriez si facilement.

— En effet, je suis une petite nature, répliquai-je, soudain envahi par une profonde lassitude. Mon atout, c'est que, généralement, j'arrive à rebondir.

Les archives de Nolan Moore
*Le Grand Canyon*, Thomas Moran, 1916

# Chapitre 6

Vingt minutes plus tard, nous entamions la descente. Après une première section escarpée qui m'obligea – je l'avoue sans honte – à garder ma paume au contact de la paroi, le chemin sinua graduellement en épingles à cheveux et pente douce. Nous avancions les uns à la suite des autres, tous équipés de sacs à dos et chargés également d'éléments de matériel, notamment une chiée de batteries pour la caméra, ce qui faisait que tout le monde était très concentré sur ses pieds, et ne levait qu'occasionnellement les yeux pour contempler l'extravagante beauté du canyon d'un air ébahi.

Je fermais la marche, à quelque distance de mes camarades. Non pas pour jouer à la *prima donna*. Simplement, j'avais envie d'être seul. Je ne ressassais pas non plus avec amertume ma discussion avec Gemma. Je savais parfaitement qu'elle n'avait pas foncièrement tort, et que certaines personnes devaient être de son avis. J'étais d'ailleurs du nombre.

J'ai beau m'intéresser depuis tout petit aux histoires bizarres et inexpliquées, je ne suis pas archéologue. Il y a encore trois ans, je bossais dans l'industrie du cinéma. Ou peu s'en faut. J'étais scénariste, je « débutais dans le cinéma » comme des serveurs disent participer à des mondanités. Je travaillais dur, je gagnais de l'argent et je faisais mécaniquement ce qu'on attendait de moi. J'ai essayé. Pendant des années.

Je n'étais pas doué. Ou pas *assez doué*, en tout cas. J'ai fini par foutre le camp après avoir passé un an à peaufiner ce qui devait être un « succès assuré ». Un projet pour la télé, en l'occurrence, dont le producteur était un chouchou de la Fox. C'était la Garantie Que Ça Irait À Terme. Et puis un jour, le type est passé aux abonnés absents pour des raisons qui m'échappent encore – c'est à croire qu'il a été kidnappé –, et la femme qui l'a remplacé a suivi la procédure consacrée, à savoir saborder tout ce qui avait pu mobiliser des ressources coûteuses avant son arrivée.

Je me suis rendu à la réunion, j'ai écouté poliment, en bon professionnel, je n'ai pas poignardé la bonne femme avec mon stylo, je suis ressorti de là comme une furie en me demandant sur lequel de mes nombreux scripts j'allais bien pouvoir me rabattre, j'ai brandi mon téléphone pour informer mon agent que j'étais à nouveau disponible et qu'il fallait qu'il me mette sur le premier projet qui lui tomberait sous la main. Et puis je me suis figé sur le trottoir.

Les gens me contournaient avec des « tss » agacés, et moi, j'avais les yeux rivés sur mon fidèle téléphone. J'avais l'impression d'avoir dans la main un artefact extraterrestre, et je me suis rendu compte que les idées prometteuses qui s'entassaient dans mon ordinateur n'étaient justement que cela. Des promesses, creuses de surcroît.

J'ai fourré l'appareil dans ma poche et j'ai longé tout Pico Boulevard jusqu'à Santa Monica. Pour ceux qui ne sont pas très au fait de la géographie de la Cité des Anges, sachez que ça fait une sacrée trotte.

Lorsque enfin j'ai atteint l'océan, j'avais trop chaud et j'étais exténué, mais aussi perplexe et un brin inquiet de découvrir que mon visage ruisselait de larmes. Je n'avais jusque-là pas remarqué que je pleurais. J'étais épuisé, frustré, je périssais d'ennui. Allongé sur la plage, je me suis maladroitement efforcé, tel le phénix, de rallumer ma petite flamme intérieure comme je l'avais déjà fait de nombreuses fois, conscient que j'avais besoin de faire une pause – le producteur de la Fox était un type intelligent mais passablement zélé, et ça faisait un bail que mes journées n'en finissaient pas – mais que ma vie reprendrait ensuite comme avant.

Ça ne s'est pas passé ainsi.

Mon âme était vide.

J'en avais fini avec tout ça.

Quand le jour a commencé à décliner, j'ai appelé Kristy et elle est passée me chercher. Nous avons flâné dans notre quartier, avons atterri dans un bar, et elle m'a serré dans ses bras en me disant que j'étais bourré de talent, que je finirais bien par trouver une activité qui me correspondrait, que tout serait génial et qu'elle m'aimait.

À l'époque, c'était comme ça que ça se passait entre nous.

Prenant conscience d'un bruit de pas, j'avisai Ken qui s'était laissé distancer pour m'attendre. Le sentier s'était temporairement élargi, et nous pouvions cheminer à deux de front.

— Bon, dit-il. J'ai le plaisir de t'informer que le moral est au beau fixe. Pierre chope de belles images, et notre Feather est un gentil petit ange toujours pimpant qui ne me cause absolument aucun problème. Tout tourne rond, c'est fabuleux, sauf pour Nolan Moore chez qui je sens du vague à l'âme, à supposer qu'il en ait une, d'âme.

— Je vais bien.

— À d'autres. Je n'ai pas pu m'empêcher d'entendre la fin de ta petite « interview ». Ça chauffait.

— Si tu oses me dire que tu m'avais prévenu, je lâche les chiens.

— Ce ne sera pas nécessaire. Et de toute façon, je t'emmerde. Je ne te le dis pas souvent, parce que je n'ai pas envie d'encourager tes travers, mais t'es bon dans ton domaine, Nolan. Rien à voir avec du talent, vu que t'en as aucun. Néanmoins, tu trouves des choses intéressantes à dire, et tu les énonces clairement. Peu importe que tu croies ce que tu racontes.

— Je pense que si, pourtant.

— C'est parce que t'es un abruti. Petit cours d'histoire, mon vieux. Comme tu le sais, *Les Morts refusent de mourir* est mon plus gros succès.

— Je… ne l'ai pas encore vu.

— Tant mieux. Il était merdique, et ça n'a pas changé depuis. Mais il a bénéficié d'un bon bouche-à-oreille, au point qu'il est devenu rentable avant même sa sortie en DVD. Je lui dois la Kenmobile. Idem pour les prothèses mammaires de ma femme. Son choix : moi, ses seins me plaisaient tels qu'ils étaient. Bref, passons. Le film respectait tous les codes du film de vampires, et le mec qui l'a réalisé est le plus gros connard avec qui j'ai eu le malheur de bosser. C'est Nick, son petit nom. Nick Golson. Quel gros enfoiré. Toujours est-il que je l'ai croisé il y a six mois à l'occasion d'une convention de films d'horreur, à San Diego – il débite des kilomètres de pellicule pour de pauvres films de zombies sur le câble – et, pour plaisanter, je le relance sur la qualité déplorable des *Morts refusent de mourir*. Il m'écoute, et puis quand j'ai terminé, il me fait signe de le suivre. Il va voir une femme. Il lui explique que c'est moi qui ai produit *Les Morts…*, et il lui demande de me raconter ce qu'elle vient de lui dire. Je te passe les détails, mais en gros, sa mère est morte un mois avant la sortie du film, et il y a un bout de dialogue – il était de moi, et figure-toi que Golson a été assez classe pour le lui signaler – qui l'a aidée à aller de l'avant, à faire son deuil, etc. Presque vingt ans plus tard, elle en garde un souvenir ému. Elle m'a tout récité au mot près.

— C'est chouette.

— Tu l'as dit. Du coup, je me suis bien gardé de lui préciser que j'avais écrit la majeure partie du scénar' assis sur les chiottes. Là où je veux en venir, c'est que ni toi ni moi on ne sait ce qui aura de l'importance pour le public, à long terme. Et tu sais quoi ? On s'en fiche éperdument. La Bible est un ramassis de conneries, et ça n'empêche pas des milliers d'empaffés de s'en servir comme prétexte pour se conduire comme les pires des salauds. Même chose pour le Coran, le Talmud et probablement aussi les bouquins d'où les bouddhistes tirent leurs espèces de formules magiques. D'un autre côté, ça fait des *milliers* d'années que des *millions* de gens arrivent à passer le cap de leur journée grâce à ces sottises, qu'ils y trouvent de quoi se mettre du baume au cœur, ou matière à considérer le monde différemment pendant dix minutes.

— *Aux frontières de l'Anomalie* n'a rien de spirituel, Ken.

— Ah bon ? Si, à chaque épisode, tu dis un truc qui montre l'univers sous un jour moins barbant, ou qui incite ne serait-ce qu'une personne à s'interroger sur le monde, alors tu pourras considérer que tu as fait ton boulot, mon vieux. Peu importe que tu détiennes la « vérité » ou pas, peu importe l'opinion de Gemma, elle est sournoise et ça devrait être interdit d'être aussi jeune… À quoi bon s'en soucier ? La vérité, c'est bon pour les ados et les hippies. Nous, on est trop vieux et trop moches pour ces conneries. « Réveille-moi, force-moi à réfléchir ou paie-moi un coup à boire. Sinon, dégage. »

— Tu es un homme aux profondeurs insoupçonnées.

— Non, je suis un con. Tout comme toi. Maintenant, reprends-toi et allons trouver cette foutue caverne.

— On ne la trouvera pas, Ken, tu le sais bien.

— Aucune importance, mon vieux. C'est pas ce que tu dis toujours ?

Il allongea la foulée, et je suivis mes compagnons vers le fond du canyon.

# Chapitre 7

— C'est *ça* le bateau ?

Midi était passé depuis longtemps, et il faisait extrêmement chaud. Vous auriez pu craquer une allumette contre la face interne de mes joues. Le sentier était resté praticable, même s'il s'était progressivement rétréci et était devenu de plus en plus accidenté, serpentant principalement le long d'une série de ravins lorsqu'il ne rasait pas le bord du gouffre, rendant notre progression plus hasardeuse.

Pendant la première heure et quelque, notre lente descente avait baigné dans une glorieuse atmosphère d'intrépidité. L'air était encore frais, et le paysage qui se déployait comme une peinture de Mars en couverture d'un roman de S.F. des années 60 conférait à notre expérience une authenticité teintée de magie.

Il est néanmoins typique de l'esprit humain que la force de l'habitude vienne gâter l'infinie diversité de l'existence. Les heures suivantes, si je veux être franc, se sont traînées en longueur. J'ai toujours été d'avis qu'une randonnée qui doit durer plus de… disons quarante minutes constitue une forte incitation à se garer plus près de la destination visée.

Un regain d'énergie accompagna la dernière section tandis que nous nous rapprochions du fleuve. Car enfin, à une centaine de mètres de notre objectif, au détour d'une énorme saillie… nous avisâmes en contrebas, sur une berge dégagée, une embarcation bleu pastel. Le quart avant consistait en une coque basse faite de plastique blanc rigide.

Le reste de la structure était gonflable. Et une annexe encore plus modeste était accrochée à l'arrière.

—Mais oui, tout à fait, dit Molly.

Ken regarda vers la rive.

—Putain, Molly, y a même pas de *moteur.*

—Non, évidemment. C'est un canot à rames. Il faut ramer.

—Tu te moques de moi ?

—Non, répondit-elle patiemment. Je t'ai tout expliqué l'autre soir. On était censés avoir un modèle à moteur. C'était ce que j'avais réservé. Mais à la place, on a obtenu ce bateau-là, qui est deux fois plus gros, ce qui signifie qu'on va pouvoir transporter, en plus des sacs de couchage, plusieurs petites tentes. C'est positif.

—Mais y a pas de *moteur*, c'est ça que j'essaie de te dire.

—On gagne d'un côté, on perd de l'autre.

—Donc il va falloir qu'on *rame* ?

—Ça te fera du bien.

—Oh putain…

Vingt minutes plus tard, nous quittâmes le sentier pour prendre pied sur la berge caillouteuse.

—Waouh, fit Feather. (Tournant lentement sur elle-même, elle regardait vers le ciel.) C'est incroyable. Extraordinaire. Quelle *merveille.*

Les parois du canyon nous avaient dominés pendant une bonne partie de la matinée, mais l'effet se trouvait démultiplié depuis que nous avions atteint le fond de la gorge. Près de mille cinq cents mètres de roche se dressaient à notre aplomb, alors que le fleuve ne dépassait pas trente mètres de large. Nous avions l'impression d'avoir pénétré dans un lieu secret, étrange et ancien… Un environnement antérieur aux attentes humaines, et où l'inhabituel pouvait devenir réalité.

Un homme qui patientait à l'abri du soleil s'avança vers nous d'un pas conquérant. Je l'assimilai immédiatement à l'un de ces grands gaillards bourrés de testostérone jusqu'à la gueule qui finissent généralement chauves à trente piges. Il se présenta. Il s'appelait Dylan et était sud-africain, quelle drôle d'idée.

Après avoir échangé une poignée de main avec tout le monde, il s'adressa à moi.

— Alors, c'est vous l'Indiana Jones de service ?

— On peut dire ça.

— Formidable. Juste une chose. Sur le fleuve, c'est moi qui commande. On va faire une bonne partie du chemin cet après-midi, on campera ce soir, et on devrait arriver sur la zone voulue demain, après encore quelques heures de navigation. Ce sera un voyage sans surprise, hormis, un peu plus tard dans la journée, un passage dans des rapides un peu plus musclé que d'habitude, parce que l'année dernière, une secousse a fait bouger certains rochers. Mais même quand ce sera le calme plat, je ne veux pas que vous fassiez n'importe quoi, parce qu'on est bien loin de la civilisation, pigé ? Vous avez déjà de l'expérience avec des canots comme celui-ci ?

— Pas vraiment, répondis-je, conscient que le regard de Gemma était posé sur moi.

— C'est-à-dire, plus *précisément* ? Histoire qu'on sache de quoi on parle.

— Précisément ? Aucune expérience.

— Dans ce cas, obéissez-moi au doigt et à l'œil, et on va bien s'amuser. D'accord ?

— Puisque vous le dites.

Je ne pris pas la peine de lui expliquer que, s'il ressentait le besoin d'affirmer sa domination, il ferait mieux de s'adresser à Ken, ou à Molly. Il s'en rendrait compte bien assez tôt. Ce dont je me serais bien passé, en revanche, c'était de voir Gemma sortir son carnet. J'étais persuadé que, quelle que puisse être la teneur finale de son article, mon échange avec Dylan y figurerait. Probablement assorti d'une citation mise en exergue.

Dylan passa la demi-heure suivante à nous montrer comment ranger nos affaires dans les casiers étanches, mettre nos gilets de sauvetage et enfiler des gants qui nous épargneraient des ampoules ; à nous expliquer le fonctionnement des rames en rapport avec la propulsion du bateau sur l'eau ; et, plus globalement, à nous prendre de haut de diverses manières. Ce qui devait arriver arriva, Pierre prenant la mouche et se mettant à débiter une salve de références à ses propres expéditions en eau vive, toutes plus intrépides les unes que les autres. Je m'aventurai à l'écart pour fumer une cigarette pendant qu'ils jouaient à qui-pisse-le-plus-loin.

Ken me rejoignit, semblant foudroyer son téléphone du regard.

— J'ai à peine une barre, marmonna-t-il. Putain, on se croirait revenus à l'âge de pierre.

— Excellente nouvelle, lui dis-je. Car qui sait quels secrets chérissaient nos ancêtres, à quelles réflexions philosophiques ils pouvaient se livrer entièrement, sans cet asservissement à la technologie qui…

— Ferme-la, et arrête de faire ton intéressant.

Nous finîmes par monter dans ce foutu rafiot, tout de même assez vaste pour ne pas me donner l'impression que je mettais ma vie en péril, ou que l'un d'entre nous risquait, à chaque instant, de tomber par-dessus bord pour amuser la galerie. Une fois que nous eûmes choisi la place de chacun, Pierre, Ken et moi redescendîmes sur la berge. Naturellement, lorsque nous partirions vers l'aval, nous filmerions notre périple de façon à le présenter comme une quête solitaire, mais le public d'aujourd'hui comprenait bien que le gars qui jacasse devant la caméra ne peut pas simultanément *manier* ladite caméra, et d'après Ken, il n'était pas aberrant de montrer que toute une équipe était impliquée ; ce serait le gage du sérieux de notre expédition. Il n'y aurait pas que moi en train de faire le con dans un canot pneumatique.

C'est pour cette raison que les autres mirent un point d'honneur à nouer des sangles déjà nouées, et à enlever leur gilet de sauvetage pour le remettre aussitôt, Pierre filmant cette activité de façon qu'elle apparaisse élégamment sur un côté de l'écran tandis qu'il m'immortalisait debout sur la berge, au premier plan, devant le fleuve cadré au grand-angle. Ken brandit le micro au bout de sa perche et me fit signe que je pouvais commencer à parler.

— Nous ne sommes pas les premiers à nous être lancés à la recherche de la caverne de Kincaid, dis-je sur un ton éminemment songeur. Elle est si singulière, d'une importance si cruciale… Pas étonnant qu'il y ait eu d'autres tentatives. Aucune n'a été couronnée de succès. À certains égards, le récit de Kincaid est extrêmement détaillé, alors qu'il reste vague sur d'autres points, ce qui est très frustrant. Mais peut-être a-t-il agi intentionnellement. L'une de ses premières remarques attestées est la suivante, et je le cite mot pour mot : « Je ne saurais trop insister sur le fait que la caverne est presque inaccessible. » Il continue en précisant que « l'entrée s'ouvre à même la paroi verticale, à quatre cent cinquante mètres du sommet de la gorge ».

Je me tournai légèrement pour indiquer la falaise qui se dressait à l'aplomb de la rive opposée, et Pierre adopta subtilement un nouvel angle de vue pour renforcer la sensation d'écrasement des mille cinq cents mètres d'à-pic, en orientant délicatement sa caméra vers le haut.

— Il nous dit ensuite qu'elle se trouve sur les terres du gouvernement. Puis que quiconque serait surpris sur les lieux serait poursuivi en justice. Gardez à l'esprit que son article a vu le jour à une époque où le simple fait de descendre au fond du canyon relevait de l'exploit. Il n'y avait ni routes, ni trains, ni voitures climatisées. Alors, chercher une obscure caverne au beau milieu d'une paroi abrupte, sur des kilomètres et des kilomètres de gorge ? Impensable. C'est ce qu'affirme Kincaid, et ce point est, me semble-t-il, extrêmement intéressant. Parce que ce que j'entends, moi, c'est que ces explorateurs avaient bien conscience d'avoir fait une découverte capitale. Cela me suggère que la grotte existe bel et bien. N'attendant que d'être localisée.

Je ménageai une pause qui permettrait d'opérer facilement un raccord, puis désignai Dylan d'un geste de la main.

— J'ai le plaisir de vous présenter Dylan. Il connaît le fleuve comme sa poche, et il sera notre guide durant cette étape de notre expédition.

Dylan s'approcha d'un pas décidé, roulant des mécaniques pour avoir l'air encore plus viril.

— Salut.

— L'endroit dont je vous ai parlé… avez-vous déjà eu l'occasion d'y conduire quelqu'un ?

Il secoua la tête.

— Nan. C'est une première, pour être ho…

— Formidable. J'ai hâte d'y être. Mais avant que nous partions, j'aimerais vous poser une question qui, j'en suis sûr, brûle les lèvres de nos spectateurs.

— Allez-y.

— Quel est précisément le tirant d'eau du canot, en centimètres cubes ?

Dylan cilla.

— Plaît-il ?

— Ou en centimètres, si c'est plus facile pour vous.

— Je n'en ai… aucune idée.

J'éclatai de rire.

— Et on s'en moque, pas vrai ? Non, ce que nous devons garder à l'esprit au début de notre expédition, c'est la date du premier voyage effectué par des Européens sur cette partie du fleuve Colorado. C'était en quelle année déjà ?

— Euh..., fit Dylan.

Je laissai le silence se prolonger sans me départir d'une expression de suprême sérénité.

Au bout de cinq secondes sur le même mode, Pierre poussa un soupir et cessa ostensiblement de filmer.

— C'était du 24 mai au 30 août 1869, dis-je. John Wesley Powell. C'est pas grave. Mais ce serait une super anecdote à partager avec votre prochain groupe de touristes, vous croyez pas ? Vu que c'est quand même *un peu* votre boulot de recréer le périple emblématique de Powell.

Dylan toussota.

— Je peux réessayer avec une autre question ?

— Non, rétorqua Ken. Il faut qu'on se mette en route. Et chez nous, c'est une prise sinon rien. Un exercice dans lequel Nolan excelle systématiquement.

— Désolé.

— Ne vous en faites pas. (Je souris gentiment à Dylan et lui tapotai l'épaule.) Vous vous habituerez. Probablement.

Il s'éloigna vers le bateau, tout penaud. Pierre dressa un poing conquérant, quoique discret, et Ken me fit un clin d'œil.

Qu'on se le dise : je suis tout à fait capable, moi aussi, de jouer à qui-pisse-le-plus-loin quand cela s'impose.

# Chapitre 8

Il y a une chose qui me plaît dans mon soi-disant métier, c'est qu'il me donne l'occasion de faire des choses que je ne ferais pas d'ordinaire. La plupart des écrivains (et des ex-écrivains) sont de gros flemmards, du moins physiquement parlant. Oh, il y a bien des exceptions, comme Hemingway par exemple, qui sortait de chez lui pour canarder des trucs ou se prendre pour un macho le temps d'une partie de pêche au gros, mais je parie que, même lui, il était bien plus heureux à jouer les piliers de bar, ou sous son porche à communier avec ses chats sous la forme de courtes phrases affirmatives.

Comme je m'en étais ouvert auprès de Gemma, je n'avais curieusement jamais mis les pieds dans le Grand Canyon auparavant. Et voilà que je me retrouvais, non seulement au beau milieu de la gorge, mais surtout en train de voguer sur le fleuve Colorado, mille cinq cents mètres plus bas que le reste du monde, engoncé dans un gilet de sauvetage et actionnant ma pagaie à intervalles réguliers ; bref, j'étais dans l'action. Nous formions trois rangées, Ken et moi assis dans le fond comme deux écoliers. Je voyais bien que Dylan sentait notre équipe assez peu consciente du sérieux de l'entreprise, mais il était encore échaudé par sa mésaventure de tournage et ne semblait guère enclin à nous enquiquiner. Pour le moment.

C'était déjà le milieu de l'après-midi, et le soleil prêtait aux parois accidentées du canyon de glorieuses tonalités de rouge, d'orange et de brun. La roche se présentait le plus souvent sous la forme de stries horizontales, mais on distinguait ici et là des taches minérales, ainsi que des lignes verticales. Les pans inférieurs des falaises étaient semés d'arbustes et de petits arbres tordus. Des roches fracturées assuraient la jonction avec le fleuve, qui mesurait à cet endroit vingt mètres de large pour dix de fond. On avait vraiment le sentiment d'être sur une autre planète.

Plus tard, je comptais repasser devant la caméra pour évoquer notre itinéraire, de manière concise. En partie pour laisser planer le mystère et ainsi imiter Kincaid, qui n'avait toujours décrit son expédition qu'avec la plus grande circonspection, ce qui me paraissait d'ailleurs intrigant. Mais aussi parce que, pour tout dire, je n'arrivais plus à me rappeler pourquoi j'avais décidé que nous devions explorer cette zone et pas une autre. J'avais procédé par triangulation en me fondant sur cinq articles distincts que j'avais pêchés sur Internet, tous rédigés dans cet esprit boursouflé typique des amateurs de détails à tout prix. Je possède de nombreuses qualités (j'imagine), mais l'attachement pointilleux aux détails n'en fait pas partie.

Jusque-là, tout allait bien. Cependant, histoire de compliquer la situation, j'avais fini par décider que les chercheurs/théoriciens dont j'avais engrangé/volé le travail avaient omis de relever des références subtiles semées dans le texte original, des éléments qui, selon moi (alors que j'étais, je le confesse, sous l'emprise d'une quantité significative d'alcool, de même que sous celle d'une beuh d'enfer, à moi fournie par la Lettonne qui faisait le ménage à mon domicile, mais je préfère ne pas m'étendre sur le sujet), tendaient à indiquer que Kincaid les avait sciemment mis sur une mauvaise piste. Je détenais (virtuellement, puisque je l'avais photographiée et que j'avais incorporé les clichés à ma base de données Evernote) l'immense feuille de papier sur laquelle j'avais couché les esquisses, les calculs et les diagrammes qui m'avaient permis de déterminer l'emplacement de la caverne. Le genre de trucs que les flics découvrent dans le garage du type qu'ils viennent d'arrêter pour une série d'homicides tous plus macabres les uns que les autres, au terme d'une campagne de terreur orchestrée pendant une décennie, même si à l'époque ça m'avait paru judicieux. Encore que.

Toujours est-il que j'avais réduit la zone de recherches à une bande de terrain d'environ quatre cents mètres de long que rien ne distinguait du reste, au fond d'une gorge secondaire qui n'intéressait absolument personne mais où le fleuve était anormalement large, et anormalement profond.

Encore fallait-il arriver à destination.

Au bout d'une heure de croisière placide, le canot se mit à filer de plus en plus vite, sans raison apparente.

— On se rapproche des rapides ?

— Yep, fit Dylan. Faudrait peut-être voir à s'accrocher.

La vitesse enfla encore d'un cran, si bien que le raft négocia un coude à toute allure, et le fleuve prit subitement un aspect très différent. Le vaste serpent d'eau tranquille s'était rétréci de deux tiers et était désormais jonché de gros rochers qui infléchissaient nettement le courant sans en amoindrir la fougue.

Avant que nous ayons eu le temps de nous habituer, nous fûmes secoués de droite et de gauche, l'embarcation décollant brièvement avant de s'abattre brutalement avec un bruit sourd sur la surface de l'eau, et aussitôt après, une autre secousse majeure la déstabilisa, son flanc droit s'élevant d'une cinquantaine de centimètres par rapport au côté gauche.

Et tout à coup, plus de Feather.

— *Merde !* cria Dylan.

Il commença à aboyer des ordres tout en tâchant de diriger le raft vers la gauche, là où l'eau était moins agitée, et en scrutant le fleuve, le regard fou. Il semblait hautement perturbé, ce qui n'était pas fait pour nous rassurer.

— Où est-elle ? hurla Molly. Où…

C'est alors que nous l'aperçûmes. Elle flottait à notre parallèle, négociant le courant avec facilité. Elle évita adroitement un volumineux écueil bien décidé à la chahuter, puis fendit l'eau avec aisance pour nous rejoindre, d'un crawl puissant et régulier.

Elle saisit la main que Pierre lui tendait, et en clin d'œil la voilà remontée à bord, le sourire jusqu'aux oreilles.

— Encore, *encore*, dit-elle.

Au bout de quelques minutes extrêmement cahoteuses, les rochers disparurent. Le fleuve s'élargit à nouveau, et reprit progressivement son cours normal. Feather parut déçue.

— Ça va ? lui demandai-je.

— Si ça va ? C'était *génial*. Dylan, il y a d'autres rapides de prévu aujourd'hui ?

— Non. Et quand je dis qu'il faut s'accrocher, on *s'accroche*. Je suis censé veiller à ce qu'il ne vous arrive rien, pigé ?

J'adressai un clin d'œil à Ken.

— Ah, fis-je. Dommage que ce ne soit pas moi qui sois tombé, on aurait pu filmer. Ce que tu espérais au fond de toi, je n'en doute pas.

— Exactement. Mais ce n'est que partie remise. Tu peux courir, mon vieux. Mais pas te cacher indéfiniment.

# Chapitre 9

— Voilà qui est mieux.

Le soir tombait tout juste, et nous étions assis, Ken et moi, sur des chaises de camping instables. La berge modeste, cinquante mètres de long et moitié moins de large, occupait une partie du canyon où la paroi s'inclinait doucement avant de s'élancer tout droit vers le ciel. Le versant opposé tombait, lui, à pic jusqu'à l'eau, mais les rayons déclinants du soleil semblaient rebondir contre le liseré de la gorge, loin, bien loin au-dessus de nous, parant le ciel d'un halo vaporeux et embrasant les tombants rocheux.

Sacré spectacle. Et le fait que nous étions rassasiés ajoutait à notre confort. En plus des chaises de camping et des trois minuscules tentes que nous avions embarquées – nous les avions immédiatement attribuées aux femmes de l'expédition, sans même avoir eu besoin de nous concerter, et soit dit en passant, j'avais vu clair en Gemma ; elle s'était demandé si cela valait la peine de lutter d'arrache-pied contre ce qui constituait une entorse à la sacro-sainte égalité des genres, avant de décider que flûte à la fin, la nuit allait être frisquette –, Dylan avait installé un petit grill. Sitôt le campement établi, notre guide s'était emparé d'une pince et d'une spatule, puis avait sorti de la glacière du poulet et des brochettes d'agneau. Le fumet alléchant qui s'était élevé dans l'air pur avait suffi à soutirer à nos estomacs des grognements d'impatience perceptibles.

Évidemment, ce genre de nourriture est toujours plus savoureux en plein air, quand c'est l'aventure, mais figurez-vous que Dylan avait été cuistot pendant un an, quelque part en Méditerranée, et qu'il savait parfaitement comment s'y prendre. Même Feather, qui était – faut-il le préciser ? – végane, put s'estimer satisfaite étant donné que des salades avaient été prévues pour les amateurs de verdure. Elle était encore en train de grignoter son chou kale et son quinoa, le nez et le front cramoisis par le soleil, longtemps après que nous fûmes sortis de table, repus.

Il se trouve par ailleurs que Ken avait décrété que notre expédition serait une expédition arrosée ; un bon nombre de bouteilles de vodka avaient donc trouvé leur place dans une glacière dédiée. De ce fait, lui et moi étions tranquillement en train d'accéder à l'ivresse.

— C'est de la bonne, lui concédai-je.

— Qu'est-ce qu'elles ont, les couleurs ?

Le paysage évoluait de minute en minute, les derniers rayons du soleil soulignant les stries rouges, orange et brunes des tombants et des rochers, gros et petits, qui jonchaient la pente sur les deux rives.

— C'est à cause des dépôts de minéraux.

— Je sais bien, connard. Ce que je veux dire, c'est : on n'est pas censés faire attention aux couleurs, demain ?

— Dans ce secteur de Marble Canyon, la roche est, pour l'essentiel, un agrégat qu'on appelle le schiste de Vishnou, âgé de deux millions d'années, et qui se trouvait à l'origine enfoui environ quinze kilomètres sous terre. Il a été fortement comprimé au fil du temps, ce qui fait qu'il est relativement dense, et présente un aspect marron foncé. Ce n'est pas ce qu'on recherche. Kincaid a précisé que des couches sédimentaires étaient visibles autour de la caverne, et il fait spécifiquement référence à des « taches » à mi-hauteur. Ce qui, *grosso modo*, délimite une zone de huit kilomètres de long.

— Huit kilomètres, ça fait beaucoup de roche à inspecter.

— J'ai réussi à réduire ça à un peu moins de cinq cents mètres, et c'est justement la zone que Molly a indiquée à Dylan. D'après lui, on y sera en fin de matinée.

Ken me fit un clin d'œil.

— Ça veut dire qu'une grosse journée nous attend. À l'heure du déjeuner, on sera déjà en train d'explorer la caverne.

— Ha ha.

Plus tard, ayant réussi à débiter un honorable laïus devant la caméra de Pierre, je buvais du café et fumais une cigarette propice à l'introspection, assis sur un caillou, lorsque j'entendis quelqu'un s'approcher.

— Ne vous en faites pas, dit Gemma. J'ai laissé ma casquette de journaliste d'investigation au vestiaire. Vous vous êtes trouvé l'emplacement idéal, à ce que je vois.

Je me décalai vers le haut pour lui permettre de se percher non loin de moi, et ensemble, nous contemplâmes le canyon enténébré en écoutant le bruit de l'eau froide.

— Je voulais tout de même vous demander quelque chose.

— C'est polémique comment, sur une échelle de un à dix ?

— Deux, à peu près. Les mystères. En quoi sont-ils attrayants ? Pour vous, je veux dire. Et ne me servez pas des âneries du genre « ce qui compte, c'est la quête ». Pour la plupart des sujets que vous couvrez, il faut voir la réalité en face… vous n'obtiendrez jamais de réponse. Ce n'est pas frustrant, au bout d'un moment ?

— Non, répondis-je. Quand un fait est avéré, c'est terminé. L'affaire est close. Et l'esprit aussi. Ce sont les mystères insolubles qui vous ouvrent des horizons.

— Je ne vois pas en quoi. C'est la vérité qui est source de nouveauté.

— Mais il n'existe jamais de vérité unique. Vous m'avez sorti l'arche de Noé, tout à l'heure, alors on va prendre l'exemple des mythes relatifs aux inondations. Il en existe partout dans le monde, et ce sont des récits d'une cohérence remarquable. On ne peut tout de même pas faire comme si de rien n'était. Il faut essayer d'avancer une explication.

— Dans ce cas, donnez-m'en une.

— J'en ai même trois à vous proposer. *Primo*, on peut affirmer que c'est là la preuve qu'un déluge s'est bel et bien produit en des temps reculés, un événement si catastrophique qu'il a été incorporé dans les récits oraux du monde entier, avant de dériver graduellement vers la légende.

— Mais… personne n'a trouvé la moindre preuve, je me trompe ?

— Justement, des preuves on en a trouvé. À ceci près qu'elles sortent du courant généralement admis : parce que si vous tentez de prouver ce qui est écrit dans la Bible, on vous colle l'étiquette de zinzin de service. Et c'est comme ça qu'on fait fi de décennies de recherches… En oubliant au passage qu'à la fin de la dernière ère glaciaire, le niveau de la mer a monté, balayant des villages côtiers et engloutissant des régions jusque-là habitées, comme le Doggerland, en mer du Nord. Ça préfère citer des inondations à une échelle beaucoup plus réduite, vérifiables et scientifico-compatibles dans des endroits comme l'Irak et le golfe Persique, à savoir une région qui formait le cœur de la civilisation, il y a 10 000 ans. Cela permet de se demander si ce ne serait pas des migrations anciennes qui auraient favorisé la propagation des légendes aux quatre coins du globe. Pour la superinondation mondiale, on repassera. Mais on souligne le fait que les peuples préhistoriques étaient bien plus nomades que l'archéologie traditionnelle veut bien l'admettre.

Gemma sembla réfléchir sérieusement à cette possibilité.

— Dans le pire des cas, repris-je, on devient jungien jusqu'au bout des ongles et on suppose que l'idée même d'une inondation – toujours présentée comme un châtiment divin infligé à une humanité fautive, que ce soit dans la Bible, le Coran et les épopées mésopotamiennes de Gilgamesh ou d'Atrahasis – exprime une peur archétypale, une peur universelle présente dans la psyché humaine. On affirme que c'est une métaphore de l'effondrement cyclique des formes que revêt la société, suivi par une période de chaos, puis par la mise en place progressive d'un nouveau paradigme. Mais pourquoi vous souriez comme ça ?

— Une fois que vous êtes lancé, vous n'avez pas l'air trop idiot. C'est déconcertant.

— Bref, tout ça pour dire que n'importe laquelle de ces explications est plausible, et révèle une information majeure au sujet de l'humanité. Pourtant, la « science » relègue l'épisode de l'arche de Noé et tous les autres mythes au rang de sornettes-datant-d'avant-les-ordinateurs. C'est *ça* qui me met en rogne. La science est censée être un révélateur, un facteur d'égalité ; au lieu de ça, elle est devenue une religion. « Fermez-la et soyez les tenants de *notre* vérité », jette-t-on à la face des traditions ancrées, alors que, dans la moitié des cas, la science est financée par des intérêts privés ou se conforme aux impératifs de la mode. « Oh, et on se réserve le droit de changer d'avis d'ici l'an prochain. Et l'année d'après aussi. » Tout ça… parce que c'est de la science.

— Mais, dans le passé, on commettait aussi des erreurs, me fit remarquer Gemma. On a bien cru jusqu'au Moyen Âge que la Terre était plate.

— Nan. Cette idée prenait déjà l'eau avec Hérodote en 500 avant Jésus-Christ. L'idée de la Terre plate, c'est une mystification mise en avant par des fanas de science comme

Washington Irving et Andrew Dickson White, pour « prouver » qu'il fallait en finir avec les dogmes de la religion.

— Ah, revoilà le grand méchant complot.

— Gaussez-vous tant que vous voudrez. Pour moi, c'est le summum de l'arrogance que de vouloir évacuer mille ans de connaissance populaire par une adhésion aussi aveugle que béate aux paradigmes de la science, des paradigmes qui relèvent de la théorie, et non du factuel. Notre espèce n'est pas subitement devenue intelligente du jour au lendemain, il y a une centaine d'années.

Un bruit retentit, et en nous tournant, nous vîmes Feather qui, juchée sur un rocher non loin de là, les pieds bien collés l'un contre l'autre, tapait dans ses mains.

— Bravo, me dit-elle.

Je haussai modestement les épaules, regrettant que Ken et Molly n'aient pas été là pour constater que je venais de Contenter Nos Sponsors Au Plus Haut Point.

D'autant que je ne me rappelais pas un traître mot de ce que je venais de dire.

Les archives de Nolan Moore
Marble Canyon, photographie ancienne (date inconnue)

# Chapitre 10

Nom de Dieu, que la nuit était glaciale.

Les sacs de couchage rendaient la température tout juste supportable, à condition en prime de se rouler en boule et de garder une immobilité parfaite, le temps que la chaleur corporelle se diffuse. Je m'assoupis rapidement – la journée ayant été le théâtre d'un degré d'exercice physique foncièrement étranger à mon « mode de vie » –, mais me réveillai moins d'une heure plus tard à cause des élancements anxiogènes de mon nez et de mes joues agressés par le froid.

La troisième fois que cela se produisit, je m'assis pour fumer une cigarette, ce qui laissa le temps à mes yeux de s'accoutumer à l'obscurité, et constatai que Pierre et Dylan avaient pris une décision qui tombait sous le sens, à savoir rentrer leur tête dans leur sac de couchage. Ken avait omis d'en faire autant, mais il était tellement imbibé de vodka qu'il ne sentait sans doute plus la douleur.

Je sacrifiai donc à la méthode du rentrage-de-tête-dans-sac, et parvins ainsi à grappiller deux ou trois heures d'un sommeil agité. Je me réveillai à nouveau à quatre heures et demie et attendis que le soleil, en se levant, redonne aux parois du canyon tout leur relief tridimensionnel. Dans l'intervalle, je contemplai les étoiles, si lumineuses qu'elles en paraissaient presque bleutées.

Juste avant l'aube, je me rendis compte que je n'étais pas le seul à ne pas dormir. Curieux, n'est-ce pas, comme cette sensation est reconnaissable ? Je tournai la tête, croyant avoir affaire à une Molly qui, fidèle à ses facultés d'organisatrice hors pair, aurait décidé de jouer les lève-tôt.

Mais ce n'était pas elle.

En fait, il n'y avait personne. Les autres membres de l'équipe étaient tous dans mon champ de vision, claquemurés dans leur minitente ou recroquevillés dans leur sac de couchage.

Pourtant, j'avais la furieuse impression que je n'étais pas seul.

Je repris ma surveillance, promenant lentement mon regard sur la modeste berge encadrée d'amas rocheux. Personne. Évidemment. Nous nous trouvions au beau milieu de nulle part. Impossible qu'il y ait quelqu'un d'autre que nous.

Là. On me regardait. On *nous* regardait.

Une autre légende hopi me revint en mémoire, un récit que je n'avais pas inclus dans mon petit numéro face caméra avant d'entamer notre descente dans la gorge. L'histoire voulait que quelque part dans les profondeurs du Grand Canyon, le dieu Maasau'u, gardien de la mort, ait élu domicile dans une grotte cachée… Et c'est la raison pour laquelle certaines sections du canyon ont longtemps été associées à des accidents, à des crises de panique.

Si je n'avais pas évoqué cette légende dans ma présentation, c'était parce que j'étais certain – comme Powell lui-même l'avait été – que les Hopis entendaient ainsi préserver un site sacré, et que leur légende ne contenait aucun fond de vérité.

Cela ne m'empêcha pas de me réjouir de la venue de la lumière.

Les autres finirent par bouger. D'abord Dylan, qui me salua d'un signe de tête avant de saturer l'air froid d'une odeur de bacon rissolé. Une petite discussion entre hommes autour du grill, la veille au soir, avait assaini les relations, et j'envisageais même de laisser à notre guide l'occasion de passer devant la caméra à un moment de la journée, sans lui mettre la pression.

La mine chiffonnée de mes équipiers indiquait que je n'étais pas le seul à avoir passé une mauvaise nuit. Les tentes n'avaient guère protégé les femmes de la chute de la température. Ken paraissait égal à lui-même ; il faut dire qu'il avait toujours une sale tête, mais la sale tête d'un type coriace, capable de se lever et de tendre la main pour accueillir une tasse de café avant d'attraper le monde à bras-le-corps, comme si se réveiller avec du sable dans les cheveux au fond du Grand Canyon ne sortait en rien de l'ordinaire.

Nous mangeâmes et bûmes du café avant de lever le camp et de remonter dans le canot pour partir à l'aventure au fil de l'eau, maniant nos pagaies avec enthousiasme.

À 15 heures, une évidence s'imposa.

Il n'y avait rien.

Rien hormis la beauté inouïe de la nature, j'entends. Mais ce n'était pas ce que nous étions venus chercher. Nous voulions localiser la caverne.

Et elle restait introuvable.

Nous avions navigué pendant quatre heures – sous une chaleur de plus en plus écrasante –, négociant notamment un court passage un rien turbulent, puis vécu une cinquième heure tranquille. Nous avions alors fini, grâce au GPS, par atteindre la zone que j'avais définie.

Nous avions ensuite ramé lentement, dans une ambiance fébrile, chaque membre de l'équipe ayant reçu pour instruction de fouiller du regard une bande de roche bien spécifique.

Étant restés bredouilles, nous étions hardiment repartis vers l'amont, encore vigilants.

Puis nous avions repris la direction de l'aval, tout le monde scrutant une bande de roche différente pour garder un œil neuf. Rien.

Alors, suivant une suggestion de Molly, nous avions pagayé vers la rive opposée tant bien que mal – le fleuve mesurait à cet endroit environ vingt-cinq mètres de large, et était très profond – au cas où le changement d'angle de vue ferait une différence.

Ce ne fut pas le cas.

Nous reprîmes le chemin de l'amont, puis repartîmes vers l'aval avant de remonter une dernière fois le courant pour gagner le milieu de la zone de recherches.

Rien. Seulement des strates à n'en plus finir, de la roche piquetée, de la roche grêlée, de la roche bariolée et – à force – de moins en moins digne d'intérêt. Toute l'opération nous occupa environ deux heures, sous un soleil de plomb.

Et pas la moindre foutue caverne.

En temps normal, quand ce genre de chose se produisait, l'équipe se sentait soudée dans la défaite : « Bah, on aura essayé, au moins. On a tout passé au peigne fin. » Je ne sais pas ce qui avait changé par rapport à nos précédentes expéditions, mais j'avais l'impression que j'étais le seul ici à être remis en cause, et en compagnie de gens qui faisaient preuve envers moi d'une patience certaine, malgré leur nez et leur front ayant viré à l'écrevisse.

Pour notre dernier passage, je me mis debout dans le bateau afin que Pierre puisse me filmer en train de contempler le tombant rocheux. Cela ne fit que renforcer ma sensation d'isolement, tel un naufragé sur une île déserte.

Quand nous eûmes terminé, Ken me demanda si je voulais persister. Je fis « non » de la tête, m'assis, pris une cigarette et l'allumai.

— Ne commencez pas, Dylan, dis-je.

Il m'avait déjà empêché de fumer à plusieurs reprises. Cette fois-ci, il décida de n'en rien faire.

Le moral des troupes, déjà précaire, chuta encore lorsqu'il devint évident qu'il n'était pas question de retourner à l'hôtel le soir même. Certains membres de l'équipe semblaient envisager avec neutralité le fait de passer une deuxième nuit dans le canyon, et Feather paraissait même enthousiaste. Mais pour d'autres, c'était nettement moins le cas. Molly, d'ordinaire stoïque devant l'adversité, était celle qui avait eu le plus à pâtir de l'attention des moustiques. Elle accueillait donc la perspective de revivre cette expérience sans une once de gaieté.

— Il n'y a vraiment aucun moyen de regagner la civilisation dès aujourd'hui ? s'enquit Ken.

Dylan eut un geste de dénégation.

— Pas l'ombre d'une chance.

Ken opina d'un air déterminé.

— Dans ce cas, j'ajuste mes priorités de la façon suivante : je veux boire, pisser, puis enchaîner avec plusieurs autres verres. Si vous n'êtes pas avec moi, vous êtes contre moi. Étant donné que c'est moi qui signe les chèques, vous feriez bien de passer dans mon camp.

Tout le monde murmura son assentiment et fit de son mieux pour se dérider.

— On aura essayé, dit Pierre.

— Je sais bien, répliquai-je. Merci.

Ken me donna une tape sur l'épaule.

— Tu sais ce qu'il te reste à faire avant de déclarer forfait pour aujourd'hui, mon vieux. Et arrange-toi pour que la première prise soit la bonne, tu veux ? J'ai vraiment envie de pisser.

Ken et Pierre échangèrent leurs places afin que ce dernier puisse filmer en restant assis, positionnant la caméra si bas que cela sublimait d'autant la paroi vertigineuse qui formait mon arrière-plan. Molly s'agenouilla sur le banc voisin et brandit le micro au-dessus de ma tête. C'était à croire que quelqu'un lui avait passé le front au fer à souder.

— Bon, commençai-je avec mon sourire le plus c'est-pas-grave-on-s'en-remettra. Il semble que le mystère doive rester entier… du moins pour le moment. Nos habitués savent que c'est comme ça que ça se passe, des fois.

— Presque tout le temps, grommela Molly.

À l'avant, Gemma ricana.

— Et ce n'est pas un problème, poursuivis-je comme si de rien n'était. Vraiment pas. Parce que ce qui compte le plus, ce qui nous pousse à grandir, à nous développer non seulement en tant qu'individus mais en tant que culture, ce ne sont jamais nos *trouvailles*. L'important, ce n'est pas la découverte… mais de ne pas renoncer à notre quête.

À ce stade, Gemma avait commencé à m'imiter en silence ; je la voyais remuer les lèvres du coin de l'œil. Je me demandai si j'avais une chance de la faire tomber par-dessus bord sans que personne ne s'en rende compte. Peut-être que ça vaudrait la peine même si l'on me prenait en flagrant délit.

— Je vous ai montré le compte-rendu original, m'entêtai-je. Vous connaissez désormais l'histoire de la caverne Kincaid. À présent, tout dépend de vous. Je ne peux pas vous dicter une opinion ; en revanche, je peux vous demander de *réfléchir*. De ne jamais cesser de vous interroger. Croyez-vous que l'on vous dise la vérité au sujet de l'Amérique, et de la préhistoire de l'humanité ? Êtes-vous satisfaits de la façon dont la science conventionnelle écarte toute idée qui ne rentre pas dans le moule ? Si la réponse est non, faites-le-moi savoir via Twitter et Facebook. Et surtout…

— Attends, dit Pierre.

Je reportai mon attention de la caméra au cameraman, à qui je lançai un regard furibond. S'il avait merdé avec la technique, j'allais devoir recommencer mes adieux pathétiques depuis le début, et franchement, je me voyais mal faire cet effort.

Mais Pierre ne s'intéressait plus à son viseur, et fixait un point situé derrière moi.

— Qu'est-ce que c'est que ça ?

— Ce qu'on a maté en vain pendant tout l'après-midi, dis-je. Putain, Pierre, tu craques ?

— Non. Regarde là-haut.

Je me retournai et levai la tête pour suivre la direction qu'il m'indiquait. Haut, très haut dans la paroi de roche striée, il y avait… de la roche, encore et toujours.

— Sérieux, Pierre. Si tu cherches à faire de l'humour, tu es complètement à côté de la plaque. Arrête de faire chier, on en a assez dans la boîte. Je compléterai le tout quand on aura regagné la terre ferme.

— Non, une petite seconde, intervint Ken en se levant. Ohé, le marin d'eau douce… tâchez de stabiliser le canot.

— Ken, mon sens de l'humour déconne, au cas où tu n'aurais pas remarqué, alors…

— La ferme, Nolan. Ouvre les yeux.

Ken tendait le doigt vers le tombant, là où, à environ un quart du chemin, et jouxtant une longue traînée minérale qui s'étalait sur les couches sédimentaires, une tache donnait l'impression qu'un géant avait balancé sa tasse de café contre la paroi.

Et en plein milieu, l'espace d'une seconde, je distinguai une minuscule marque plus foncée.

— Ça va, ça vient, reprit Pierre. C'est tout petit. Et vu que le bateau bouge, la lumière change aussi.

— Je ne vois rien, dit Molly en plissant les yeux, aveuglée par les rayons obliques du soleil. Tu es sûr q… Oh, OK. Hmm.

Les autres se levèrent à leur tour pour regarder. Dylan joua de ses pagaies et, comme par magie, le canot resta relativement immobile sur l'eau pendant une trentaine de secondes.

— Je sais pas pour toi, mon vieux, déclara Ken sur un ton égal, mais ce truc-là, pour le profane que je suis… ça ressemble furieusement à une caverne.

# Chapitre 11

Notre bivouac était plus modeste que le précédent, lové dans un méandre à vingt minutes en aval de l'endroit où nous avions localisé l'entrée partiellement protégée par une avancée rocheuse. La berge était orientée de telle façon qu'elle recevait le soleil de la fin d'après-midi, et la roche retiendrait sans doute la chaleur pendant au moins une partie de la nuit. Molly se dérida, et ce n'est pas rien de le dire. La nature de notre découverte restait à préciser, mais nous avions bel et bien trouvé *quelque chose* ; l'humeur ambiante était donc à l'optimisme mesuré.

Lorsque nous eûmes complètement déchargé le bateau, Pierre identifia un emplacement ombragé derrière un imposant rocher, et Ken et moi nous accroupîmes l'un près de l'autre pour visionner les vidéos du canyon. Les zooms optique et numérique poussés au maximum et l'instabilité du canot donnaient un rendu moins net que ce à quoi Pierre nous savait habitués, lui qui avait la main si sûre, mais c'était assez pour confirmer l'existence d'une modeste ouverture dans la paroi, à une centaine de mètres au-dessus du fleuve.

Cela signifiait qu'elle se situait bien plus bas que ce qu'avait décrit Kincaid, confirmant ainsi mes soupçons (du moins l'espérais-je) : il avait sciemment semé de fausses informations dans son compte-rendu. N'empêche que cent mètres, ce n'était tout de même pas une mince affaire. L'orifice n'était pas très large, et paraissait même encore plus réduit vu d'en bas parce qu'une langue de roche l'occultait, sauf si l'on adoptait un angle de vue extrêmement précis.

— Sacré boulot, Pierre, dis-je. On aurait très bien pu la manquer. D'ailleurs, il nous a fallu quelques heures avant de la remarquer.

— J'ai eu de la chance. Et puis, tu nous as conduits au bon endroit. Il s'agit de la bonne caverne, pas vrai ?

— En tout cas, c'est *une* caverne, répliqua Ken. Dans le pire des cas, on aura fait une découverte inédite. Reste à savoir comment on va monter jusque là-haut.

Pierre fit défiler vers l'arrière la partie que nous avions déjà regardée. En rejoua une section, puis effectua une avance rapide entrecoupée de quelques pauses avant de reprendre le visionnage.

— On peut grimper, dit-il.

— Tu déconnes, fit Ken. Tu me connais, tout de même.

— Ce ne sera pas une promenade de santé, je te l'accorde. Mais la paroi est concave tout du long, et il y a une tonne de crevasses, de petites prises. On portera nos gants de rafting. En y allant doucement, c'est tout à fait faisable.

— Parle pour toi, rétorquai-je. Mais on n'est pas tous comme toi.

— Alors, je partirai seul dans un premier temps, histoire d'établir notre trajectoire. Si je constate que ça ne passe pas, il sera toujours temps de trouver un plan B. Mais je sais que Molly a déjà fait un peu de varappe, et à en croire sa séance de natation d'hier, Feather tient une sacrée forme. Pour ce qui est de Gemma, je ne sais pas, mais je dirais qu'elle est capable de suivre.

— Formidable, dit Ken. Elle me portera sur son dos.

Nous éclatâmes de rire.

— OK, déclarai-je. Ça se tente.

En milieu de soirée, Gemma et moi étions assis de part et d'autre du feu de camp, au bord de l'eau. Molly, qui était occupée à se badigeonner généreusement le visage d'aloe vera, marmonna avec dépit en constatant qu'elle venait de terminer son petit pot de pommade. Feather s'adonnait au yoga. Pierre passait en revue ses batteries, et effectuait des copies des vidéos tournées le jour même sur divers disques durs. Quant à Dylan, bizarrement, il lisait un livre. Seul Ken trônait dans un fauteuil de camping, contemplant les étoiles, fumant l'une de mes cigarettes et savourant ce qui était – pour lui – une infime quantité de vodka.

— Félicitations, me dit Gemma.

— Tout le monde a droit à un coup de chance de temps en temps, pas vrai ?

Elle leva les yeux au ciel.

— Ce n'est pas ce que je sous-entendais. Je voulais dire que vous deviez vous sentir satisfait.

— Pas encore.

— Vous prenez vraiment toutes ces histoires au sérieux, je me trompe ?

— C'est exact. Parce qu'il ne s'agit pas que d'un ramassis de conneries. La façon dont beaucoup de choses se recoupent est remarquable. Prenez Tutuveni, par exemple.

— Qu'est-ce que c'est ?

— Un ensemble d'une centaine de rochers – du grès – pas très loin d'ici dans l'Utah. « Tutuveni », ou « Newspaper Rock », signifie « roche informative », et un seul d'entre eux comporte pas moins de cinq mille pétroglyphes, gravés sur les dépôts de fer et de manganèse à la surface de la roche. L'histoire officielle veut qu'il s'agisse de symboles claniques sculptés sur une période de mille ans par de jeunes hommes de la tribu hopi, au cours d'un pèlerinage cérémoniel, d'un rite de passage. C'était leur façon bien à eux de déclarer : « Je suis venu en l'honneur de ma tribu et des dieux, comme mes ancêtres avant moi. » Et si un paquet de ces dessins représentent certainement des coyotes, des épis de maïs ou d'autres symboles traditionnels, on a également relevé des gravures étranges. Des empreintes, normales pour la plupart. Mais d'autres ne comportent que quatre orteils, et quelques-unes en ont jusqu'à six… Et ça ressemble à des doigts, pas à des orteils. Et s'il y a bien un truc qu'une personne qui prend la peine de graver un message dans la pierre sait – indépendamment du degré d'avancement de sa culture – c'est son nombre de doigts et d'orteils.

— Il s'agirait donc d'empreintes de pattes.

— Citez-moi un animal possédant six orteils à chaque patte.

— Les éléphants. Et les pandas géants.

— Vraiment ?

— Ce n'est pas une blague.

— Hmm. Ok. Mais reconnaissez tout de même que ce ne sont pas des espèces endémiques du sud-ouest des États-Unis.

— Ah non ? me demanda Gemma avec des airs de conspiratrice. Peut-être que les autorités nous ont caché l'existence de bandes de pandas géants qui auraient écumé le sol américain durant la préhistoire, tout ça pour nous maintenir dans une ignorance cra…

— Taisez-vous donc. Je ne vous ai pas encore révélé ce qu'il y a de plus frappant… Une seconde.

Sortant mon téléphone, je lançai l'application Evernote. Le programme protesta bruyamment contre l'absence de serveur auquel se connecter. Gemma contourna le feu pour regarder mon écran, s'approchant si près de moi que je pris conscience du fait que je n'avais pas simplement affaire à une personne que je devais convaincre, mais à un être de chair et d'os.

— Bonne chance, dit-elle en comprenant ce que je cherchais à faire.

Elle leva même les mains pour m'indiquer le ciel nocturne totalement vierge de réseaux.

— Je n'ai pas besoin de me connecter. J'ai gardé des milliers de pages de recherches en cache. Et… voici ce qu'il me fallait.

J'orientai l'appareil de façon à montrer à la journaliste une photo de Newspaper Rock, puis agrandis une zone précise. Dans la partie supérieure du foisonnement de symboles, deux silhouettes se tenaient toutes proches l'une de l'autre, et une troisième était gravée une cinquantaine de centimètres plus haut.

— Ne faites pas attention pour le moment au glyphe du dessus. Il ressemble fort à des graffitis contemporains, donc son authenticité est douteuse.

— Tiens donc. Vous savez aussi tenir un discours scientifique dépassionné. Vous êtes décidément plein de surprises.

— Taisez-vous un peu et regardez les deux autres glyphes.

Ils représentaient des silhouettes puissantes, presque rectangulaires de corps, avec des membres boudinés, les jambes étant écartées et les bras arrondis autour du corps avec de grosses pognes pointées vers le bas, l'air de dire : « Tu ne perds rien pour attendre. »

— Brr, fit Gemma. Un ours ?

— Peut-être bien, lui concédai-je. Sauf que les ours n'ont pas de cornes. Et qu'il n'y a pas d'ours dans la région. D'un autre côté, peut-être qu'ils ont été dévorés par des hordes de pandas préhistoriques.

Elle éclata d'un rire franc ; une grande première.

— Mais une petite minute…, dit-elle en se rapprochant de l'écran, la concentration se lisant sur ses traits. Il y en a un qui a des cornes incurvées. Celles de l'autre glyphe sont droites, comme des bois stylisés. Et il y en a un qui a quatre doigts à chaque patte, et l'autre trois.

— Tout juste. Les deux symboles décrivent de toute évidence la même créature, pourtant le style est bien différent. Rien à voir avec un quelconque « dans notre clan c'est comme ça qu'on dessine », mais au contraire, c'est comme si deux types avaient essayé de décrire quelque chose le plus fidèlement possible.

— Hmm. Mais où voulez-vous en venir ?

— Pendant des siècles, où se sont-ils rendus en pèlerinage, tous ces jeunes Hopis ? Dans un endroit baptisé « Ongtupqa ». Autrement dit… le Grand Canyon.

— Questions bizarreries, vous en connaissez un rayon.

— Une vraie malédiction. Vous croyez que ça m'enchante d'être pris pour un illuminé par les femmes attirantes ?

Elle haussa un sourcil.

— Vous me faites du gringue, monsieur ?

— Non. Si jamais ça devait arriver, vous seriez la première informée. Comme ça, vous pourriez m'envoyer bouler comme il se doit.

— Oh, allons donc. Mes sens d'araignée me soufflent que vous vous êtes déjà réveillé avec la gueule de bois, empêtré dans des draps, en vous demandant : « Bon Dieu, qui est cette gonzesse ? »

— Vos sens d'araignée ont dû mal comprendre.

— Vraiment ?

— J'ai été marié.

— Je sais bien. Mais étiez-vous fidèle ?

— Oui.

— Grand bien vous fasse. Et depuis ?

— J'ai eu une période où j'ai voulu prouver que je n'étais pas encore bon pour la morgue. Évidemment. Mais j'ai ensuite compris que ça ne m'avançait pas à grand-chose. Ceci dit, ce ne sont pas vos oignons.

— Ça contribue à définir votre personnalité.

— Je n'ai aucune personnalité. C'était bien le point de vue que vous avanciez hier matin, non ?

— Je n'ai jamais dit ça.

— Vous l'avez sous-entendu.

Elle détourna les yeux.

— Oui. Mais je suis capable de changer d'avis. Comme tous les adultes. Vous finirez par apprendre ça un jour.

— Seigneur… Si vous vous êtes lancée dans le journalisme, c'est pour pouvoir agresser verbalement tous vos interlocuteurs d'entrée de jeu ?

Elle rit.

— Non. Ça, c'était la cerise sur le gâteau.

— Alors, pourquoi ?

— Pour essayer de retaper un monde détraqué.

— Ah, quelle noblesse d'âme.

Elle me fit une grimace.

— Oh, ça va, je sais l'impression que ça donne. Lourd passif, mais en quelques mots comme en cent : un jour, j'étais en train de me préparer pour l'école. J'avais quatorze ans. Mon père s'est énervé. Alors j'ai pris tout mon temps, l'embarquant dans une dispute vaine ; je ne sais toujours pas ce qui m'a pris.

— Vous aviez quatorze ans. Pas besoin de chercher plus loin.

— Je suppose que non. Toujours est-il que nous avons fini par sortir de la maison et que nous n'avons pas décroché un mot de tout le trajet. D'habitude, papa remettait tout à plat en me posant quelques questions, et on recommençait à bavarder. Mais pas ce matin-là. On est arrivés devant l'école. Quand j'ai ouvert la portière, il m'a parlé.

» — Tu sais pourquoi je voulais te déposer à l'heure aujourd'hui ? m'a-t-il demandé. Encore plus que d'habitude, je veux dire ?

» J'ai fait « non » de la tête. Je m'en fichais éperdument.

» — J'ai une réunion, a-t-il expliqué. Vraiment importante. J'espérais avoir le temps de prendre un café dans le centre avant d'y aller, de souffler une minute. C'est raté.

» Là, je l'ai regardé en pensant : « Sérieusement ? Tu as mis de l'eau dans le gaz – alors que non, il était resté calme tout du long, ou peu s'en faut – juste pour une histoire de boisson chaude ? » Je lui ai tout déballé. Sans retenue. Comme quoi il n'y en avait que pour lui et maman, en permanence, qu'ils se foutaient pas mal de moi, et j'en passe.

— Comment il a réagi ?

— Il m'a écoutée en hochant la tête, et puis il m'a dit : « Si tu le ressens comme ça… » Il m'a affirmé qu'il m'aimait, m'a souhaité une bonne journée, et moi je suis allée en cours drapée dans mon juste courroux.

Elle se tut, détourna la tête. J'attendis.

— Il avait un cancer. Il est mort dix mois plus tard. Son prétendu rendez-vous, c'était pour ses résultats d'analyse. Il avait une nette idée de ce qui l'attendait.

— Merde.

— Ouais. Mais étrangement, ça s'est bien passé. Aussi bien que possible. On a eu du temps pour nous. J'ai mûri à vitesse grand v. Je m'étais focalisée sur les petites déceptions : le fait qu'il n'y en avait que pour son boulot, qu'il se montrait parfois distant, peu patient, blablabla. Heureusement, j'ai eu le temps de comprendre que, pour les trucs importants, il assurait. Et je me suis aperçue qu'il m'aimait lui aussi. On s'est quittés en très bons termes.

— Mais…

— Ce n'est même pas tant le fait que ça s'est passé le jour où il a appris qu'il était malade. C'est qu'il voulait simplement *un foutu café*. Une demi-heure pour garder l'espoir qu'il était immortel. Je lui ai volé ce moment. Et c'est irréparable.

— Personne ne finit sa vie sans s'être un jour conduit comme une merde. Des fois, on prend la mouche pour rien, on interprète tout de travers et on laisse une rayure indélébile sur la carrosserie. Ces rayures, c'est ce qui nous définit avant toute chose.

— Bingo. Parce que vous savez ce qu'il faisait dans la vie, mon père ? Il était journaliste. Et un bon. Il a bossé sur le lobby pharmaceutique, sur le sida. Il faisait son possible pour retaper un monde détraqué. Il luttait pour la vérité. Il a laissé son empreinte sur le monde.

— Je vois.

— Est-ce que ça répond à votre question ? Y compris celle que vous ne m'avez pas posée, à savoir : pourquoi je cherche à tout prix des faits, pas des sornettes ?

— On peut dire ça, oui. Vous vous entendez bien avec votre mère ?

Elle se resservit à boire.

— Plus du tout. Ce que je n'avais pas compris non plus au sujet de mon père, c'est qu'il était très doué pour me cacher le fait que ma mère buvait. Après sa mort, notre relation s'est dégradée. Elle est morte dans un accident de voiture quand j'avais vingt ans.

— Doux Jésus, vous êtes sérieuse ?

— Non. Ils sont en vie et en pleine forme tous les deux, et quand j'essaie de vous faire marcher, vous courez.

Sur ce, elle se leva et s'éloigna.

Ken la regarda partir.

— Elle se fout de ta gueule, me dit-il lorsqu'elle se fut enfermée dans sa tente. Et c'est pas bon enfant.

Je soupirai.

— Je sais bien.

— Salut, dit Feather.

Ken et moi tournâmes la tête vers elle. Nous ne nous étions pas rendu compte qu'elle était assise sur le sable, non loin derrière nous. Elle nous rejoignit avec quelque hésitation.

— Je peux jeter un coup d'œil ? À Newspaper Rock, je veux dire.

Je lui tendis le téléphone. Elle commença à cliquer gauchement sur l'écran.

— Waouh. Ça en fait, des notes. Ça t'embête si…

— Pas du tout, vas-y.

Elle fit défiler le texte pendant un certain temps, cliquant ici et là et lisant avant de passer à la suite.

— Quand j'étais petite, ma grand-mère me disait toujours qu'on a tous besoin de croire en quelque chose. Et c'est ce que tu fais, Nolan. Tu donnes aux gens quelque chose en quoi ils peuvent croire. Mais je me suis aperçue il y a déjà plusieurs années que tout le monde n'est pas comme nous. Certaines personnes ne sont contentes que quand elles ont l'occasion de *mépriser* les croyances des autres.

Elle me rendit le téléphone.

— Je les plains.

Je me réveillai à nouveau au beau milieu de la nuit.

Pointant le nez hors de mon sac de couchage, je m'arrangeai pour m'asseoir, adossé contre la paroi du canyon. Aucun signe de vie en dehors des membres de notre joyeuse bande, aucun son hormis le murmure de l'eau qui se faufilait d'un point A à un point B comme elle le faisait depuis des temps immémoriaux, avec une telle application qu'elle était à l'origine des singuliers reliefs qui nous entouraient.

Au bout d'un moment, je compris : j'étais nerveux. En partie parce que j'avais l'impression de revivre mon expérience de la nuit dernière, cette sensation de me trouver dans un endroit douteux où je n'étais pas forcément en sécurité. Mais aussi parce que j'appréhendais l'ascension. Les hauteurs et moi, ça fait deux. Et une hauteur, ça peut vraiment être très haut. Sans compter que, pour une fois, je ne courais pas forcément à l'échec. Nous avions vraiment découvert quelque chose, et il m'incombait de gérer convenablement la suite des événements.

Je m'efforçai d'évacuer mes inquiétudes, avant de m'apercevoir qu'il y aurait bien eu un moyen pour que je retrouve ma sérénité, si seulement je faisais preuve d'initiative pour la première fois depuis longtemps.

J'avais envie de parler à Kristy.

Ma mère est morte quand j'avais trente ans. Pendant les années qui avaient suivi, je m'étais rendu compte que j'avais aussi perdu une grosse partie de moi en même temps que je la perdais, elle. Mon père n'avait pas conservé beaucoup de témoignages de mes jeunes années, et il n'en restait donc plus rien. Si le décès de la mère équivaut, à votre échelle personnelle, à l'incendie de la bibliothèque d'Alexandrie, le fait de ne plus pouvoir bénéficier des conseils de votre épouse revient à perdre contact avec ce collègue, comme votre correspondant de presse dans un pays en guerre, avec qui vous avez partagé les sales moments mais aussi les bons, les journées-qui-se-ressemblent, longues, riches et paisibles. D'accord, votre femme incarne la subjectivité journalistique dans toute sa splendeur, et ses souvenirs sont sujets à caution (ce que vous ne pouvez naturellement jamais prouver, étant donné que les vôtres sont encore moins fiables), mais après coup, vous avez le sentiment d'avoir perdu votre troisième dimension, ou une âme qui s'était ajoutée à la vôtre. Devant n'importe qui d'autre, j'aurais été obligé d'expliquer ce que je ressentais et, dans l'intervalle, me serais aperçu que mon problème était stupide ou insignifiant.

Kristy, elle, aurait compris.

Je ressortis mon téléphone, mais le signal était bien sûr inexistant. Tant mieux, d'ailleurs. Cela aurait été une très mauvaise idée que de lui envoyer un texto en pleine nuit. L'article de blog que j'avais mis en cache, à l'hôtel, me revint en mémoire, et je décidai de me comporter en abruti fini en le lisant.

C'était bien tourné, direct, concis. Figurez-vous que Kristy avait atterri au fin fond de l'Alaska avec une équipe de cryogéologues endurcis pour évaluer l'impact du réchauffement climatique sur le pergélisol en mesurant sa température à diverses profondeurs, notamment dans des fissures qui ne cessaient de s'amplifier. Kristy était connue pour son boulot sur les questions environnementales, qu'elle était capable d'aborder sans froisser les climatosceptiques. Lorsque j'achevai ma lecture, j'étais bien mieux informé sur le sujet, mais pas sur l'auteure de l'article : Kristy mettait toujours un point d'honneur à s'effacer devant son sujet (ce dont je suis bien incapable, comme vous l'aurez remarqué). J'étais également content pour elle. Cela faisait un bail qu'elle voulait monter une opération de ce genre.

Je m'apprêtais à éteindre mon appareil pour tenter de grappiller quelques heures de sommeil lorsque de minuscules caractères, en bas de page, attirèrent mon attention. Je tournai mon téléphone à l'horizontale pour grossir la phrase, et lus :

« Les membres de l'expédition tiennent à remercier chaleureusement leur sponsor pour son soutien, sans lequel il aurait été impossible d'entreprendre ces recherches. »

Le logo dudit sponsor m'était familier, puisqu'il s'agissait de celui de la fondation Palinhem.

Les archives de Nolan Moore
Newspaper Rock, dans l'Utah (détail)

# CHAPITRE 12

— Tu es sérieux ? demanda Feather, sa brosse à dents dans la bouche.

Huit heures étaient passées depuis peu, et tout le monde faisait un sort à ses petit déjeuner/café/ablutions matinales. Nous avions pris la décision de ne pas lever le camp, au motif que, indépendamment de ce que nous découvririons dans la caverne (en supposant déjà que nous parvenions à y accéder), nous ne pouvions pas être sûrs que nous aurions le temps d'effectuer un relevé topographique et de repartir le jour même. D'après Dylan, le camp ne risquerait rien, pourvu que nous n'y laissions pas d'objets de valeur, d'autant que les chances pour que quelqu'un choisisse ce jour précis pour descendre dans ce canyon mineur étaient quasi nulles. Pendant que les autres chargeaient nos précieuses possessions dans le canot – matériel de tournage, bidons d'eau et sandwichs –, j'étais allé retrouver Feather qui se brossait les dents, assise sur un rocher. Lorsqu'elle eut terminé, je lui montrai la page sur mon téléphone.

— Waouh.

— Tu ne savais pas ?

— Je n'en avais aucune idée. La Fondation est un mastodonte. Ou plutôt une araignée. Elle ne compte pas beaucoup d'employés, mais ils sont répartis dans tout un tas de petits départements, dans des villes différentes. Je n'ai rien à voir avec ceux qui s'occupent de tout le côté « scientifique ». Je n'ai rencontré personne qui ait été engagé dans le projet.

Son visage se décomposa soudain.

—Oh, Nolan, je suis vraiment désolée.

—À quel sujet ?

—Je suis une idiote. Je n'ai même pas pensé que ça devait te faire bizarre. Te faire du mal. Et moi qui suis là, excitée comme une puce…

—Ça va. J'ai juste été un peu surpris de tomber là-dessus en pleine nuit, c'est tout.

—Comme je te comprends ! Mais c'est une expédition totalement différente. Et un peu chiante, si tu veux mon avis.

—C'est chiant, le réchauffement climatique ?

Elle rit.

—Oui, pardi ! Tout le monde a conscience que c'est censé être un sujet crucial, et soit on y croit, soit on n'y croit pas. Quoi que l'équipe puisse trouver en Alaska, ça ne changera pas la donne. Nous, en revanche… on sera peut-être en mesure de prouver à l'*establishment* – aux personnes comme cette chère Gemma, qui ne connaît que le cynisme – que toute notre histoire officielle est biaisée. Et ce sera *ta* réussite, Nolan. La tienne, et celle de personne d'autre.

Elle me décocha un sourire radieux et s'empressa d'aller aider au chargement du canot. Je la regardai s'éloigner avec la curieuse impression que, contre toute attente, j'avais pu parler à Kristy.

Une heure plus tard, nous avions amené le canot au pied de la falaise. Près de la moitié de ce laps de temps avait été nécessaire pour nous amarrer convenablement. Pour une raison relevant de la mécanique des fluides, un domaine que je ne prétends pas maîtriser, le fleuve était à cet endroit à la fois étrangement placide et agité. Dylan, Pierre et moi finîmes par réussir à attacher l'avant et l'arrière du raft à des saillies jugées fiables par notre guide.

—Donne-moi ta chemise, dit Pierre.

— Je te demande pardon ?

Il enleva son tee-shirt et tendit la main. Comme toujours sur un tournage, j'arborais une chemise flottante blanc crème. C'est pas ma faute ; Ken dit que c'est la tenue idéale.

— On porte tous les deux un jean, expliqua Pierre. Et on est aussi bruns l'un que l'autre. J'enfile ta chemise, Molly s'occupe de la caméra, et te voilà filmé en train de…

— Seigneur, Pierre, répliquai-je. Je ne ressens pas le besoin d'être le premier là-haut.

— C'est toi le découvreur, dit-il, la main toujours tendue. C'est toi le boss.

— Allez, renchérit Ken.

J'ôtai ma chemise et la troquai contre le tee-shirt de Pierre, en songeant que s'il persistait à se conduire de manière si exquise j'allais être obligé de m'avouer que, si je le trouvais agaçant, c'était purement parce qu'il était jeune, affable et trop beau garçon.

— Merci.

Il s'entretint avec Molly pour le tournage, puis se décala vers la paroi. Surveillant les mouvements du canot, il attendit que le flanc se colle contre la roche pour effectuer la première enjambée et aussitôt caler fermement ses appuis. Déjà, il scrutait les hauteurs qui l'attendaient du regard expert du type qui sait parfaitement ce qu'il fait.

— Sois prudent, lui dis-je.

— Oui, papa.

Nous le regardâmes évoluer. Cela lui prit un certain temps. Je ne tardai pas à comprendre qu'il avait évalué correctement la difficulté, et que l'escalade ne présentait guère de difficultés techniques. Il se mouvait avec vivacité et assurance.

De temps à autre, il s'arrêtait, donnant l'impression d'être confronté à un choix, et évitait parfois ce qui semblait être la trace la plus directe, sans doute parce que ce détour nous rendrait la tâche plus facile.

Molly le filma assez longtemps pour pouvoir ensuite, par des raccords, me faire passer pour le grimpeur qui s'approchait inexorablement de la bouche de la caverne. Plus Pierre s'élevait sur la paroi, mieux on pouvait le confondre avec moi. Entre-temps, le vrai moi commença à se sentir mal et cessa de regarder la scène.

— Écoute, dit Ken en acceptant une de mes cigarettes. Moi, ça me paraît inenvisageable. Toi, passe encore. Tu cours un peu. Mais moi ? Bon sang…

— Dans ce cas, qu'est-ce que vous comptiez faire ? demanda Gemma. Vous saviez bien, tout de même, que la caverne était censée se trouver en hauteur.

— Je vais être franc avec vous, ma douce, répliqua Ken, et je ne pense pas que Nolan en aura le cœur brisé si je vous dis que je ne m'attendais absolument pas à ce qu'on trouve quoi que ce soit.

— Quelle révélation…, marmonnai-je.

— Et d'après l'article de Kincaid, la caverne était supposée s'ouvrir bien plus haut dans la paroi. Je sais, Nolan a dit que certains détails avaient pu être altérés, mais Nolan passe son temps à débiter des conneries. Donc je me disais que, si on trouvait quelque chose, on finirait sur un beau « à suivre » et qu'on reviendrait avec des grimpeurs chevronnés qui auraient des cordes et tout le tralala.

— Mais c'est formidable, répondit Gemma avec un sourire rusé. Vous allez pouvoir découvrir la grotte vous-mêmes. Vous devez être ravis.

Nous lui répondîmes en chœur, sans aucune conviction :

— C'est ça.

— C'est du gâteau, dit Pierre en sautant dans le bateau. (Il transpirait, mais ne semblait pas essoufflé.) Et la dernière section est la plus facile, donc c'est super, vu que vous risquez d'être fatigués. Même pas eu besoin d'aller jusqu'au bout, c'est une autoroute. Ce sera vraiment une formalité.

— Tu es sûr ?

— Certes, c'est plus que de la simple randonnée, mais on est encore loin de l'escalade pure. Ce qui est somme toute logique, non ? Kincaid n'a jamais dit que la caverne était difficile d'accès. Même si, d'après lui, elle devait se trouver trois ou quatre fois plus haut. Avec le recul, c'était prévisible, non ?

Ken et moi échangeâmes un regard.

— Je suis sérieux, insista Pierre. Nolan, même ma mère pourrait y arriver.

— Tu ne m'as pas raconté qu'elle avait gravi El Capitan à mains nues ?

— Ça fait des lustres. Et puis, elle n'est même pas arrivée à mi-chemin.

— Quelle feignasse, lui fit remarquer Ken.

— Non, mec, c'est un truc de pros.

— Il plaisantait, Pierre.

— Oh. Bon, peut-être ma mère, alors. Mais la tienne aussi, Nolan.

— Même si elle n'était pas morte, j'en doute.

— Bon Dieu, excuse-moi. Je vais la boucler.

— Comment on procéderait ? s'enquit Ken, dubitatif, en contemplant la paroi.

— On va grimper tous ensemble, décréta Pierre en ôtant ma chemise pour me la rendre. Espacés de deux ou trois mètres. Comme ça, celui ou celle qui sera derrière moi pourra voir comment je fais, quelles prises je favorise. Il y a quelques passages où il faut choisir entre se simplifier et se compliquer la vie. Je veillerai à ce que tout le monde prenne le chemin facile.

Ken réfléchit.

— Et puis merde, dit-il en se tournant vers le groupe. Bon, écoutez. Le cabri de service a l'air de penser que c'est tout bon. Il est bien évident que je ne vais forcer la main à personne, ni même vous demander gentiment d'y aller, et ça vaut aussi pour toi, Nolan, mais…

— Pas question de rater ça, répondit immédiatement Feather.

— C'est parti, renchérit Molly, avec tout l'allant de la Californienne sportive, élevée de surcroît avec deux frères plus âgés.

Gemma ne paraissait pas plus enthousiaste que moi, mais elle haussa négligemment les épaules.

— Ok, pourquoi pas ? On n'a qu'une vie, hein ?

— Je vais essayer moi aussi, dit Ken. Mais je passerai en dernier. Comme ça, je serai le seul à mourir si je m'écrase comme un sac de briques.

Tous les regards étaient désormais tournés vers moi.

— Doux Jésus…, fis-je.

# Chapitre 13

Pierre repartit à l'assaut de la paroi, créant assez d'espace pour que Feather puisse le suivre. Vint ensuite le tour de Molly et de Gemma. Puis le mien. Je m'attendais presque à entendre Ken nous apostropher comme suit : « À la revoyure, bande de cons ! », puis à le voir détacher l'amarre et ordonner à Dylan de le ramener là où nous avions laissé toute la vodka. Mais en baissant la tête, au bout d'une minute de montée, je découvris son visage environ un mètre plus bas, et ses doigts charnus crispés contre des aspérités.

— Je te hais, me dit-il.

Nous portions tous un sac à dos, le contenu ayant été inéquitablement réparti en termes d'encombrement et d'importance. Pierre transportait la caméra et les batteries, Molly le matériel de prise de son, etc. Moi, on m'avait confié les sandwichs. Interprétez ce choix comme bon vous semblera.

Suivant le conseil de Pierre, nous avions pris un moment pour nous organiser.

Puis nous avions entamé l'ascension.

La première section n'était guère qu'une forme de randonnée exigeante, avec une marge d'erreur un peu plus réduite concernant le placement des pieds. Au bout d'une quinzaine de minutes, nous abordâmes la partie qui ressemblait davantage à de l'escalade pure. La surface rocheuse était toutefois irrégulière, truffée d'anfractuosités et de crevasses.

Pierre progressait lentement, s'arrêtant toutes les cinq minutes pour laisser au groupe l'occasion de se dégourdir les bras, et d'assouplir des doigts passablement crispés à l'intérieur de leurs gants.

J'avais entendu des gens comparer l'escalade à une partie d'échecs physique, ce qui ne m'aidait pas étant donné que j'étais nul aux échecs. Mais, oui, l'espace d'une seconde, j'entrevis l'attrait de cette activité, le fait de choisir de caler son pied sur telle saillie, de décaler son poids d'une main à l'autre. À mesure que nous nous élevions, j'eus même la chance de retrouver la sensation qui m'était venue en montant dans le canot, de me rendre compte non sans étonnement que c'était cool d'être intrépide, et que je n'aurais sans doute jamais ajouté cette activité à ma liste de trucs à faire si ça n'avait tenu qu'à moi.

De temps à autre, je m'accordais quelques instants pour porter mon regard vers la face opposée du canyon, ou vers le fleuve qui scintillait sous le soleil en contrebas. Ken tenait gaillardement le rythme. Il évacuait la pression en se fendant d'une bordée d'injures de temps en temps, mais au bout d'un moment, je compris que, pour lui, cela faisait partie du processus, et que ce n'était pas le signe d'un danger imminent.

J'étais vraiment content qu'il soit là, que nous nous soyons lancés ensemble dans l'ascension. Pour une obscure raison, cela me facilitait la tâche, et pas simplement parce qu'il était à l'évidence, de nous tous, le moins adapté à ce genre d'exercice. Ce qui signifiait certainement, songeai-je avec un sérieux coup au cœur, que je le considérais en quelque sorte comme un ami.

Jusque-là, cela ne m'était pas venu à l'esprit. Je me demandai s'il ne faudrait pas que je lui en parle à un moment, imaginai sans peine l'ironie érigée en arme de destruction massive qui accueillerait ma remarque – j'en ferais autant si les rôles étaient inversés – et décidai donc de ne rien révéler.

Quand Gemma chuta, j'eus une demi-seconde pour réagir.

Nous avions parcouru plus des deux tiers de la distance, et mes bras et mes mollets s'en ressentaient, mais j'avais acquis un certain rythme, et notre escapade avait cessé de me paraître infaisable. Pour être franc, le relief était bien plus impressionnant vu du fleuve que lorsqu'il se trouvait juste sous votre nez. Cela ne m'empêchait pas de vérifier à intervalles réguliers comment allait Ken (qui respectait scrupuleusement mes appuis et mes prises) ; en revanche, j'avais cessé de regarder le paysage. L'altitude était désormais un peu trop importante pour que je puisse me livrer sereinement à une telle activité. Je m'occupais donc plutôt l'esprit en préparant le topo que je débiterais devant la caméra, lorsque nous serions arrivés à destination. La teneur de mon propos dépendrait en grande partie de nos trouvailles, bien sûr, mais je désirais être un minimum préparé. J'étais donc profondément plongé dans mes pensées lorsqu'un bref piaillement s'éleva.

Suivi d'un raclement frénétique.

Avant que j'aie eu l'occasion d'assimiler ce que j'entendais, Gemma glissait déjà vers moi. Vite.

Même si j'avais su comment réagir en pareilles circonstances, je n'aurais pas eu le temps de faire autre chose que raffermir mes appuis et crisper mes doigts.

Gemma n'avait dérapé que sur un mètre environ, et elle essayait de freiner sa dégringolade, mais je n'en eus pas moins l'impression d'être percuté par un train de marchandises. Sous l'impact, mes poumons se vidèrent brutalement, et je sentis aussitôt les muscles de la partie inférieure droite de mon dos se froisser.

Mais l'interstice qui me séparait de la paroi suffit à accueillir Gemma et, sans trop savoir comment, je parvins à ne pas dévisser.

Gemma s'empressa de trouver des anfractuosités exploitables, et me libéra prestement de son poids.

Alors, nous restâmes cramponnés là sans bouger.

J'avais une conscience aiguë de sa peau à travers son tee-shirt, de la sueur sur sa nuque, à la base de sa queue-de-cheval. Et aussi de mon cœur qui battait à tout rompre.

— Merde ! cria Molly. Ça va ?

— On va éviter que ça se reproduise, dis-je d'une voix qui tremblait légèrement. Mais à part ça, on va bien. Moi, en tout cas. Et vous ?

— Pareil, répondit Gemma, en faisant pivoter son avant-bras.

Elle souffrait d'une longue et profonde éraflure. Le sang commençait déjà à perler. Sa voix chevrotait.

— Mais merde, merde, *merde*.

— C'est joliment tourné, répliquai-je. Je retire tout ce que j'ai dit sur la qualité de votre prose.

Je continuai à m'accrocher fermement tandis qu'elle retrouvait ses marques.

Pierre observait la scène, se tenant à la roche avec un naturel consommé.

— Prêts ?

Nous reprîmes notre ascension.

Dix minutes plus tard, Pierre se retourna pour s'adresser à nous.

— Nolan ?

— Quoi ?

— Tu vois ces légères saillies, sur ma droite ?

— Oui, et donc ?

— Je vais traverser là. Molly, Feather et Gemma, vous me rejoignez. Toi, Nolan, tu fonces tout droit.

— Pourquoi ?

— Je pourrai filmer ton arrivée devant la caverne.

— Pierre, écoute…

— Fais ce qu'il te dit, bordel, intervint Ken, péremptoire. Mes bras sont sur le point de lâcher. Et si jamais le truc là-haut n'est qu'un renfoncement, tu financeras mon budget boissons jusqu'à la fin de tes jours. Je ne plaisante pas.

Je patientai jusqu'à ce que le groupe ait parcouru les trois mètres restants et se soit décalé vers la droite. Les saillies ne mesuraient guère plus de quarante centimètres de large et étaient nettement inclinées ; Pierre fut le seul à ne pas se tenir fermement à la paroi. Je vis même Gemma poser son front contre la roche et fermer les yeux, et compris qu'elle en avait plus qu'assez de tout ce bazar.

J'attendis encore, le temps que Pierre sorte précautionneusement la caméra de son sac à dos et la cale dans sa main gauche tout en se retenant de la main droite.

— Ça tourne, dit-il.

Je gravis seul la dernière dizaine de mètres. Ce fut d'autant moins difficile que la perspective de toucher au but me galvanisait. Là encore, Pierre avait vu juste : la concavité de cette section de la paroi la rendait nettement plus praticable que la partie intermédiaire de notre ascension.

Appui après appui, je m'élevai jusqu'à me trouver à l'aplomb exact de l'ouverture. Néanmoins, n'ignorant rien des caprices des dieux, je vérifiai mes prises et mes appuis plutôt deux fois qu'une pour combler la distance restante.

Je crochetai alors le rebord de l'entrée avec mes doigts, et me hissai prudemment. Une minute plus tard, j'étais à l'intérieur.

Les archives de Nolan Moore
Le canyon

# Chapitre 14

La bouche de la caverne se présentait sous la forme d'une entaille irrégulière d'environ un mètre vingt de large pour un mètre cinquante de haut, et elle abritait un tas de cailloux. Il m'apparut aussitôt qu'il ne s'agissait pas d'un simple renfoncement. La lumière du jour ne me permettait de discerner que cinq ou six mètres d'un tunnel de mêmes dimensions que l'entrée. Restant à quatre pattes, je me retournai et regardai dans le vide.

Après avoir connu un instant d'intense vertige à la vue du gouffre qui s'ouvrait en dessous de moi, je hélai le groupe.

— Venez un peu par ici.

— C'est une caverne ?

— Oui. Oui, c'en est une.

— Quelle profondeur ?

— Je ne vois pas assez loin. Mais il y a beaucoup d'espace.

Je me reculai et attendis. Ils arrivèrent un à un : d'abord Ken, puis Gemma, Molly, Feather et enfin Pierre. Avec Ken, je laissai un maximum de place pour permettre aux autres de nous rejoindre, et nous examinâmes les parois de la caverne. Elles étaient rugueuses, de couleur variable ; le même type de roche que celle que nous venions de gravir. Plus au fond, le conduit se resserrait, mais restait assez large pour qu'on puisse avancer à deux de front.

— C'est bien l'endroit ?

— Je sais pas encore.

— Et ces tas de cailloux, qu'est-ce qu'ils fichent ici ?

— Je sais pas non plus.

— Parfait. Content de voir que tu maîtrises ton sujet. Quand Pierre aura repris son souffle, il faudra qu'on tourne un petit quelque chose. Vise-moi ça. (Il passa sa paume contre une section de mur.) On dirait des marques de ciseau, tu trouves pas ?

— Si, un peu.

— Kincaid les mentionnait, je crois bien ?

— Oui

— Putain, Nolan. Peut-être bien qu'on est au bon endroit.

— Ne nous emballons pas.

Pierre ne tarda pas à apparaître, et il eut tôt fait d'installer sa caméra. Molly assembla le micro, et les autres se plaquèrent contre les murs pour laisser le champ libre.

— Ça n'a pas été une mince affaire de monter jusqu'ici, commençai-je dès que Molly fut prête. Et cela aurait même été impossible sans l'équipe. Pierre, tourne ta caméra.

L'intéressé eut l'air surpris par cette entorse au protocole, mais je lui fis signe d'obtempérer.

— Voici Molly, Feather, Gemma. Et Ken. J'ignore totalement qui est ce type, je l'avoue, mais il est là. Et rien de tout cela ne serait arrivé sans notre cameraman, Pierre. C'est lui qui a repéré l'ouverture, qui nous a persuadés que l'ascension était réalisable et qui nous a montré la voie. Merci, Pierre.

Je lus une expression étrange sur le visage de Gemma, mais poursuivis sur ma lancée. Je m'avançai vers l'entrée, en indiquant à Pierre qu'il devait montrer à quelle altitude nous nous trouvions.

— Nous avons escaladé la paroi sur près de cent mètres. C'est haut, je vous l'accorde, mais on est encore loin de ce que Kincaid a écrit dans son article pour la *Gazette*. Cela tendrait à suggérer que nous nous sommes lourdement trompés, que nous avons affaire à une cavité jusque-là passée inaperçue par pur hasard. Mais nous avons déjà évoqué la possibilité que Kincaid ait pu modifier certains détails. Il n'a pas pu s'empêcher de dévoiler l'existence de la caverne. C'était une découverte capitale. Je pense toutefois qu'il a voulu contrôler l'information pour préserver cet endroit des regards importuns. Je n'ai pas de certitude. Mais c'est intrigant. Oui, tout cela est… très intrigant.

Je m'époussetai les mains.

— Bon, il ne nous reste plus qu'à jeter un coup d'œil à notre trouvaille.

Pierre cessa de filmer pendant que nous sortions nos lampes frontales de nos sacs à dos, et que Ken et moi fumions une cigarette. Ensuite, nous nous rangeâmes les uns derrière les autres, Molly se plaçant juste derrière moi avec le micro tandis que Feather et Gemma braquaient leur lampe torche sur des points susceptibles de m'intéresser. Quant à Pierre, il évoluait librement autour de moi.

Je pénétrai dans la grotte.

Au bout de quelques pas à peine, la température s'était déjà rafraîchie, mais l'air semblait également lourd. Un mètre environ séparait ma tête du plafond. Une odeur de poussière sèche régnait, une odeur de temps long et de roche ancienne. Maintenant que nous avions de quoi nous éclairer, je m'aperçus que le passage mesurait en réalité près de dix mètres de large, et peut-être autant en longueur. De part et d'autre, les parois arboraient une courbure légèrement concave, de même que le plafond. Le sol était tout sauf plat. J'avais peine à croire que la grotte ait pu être uniquement le produit d'un phénomène naturel, mais difficile d'en avoir le cœur net, puisque je n'y connaissais rien en géologie.

— Nous avons déjà remarqué ces traces, dis-je en indiquant la section de mur sur laquelle Ken avait attiré mon attention, un peu plus tôt. Il *pourrait* s'agir d'un ciseau, ce qui suggérerait un conduit naturel, élargi et façonné ensuite de la main de l'homme. Mais il faudrait l'avis d'un archéologue avant de s'aventurer sur ce terrain-là. La forme des parois… semble indiquer un élargissement. Mais les forces de la nature peuvent produire des résultats suggérant une intervention humaine : des reliefs sous-marins comme la chaussée de Bimini aux Bahamas, ou la structure de Yonaguni, dans les eaux japonaises. Donc, je dis simplement… que ça a l'air artificiel.

Je tournai lentement sur moi-même, éclairant les murs avec ma lampe frontale.

— Je ne distingue rien d'autre de notable. Il n'y a aucun symbole sculpté. Si cet endroit est bien celui que nous cherchons, il s'apparenterait plutôt à une sorte d'antichambre. Nue, purement fonctionnelle.

J'achevai mon laïus en visant une ouverture, au fond du passage.

— Cette ouverture mesure quasiment deux mètres de large. D'ici, elle a l'air assez grossière, comme un orifice naturel qui se rétrécit significativement par le haut. Approchons-nous.

Je m'engageai dans le nouveau conduit.

Je ressentis comme une… réticence. Rien de bien prégnant. Pas une sirène d'alarme, un gros « non, pitié mon Dieu, n'entre pas là-dedans ». Simplement une note de tension s'élevant en corolle au fin fond de mon cerveau, et qui entretenait des points communs avec ce que j'avais perçu quand j'étais assis tout seul à attendre le lever du jour. Après tout, j'étais en train de m'engager – pour autant que je sache – dans un lieu où nul homme, nulle femme ne s'était aventuré depuis des lustres. Et nous nous situions vraiment très loin sous terre. Des tonnes de roche s'entassaient au-dessus de ma tête, et je n'avais aucun moyen de vérifier la stabilité du tunnel, de savoir où il menait.

Et puis, il faisait tout noir. Peu importe votre âge, peu importe que vous ayez fréquenté des cimetières et des asiles abandonnés, entre autres lieux inquiétants, dans votre quête d'images à peu près dignes d'être diffusées sur Internet/sur le câble... le noir, c'est le noir. Le noir.

— Kincaid a parlé d'un tunnel. Et, d'après lui, il mesurait entre trois et quatre mètres de large. Le nôtre est plus étroit. Les parois sont irrégulières. Il se rétrécit sévèrement vers le haut. Le sol est bosselé, légèrement en pente. Il pourrait très bien s'agir d'une cavité naturelle. Nous ne le saurons que lorsque nous atteindrons la prochaine étape de l'article. En partant de l'entrée, Kincaid et les autres explorateurs auraient parcouru dix-sept mètres avant de tomber sur un accès. Celui qui les a conduits à tous les machins étranges. Allons voir ça de plus près.

— Ou pas, dit Molly.

— Quoi ?

— Nolan, je n'aime pas ça.

Pierre baissa la caméra. Son visage exprimait ma propre réaction, à savoir que Molly était la dernière personne dont on aurait cru qu'elle puisse avoir autant les jetons.

— Molly. À ce stade, on parle d'une simple crevasse. Je ne sais même pas s'il s'agit d'un passage à proprement parler.

— Ça ne me plaît pas, s'entêta Molly.

— D'accord, je comprends. Mais on va tout de même aller voir, hein ?

— Je ne veux pas y aller.

— Mais...

Je ne savais pas quoi lui dire.

Elle me regardait, les lèvres pincées. C'est drôle, à force de fréquenter les gens, on ne les voit plus. On leur assigne un rôle, et on ne les considère plus qu'à travers ce prisme. Molly, ma petite Molly, je la dépeignais intrépide, fléau des réceptionnistes et des compagnies de location, un roc sur lequel on pouvait s'appuyer, elle était la personne par qui tout arrivait, celle qui retapait le monde lorsqu'il partait à vau-l'eau. Notre petite maman. C'est en partie pour cette raison, je suppose, que j'avais décrété qu'elle était plus âgée que moi. Les mamans sont toujours plus âgées que vous. C'est la loi.

Mais en l'examinant attentivement, avec ses cheveux plaqués par la transpiration sur un front toujours incendié par le soleil de la veille, je me rappelai soudain qu'elle avait quinze ans de moins que moi. Et je vis qu'elle était au mieux nerveuse, au pire effrayée, et qu'elle n'avait aucune envie de me suivre.

— D'accord, dis-je. Pas de souci, ne t'en fais pas.

— Je pourrais porter le micro, si tu veux, intervint Feather timidement.

— Ce serait génial, répondis-je. Et vous savez quoi ? Ça se goupille super bien, en réalité. Tss. Pourquoi on n'y a pas pensé avant ? Molly, tu veux bien rester là pour filmer notre progression dans le tunnel avec ton téléphone ? Ça donnerait un petit côté authentique, et on pourrait publier ça sur le blog pour appâter le chaland.

— Pas de problème, répondit-elle tout bas, en tendant la perche du micro à Feather. Je suis désolée, Nolan, je t'assure. Je sais bien que c'est idiot de ma part.

— Ouais… Ou alors, tu vas être la seule à ne pas te faire bouffer par un gros monstre. L'avenir nous le dira.

Cela la fit rire, et tout fut arrangé.

Feather brandit le micro. Molly recula vers l'entrée et sortit son appareil, prête à filmer notre avancée dans les ténèbres, tandis que Pierre apprêtait à nouveau la caméra.

— C'est parti, déclarai-je.

Nous longeâmes le tunnel, Gemma orientant sa lampe torche vers le bas pour faciliter notre progression sur le « sol » de plus en plus accidenté, et Feather ayant confié la sienne à Ken pour qu'il nous indique le chemin. Notre producteur comptait ses pas, posant un pied directement devant l'autre pour estimer grossièrement la distance que nous parcourions. Le passage ne tarda pas à se rétrécir, au point qu'au bout d'une dizaine de mètres à peine, je pus presque toucher les deux parois simultanément.

Au-dessus de nos têtes, le plafond commença à adopter un aspect plus effilé tandis qu'il disparaissait dans les ténèbres. Je pris bien soin d'examiner les deux flancs du conduit tout en marchant. Ils étaient très irréguliers, et ne paraissaient à aucun moment avoir été travaillés par la main de l'homme. Ils ne comportaient pas la moindre ouverture.

À une quarantaine de mètres de l'extérieur, le tunnel s'interrompit purement et simplement, voie de garage s'achevant par un mur oblique. Cela non plus ne me parut pas relever de l'intervention humaine. Nous étions simplement parvenus au bout du chemin.

— On a dû louper une intersection, suggéra Feather avec espoir.

Nous fîmes demi-tour vers l'antichambre comme un seul homme, puis repartîmes en sens inverse, plus posément, en mobilisant tout notre éclairage pour scruter les parois.

Il n'y avait aucun accès.

Le conduit ne menait nulle part.

# Chapitre 15

— Tu as trouvé la caverne, Nolan. Ou du moins *une* caverne. C'est déjà ça.

Ken et moi étions assis près de l'entrée. Nous jouissions d'un panorama toujours sensationnel, que pour ma part je ne voyais plus.

— Ouais, tu l'as dit. C'est déjà *ça*. C'est bien le terme qui s'impose. Et c'est un *ça* pas très intéressant.

— Sois pas con, Nolan. Ça prouve…

— Ça prouve *que dalle*, Ken. Nous avons découvert une cavité naturelle. Elle n'est pas là où Kincaid l'indiquait, et elle ne ressemble pas du tout à sa description. Si ça se trouve, cette grotte est déjà répertoriée, et la seule raison pour laquelle elle ne figure sur aucune carte est qu'elle ne mérite même pas le déplacement.

— Les choses sont ce qu'elles sont. À moins qu'on arrange le truc à notre sauce.

— Tu proposes quoi ? Y a vraiment matière à faire une émission ?

— J'en sais rien. Au pire, on pourra caser ça dans un épisode spécial « échecs retentissants » en milieu de saison. Ou l'inclure dans un résumé des trucs dont tu as prouvé l'inexistence. Tu connais mon avis, ça nous aiderait auprès de nos détracteurs. « *Aux frontières de l'Anomalie* : la vérité avant tout, et la lucidité en prime ».

— Ouais… Et toi, tu sais ce que j'en pense : elle est merdique, ton idée. C'est déjà assez difficile comme ça de convaincre le public du bien-fondé de ce qu'on fait, sans qu'on lui tende nos échecs sur un plateau.

— Nolan a raison, intervint Feather.

Nous découvrîmes qu'elle se trouvait debout derrière nous, tout près.

Ken haussa les épaules.

— C'est ton pognon, chérie.

— Pas vraiment. Ce n'est pas moi qui prends les décisions importantes. En revanche, je peux te donner mon avis. À la fac, j'étudiais principalement la psycho, et si j'ai appris une chose, c'est bien que certaines personnes ne changent jamais d'avis, quoi qu'on fasse. Il y a des gens qui *naissent* cyniques et soupçonneux. Ils n'ont pas besoin qu'on entretienne leur stupidité et leur aveuglement. Qu'ils aillent se faire cuire un œuf, les sceptiques, si vous voulez mon avis. La raison d'être d'une organisation caritative comme Palinhem, c'est justement d'impulser le changement.

— Un discours qui vous secoue les puces, nota Ken. Ça me plaît. Mais donc, on fait quoi ?

— Ne montrons pas nos faiblesses, recommanda Feather d'un air déterminé, et ne renonçons jamais.

— Bien parlé, ma biche, dit Ken.

Mais moi, tout ce que j'avais entendu, c'était le mot « caritative ».

Une demi-heure plus tard, je venais de m'autoriser une cigarette avant la descente imminente. Entre-temps, je m'étais passablement calmé. Ce n'était pas comme si je venais de prouver que les extraterrestres n'existaient pas, ou de montrer que l'ordre des Templiers n'était en réalité que des gosses disputant la Little League. J'étais surtout fatigué, et la perspective de dormir à l'hôtel ce soir-là après avoir éclusé plusieurs bières me séduisait, alors j'espérais ardemment que nous allions rebrousser chemin à temps pour que ce rêve devienne réalité. J'avais presque terminé ma clope lorsque Molly vint s'accroupir près de moi.

— Il n'y a aucun souci, lui dis-je. Je t'assure. Tu n'aimes pas les tunnels. C'est pas une affaire d'État.

— Pour moi, ça l'est. Je ne suis pas du genre à renoncer facilement. Alors, pour compenser, j'ai peut-être un truc à te signaler.

— Quoi donc ?

— Tu n'aimes pas les surprises ?

— Ça dépend lesquelles.

— Allez, viens.

Elle m'emmena vers l'antichambre de la grotte. Ken nous regarda passer.

— Qu'est-ce que vous mijotez ?

— J'en sais rien, répliquai-je.

— Eh bien, ne lambinez pas. J'ai une douche, des flots d'alcool et un cheeseburger gros comme ma tête qui m'attendent à l'hôtel. Rien que des éléments essentiels à mon futur bien-être. Si vous foutez tout en l'air, ce sera à vos risques et périls.

— Oui, chef.

Molly poursuivit son chemin en me parlant à voix basse.

— Après mon fiasco…

— … qui, comme je te l'ai dit, est parfaitement com…

— Chuut, Nolan.

— Tu as le droit de me donner des ordres comme ça ?

— Oui.

— Oh. D'accord.

— Après, disais-je, j'ai fait ce que tu m'as demandé. Je suis retournée à l'entrée, j'ai pris une série de photos. Je les ajouterai à la Dropbox du projet quand on aura regagné le monde merveilleux du wifi. Ensuite, je vous ai filmés en train de vous engager dans l'ouverture. Je ne suis pas aussi douée que Pierre, mais le film est en HD, on pourra l'exploiter.

— Formidable. Et donc…

— Et donc, vous êtes revenus, vous avez décrit un nouvel aller-retour. J'allais arrêter de vous filmer, mais tu sais comment c'est, deux prises valent mieux qu'une. Donc je me suis ravisée, et cette fois j'ai zoomé sur le tunnel. Je me suis même rapprochée un peu. Et… Le mieux, c'est encore que je te montre.

Elle navigua sur son appareil, pressa le bouton approprié. Une vidéo brouillonne nous montra nous enfonçant dans le tunnel une seconde fois.

— J'avais déjà mis les trucs classiques en boîte, donc j'ai balayé un peu plus, expliqua-t-elle. Et c'est en visionnant la vidéo il y a quelques minutes que… Là, c'est là.

— Quoi ?

— Je te remontre le début, dit-elle en rapprochant son téléphone.

— Je cherche quoi ?

— Tu vas voir Ken diriger sa lampe un peu partout pour te permettre d'examiner les parois sous toutes les coutures. Un gros bazar. Mais le moment qui nous intéresse arrive… Juste à la fin, fais bien attention.

J'eus du mal à comprendre ce que je discernais. Le dos de mes collaborateurs. Des éclats de lumière erratiques et entrecoupés d'obscurité, au rythme des gestes de Ken et de Gemma. Nous nous éloignions de plus en plus de l'appareil. C'est alors que…

— Qu'est-ce que c'était que ça ?

Molly replaça le curseur au début de la vidéo, rappuya sur « lecture », puis sur « pause ».

— Voilà, c'est de *ça* que je te parlais.

L'image nous montrait figés au fond du tunnel, collection d'épaules et de nuques située à bonne distance de l'appareil.

Le téléphone supportait mal les mauvaises conditions d'éclairage, l'écran était pixellisé. Mais en hauteur, là où Ken avait aventuré sa torche… le cône lumineux permettait un rendu plus net.

Et pendant une fraction de seconde, Ken avait capté quelque chose. Trois petites excroissances, chacune grosse comme une brique, la troisième étant disposée à l'aplomb de la première tandis que la deuxième était décalée selon un motif gauche-droite-gauche. Ayant omis de lever la tête, nous n'avions rien remarqué.

— On dirait des saillies régulières, tu ne trouves pas ? Comme si elles avaient été au moins un peu travaillées ?

— Possible, dis-je, dubitatif. Mais franchement, Molly… ça pourrait très bien résulter d'un effet de trompe-l'œil. Tu filmais de très loin. C'est… tout ce que tu as ?

— Oui. Ce n'est sans doute rien, je sais. Mais si quelqu'un, à l'époque, a pratiqué quelques saillies dans la roche, ça doit tout de même bien signifier quelque chose.

— Sans doute.

— Allons donc. On aurait franchi un cap, pas vrai ? Ça prouverait que cette grotte a été connue des Indiens à une certaine époque, qu'ils y ont apposé leur patte. Ça éveillerait au moins la curiosité des archéologues. Au pire, on lui donnerait ton nom, ce qui serait franchement chouette.

— D'accord, d'accord. Je vais jeter un coup d'œil.

— Non. *Nous* allons jeter un coup d'œil.

Dégainant nos lampes torches, nous gagnâmes le fond de l'antichambre.

— Tu n'es vraiment pas obligée de m'accompagner.

— Si. À une époque, j'avais des problèmes. Anxiété. Crises de panique. J'ai aussi fait de la boulimie pendant quelque temps.

— Oh. Ça devait être… ça devait vraiment être la merde, j'imagine.

— Oui. Mais ça commence à dater, j'ai fait beaucoup d'efforts, et maintenant je suis parfaitement opérationnelle.

— Hmm. Et dire qu'on croit connaître les gens. Quelle est la prochaine étape ? Tu comptes m'annoncer que tu votes républicain ?

— Je suis républicaine, oui.

— Quoi ?!

— Bref, des confidences à outrance pour te dire qu'il n'est pas question que je me laisse à nouveau impressionner. Passe devant. Je te suis.

— Tu es vraiment républicaine, ce n'est pas une blague ?

— Mon père est représentant du Parti républicain au Congrès.

— Tu m'en diras tant.

Nous continuâmes à avancer. Les autres étant regroupés à l'entrée de la caverne pour se préparer à la descente, la grotte me parut différente. Plongée dans une quiétude extrême. Très, très ancienne – et pour cause, puisqu'elle existait depuis des centaines de milliers d'années, au bas mot – et foncièrement étrangère à l'humain. Dans la pénombre, le souffle de Molly était très régulier, c'était à croire qu'elle disciplinait sa respiration.

— Tu fais du yoga ?

— Oui.

— Super. Ça aide ?

— En fait, j'ai la tête qui tourne. Je vais arrêter.

Je ne quittais pas les murs des yeux dans l'espoir de remarquer quelque chose qui nous aurait échappé la première fois. Mais il n'y avait rien. Seulement des mètres et des mètres de roche irrégulière, naturelle, inintéressante. De temps en temps, nous orientions nos lampes vers le plafond qui se fuselait, taraudé par l'obscurité. Là non plus, rien ne sortait de l'ordinaire.

Et puis nous ne pûmes aller plus loin.

— Ha, fit Molly d'une voix qui tremblait légèrement. Dans ta face, tunnel sombre, cauchemar des claustrophobes. C'est moi qui ai gagné.

— Sur le téléphone, ça ne ressemblait pas du tout à ça, dis-je en braquant ma torche droit vers le plafond.

— Il y a un renfoncement là-haut, nota Molly en levant la tête. À environ trois mètres, trois mètres cinquante. Recule de quelques pas.

Nous prîmes tous deux de la distance, et je me rendis compte qu'elle avait vu juste. À cet endroit, l'angle de nos rayons révélait un modeste renfoncement.

— Et il y a même les petites saillies dont tu parlais, remarquai-je. Une, deux, trois.

— T'en penses quoi ?

— Je sais pas. Enfin, en effet, elles ont l'air réparties à intervalles réguliers. C'est possible. Mais… Bon, tiens-moi la lampe.

J'allumai ma lampe frontale, et regardai autour de moi avant de jeter mon dévolu sur deux pans de roche particulièrement inégaux qui se faisaient face. Prenant appui contre l'un d'eux avec mon pied droit, je calai ensuite mon autre jambe.

Depuis ce poste plus élevé, je parvins à m'orienter de façon à plaquer mon dos contre la roche pour commencer à monter vers le renfoncement centimètre par centimètre, en décalant méthodiquement mes mains et mes pieds.

— Waouh, fit Molly. Tu te prends pour Spider-Man !

— Je t'ai pas sonnée.

Au prix de cinq minutes d'efforts et d'ahanements, je parvins à m'élever d'environ quatre mètres pour m'agripper au rebord. Je me restai ensuite coincé pendant quelques minutes, incapable de terminer mon mouvement, mais je finis par trouver un moyen de faire passer le reste de mon corps.

— Ça fait à peu près deux mètres de profondeur, dis-je à Molly depuis mon perchoir. Et c'est assez étroit, environ un mètre vingt.

— Et les saillies ? Elles ont l'air d'avoir été taillées ?

L'éclat de ma lampe me permit de comprendre d'emblée que l'image figée de la caméra et l'angle de vue que nous avions eu d'en bas nous avaient induits en erreur.

— Ce ne sont pas des saillies. Au contraire, ce sont des creux.

— Comme si des pierres s'étaient détachées d'une roche plus tendre ?

Je m'approchai encore.

— Non, dis-je. À moins que les pierres aient toutes été de la même taille. Et… rectangulaires.

Je penchai lentement la tête en arrière pour rediriger le faisceau de ma lampe frontale, et révéler ainsi les parties les plus en hauteur du renfoncement,

— Et il y a autre chose. C'est parfaitement régulier. Gauche, droite, gauche, droite. À perte de vue. Bon Dieu, Molly.

— Quoi ?

— C'est une échelle.

# Deuxième partie

*L'étonnement est le plus haut sommet*
*que l'homme peut atteindre.*
Johann Wolfgang von Goethe

*L'Éternel se repentit d'avoir fait l'homme sur*
*la terre, et il fut affligé en son cœur.*
*Genèse 6:6*

Les archives de Nolan Moore
Gravure représentant l'expédition de John Wesley Powell en 1869 (1875)

# Chapitre 16

Ken affectait la nonchalance sans tout à fait y parvenir.

— Alors, tu es allé loin ?

— Environ six mètres, répondis-je. Les marches continuaient à s'enfoncer dans l'obscurité.

— Ton verdict ?

— Peut-être que Kincaid n'a pas raconté que des conneries concernant l'altitude, ou alors notre entrée ne correspond pas à celle qu'il a décrite. Peut-être que la nôtre se trouve plus bas, une voie d'accès subsidiaire vers une cavité située bien plus haut. Peut-être la grotte de Kincaid, justement.

— Donc, il faut qu'on aille voir ce que ça donne, je me trompe ?

— Et ton cheeseburger dans tout ça ?

— Fais pas ton abruti, Nolan. J'en mangerai deux demain.

— Au point où on en est, ça ne fait que quelques pas de plus, nota Gemma.

Feather se tourna vers elle.

— Ça ne te suffit pas, poulette ?

— La nourriture risque de devenir un problème, dit Molly, si on doit passer une autre nuit dans le canyon.

— On va se rationner, répliqua Ken avec insouciance. Une demi-portion pour le déjeuner, et le reste pour ce soir.

— Et qu'est-ce qu'on fera pour demain matin ?

— On se gavera d'air frais et de soleil sous le regard d'un dieu bienveillant. Cela suffira à nous requinquer.

— J'ai compris, dis-je. Tu as planqué de la nourriture, pas vrai ? Donne.

— C'est surtout que j'ai de la réserve. Et puis je m'accorderai un supplément de frites demain. Sans oublier des rondelles d'oignon. Ça compensera.

— Tu es animé d'une vision à long terme, mon ami. Je t'admire.

— C'est grâce à ça que j'en suis arrivé là où j'en suis.

— Et pourtant, tu persistes ?

— Ou alors, nous interrompit Dylan (Molly l'avait contacté par talkie-walkie, et la communication n'arrêtait pas de couper), je pars vers l'aval avec l'annexe. Il y a un endroit, à quelques kilomètres d'ici, où ça capte un peu. Je passerai un coup de fil à un pote pour lui demander de nous apporter une autre glacière. Dans le pire des cas, j'irai moi-même.

— Entendu, répondit Ken. Mais ne dites rien à personne. Pas un mot. Compris ? C'est notre expédition.

Nous enregistrâmes un bref passage face caméra pour que j'explique ce que nous avions trouvé, puis le groupe se réunit.

— Bon, dit Ken. Nolan, tu passes le premier pour que Pierre puisse te filmer en train de partir vers l'inconnu. En plus de ça, t'es pas assez sportif pour avancer trop vite. Les autres, vous vous arrangez comme vous voulez, moi, je passe en dernier. Histoire de pouvoir souffler de temps en temps sans qu'on vienne me renifler le derrière.

— Une minute, intervint Molly. Tu crois que tu seras capable, déjà, d'atteindre le *premier* échelon… sans aide ?

Ken ouvrit la bouche, considéra l'obstacle, referma son clapet.

— Je passerai en dernier, lui proposa Molly. Et je promets de ne jamais te renifler le derrière.

C'est ainsi qu'un par un nous nous hissâmes dans le conduit et débutâmes notre ascension.

Je disposais d'une lampe frontale qui me permettait de scruter de temps à autre ce qui nous attendait. Gemma – elle venait juste derrière moi – gardait sa lampe torche au bout d'un cordon, perpétuellement allumée, tout le monde s'étant accordé pour dire que, même s'il aurait mieux valu économiser les piles, il y aurait eu de quoi devenir claustrophobe et frôler le malaise en grimpant dans l'obscurité impénétrable.

Dès lors que vous étiez totalement engagé dans le conduit, il devenait impossible de nier qu'il avait été façonné de main d'homme. Il mesurait environ un mètre sur un. Même à supposer qu'il ne s'étire que sur quinze mètres, cela représentait quinze mètres cubes de roche extraite, transportée jusqu'à l'ouverture et, selon toute vraisemblance, jetée dans le fleuve en contrebas.

À mes yeux, sauf à accepter l'idée d'un projet important, cela constituait un effort inconcevable, même si les peuples anciens mesuraient le temps et l'effort de manière différente de la nôtre. Après avoir chassé ou cueilli leur dîner et s'être assurés que leurs jeunes ne risquaient pas d'être croqués par des pandas en maraude, il ne leur restait pas grand-chose à faire, hormis s'asseoir autour du feu et s'échanger des perles de sagesse ancestrale. Et, comme je l'avais judicieusement fait remarquer à mon public dans l'épisode d'*Aux frontières de l'Anomalie* consacré à Stonehenge (élaboré à partir de séquences libres de droits, de diagrammes et d'une atroce modélisation en 3D réalisée par un ami de Ken accro à la cocaïne), ils se faisaient aussi une autre idée de la mobilité. De nos jours, en admettant que vous ayez grandi dans une ville A et que votre motivation ne soit pas inexistante, votre première décision de jeune adulte consiste à débarrasser le plancher, direction une ville B ou un pays C, même si vous finissez par regagner vos pénates dix ou vingt ans plus tard. Quitte à se rendre compte que le Lieu Magique n'existe pas et que vous allez incarner le même connard fini pendant le restant de vos jours, autant crécher là où vos gosses peuvent voir leurs grands-parents de temps en temps.

Mais avant notre ère ? Des familles restaient au même endroit pendant des milliers d'années, et par comparaison, le fait de passer trente mille ans à trimballer des cailloux semblait presque une formalité, parce que vous agissiez alors en partant du principe que vos descendants les plus lointains bénéficieraient de vos efforts.

Efforts au nombre desquels on pouvait sans doute compter la cheminée qui nous occupait.

Au bout d'un temps qui me parut infini, je marquai une pause et baissai la tête pour m'adresser à Pierre, qui progressait en milieu de peloton.

— On a bien avancé ? lui demandai-je, hors d'haleine.

— À raison de soixante centimètres entre chaque appui ou prise, dit-il (il ne semblait pas le moins du monde affecté par l'ascension), et de cent quinze marches, je dirais que nous avons parcouru un peu moins de huit cents mètres.

— Compris. Tout le monde va bien ? (Des murmures et des grognements affirmatifs s'élevèrent.) Et toi, Ken, ça va ?

— Va chier.

Je me remis en route.

Après vérification plus tard, nous découvrîmes qu'il nous avait fallu quarante minutes pour atteindre le sommet. Nous ménageâmes deux courtes pauses supplémentaires, lorsque nos cuisses et nos bras se crispaient ou commençaient à tétaniser sous l'effet de la fatigue, mais en dehors de cela, nous poursuivîmes notre ascension sans temps mort. J'entrai en transe, si je puis m'exprimer ainsi, à force de répéter les mêmes gestes, tendre le bras, décaler mes pieds et mon autre main, me hisser. Je ne pris pas la peine de me demander ce que nous allions découvrir, à supposer même que nous découvrions quelque chose. Ce qui m'avait empêché de devenir fou, à certaines étapes de ma vie, avait été mon aptitude à laisser l'avenir tranquille. Ce qui signifiait naturellement qu'il y avait eu des fois où la vie m'avait étalé d'un bon direct à la mâchoire tandis que les divinités de la prévoyance, hilares, se gaussaient de moi.

Mais pendant le reste de l'ascension, tout cela s'estompa. Molly se trompait si elle pensait que cela me ferait plaisir que la grotte porte mon nom. *Primo* parce que, si je m'étais lancé à sa recherche, c'était Kincaid qui l'avait découverte en premier. Et deuzio parce que je m'en fichais éperdument. Lorsque vous essayez de faire vos preuves, ce n'est jamais pour impressionner le vaste monde. Mais une personne bien spécifique. Peu importe que vous atteigniez un âge canonique, tout ce que vous espérez, c'est que maman ou papa vous baisote le sommet du crâne.

Certes, dans l'idéal, vous devriez chercher à vous épater vous-même, de la même façon que les réponses à toutes les questions que vous vous posez, que les fondements de vos quêtes devraient probablement se trouver au fond de votre âme. Mais ce n'est pas le cas. Il vous faut plus que ça. Quelqu'un ou quelque chose qui vous dépasse. Une altérité magique.

C'est pour cette raison, et pas une autre, que votre élan vous guide vers le divin.

Ou vers un être cher.

Je finis, en levant les yeux pour localiser le « barreau » suivant, par constater que les prises taillées s'interrompaient à peine quelques mètres plus haut, succombant aux ténèbres.

— Ça y est, dis-je. Je crois que nous y sommes.

Je fournis un dernier effort.

# Chapitre 17

Il m'apparut immédiatement qu'un nouveau tunnel s'ouvrait au débouché du conduit vertical. Un vrai, cette fois. Ma lampe frontale me révéla trois mètres carrés de sol. Un sol rocheux, couvert de poussière – en partie sombre, presque comme de la suie–, mais en tout cas presque plat.

Devant moi, le passage disparaissait dans l'obscurité. En me retournant, je vis qu'il en allait de même dans la direction du canyon, un tunnel reproduisant à l'identique le tracé de celui par lequel nous étions entrés, des centaines de mètres plus bas.

Je me hissai au sommet des entailles. Ici, les parois étaient aussi régulières que le sol. Pas parfaitement planes, certes, mais elles étaient le produit d'une intervention humaine, cela ne faisait aucun doute. L'endroit mesurait entre trois et quatre mètres de large pour sensiblement la même hauteur… soit des dimensions plus proches de celles que Kincaid mentionnait dans l'article.

— On peut monter ?

— Ouais, répondis-je. Je vous le recommande.

Je m'avançai un peu pour que le reste de l'équipe puisse achever son ascension. La largeur du tunnel restait constante. Il y avait des traces de ciseau sur les murs. Il faisait relativement frais, mais l'air était moite. Comme mort. De fait, il n'avait sans doute pas été renouvelé depuis belle lurette.

Gemma fut la première à me rejoindre.

— Je n'en ai pas eu l'occasion tout à l'heure, me dit-elle. Alors, je tenais à vous remercier.

— Pourquoi ?

— Pour m'avoir sauvé la vie, espèce de sale con.

— C'était un accident. J'étais très préoccupé par ma propre survie. Votre salut fut de nature collatérale.

— Vous avez vraiment un problème, dit-elle d'un air atterré.

— À savoir ?

— Aucune idée. Je ne suis pas thérapeute. J'ignore si ce sont les séquelles de votre mariage parti en fumée, mais vous semblez fermement décidé à prouver que vous êtes un salaud.

— Je n'arrive pas à vous suivre. Hier soir, vous vous disiez que je n'étais peut-être pas si mal que ça, et aujourd'hui revoilà mon sort scellé.

— Je suis sérieuse. Par exemple, quand nous avons pénétré dans la grotte pour la première fois. N'importe qui d'autre aurait roulé des mécaniques. Et à juste titre, pour une fois. Mais vous, vous vous êtes empressé de braquer les projecteurs sur Pierre. (Elle baissa le ton.) Qui est un type sympa, j'en conviens, et beau garçon avec ça, mais je parie qu'il serait incapable de trouver la sortie de son propre appartement sans l'aide de Google Maps.

Je haussai les épaules.

— Je nous ai conduits à destination. Oui. Mais rien ne dit qu'il y a quelque chose à découvrir.

— C'est vrai, reconnut Gemma. Allons, vous avez sans doute raison. Peut-être bien que vous n'êtes qu'un enfoiré, dans le fond.

— Quelle plaie. (Ken, à bout de souffle, se hissa laborieusement hors de la cheminée.) Alors comme ça, il y a vraiment un passage.

— Ouaip.

— Quel est le plan ? Lorsque mon cœur sera moins susceptible d'exploser, j'entends.

— On partira par là-bas, dis-je, indiquant le passage orienté vers le canyon.

— Il y aura assez d'air et tout le toutim, normalement ?

— Je suppose que oui. L'extrémité est certainement ouverte sur le canyon, et si on ne l'a pas remarquée, c'est qu'elle était située trop en hauteur par rapport à nous, ou alors trop difficile à distinguer au milieu de toutes ces taches minérales. Donc, je pense qu'on devrait prendre cette direction, poser des jalons. En plus de ça, ça nous permettra de vérifier s'il y a d'autres passages.

— Pas « *si* », intervint Feather. (La lampe que Gemma portait autour du cou éclairait par intermittence le reste du groupe, qui nous avait rejoints.) « *Où* ». On a forcément affaire à la grotte Kincaid, non ?

— Espérons-le, répondis-je. Mais nous le saurons en temps voulu. Au fait, on ne va garder qu'une ou deux lampes allumées. On va constamment avoir besoin de lumière artificielle. Elles sont loin, les piles de rechange, et j'ai vu tous les films qui ont exploité cette idée.

— Bon réflexe, marmonna Gemma tandis que tout le monde éteignait sa lampe, hormis Ken et moi. Ce n'est pas du tout flippant. Pas du tout.

— Pierre, ordonna Ken. Commence à filmer.

Notre cameraman m'emboîta le pas.

— Nous voilà arrivés ici, au prix d'une longue ascension, déclarai-je. Un « ici » mystérieux. Assurément le produit d'une intervention humaine. Le contraste entre ce tunnel et la crevasse par laquelle nous sommes entrés est criant. Il y a plus d'espace, le sol est plus régulier, les parois et le plafond plus homogènes. Décidément, quelqu'un a fourni beaucoup d'huile de coude. Pourquoi ? C'est ce que nous espérons découvrir.

Nous nous engageâmes plus avant, révélant le même paysage. Je tournai la tête vers la droite pour mieux éclairer la paroi.

— Je ne distingue toujours aucune marque, aucun élément significatif en dehors de quelques traces de ciseau.

Je me tus alors.

— Enfin, à part… ça.

En silence, nous contemplâmes la roche percée d'une arche.

L'ouverture mesurait environ un mètre vingt de large, ses bords parfaitement réguliers s'incurvant pour former une arche gracile à plus de trois mètres du sol.

— Il y en a une aussi de l'autre côté, nous fit remarquer Molly.

Toutes les têtes – et la caméra de Pierre – pivotèrent lentement. En effet, une béance identique s'ouvrait dans le mur opposé.

— Nolan, me demanda Ken, est-ce que ça colle avec le rapport de Kincaid ?

— Ouais. Enfin, selon lui, à dix-sept mètres de la paroi externe, on trouvait deux ouvertures de part et d'autre. Donnant sur des tunnels incurvés. (Déplaçant ma source de lumière de droite à gauche, je scrutai les deux seuils.) Ce qui a bel et bien l'air d'être le cas.

— Tu veux qu'on aille voir si la distance avec l'extérieur correspond ?

— Bonne idée.

Nous poursuivîmes donc notre chemin, évaluant la distance grâce à nos foulées.

— Depuis le temps, on n'aurait pas déjà dû apercevoir la lumière du jour ? s'enquit Gemma.

— Oui, répliquai-je. Enfin, peut-être. Ça ne devrait plus tarder.

Mais environ cinq mètres plus loin, ma lampe frontale me révéla pourquoi nous ne discernions rien. Le passage venait de s'achever. Par un mur.

— Je suis perdue, dit Molly avec un soupçon d'anxiété. Le passage est rectiligne, sauf erreur de ma part. On aurait déjà dû retrouver le canyon.

M'approchant du cul-de-sac, je compris de quoi il retournait au prix d'un examen attentif.

— L'issue a été condamnée, remarquai-je. (Je fis courir mon doigt le long d'une démarcation.) Des gravats de taille moyenne, jointoyés avec une sorte de mortier rudimentaire.

Je me tournai vers Ken.

— C'est pour ça que notre entrée était jonchée de cailloux. Dylan a bien dit qu'il y avait eu une secousse dans les parages, l'an dernier, non ? Et que des rochers étaient tombés dans la rivière ?

Ce fut Gemma qui me répondit.

— Oui. D'où le fait que les rapides étaient un peu plus agités que d'ordinaire. C'est bien ce que Dylan a expliqué.

— Et la secousse a sans doute suffi également à dégager l'ouverture qu'on a empruntée. C'est pour ça que tout le monde n'y a vu que du feu pendant plus de cent ans : *il n'y avait absolument rien à voir*. L'année dernière, tout s'est effondré à cause du séisme, laissant l'entrée dans l'état où on l'a découverte. Mais ici, plus haut, le comblement a résisté. L'un d'entre vous avait continué à compter nos pas ?

— Oui, répondit Ken. Nous sommes désormais à une vingtaine de mètres des arches, pas très loin des dix-sept mètres annoncés. Ça correspond assez. J'en ai ma claque de marcher sur des œufs, de jouer aux « peut-être que oui, peut-être que non », Nolan. C'est la caverne Kincaid. Fais-toi une raison.

— Tu dois être dans le vrai. Reste simplement à déterminer… ce qu'on va faire.

— Qu'est-ce que tu insinues ?

— Opérer une retraite triomphale et passer le relais aux adultes serait le plus judicieux.

— Nolan, on est *tous* adultes.

— Tu m'as compris, Ken. Je parle d'archéologues qualifiés, expérimentés, ceux qui savent agir dans les règles et tout consigner scrupuleusement. Des types qui ne risquent pas de bousiller le site par inadvertance.

— Mais Kincaid et le type du Smithsonian ont déjà ratissé l'endroit il y a cent ans.

— Ça fait donc *deux* couches de témoignages archéologiques à préserver au lieu d'une. Nous avons trouvé la caverne, formidable. Ne changeons pas une découverte mineure en catastrophe épique.

— Une découverte mineure ?! protesta Feather. Nolan… tu as découvert la grotte Kincaid ! Tu viens de prouver à des milliers de gens, et même au *Smithsonian*, qu'ils avaient tort. Ça pourrait… tout changer.

— Dans ce cas, protégeons nos acquis. Et je ne parle pas simplement d'*Aux frontières de l'Anomalie*, Feather. Ta fondation n'a aucune envie de voir son nom associé à une bévue monumentale. C'est passablement illégal d'entrer dans une cavité du Grand Canyon sans autorisation. Et quand je dis « passablement », ça signifie « totalement », au sens de « délit passible de poursuites ». Et ça vaut d'autant plus que personne n'avait connaissance de cette grotte. Il ne faut pas seulement s'inquiéter de la réaction du milieu archéologique ou de groupuscules d'Indiens radicaux. Sur Internet, tous les geeks vont nous crucifier.

— Qu'est-ce qui vous préoccupe, au fond ? demanda Gemma. L'intégrité du site, ou le risque de perdre votre diffuseur ?

Ken et moi réagîmes simultanément.

— Les deux.

Pierre cessa de filmer et baissa la caméra.

— Bon, qu'est-ce qu'on va faire, alors ?

Tout le monde consulta Ken du regard. Molly avait beau être notre petite maman, nous savions bien qui portait la culotte.

Ken réfléchit, brièvement.

— Ça m'agace, mais le type qui porte des chemises amples a raison. Ce n'est pas souvent qu'on est confrontés à une trouvaille, une vraie. C'est même une première pour nous. Donc nous devons être raisonnables. Nous disposons déjà de quoi faire parler de nous dans la presse. Veillons simplement à viser les bonnes publications. Cela dit, je n'ai aucune intention de partir avant d'avoir jeté un coup d'œil aux deux ouvertures. On l'a bien mérité, à mon avis. Et si jamais on piétine de la poussière antédiluvienne dans l'opération, eh bah collez-moi un procès. Nolan ?

— Ça me va.

— Très bien. Nous allons retourner là-bas pour pouvoir filmer l'arrivée de Nolan. (Il me regarda, incapable de réprimer un sourire.) Beau boulot, mon vieux. Je me tuais à répéter à tout le monde que t'étais pas un raté complet.

— Et les gens t'écoutaient ?

— Non. Mais ça va changer.

Il rebroussa chemin avec les autres, tandis que j'observais une dernière fois l'issue condamnée. Gemma s'attarda avec moi.

— Je vous renouvelle mes félicitations. Plus sérieusement : vous vous êtes gouré sur un point.

— Lequel ?

— D'après vous, nous devons simplement déterminer ce que nous allons faire.

— Tout à fait.

— Mais pour moi, une autre question se pose.

— Laquelle ?

— Pourquoi Kincaid a-t-il pris la peine de murer cet endroit ?

# Chapitre 18

— Bon alors, on est censés trouver quoi ? demanda Ken.

Nous nous étions rassemblés autour de l'arche située sur la gauche, après avoir entassé nos sacs à dos contre la paroi opposée. Pierre avait procédé à divers essais d'éclairage avec Feather et Gemma, nous pouvions donc espérer une vidéo exploitable. Ce n'était cependant pas gagné d'avance. L'obscurité semblait présenter une texture d'encre, et ne cédait devant nos lampes torches qu'à contrecœur pour reconquérir son territoire sitôt que les faisceaux s'éloignaient.

— Tu n'as pas lu l'article d'origine ?

— Si. Enfin, en partie. Voyons, Nolan, tu sais bien que personne ne s'attendait à trouver quoi que ce soit. J'ai lu les derniers paragraphes en diagonale. Et aussi certains passages du début. Ok, j'avoue, j'ai tout lu en diagonale.

— Kincaid ne disait pas grand-chose au sujet de ces arches. Il précisait simplement que plusieurs salles bordent les tunnels.

— Prêt, me signala Pierre.

— Bon, dis-je, face à la caméra. Je puis vous assurer que la préservation de ce site ancien est au cœur de nos préoccupations, et nous avons bien conscience qu'il convient, en premier lieu, de procéder à des fouilles exhaustives et rigoureuses afin de replacer cet endroit dans son contexte historique et anthropologique. Mais nos spectateurs réguliers le savent bien, notre quête fut longue. Difficile, dans ces conditions, de résister à l'envie d'explorer au moins succinctement les lieux.

Je m'engageai dans le passage latéral. Il était plus étroit que le couloir principal, mais mesurait tout de même deux mètres et demi de large. Le sol restait toujours aussi plat et, de toute évidence, les parois avaient été encore plus nettement travaillées. Sitôt que je m'y fus engagé, le tunnel s'incurva vers la droite pour ensuite demeurer rectiligne.

Au bout de trois mètres, le mur attira mon attention. Il y avait un renfoncement de quinze centimètres de profondeur. Je passai mon doigt sur la partie inférieure. J'y récoltai la même poussière foncée, presque comme de la suie.

— Manifestement, c'était conçu pour accueillir une torche, ou une lampe, dis-je. Et ceux qui vivaient ici, ou du moins ont passé du temps ici, avaient constamment besoin de s'éclairer. Il fait noir comme dans un four. Aucune lumière naturelle. Il n'y en a jamais eu. Alors, évidemment, il faut se demander qui aurait bien pu vouloir habiter si loin sous terre. Parce que malgré notre séance d'escalade, nous nous trouvons bel et bien sous terre. Il y a des cas attestés de tribus indiennes ayant élu domicile à flanc de falaise. Les Anasazis vivaient dans une zone surnommée les Quatre Coins, car elle se situe au carrefour entre le Colorado, le Nouveau-Mexique, l'Utah et l'Arizona. D'autres tribus les appelaient le « peuple ancien » ; ils ont établi des habitations troglodytiques, par exemple dans Chaco Canyon, au Nouveau-Mexique, et à Mesa Verde dans le Colorado. Mais ils se sont servis, pour ce faire, d'avancées rocheuses préexistantes, de grottes très ouvertes. Ils n'ont jamais entrepris de creuser des conduits à même la roche. À quoi bon fournir cet effort colossal pour s'enfoncer au cœur de la Terre ?

Trois nouveaux mètres plus loin, ma lampe torche me révéla une ouverture dans la paroi de droite. Deux mètres de large, avec toujours cette forme d'arche.

— Alors, avons-nous affaire à un nouveau passage ? demandai-je, debout sur le seuil. Apparemment pas.

Je m'avançai en tendant ma lampe devant moi. Pierre se faufila dans mon dos pour filmer par-dessus mon épaule en épousant au mieux mon champ de vision. Les autres nous suivirent.

Nous découvrîmes une salle ovale d'environ six mètres de long. Le plafond y était plus bas que dans le passage que nous venions de quitter. Le sol et les murs arboraient cependant la même apparence. De chaque côté, trois niches identiques à celle que j'avais localisée, toutes vides. Au fond de la pièce, en décalé par rapport au centre, nous avisâmes un élément qui évoquait une table, ou bien un socle. Une portion du mur n'avait pas été creusée pour suivre l'incurvation générale, mais formait à un mètre du sol une sorte de plate-forme de moins d'un mètre de large, tel un cube en partie logé dans la roche.

J'arpentai la pièce en éclairant les murs, puis fis de même en balayant le sol. Rien à signaler, hormis des traces de cette fameuse poussière noire. À supposer que la salle ait possédé une fonction particulière, pas le moindre indice n'avait subsisté. Tout paraissait mort.

— Le mystère s'épaissit, m'adressai-je à la caméra. De toute évidence, cette pièce devait occuper une fonction précise, mais il nous est impossible d'en déterminer la nature.

En déplaçant une nouvelle fois le faisceau de ma lampe torche, je remarquai à l'autre extrémité de la salle quelque chose qui m'avait échappé lors de ma première inspection. Une section du sol n'avait pas été aplanie ; il formait même une petite pyramide d'environ cinquante centimètres de haut, aux faces régulières. Son utilité laissait songeur. Elle n'atteignait pas la hauteur de la « table », et rien dans son positionnement n'indiquait un quelconque rapport entre les deux. Vous ne vous rendiez compte de la place cruciale qu'occupe la symétrie dans les réalisations humaines que lorsque vous vous retrouviez confronté à une dissymétrie criante ; vous vous aperceviez alors qu'en tant que membre de notre civilisation, vous étiez en mesure de deviner immédiatement, et avec grande perspicacité, l'utilité d'un objet.

Je m'exprimai en ce sens devant la caméra.

— Et cela ne fait que vous inviter à vous demander : « Mais enfin, à quoi ça servait ? » Si ce n'est pas décoratif, ça devait bien jouer un rôle. Mais lequel ? Je l'ignore. Peut-être qu'un archéologue saurait.

Je retraversai lentement la pièce pour donner à Pierre l'occasion de mettre en boîte quelques scènes muettes qui nous permettraient de soigner nos transitions, puis je regagnai le couloir.

— Bon, fis-je.

Tout le monde resta silencieux, même Ken. L'endroit nous faisait cet effet-là. L'atmosphère y était extrêmement pesante. Extrêmement calme. Dans le monde extérieur, qu'il soit réel ou virtuel, l'agitation était telle que vous vous sentiez obligé d'émettre un son. D'établir votre appartenance à la foule, de veiller à ce que vous fassiez partie du nombre, alors vous leviez la main pour réclamer l'attention des autres et prouver ainsi que vous étiez bien vivant.

Confronté à une telle intensité de silence, vous vous sentiez différent. Une partie enfouie de votre cerveau, rouillée, plus ancienne, vous enjoignait de faire profil bas, d'éviter de vous faire remarquer.

— Avançons encore un peu, dis-je.

Nous consacrâmes l'heure qui suivit à explorer le passage. Il était bordé d'autres salles. La plupart présentaient les mêmes dimensions, mais certaines étaient plus grandes, allant jusqu'à tripler leur longueur, et d'autres ressemblaient plutôt à des losanges. Il y en avait aussi de petites. En tout cas, toutes sauf deux contenaient le même drôle de socle, et la majorité d'entre elles disposaient d'une pyramide. Leur répartition ne répondait à aucun schéma autre qu'aléatoire, et ce n'était pas comme si elles avaient été jetées ici et là pour être ensuite oubliées, puisqu'elles avaient été taillées directement dans la roche. Cela me fit penser à la salle inachevée qui avait été découverte sous la pyramide de Khéops. Petite, basse de plafond, divisée en plusieurs niveaux et sections, son rôle restait à établir.

— Bon, qu'est-ce que c'est que ces machins ? s'enquit Gemma alors que nous nous trouvions dans l'une des salles les plus vastes.

Nous avions cessé de filmer depuis un bon moment, et avions poursuivi notre exploration par binômes.

— Aucune idée, répliquai-je. Et je ne comprends pas non plus la logique de leur placement. En règle générale, l'art indien est plutôt codifié. Comme je l'ai dit l'autre soir : ils ont une façon bien précise de représenter telle ou telle chose, et ils s'y tiennent. Donc, mon hypothèse est que nous n'avons pas affaire à une forme d'art, mais à des éléments possédant une fonction concrète.

— À savoir ?

— Je ne suis pas mieux placé que vous pour jouer aux devinettes.

La tête de Ken apparut dans l'ouverture.

— Nolan, viens voir un truc.

Nous le suivîmes une dizaine de mètres plus loin dans le tunnel.

— Je ne sais pas si ça a une importance. Mais il y a quelque chose de différent.

Il me mena à l'intérieur d'une salle ronde, plus petite que la moyenne avec ses trois mètres de diamètre. Elle ne comportait ni socle ni structure pyramidale. En revanche, une dépression rectangulaire déformait le sol. Je notai qu'à cet endroit la roche était plus sombre qu'ailleurs ; et c'est là que je m'aperçus que les murs étaient eux aussi plus foncés.

— Ça ressemblerait presque à un foyer, déclarai-je. Cependant…

Je brandis ma lampe vers le plafond. Pas la moindre trace de dépôts carbonés comme on serait en droit de s'y attendre s'il s'agissait bien d'un foyer. Et pas le moindre orifice.

— … qui allumerait un feu sous terre ? Tout serait aussitôt envahi par la fumée.

— Et pourquoi pas un de ces machins, là ? suggéra Ken. Pour les cérémonies.

— Une kiva. Oui, peut-être. (Gemma me regardait sans comprendre.) Chez certaines tribus du Sud-Ouest, il existe des installations souterraines circulaires qu'on appelle les kivas. À peu près de la même taille qu'ici, parfois plus grandes. On peut en voir à Chaco ou à Mesa Verde, deux lieux que j'ai déjà visités, oui. Pour de vrai.

— Haha. Et à quoi servaient-elles ?

— À des rituels. À accueillir des types qui faisaient des lois et méprisaient, entre autres, les femmes. Normalement, on fait un feu au milieu. Et souvent, il y a des banquettes taillées à même les murs ; ce n'est pas le cas ici, mais peut-être qu'à une époque on trouvait des bancs en bois, ou que sais-je encore. Les kivas possèdent un plafond percé, donc pour celle-ci la fumée devait poser un sérieux problème. D'où peut-être les résidus noirs. Mais enfin… comment savoir ?

Ken, les poings sur les hanches, regardait autour de lui.

— Bref, c'est une énigme, on est tous d'accord sur ce point. Et je pense qu'on peut partir du principe qu'on sera renouvelés pour une saison. Mais en attendant, nous sommes confrontés à un problème plus urgent.

— Lequel ?

— J'ai faim.

# Chapitre 19

Nous regagnâmes le passage principal, sortîmes les sandwichs et l'eau et nous en tînmes à la suggestion de Ken, à savoir ne manger que la moitié de notre repas, au cas où Dylan ne parviendrait pas à trouver de quoi nous nourrir au dîner. Pierre s'éloigna dans le couloir opposé avec son sandwich, et revint vingt minutes plus tard.

— Même chose que de l'autre côté, expliqua-t-il. Mêmes salles, dimensions similaires, mêmes pyramides. J'ai remarqué une ouverture comblée par une plaque de pierre d'un seul tenant. Je n'ai pas réussi à la déloger.

— Le tunnel est long ?

Pierre haussa les épaules. Nous ne savions pas non plus quelle distance nous avions parcourue avant le repas. Quand nous avions rebroussé chemin, le passage continuait à s'étirer dans l'obscurité.

— Je me trompe, ou Kincaid a affirmé qu'il y avait notamment des statues, des urnes et des hiéroglyphes ? demanda-t-il.

— Oui. Mais ailleurs.

— Où ça ?

— Hmm, il faut bien garder à l'esprit qu'il ne mentionne même pas le conduit vertical par lequel nous sommes montés. Ceci dit, je crois bien que le passage principal est censé déboucher, au bout d'une cinquantaine de mètres, sur un vaste espace circulaire. Avec une grosse statue au milieu.

Puis sur des pièces truffées d'urnes en or, de momies et que sais-je encore.

— On va aller voir ça, pas vrai ?

— Je ne sais pas, répondis-je.

Pierre alla s'asseoir à côté de Gemma.

Je m'étais montré très ferme sur la question de la contamination du site, mais jusque-là nous n'avions rien trouvé qui risquât d'être troublé par notre passage. J'avais bien conscience que nous avions assez de matériau filmique. Mais je ne le *ressentais* pas. Et il ne s'agissait pas d'une affaire d'*ego*. L'étrangeté de nos découvertes les rendait dignes d'intérêt, et aurait plongé tout un tas de chercheurs dans des abîmes de perplexité. Elles auraient sans doute même trouvé grâce aux yeux du père de la réceptionniste de l'hôtel, le forçant à envisager que des amateurs officiant hors du circuit traditionnel pouvaient eux aussi maîtriser leur sujet. Ou du moins, avoir raison à un instant « T », par accident, selon la formulation que Gemma n'aurait certainement pas manqué d'employer. Le magazine *Ancient American* nous consacrerait une page, nous serions probablement mentionnés dans l'*Obscure gazette trimestrielle des peuples indigènes* (distribution : cent cinquante et un exemplaires dans le monde entier, bien planqués dans des bibliothèques universitaires et jamais empruntés par des usagers âgés de moins de quarante ans).

Mais ça, ce n'était pas de la diffusion *au sens où je l'entendais*. Ça ne permettrait pas au public d'en prendre plein la vue, ça ne nous permettrait pas de capter l'intérêt des amateurs d'histoire éclairés, ni de toucher les millions de gens qui, de nos jours, se contentaient volontiers de leur fil Twitter comme définition de l'« actualité brûlante ». D'autant que nous n'étions pas à Chaco ou à Mesa Verde, deux sites accessibles à des cars entiers de touristes aimant flâner le long de jolis sentiers faciles. Notre site était perché dans un canyon mineur et qui plus est interdit d'accès. Lorsque les archéologues auraient officié, l'endroit serait bouclé, on oublierait son existence et rien n'aurait changé. Ça ne me suffisait pas. S'il restait quelque chose à découvrir, ça ne pouvait pas s'arrêter là.

Je vérifiai l'heure. 14 h 20. Je me tournai vers Ken, qui était assis non loin de là, contre la paroi, et regardait le plafond en fumant.

— Ken.

— Je suis d'accord.

— Hein ?

— Tout ce que tu voudras.

— Tout à l'heure, on disait exactement le contraire.

— On ne peut pas s'arrêter là, Nolan. Enfin si, on pourrait. Mais ce n'est pas ce qu'on veut. On mérite mieux. Ce qu'on a trouvé, c'est déjà génial. Mais si on pouvait filmer des preuves en béton armé rien qu'en s'aventurant pendant cinq minutes dans l'autre partie de ce tunnel, on serait fous de ne pas en profiter. À moins que quelqu'un entasse de l'or dans nos mimines avides, on ne pourra pas espérer garder l'exclusivité de l'histoire. Tu le sais aussi bien que moi. J'attendais simplement que tu t'en rendes compte.

— Et si je n'avais pas eu l'illumination ?

— J'aurais trouvé une façon de te le faire comprendre gentiment.

— Je vois.

— Bon, on est supposés trouver quoi ?

— Une grande salle circulaire. Centralisant tout un tas de passages, comme les rayons d'une roue. C'est là, d'après Kincaid, que ça devient franchement farfelu, avec des urnes en or, des momies.

— Et il y aurait une statue dans la grande salle ?

— D'après lui, oui. Une énorme, avec plein de bras.

— Me dis pas que tu le crois.

— Non. Pour moi, c'est là que son article commence à raconter n'importe quoi. Peut-être a-t-il vécu la même expérience que nous. Il a fait une découverte extraordinaire. Ça *aurait dû* lui suffire. Mais il savait bien que cela ne suffirait pas à éveiller la curiosité du péquin moyen. Kincaid, c'est un type qui a passé sa vie dans la nature, à une époque où l'Amérique était encore vraiment sauvage. Il voulait que ses concitoyens de l'Est comprennent combien les États-Unis sont extraordinaires, combien leur histoire est riche, surprenante. Du coup, il a enjolivé son récit. Et pas qu'un peu.

— Donc, il y a des chances pour qu'on ne trouve rien de plus ?

— Tel est le sort décevant que connaissent la plupart des amateurs en quête de vérité impartiale.

— J'en sais quelque chose. D'accord, allons jeter un coup d'œil. Ensuite, on se casse. J'ai une bouteille de Tovaritch dans le canot, il y a même nos noms dessus. Et pour une fois, tu auras bien mérité de boire un coup.

Dix minutes plus tard, nous nous mîmes en route, remontant le passage principal. Nous contournâmes prudemment le débouché du conduit vertical pour nous aventurer sur un territoire nouveau.

Au bout de trente mètres et quelques, la configuration du tunnel changea brusquement. Ses murs – jusque-là rectilignes – devinrent tous deux concaves, prenant un aspect plus naturel. Il s'élargit par ailleurs d'à peu près cinquante centimètres tandis qu'il montait en pente douce, et son degré de finition global s'améliora, tirant vers le grandiose. Il me paraissait clair que nous allions dans la bonne direction, que nous nous rapprochions du cœur de ce qui devait être une structure cérémonielle.

Même si Pierre filmait ma progression, je ne prononçai guère plus de quelques mots. J'indiquai les changements, me demandai tout haut si la légère déclivité ne pourrait pas être considérée comme une forme d'architecture émotionnelle, le symbole d'une élévation spirituelle. Je ne savais pas trop si cela pouvait avoir un sens dans le cadre de la culture des Indiens de la région, et pour être tout à fait franc, il aurait très bien pu s'agir, tout simplement, d'une difficulté à maintenir un tracé plat. Mais c'est pour émettre ce genre d'hypothèses que je suis (chichement) rémunéré.

En dehors, donc, de ces quelques remarques, je gardai le silence jusqu'à ce que, subitement, un changement se produise. L'air se rafraîchit significativement et, de part et d'autre de nous, les parois disparurent.

—Allez, dis-je. Lumière.

Un à un, mes camarades allumèrent leur lampe frontale. Un long silence s'ensuivit.

—Putain de merde, souffla Gemma.

# Chapitre 20

Lentement, nous nous déployâmes dans la salle.

Elle était très vaste. Bien plus que tout ce que nous avions vu jusque-là, puisqu'elle dépassait allégrement les trente mètres de large. Ses dimensions exactes étaient difficiles à estimer précisément, car la lumière ne perçait que péniblement l'obscurité, mais à mesure que nous nous avançâmes à l'intérieur, le halo des lampes me sembla révéler un disque parfait, cerné de parois s'achevant en un dôme.

Au centre, exactement en face de l'entrée par laquelle nous étions venus, se trouvait un cube en pierre d'un mètre de côté. Il avait été sculpté dans une roche différente de celle qui nous entourait. La structure semblait plus dure et plus finement ouvragée que ce que nous avions rencontré jusque-là. Il m'était déjà venu à l'esprit que les divers éléments de taille modeste que nous n'avions cessé de croiser dans les couloirs annexes – à savoir l'espèce de table-socle incorporée à la roche, et les pyramides comme semées au petit bonheur la chance – étaient de nature résolument géométrique. Mais ici, la stylisation aurait atteint des sommets inédits même en l'absence de l'objet qui surmontait le cube. Il ne s'agissait pas d'une statue, d'une divinité d'émanation bouddhiste comme le suggérait la description de Kincaid.

C'était une sphère. Née de la pierre, absolument parfaite. J'estimai son diamètre – en la comparant avec Pierre, qui s'approchait, caméra au poing – entre trois et quatre mètres.

— Qu'est-ce que c'est que ce bordel ? demanda Ken, la tête levée, tandis que nous faisions le tour de la sphère.

— Tu l'as dit.

— Tu as déjà vu quelque chose de semblable ?

— Non. Une série de sphères en granit ont été découvertes au Costa Rica dans les années 1930. Et d'autres en Bosnie il y a quelques années, je crois, même si *a priori*, dans ce dernier cas, il s'agirait plutôt de concrétions, d'un phénomène naturel. Celles du Costa Rica avaient l'air authentiques, mais la plus grosse ne dépassait pas un mètre quatre-vingts de haut. Et je ne crois pas que la surface était aussi régulière qu'ici.

— Donc il n'existe aucun équivalent dans le monde ?

— Non, aucun. Encore moins planqué sous un kilomètre et demi de roche. Et juché sur un cube tout aussi parfait.

— C'est là qu'on va commencer à gagner des sous, si je comprends bien ?

— C'est le documentaire de notre vie, Ken.

Molly se trouvait près de l'une des parois.

— Il y a des traces ici, me héla-t-elle. Et une ouverture.

Nous nous approchâmes. En effet, la roche comportait des entailles, rendues visibles par des dépôts de suie. Impossible de dire ce qu'elles étaient censées représenter. Quant à l'ouverture, elle mesurait un mètre quatre-vingts de large pour près de quatre mètres de haut. Au-delà régnait une obscurité totale.

— Pourquoi leurs portes sont si hautes ? demanda Ken.

— Aucune idée.

— Il y en a d'autres par ici, lança Feather.

Elle était en train de suivre le pourtour de la salle avec Gemma, éclairant la partie inférieure des murs non loin de l'issue principale.

— Les rayons d'une roue, dit Molly. C'est bien comme ça que Kincaid a décrit le lieu, pas vrai ?

— Tout à fait.

— Bien, répondit-elle sur un ton incisif. Pour résumer, nous avons trouvé sa grotte. Et aussi le machin posé au milieu. Ce qui est tout à fait sensationnel. On a assuré comme des bêtes. Haha. Donc maintenant, si on pouvait s'en aller, ça m'arrangerait.

Sa voix avait repris les accents que j'y avais décelés quand nous étions tous les deux, au niveau inférieur. Tendus, trop changeants. Néanmoins, à mon avis, elle ne souffrait pas d'une banale claustrophobie, à supposer qu'on puisse définir ainsi la crise de panique qui l'avait saisie plus tôt. Le surmenage physique et plusieurs nuits d'un sommeil en pointillé nous avaient par ailleurs épuisés, mais là n'était pas la question. Vous avez beau en savoir long au sujet d'un site archéologique, sa fonction a beau demeurer inexplicable uniquement parce que vous ne maîtrisez pas ses codes culturels, il n'en émane pas moins une atmosphère d'étrangeté. Une sensation de deuil, de perte, de révolu. Quand le temps vous sépare à ce point des personnes qui ont créé ce que vous avez sous les yeux, vous vous sentez foncièrement éloigné de leur vie, de leurs motivations, et cela les dépouille de leur humanité… surtout lorsqu'une absence totale de lumière ambiante vous plonge au cœur de la nuit.

— Ouais, fit Ken. (Même lui ne semblait pas dans son état normal.) Encore vingt secondes, le temps que Nolan fasse le guignol devant la grosse boule, et on se tire. Nolan, applique-toi. Ou alors, tends le doigt sans un mot. Les images parleront d'elles-mêmes, mon vieux.

Lui et moi nous rapprochâmes de la sphère, et Pierre lui expliqua comment il devait tenir sa lampe pour renforcer l'éclairage de la caméra. J'étais conscient que nos camarades continuaient à arpenter le pourtour de la salle, mais le faisceau de leurs lampes ne ferait que contribuer à l'ambiance de notre documentaire. Ils savaient bien qu'ils ne devaient pas faire de bruit.

— Bon, dis-je devant la caméra. (J'étais censé parler, mais de quoi ? J'hésitais. Je repris depuis le début.) Comme vous pouvez le constater, nous avons bel et bien trouvé quelque chose. Par comparaison, les autres salles paraissent… sans importance.

Je montrai la sphère. Pierre fit lentement basculer sa caméra pour la filmer dans son intégralité, puis me suivit tandis que je commençais à en faire le tour.

— J'ignore de quel type de roche il s'agit, mais elle diffère de celle dans laquelle les tunnels ont été taillés. Elle est différente du canyon. Elle ressemblerait plutôt à du granit. Une matière assez dure pour pouvoir être finement sculptée. Et elle s'est retrouvée ici sans que nous sachions trop comment.

Je reculai de quelques pas.

— Et, plus étrange encore, elle se trouve en équilibre sur un cube. Enfin, « en équilibre »… On distingue nettement un léger sillon permettant de la maintenir en place. Je ne sais même pas par où il faudrait commencer pour aboutir à un tel résultat.

Me détournant de la sphère, je m'adressai directement à la caméra.

— Je vais être franc avec vous, spectateurs. Je ne sais vraiment pas quoi vous dire. Je n'avais jamais rien entendu de tel, où que ce soit dans le monde. Kincaid a écrit que son équipe et lui avaient trouvé une grosse statue. Pourquoi a-t-il menti ? Je n'en ai aucune idée. Ou peut-être une, tout de même. À son époque, les États-Unis étaient encore le théâtre de découvertes extraordinaires ; il suffit de penser aux tumulus indiens, à des paysages exceptionnels comme la Tour du Diable dans le Wyoming, à des panoramas comme celui de Bryce Canyon. Peut-être Kincaid a-t-il cru qu'une boule en pierre ne ferait pas sensation.

» Mais il se trompait. Tout ce que je viens de vous citer ? C'est époustouflant, mais nous savons à quoi nous avons affaire, nous connaissons la cause de ces phénomènes. L'objet qui se trouve derrière moi, l'histoire conventionnelle n'a *aucun moyen* de l'expliquer. Il s'agit, mes amis, d'une authentique anomalie. Et elle vous appartient, à vous qui nous épaulez depuis toujours. À présent, nous allons donc nous retirer de bonne grâce, et placer ce mystère entre les mains des experts. Merci de nous avoir accompagnés dans ce fabuleux périple.

Je fis un clin d'œil pour montrer que j'en avais terminé, puis m'écartai de la sphère. Pierre baissa la caméra.

— Pas mal du tout, commenta Ken. Maintenant…

— Hé. (Gemma s'adressait à nous depuis l'autre côté de la salle, dans l'obscurité.) Avant qu'on parte, vous devriez venir voir ça. Il y a un…

Le crissement fut discret.

Il provenait du sol, mais était si guttural qu'il était difficile d'en déterminer l'origine exacte. C'était un bruit tranquille qui, en un lieu moins plongé dans le silence, ne nous aurait pas paru si perturbant.

Tout à coup, le cube se retrancha dans un orifice parfaitement carré qui venait de s'ouvrir à son aplomb. Le cube ne tomba pas brutalement, mais descendit plutôt à une cadence régulière, jusqu'à s'enfoncer complètement dans le sol.

Nous étions tellement estomaqués qu'il me fallut une seconde avant de mesurer les conséquences.

Car la sphère avait évidemment suivi le mouvement, et venait de heurter le sol rocheux avec un son mat.

Elle commença à rouler.

— Écartez-vous !

Pierre se jeta sur le côté. Ken et moi battîmes précipitamment en retraite. Je savais Gemma hors de danger, puisqu'elle se trouvait au fond de la salle, et un piaillement émanant de Molly me confirma qu'elle se tenait elle aussi hors de la trajectoire.

C'est là que je pensai à Feather.

Elle se tenait à proximité de l'entrée du passage principal, pétrifiée, ouvrant des yeux ronds tandis que la sphère grossissait dans son champ de vision ; elle ne saisissait pas ce qui se passait.

— Feather ! criai-je. Bouge de là !

La boule gagnait en vitesse, calée dans le sillon du sol, et Feather semblait avoir pris racine. Je me mis à courir, mais je me trouvais du mauvais côté de la salle par rapport à la course de l'objet, et j'en étais réduit à hurler dans l'espoir de susciter une réaction.

Enfin, son regard se clarifia.

Elle réagit. Mais en fonçant dans la mauvaise direction.

Au lieu de se décaler pour échapper à la boule, elle se trompa, ou alors… Bref, je ne sais pas ce qui lui passa par la tête, mais à moins de vous être un jour retrouvé en travers du chemin d'une sphère massive, comme si un film d'horreur était devenu réalité, vous ne pouvez pas vous douter que l'esprit et le corps ont le chic pour se fausser mutuellement compagnie, d'exploser en l'espace d'une seconde, atteignant un degré de terreur si intense qu'il compromet tout choix rationnel, toute forme de prise de décision.

Ken joignit ses cris aux miens, et Feather comprit enfin sa bévue. À ce stade, la boule arrivait sur elle, alors elle commença à reculer, puis tourna vivement les talons pour se ruer vers le couloir, sa seule échappatoire possible.

La sphère s'engouffra dans le tunnel.

Ken et moi courûmes à sa suite, mais elle avait gagné en vitesse et nous ne pouvions plus la rattraper. Nous continuions à hurler, même si j'aurais été bien incapable d'expliquer ce que nous essayions de dire à Feather.

Un choc retentissant manqua de nous faire tomber à la renverse. Au début, je ne compris pas pourquoi la boule s'était immobilisée, puis je me rappelai que le passage s'était progressivement élargi à mesure que nous montions vers la grande salle, à peu près à l'endroit, justement, où le terrain commençait à s'incliner ; de toute évidence, la déclivité était voulue, il ne s'agissait pas d'une erreur de conception. Elle était prévue pour permettre à la boule de rouler.

L'impact nous fit l'effet d'un séisme, puis le calme se rétablit.

# Chapitre 21

Deux secondes plus tard, tout n'était plus que cacophonie et cavalcade. Seuls Ken et moi étions suffisamment près pour avoir vu toute la scène ; les autres se trouvaient trop loin, ou alors la sphère leur avait bouché la vue. Tout le monde hurlait en même temps, cherchait à savoir si les autres n'avaient rien, et graduellement – lorsque nos compagnons se rendirent compte que seule la voix de Feather manquait à l'appel – les appels se focalisèrent sur elle.

Ken fut le premier à mater le chaos pour articuler des mots, des vrais.

— Putain, rugit-il. Putain !

Que répondre à ça ? Les bras ballants, médusé, je regardais la boule. J'éprouvais une extrême difficulté à assimiler ce qui venait de se passer, et pas seulement à cause du ridicule de cette péripétie qui semblait tout droit sortie d'Indiana Jones. Mon esprit ricochait entre la conviction que nous n'avions eu affaire qu'à une espèce d'effet spécial déjà vu et revu, et l'horrible certitude que, non, ce n'était pas le cas. Que tout était bien *réel*.

En définitive, je restai coincé entre ces deux visions, dans un état de calme provisoire ou d'indécision : comment traduire par des actes mon affolement ? Je me détournai de la sphère et, dans un ballet de faisceaux lumineux parfois vacillants, je fus en mesure d'évaluer rapidement la situation, d'établir que tout le groupe, hormis Feather, était réuni dans le tunnel et n'avait rien. Physiquement, du moins.

Je donnai de la voix pour exiger le silence. Il me fallut dix secondes pour être entendu de mes compagnons. Alors, le calme se fit.

Je levai la main pour m'assurer qu'il durerait. Au bout de quelques secondes, nous entendîmes un bruit.

— Nolan ? Ken ?

C'était Feather.

— Feather… ça va ?

— Oui, ça va.

À l'entendre, elle était simplement choquée, et sa voix semblait étonnamment proche. Même si la boule était confortablement calée dans le passage principal – avec horreur, je comprenais désormais la concavité des parois –, le point où il se rétrécissait était de forme rectangulaire. La sphère n'épousait donc pas parfaitement les contours.

— Tout le monde va bien ? reprit Feather.

— Oui. Enfin, nous ne sommes pas blessés. Tu vas bien ? demandai-je, vaguement conscient de lui avoir déjà posé cette question.

Mais il me paraissait nécessaire de m'enquérir au moins deux fois de sa santé.

— Je suis tombée, expliqua-t-elle. Je me suis éraflé la jambe. Et le visage aussi, je crois. Mais, globalement… ça va.

— Tu as de quoi t'éclairer ?

— Oui… Une lampe frontale. Mais elle est un peu faiblarde.

— D'où tu es, qu'est-ce que tu vois ?

— La sphère ne bouche pas complètement le tunnel. Mais… les interstices sont très étroits. Que… Nolan, qu'est-ce qu'on va faire ?

— Je ne vois qu'une solution, répondis-je. Rien ne dit qu'on ne trouvera pas une autre sortie, mais… ça risque de prendre un certain temps. Il va falloir que tu retournes à l'échelle. Que tu redescendes jusqu'au fleuve. Avec un peu de chance, Dylan sera déjà revenu. Raconte-lui ce qui s'est passé. Et va chercher de l'aide.

Je consultai Molly et Ken du regard.

— Sauf si quelqu'un a une meilleure idée.

— Non, répliqua Ken. C'est la seule idée exploitable. Mais Feather, sois extrêmement prudente. Prends tout ton temps pour descendre l'échelle, puis la paroi du canyon. Fais bien attention à toi. Nous, on ne bouge pas d'ici.

Et ce ne fut qu'en entendant ces mots que je commençai vraiment à comprendre la nature de notre situation.

Quinze minutes plus tard, nous étions réunis au centre de la grande salle. Nous avions parlé avec Feather encore un peu, pour nous assurer qu'elle était aussi calme qu'on pouvait l'être en pareilles circonstances, et lui répéter maintes fois d'y aller mollo pendant les deux phases délicates. Ensuite, elle s'en alla. Je ne pouvais m'empêcher de penser que, dans un monde idéal, cette lourde tâche serait revenue à Pierre, et qu'il aurait été capable de s'en acquitter deux fois plus vite en courant moins de risques. Mais nous avions déjà reçu la preuve que nous ne vivions pas dans un monde idéal.

Molly et Pierre étaient occupés à passer nos possessions en revue : nourriture, eau et batteries pour la caméra, sortant les objets les plus importants des sacs à dos et les empilant distinctement, histoire que nous sachions à quoi nous en tenir.

Pendant ce temps, je pris Gemma en aparté.

— Que s'est-il passé ?

— Je suis tellement…, commença-t-elle, refoulant ses larmes.

— Ne vous en faites pas, Gemma. Je ne suis pas en train de vous passer un savon. Personne n'en a l'intention. Ça aurait pu arriver à n'importe qui. Je m'étonne même que ça ne me soit pas arrivé à moi. C'est moi, le maladroit chronique. Simplement, nous devons savoir ce qui a déclenché le mécanisme afin d'éviter de reproduire la même erreur.

Elle me lança un regard de gratitude.

— Il y avait une sorte de… Venez, je vais vous montrer.

Ken, comprenant ce qui se passait, nous rejoignit. Gemma me mena à proximité de l'un des passages qui s'enfonçaient dans les ténèbres. Là, une zone rectangulaire de trente centimètres sur soixante se démarquait du reste du sol. Elle était enfoncée d'un peu plus d'un centimètre.

— C'est de ça que je voulais vous parler, dit Gemma en indiquant un pan de mur, non loin du tunnel.

Il comportait une inscription. Les lettres « D », « A » et un troisième caractère qui aurait pu être un « N » ou un « M ».

Ken émit un grognement.

— La classe. L'un de nos prédécesseurs a gravé son nom.

— Tout à fait, répondit Gemma. Ça m'a perturbée, et c'est comme ça que j'ai…

Elle s'interrompit. Je lui tapotai gauchement le dos.

— Les choses sont ce qu'elles sont, dis-je. Qu'est-il arrivé à votre bras ?

Elle considéra son avant-bras droit.

— Oh, rien. Ça remonte à tout à l'heure, quand nous avons failli tomber. J'ai dû rouvrir la plaie en me cognant.

— Bon, dit Ken. Soit on s'y met à deux et on quadrille toute la pièce pour s'assurer qu'il n'y a aucun autre mécanisme du même genre, soit on s'assoit tous au milieu de la salle et on ne bouge plus.

— Tu pars du principe qu'on risque de déclencher un autre mécanisme, lui fis-je remarquer. Encore faudrait-il qu'il en existe. La boule a rempli sa mission, tu ne crois pas ?

— Mais quelle mission ? À quoi bon empêcher quelqu'un qui se serait aventuré ici de ressortir ?

— Je n'en ai pas la moindre idée. Et… rien ne dit qu'il n'existe pas d'autre issue.

— Certes. Mais dans ce cas, pourquoi condamner le tunnel principal ?

— Gemma, vous voulez bien me rendre un service ? Demandez à Pierre et à Molly d'éteindre leur portable. Et faites-en autant. On coupe tout.

— Pourquoi ?

— On n'a aucune réception, donc nos téléphones ne nous servent à rien. Sauf que, si les lampes nous lâchent, ils nous permettront de nous éclairer. Commençons à économiser l'énergie.

— Oh. D'accord. Bien vu.

Ken la regarda s'éloigner.

— Bonne idée, mais maintenant à cause de toi, Nolan, elle est un peu secouée. Personne n'a envie de poireauter dans le noir.

— Je sais bien. Mais je voulais te parler seul à seul. Parce qu'à mon avis, on devrait *éviter* de poireauter dans le noir, comme tu dis. Quelle heure est-il ?

— Bientôt 16 heures.

— Bon, Feather ne sera pas retournée au canot avant 17 heures, dans le meilleur des cas. Même à supposer que Dylan soit présent, il faudra des heures pour alerter les autorités du parc, la police ou qui sais-je encore. Je ne crois pas que ce beau monde va réagir au quart de tour simplement parce qu'une hippie et un type pas commode le lui auront demandé… d'autant qu'on n'avait rien à faire dans le canyon.

— On va passer la nuit ici. J'ai bien compris.

— Pas que la nuit, Ken. Même s'ils réussissent à organiser les secours dès demain matin, ils vont avoir besoin de matériel pour creuser, ou alors de dynamite. Il est probable que ça leur prenne plusieurs heures de rassembler l'équipement et de le transporter jusqu'au canyon. Et ensuite, il faudra encore qu'ils parcourent le même chemin que nous, ce qui fera quelques heures de plus au compteur. Et je ne parle même pas du retard que pourrait prendre l'opération, si quelqu'un décrète qu'il n'est pas question de faire péter tout un site archéologique sous prétexte que des abrutis se sont arrangés pour y rester coincés.

— Sois pas con, Nolan. Ils seront bien obligés de nous secourir.

— Évidemment. Mais il va falloir attendre vingt-quatre heures, si ce n'est pas trente-six, voire plus. La nourriture et l'éclairage, ce n'est pas un problème. Ça ne sera pas une partie de plaisir, mais on s'en sortira. Non, c'est la déshydratation qui va nous foutre à plat. Quelle quantité d'eau il te reste ?

Ken fit la grimace.

— La moitié de mon bidon.

— À peu près pareil pour moi. Je ne pensais pas qu'on resterait si longtemps. Et on a déjà fourni deux intenses efforts physiques, dont un en plein soleil.

— Plus je t'écoute, plus j'ai soif, Nolan.

— Exactement. Tu n'aurais pas caché une bouteille de vodka dans ton sac à dos, par hasard ?

— Si seulement…

Pendant quelques secondes, nous regardâmes nos compagnons, réunis au centre de la salle dans une auréole de lumière. Même à cette distance, je voyais bien que nos réserves d'eau ne représentaient pas grand-chose.

— On n'aura sans doute pas d'autre choix que d'attendre, conclus-je. Mais on ne sait jamais ; mieux vaudrait malgré tout explorer les autres passages.

— Pour quoi faire ? Trouver un autre puits d'accès ?

— Oui, ou peut-être que l'un de ces tunnels donne sur la paroi. Ou en tout cas, débouche quelque part à l'air libre. On va avoir beaucoup de temps à tuer, Ken. Ce serait bête de ne pas vérifier. Et c'est certainement une bonne idée de s'occuper l'esprit.

— Notre réserve de cigarettes, elle en est où ? Et, oui, c'est un appel du pied.

Je nous allumai une cigarette chacun.

— Largement moins d'un paquet.

— Seigneur. Si on finit à court de nicotine, ça va vraiment tourner au vinaigre. Je vais devenir un danger public.

Il réfléchit brièvement.

— Tu as raison, dit-il. Allons faire un tour.

Les archives de Nolan Moore
La salle cachée de la grande pyramide de Khéops

# Chapitre 22

Après mûre réflexion, Molly déclina l'occasion d'explorer en notre compagnie les tunnels plongés dans le noir le plus complet. Je crois bien qu'elle employa précisément le mot « non ».

Pierre parvint à nous faire comprendre qu'il souhaitait rester dans la grande salle sans pour autant suggérer qu'il voulait éviter de laisser Molly toute seule, continuant ainsi sur une lancée et m'obligeant à le classer dans la catégorie des types « pas agaçants du tout ». Quant à Gemma, elle souhaita venir avec nous. Nous bûmes chacun une gorgée d'eau, laissâmes nos deux camarades postés au beau milieu de la pièce et nous dirigeâmes, au petit bonheur la chance, vers le passage qui s'ouvrait à dix heures quand on se tenait dos au couloir principal.

— Qu'est-ce qu'a dit Kincaid à propos de ces tunnels ? demanda Ken.

— Un tas de trucs, répondis-je. Mais je t'avoue qu'il a perdu toute crédibilité à mes yeux depuis que la sphère a tout dévasté sur son passage. On ferait mieux d'ouvrir l'œil, au lieu de se fier à ce ramassis de conneries.

— Comment savoir s'il n'existe pas des dispositifs semblables dans les autres passages ? s'enquit Gemma en scrutant l'obscurité d'un air dubitatif.

— On n'en sait rien. Mais tout ce que nous avons vu jusqu'à présent suggère une certaine élégance conceptuelle. De la simplicité. La boule a accompli son œuvre en nous coupant de l'issue principale. À quoi bon répéter un stratagème qui exigerait des milliers d'heures de travail ?

— Je vous trouve bien moderne dans votre analyse, répondit la journaliste. Ces gens-là ne fonctionnaient pas comme le département de recherche et développement de chez Apple. À quoi bon construire des pyramides géantes, quand on pourrait les bâtir deux fois moins hautes ? Parce que c'était possible. Parce que le pharaon l'avait ordonné. Parce qu'ils en avaient envie.

Sa réflexion se rapprochait suffisamment de celle que j'avais élaborée pendant que nous escaladions les barreaux du puits pour me faire passer l'envie de réagir.

Ken abonda dans son sens.

— Elle a raison. Et puis, si tu pars de l'hypothèse qu'il n'y avait que cette issue à bloquer, ça signifie qu'il n'en existe pas d'autres. Dans ce cas, à quoi bon se mettre en danger ?

— Tu es dans quel camp, au juste ?

— Celui des survivants. Note pour plus tard : je suis *toujours* dans le camp des survivants.

— Moi aussi, rétorquai-je. Écoutez, Feather est à l'aise en escalade. Bien plus que moi, en tout cas. Mais elle est loin du niveau de Pierre ou de Molly. Si elle se précipite trop, ou qu'elle dérape dans le conduit, on passera le restant de nos jours ici. Et on ne saura qu'on est condamnés qu'après avoir bu toute notre eau. Donc, oui, nous prenons un risque en explorant ce tunnel. Mais l'inaction ne vaudrait pas mieux.

C'était moi qui portais notre lumière. Je me campai à l'orée du passage.

— Voilà comment nous allons procéder. J'entre. Vous restez là. S'il ne se passe rien, vous me rejoignez.

— Nolan, espèce de connard... On n'a jamais dit qu'on ne tenait pas à toi.

— Je suis immortel, voyons. Ça te surprend ?

Et je m'engageai dans le tunnel.

Rien ne se produisit.

Je restai parfaitement immobile pendant quelques secondes, puis regagnai la grande salle en prenant soin de ne pas rester devant l'ouverture. Nous tendîmes l'oreille, à l'affût d'un crissement, d'un roulis. Rien.

— Un pas, ça ne prouve rien, dit Ken.

— Je sais. (Je savais également que ce pas avait été déterminant, puisqu'il m'avait permis de réduire la tension de moitié, de faire voler en éclats une barrière mentale.) Mais c'est comme ça qu'on va procéder. Petit à petit. On avance, la lampe braquée vers le sol pour repérer le moindre signe suspect. Puis on continue. Et ainsi de suite.

— Très bien, dit Gemma. Mais je passe la première.

— Hors de question, décréta Ken.

— Pourquoi ? Parce que je suis une femme ?

— Puisque vous me posez la question, oui. Affichez-moi sur les réseaux sociaux, je m'en branle.

— Vous avez oublié que c'est ma faute si nous sommes coincés ici ?

— C'était un accident, intervins-je.

— Un accident que *j'ai* provoqué. Alors, vous ne me ferez pas changer d'avis.

Elle me chipa la lampe, et s'avança dans le conduit. Comme moi, elle resta immobile quelques secondes. Alors, prudemment, elle effectua un pas supplémentaire. Se penchant bien bas, elle scruta le sol en le balayant lentement avec le faisceau lumineux. Un pas de plus, et elle répéta l'opération. Puis recommença.

— Alors, comment ça se présente ?

— Rien à signaler. Je continue.

— Soyez prudente.

— Merci, Nolan. Sans vous, j'aurais commencé à gesticuler dans tous les sens.

Gemma se révéla consciencieuse. À sa place, j'aurais sans doute perdu patience et ma prudence se serait émoussée. Elle maintint une allure calme et régulière, décomposant ses pas un par un. Pendant ce temps, Ken et moi, la tête penchée, guettions les sons en provenance du tunnel. Cependant, rien de suspect ne nous parvint.

— Il y a une ouverture, dit-elle.

Elle se trouvait désormais à une dizaine de mètres de nous.

— À quoi elle ressemble ?

— Il fait tout noir, et c'est flippant. Je continue.

Elle poursuivit sa progression tandis que le faisceau de sa lampe se réduisait à un infime tressaillement dans l'obscurité, parlant peu hormis pour nous informer de la présence de nouveaux passages de part et d'autre de celui qu'elle longeait.

Elle s'éloigna tant, à vrai dire, que la qualité de la lumière finit par attirer mon attention. Je parcourus trois mètres, même si cela me valut d'être abreuvé de jurons par Ken, et sortis mon téléphone.

— Je croyais qu'on était censés les éteindre, me fit-il remarquer.

— Oui. Je le ferai dans une minute.

Je trouvai l'application que je cherchais, la lançai, puis posai mon iPhone par terre. Gemma revint vers nous à une allure normale, même si elle gardait sa lampe dirigée vers le sol.

— Qu'est-ce que vous fabriquez ?

— C'est comme un niveau à bulle, expliquai-je. Regardez.

Nous nous accroupîmes tous les trois autour de l'appareil.

— Le passage s'incline légèrement vers le bas à mesure qu'il s'éloigne de la grande salle. C'est la même chose qu'avec le tunnel principal, en fait. Avec une pente à peine moins prononcée.

— Et d'après vous, ça prouve qu'on ne risque pas de se faire étaler comme des crêpes ?

— Non, ça ne prouve rien. Si ça se trouve, par là-bas, ça penche dans l'autre sens comme une parabole, et il existe certainement des personnes assez intelligentes pour calculer l'angle et la distance nécessaires en fonction de la masse et du volume d'une hypothétique boule en pierre, mais je n'en fais pas partie. Je suggère simplement que la pente descendante diminue la probabilité qu'on tombe sur un os, voilà tout.

Nous nous redressâmes. Échangeâmes un regard. Puis nous nous engageâmes ensemble dans le passage, avec un luxe de précautions.

Si nous ne prîmes pas la peine de compter nos foulées, j'estimai néanmoins la distance parcourue à environ cent cinquante mètres. Ensuite, le passage s'interrompit net par un mur plat, bien lisse. Inflexible. Je ne m'étais certes pas attendu à être accueilli par un panneau au néon « sortie » et une volée de marches, mais ma déception n'en fut pas moins extrême.

— Et de un. Plus que sept, marmonna Ken.

— On a croisé plusieurs ouvertures, dit Gemma. On ne sait jamais… l'une d'elles mène peut-être à une sortie.

— Peut-être bien, répondis-je. Ça vaut la peine de vérifier. Et n'oublions pas de scruter le plafond en rebroussant chemin. C'est comme ça que Molly a localisé le puits et ses barreaux.

— Ouais, ben j'avoue que je m'en serais bien passé, tout compte fait, dit Ken.

— Mais c'est aussi grâce à elle qu'on a découvert la salle, lui fit remarquer Gemma. D'accord, on est coincés ici et c'est tout sauf formidable, mais le bilan reste positif, vous ne croyez pas ?

— Reposez-moi la question quand j'aurai une pinte à la main et la bouche pleine de nourriture.

Nous repartîmes donc en arrière, la lampe de Gemma ne nous révélant qu'un plafond lisse, régulier.

La première pièce se trouvait sur notre gauche. Elle était différente de celles que nous avions déjà vues en ce sens qu'elle présentait une forme strictement oblongue, ses murs, son sol et son plafond se rencontrant à angles bien droits. Elle mesurait approximativement six mètres de long pour trois de large, était haute de plafond et totalement vide. Une épaisse couche de cette poussière sombre que nous avions déjà croisée tapissait le sol. Quant au mur du fond, il était intégralement couvert de symboles ciselés.

J'hésitais à les qualifier de hiéroglyphes. Je mentirais si je prétendais maîtriser ce système d'écriture, ou même être capable de le déchiffrer grossièrement, mais j'avais tout de même passé assez de temps à examiner des photographies pour savoir le reconnaître. Ici, la ressemblance était indéniable, puisque certains caractères auraient pu représenter des éléments du quotidien – épi de maïs, montagne, rivière – et qu'ils s'agençaient par petits groupes tendant à suggérer une signification précise. Mais les points communs s'arrêtaient là, et malgré la présence de pictogrammes ici et là, j'avais plutôt l'impression d'avoir affaire à du cunéiforme.

— On vous attend, dit Gemma.

— Hein ?

Elle me regarda d'un air narquois.

— C'est là que vous êtes censé suivre les symboles avec votre doigt et, d'une voix d'abord hésitante mais gagnant rapidement en assurance, nous raconter tout ce qui est écrit.

— Il faudrait pour cela que je sois un archéologue, un vrai.

— Parfait. Parce que dans les films, le héros a tendance à déclencher une malédiction, à réveiller un démon ancien ou quelque chose dans ce goût-là, et franchement, on n'a vraiment pas besoin de ça en ce moment.

— Tu n'as aucune idée de ce que ça raconte ? me demanda Ken.

— Aucune. Je suis certain que ce sont ces caractères que Kincaid a qualifiés de hiéroglyphes. Mais, s'il s'agit bien de hiéroglyphes, ils ne sont pas égyptiens. Du vivant de Kincaid, l'Égypte faisait fureur ; il en aura tiré des conclusions hâtives. J'ignore de quel peuple ces symboles émanent. Des Phéniciens. Des premiers Anasazis. Pourquoi pas du JavaScript, tant qu'on y est ?

Nous quittâmes la pièce et franchîmes l'ouverture opposée. Elle donnait sur un tunnel plus étroit.

— Ah, fit Ken. C'est la direction du canyon, non ?

— Oui, c'est vrai. Même s'il y a une sacrée trotte.

— N'empêche que ça vaut la peine d'essayer. Oh, regarde… il y a d'autres symboles.

Cette fois-ci, nous découvrîmes une unique rangée de caractères composites formant une bande murale à un mètre vingt du sol. Alors que nous nous enfoncions dans le passage, je me laissai distancer par mes compagnons et, oui, je fis même courir mes doigts le long du tracé, comme si cela pouvait avoir une quelconque utilité. Dans la pièce précédente, les caractères s'étaient présentés sous une forme organisée, fluide ; là, il s'agissait de grappes d'un peu moins d'un mètre de long, séparées de quelques centimètres. Comme des phrases, peut-être, des remarques, des instructions. Une personne plus savante que moi allait tirer le gros lot.

À condition de pouvoir arriver jusqu'ici.

— Bon Dieu, dit tout à coup Gemma.

Sa voix me parut relativement éloignée. Je me rendis compte que j'accusais cinq ou dix mètres de retard, aussi m'empressai-je de les rejoindre, Ken et elle.

— Fais gaffe, mon vieux, dit celui-ci.

Ils se tenaient tout près de l'une des parois. Au début, la raison de leur intérêt m'échappa. Puis je me rendis compte que le tunnel s'interrompait sans crier gare.

# Chapitre 23

La lampe frontale de Gemma n'était pas assez puissante, alors Ken sortit la sienne. Ensemble, ils illuminèrent les ténèbres.

— Qu'est-ce que c'est que ça, bon sang… ?

De l'eau, apparemment. Beaucoup d'eau, vingt centimètres en dessous de nous. Elle était claire et placide, et en l'éclairant, nous décelâmes un fond de roche plat, entre un mètre et un mètre vingt sous la surface.

Je m'approchai du bord avec circonspection. Les parois lisses disparaissaient dans l'obscurité.

— Eh bien, le voilà réglé, notre problème de liquide, remarqua Ken.

— Vous plaisantez ?! dit Gemma. Hors de question que je boive cette eau.

— Pourquoi ? Elle a l'air claire.

— Mais d'où vient-elle ?

Prenant la lampe de Ken, je la braquai vers le haut. Le plafond se trouvait environ un mètre quatre-vingts au-dessus de ma tête. Là encore, il y avait des traces d'intervention humaine, évidemment ; son aspect n'évoquait pas du tout un phénomène naturel. Mais il était craquelé, irrégulier.

— De la surface, suggérai-je. Du moins en partie. Au fil du temps, elle aura traversé la roche.

— Filtrée, en d'autres termes, conclut Ken. Chouette. Dommage qu'on n'ait pas un *single malt* sous la main.

— Je maintiens ce que j'ai dit, répliqua Gemma. On ne sait pas depuis combien de temps elle croupit. Elle est forcément pleine de germes.

Je m'accroupis pour y regarder de plus près. Même à cette distance réduite, l'eau me paraissait vraiment limpide. Étrangement limpide, même. On se serait attendu à voir cette eau dormante colonisée par des algues et des organismes microscopiques.

Je m'assis par terre, enlevai ma chemise, mes chaussures et mes chaussettes, posai mon téléphone, mon briquet et mes cigarettes en lieu sûr. Découvrant un étui à allumettes tout corné que j'avais oublié dans ma poche arrière, je l'ajoutai à mes possessions.

— Qu'est-ce que tu fous, Nolan ? demanda Ken, qui m'avait regardé faire.

— Je vais voir ce que ça donne.

Je fis pivoter mes jambes et immergeai mes pieds. L'eau n'était pas froide, quoiqu'à une température inférieure à la mienne.

Je me laissai glisser souplement. Elle m'arrivait à mi-poitrine.

— Le maître nageur est de repos, je vous signale, dit Gemma.

J'allumai ma lampe frontale et m'avançai dans le bassin. Sous mes pieds, la roche était douce. L'eau se rida autour de moi, les ondulations se fondant dans l'obscurité par-delà le halo lumineux, comme si elles devaient se propager indéfiniment.

Je partis en diagonale, dans l'espoir de découvrir l'étendue du bassin, tout en gardant un œil attentif sur la profondeur. Au bout d'une vingtaine de mètres, je commençai à distinguer une paroi.

Je m'aperçus en m'en approchant qu'elle était percée d'une ligne de petites ouvertures carrées.

— Tu vois quelque chose ?

La voix de Ken était étonnamment nette. Levant les yeux, je remarquai que le plafond s'incurvait progressivement, formant un dôme.

— Des trous dans le mur. C'est pour ça que le niveau de l'eau reste constant, je présume. L'eau goutte, puis s'évacue par ces orifices. Ainsi, le tunnel n'est jamais inondé.

— Ça explique pourquoi l'eau n'est pas crade ?

— J'en sais rien. Peut-être. (Je trempai ma main dans l'eau et l'amenai près de mon visage.) Pas la moindre odeur.

Me détournant de la paroi, j'empruntai une autre diagonale pour me diriger cette fois vers la droite. Au bout de quelques mètres, je sentis une résistance au niveau de mon pied. En baissant les yeux, je compris pourquoi.

— Il y a encore des machins en forme de pyramide au fond de l'eau, dis-je. Ils sortent du sol.

J'allais m'orienter vers le mur opposé lorsque quelque chose capta mon attention.

— Nolan, dit Gemma, vous devriez peut-être revenir, vous ne croyez pas ?

— Une minute.

Je fendis l'eau vers le fond de la salle. J'avais estimé que le bassin s'achèverait là encore par un mur, mais je constatai qu'il n'en était rien. Non, en réalité, un rebord, miroir de celui à partir duquel je m'étais immergé, donnait sur une vaste zone.

Je m'approchai dans un bruissement d'eau et contemplai pendant une bonne minute ce qui s'offrait à moi… tant et si bien que Ken finit par me héler pour se rassurer.

— Ça va ?

— Vous devriez venir jeter un coup d'œil.

Le temps que mes compagnons me rejoignent, j'étais sorti du bassin et m'étais assis sur le bord. Je gardai ma lampe allumée pour leur permettre de s'orienter. Gemma progressait avec vivacité et assurance, même si un regard torve continuait à indiquer la méfiance que lui inspirait l'étendue d'eau. Quant à Ken, il avait l'air parfaitement ridicule lorsque je le vis émerger de l'obscurité en pataugeant gauchement, et je ne pus m'empêcher de rire.

— Qu'est-ce qui te prend, putain ?

— Plus jamais je n'emploierai l'expression « comme un poisson dans l'eau ». Dorénavant, ce sera « comme un *Ken* dans l'eau ».

— Ce n'est que justice. Après tout, j'ai presque totalement abandonné celle de « connard fini » pour la remplacer par ton prénom.

Gemma ne tint aucun compte de nos railleries, focalisée qu'elle était sur la zone qui succédait au bassin. S'appuyant sur ses avant-bras, elle se hissa hors de l'eau, puis se retourna pour me donner un coup de main avec Ken.

Nous regardâmes ensemble la scène.

— Ok. C'est vraiment le pompon, dit Ken, comme s'il se sentait personnellement offensé.

La saillie, ou plutôt la plate-forme mesurait dix mètres de long pour trois de large, avec une légère dénivellation ascendante. Pile au centre de la salle ainsi formée se dressait une pierre oblongue. En tout cas, cela ressemblait à une pierre dressée, comme ces alignements que l'on trouvait en Europe, notamment à Stonehenge. Une masse de roche dure, haute d'un mètre vingt pour soixante centimètres de large.

Tout autour, nous distinguions trois rangées bien nettes de cubes en pierre. Dix derrière la pierre dressée, dix devant, et huit formant avec elle une ligne dont elle était la pièce maîtresse. Vingt-huit cubes parfaits. Mais s'il n'y avait eu que ça…

Sur chaque cube était perchée une sphère. Elles étaient de diverses tailles, allant de quinze centimètres à un mètre de diamètre, et arboraient toutes des nuances subtilement différentes.

— C'est quoi ? Du métal ?

— On dirait bien. Ou alors, il s'agit de minéraux.

La sphère qui occupait le milieu de la première rangée ressemblait fortement à du cuivre. Et deux ou trois crans plus loin, la boule aurait très bien pu être en fer. Les autres semblaient d'origines diverses. L'une d'elles en particulier présentait un aspect translucide, comme brouillé.

Tandis que nous nous aventurions entre les rangées, j'avisai une boule que l'obscurité nous avait jusque-là dissimulée. Elle était bien plus imposante que ses semblables, peut-être un mètre cinquante de diamètre, et reposait dans un creux plutôt que sur un cube. Elle était très foncée, presque noire, et uniformément mate. À l'instar de ses homologues plus modestes, elle semblait avoir été conçue par estampage, ou coulée dans un moule.

Ken me rejoignit.

— Qu'est-ce que c'est que tout ça ?

— Je n'en ai aucune idée. Peut-être une sorte de panthéon rituel, chaque sphère figurant une divinité-clé. Ou alors une représentation stylisée du système solaire, comètes comprises. Ou alors, quelqu'un aime collectionner les cailloux. Je ne sais pas.

— Regardez ça.

Gemma se tenait devant le mégalithe au milieu. La partie supérieure était arasée, elle semblait avoir été coupée avec une lame tranchante. Son aspect était lisse, comme poli. La pierre avait été gravée de hiéroglyphes, encore plus densément que dans le tunnel. Et, cette fois, ils se présentaient sous la forme d'une grille de dix fois dix symboles.

— Il y en a cent, remarqua Ken. Ça a une signification particulière ?

— Pas pour moi, en tout cas. Je devrais savoir si les tribus locales se servaient du système décimal, mais ce n'est pas le cas. Ceci dit, on a dix doigts et dix orteils, donc c'est tout à fait possible. Ça fait encore partie de ces trucs qui seront élucidés par plus futé que nous.

Cette fois, ce fut Gemma qui toucha les gravures comme s'il s'agissait d'une forme ancienne de braille dont il nous appartenait de dévoiler les secrets. Je remarquai qu'elle avait encore réussi à rouvrir sa plaie en descendant dans le bassin, et que son bras saignait abondamment.

— Quand on retournera dans la grande salle, dis-je, on verra si Molly a un kit de premiers secours dans son sac à dos. Votre bras ne risque pas de guérir si vous n'arrêtez pas de vous l'érafler.

— Oui, papa.

— Je dis ça, je dis rien.

Nous examinâmes les pictogrammes, malgré notre méconnaissance du sujet. Ils étaient ciselés, bien plus précis que ceux que nous avions vus sur les parois du tunnel qui desservait le bassin, ou dans la salle précédente. Mesurant environ deux centimètres de côté, ils étaient individuellement composés d'un complexe entrelacs de symboles dont certains étaient réemployés dans d'autres pictogrammes. On pouvait supposer que ce système d'écriture fonctionnait sur le même principe que les systèmes égyptien ou chinois, à savoir que chaque pictogramme ou idéogramme représentait respectivement un objet et une idée. Mais pour saisir la signification de l'ensemble, encore fallait-il comprendre le sens de chaque élément pris séparément. L'un d'eux semblait évoquer les mandibules d'un bousier, un autre suggérait, pour autant que je sache, une haute colline, les ailes d'un aigle ou encore une brise agréable par un après-midi estival. La pile de mes lacunes au sujet de ce site était déjà si vertigineuse que je n'étais pas assez grand pour y ajouter une nouvelle contribution. Par ailleurs, j'étais fatigué et j'avais grand soif.

— On devrait retourner dans la grande salle, dis-je. Les autres vont se demander où nous sommes passés.

Ken et Gemma acquiescèrent d'un air distrait, la seconde toujours occupée à épouser du doigt le tracé des symboles tandis que le premier, les poings sur les hanches, fusillait la sphère des yeux comme s'il espérait ainsi l'intimider et la pousser à révéler son dessein. Je l'avais déjà vu adresser pareil regard à des barmans, des réceptionnistes, ou encore aux plus séniles membres de l'industrie cinématographique et obtenir des résultats. Mais la pierre garda le silence.

Je me remis à l'eau sans chercher à minimiser les éclaboussures.

— Bon Dieu, Nolan ! piailla Gemma, le dos trempé.

M'écartant du bord, je jetai toute prudence aux orties et m'immergeai complètement. Lorsque je refis surface, je me léchai les lèvres, non sans hésitation. Elles avaient bon goût. Un brin métallique, comme de l'eau minérale – et, qui sait ? peut-être s'agissait-il bel et bien d'une source cachée, plutôt que du produit de l'infiltration – mais tout à fait potable.

— Allez, venez, dis-je. L'eau est divine.

Ken me rejoignit, Gemma l'imita et, pendant quelques instants, nous multipliâmes les allées et venues au sein d'un silence seulement troublé par de légers clapotis, dans ce bassin enfoui dans les profondeurs de la terre.

# Chapitre 24

— Tu attends quoi pour annoncer la couleur ?
— Pardon ?

Cela faisait quelques heures que nous avions regagné la grande salle. Deux des autres passages n'avaient révélé que des pièces banales. Pierre nous avait ensuite laissés pour se lancer seul dans l'exploration d'un des tunnels restants, et nous l'attendions, assis en cercle. J'avais avalé deux petites bouchées de la moitié de sandwich qui me restait. Pour le moment, je ne comptais pas boire à ma gourde, guettant plutôt les troubles intestinaux qui auraient pu résulter de l'ingestion de l'eau du bassin.

— Pour assener l'évidence, je veux dire, répliqua Ken. Écoute, Nolan, j'ai le plus grand respect pour les Indiens – grande est leur sagesse, et ce sont eux qui sont arrivés les premiers dans cette farce grotesque qui nous tient lieu de pays –, mais c'est impossible qu'une tribu ait fondé cet endroit.

— Je sais bien.

— Et donc ? Qui est responsable ?

Tout le monde me regarda. C'est curieux, à bien y réfléchir. On pourrait croire que c'est extrêmement gratifiant d'être le gars qui a le privilège de prononcer la phrase : « Si ça se trouve, c'est les extraterrestres. » Oui, on croit que c'est gratifiant, surtout quand on se trouve sur place et qu'on fait partie de ceux qui ont exhumé les preuves décisives. Sauf que, dans la vraie vie, vous n'avez aucune envie de dire une chose pareille. Cela signifierait que plus rien n'a de sens. Que les murs de la réalité se sont écroulés. Cela reviendrait à s'entendre demander : « Hé, t'as entendu ce drôle de bruit en provenance de la cave de cette maison perdue tout au fond de la forêt ? » et à être obligé de répondre : « Hmm, oui. J'ai entendu. »

Par ailleurs, comme je l'ai déjà indiqué un nombre incalculable de fois dans mes vidéos, les extraterrestres ne sont jamais la réponse à une question un tant soit peu sensée. Rien, sur cette Terre, ne saurait être expliqué autrement que par les actes (aussi étonnants et anormaux soient-ils) des Terriens que nous sommes. Si vous reprenez l'évolution de l'idée du contact avec les extraterrestres, à de rares exceptions près, elle émane de personnages opportunistes, de déments, de fous de Dieu ou d'évangélistes qui sont persuadés que la magie est une science, et sont à deux doigts de finir dans une cellule capitonnée. Alors qu'à une époque nous nous en remettions à Dieu et aux anges, nous jetons désormais notre dévolu sur des créatures voyageant en soucoupe volante. Dans un cas comme dans l'autre, nous cherchons simplement à donner un sens à l'inexplicable, nous nous retirons d'un débat qui n'a même pas encore commencé en invoquant l'argument bien commode des créatures magiques ou d'un obscur *deus ex machina*.

— Il est peu probable, reconnus-je en choisissant soigneusement mes mots, que ce site soit l'œuvre de tribus locales. Même des Anasazis, qui ont pourtant commis des trucs passablement farfelus.

— Et donc ?

— Je pense aux Romains.

— Aux *Romains* ? T'es sérieux ?

— Ce n'est pas aussi stupide que ça en a l'air. Les gens se représentent toujours l'Amérique comme un pays jeune. Le « Nouveau Monde ». Mais elle est aussi ancienne que les autres parties du globe. Elle existe depuis aussi longtemps que l'Europe ou l'Afrique. Le sujet est controversé, je te l'accorde, mais il y a bel et bien des gens qui pensent que des peuples vivaient sur ce continent avant même la première traversée du détroit de Béring, quand il était encore un pont de terre. Et certains se demandent même pourquoi les Romains n'auraient pas réussi à se rendre jusqu'en Amérique du Nord.

— Parce que Rome est à perpète les oies, espèce d'abruti. Tu ne me feras pas croire qu'ils ont traversé l'Atlantique à la voile.

— Pourquoi auraient-ils pris cette peine ? Leur présence était attestée dans ta cambrousse depuis près de quatre cents ans. C'étaient eux les patrons, si je me rappelle bien. À partir du Royaume-Uni, rien ne les empêchait d'effectuer des sauts de puce via le nord de l'Atlantique, l'Islande, le Groenland et Terre-Neuve ; et *ça*, c'était techniquement à la portée des navigateurs romains. En enchaînant les étapes, ils auraient très bien pu se retrouver ici.

— Ils auraient très bien pu, oui, nota Gemma. Mais les *preuves*, dans tout ça ?

— Il y en a peut-être quelques-unes. Une épée romaine en diable a été trouvée au large d'Oak Island, en Nouvelle-Écosse. Et des caches de monnaie ici et là. On raconte que le langage des Indiens micmacs comporte des termes maritimes remarquablement proches de leurs équivalents vernaculaires en latin, et cette tribu possède un marqueur génétique rare qui semblerait lié à l'Est de la Méditerranée. Et non, Gemma, je ne peux pas vous indiquer de la documentation officielle. Pas dans la situation où nous sommes.

— Mais, même si on avait des documents sous la main, même à supposer qu'on accorde foi à cette hypothèse… la Nouvelle-Écosse se trouve à des *milliers* de kilomètres d'ici.

— D'accord... mais on parle des Romains, tout de même. Le peuple le plus compétent de tous les temps. Ses soldats étaient capables d'enchaîner des journées à trente kilomètres de marche, avec tout le barda sur le dos. À ce rythme, il leur aurait fallu, quoi... quatre mois ? Cinq ? Plus que ça en réalité, bien sûr, puisqu'ils n'auraient pas progressé en ligne droite, qu'ils auraient exploré cet environnement inconnu au lieu de se diriger vers une destination précise. Mais c'était de rudes gaillards très déterminés, capables de tirer leur subsistance de la terre, de dénicher ou de fabriquer tout ce qui aurait été pour eux un gage de survie... sans compter qu'ils avaient déjà l'expérience d'avoir conquis une bonne partie du monde connu. On parle de types qui emportaient non seulement leurs récoltes, mais aussi leurs plantes médicinales lors de la conquête d'une nouvelle contrée, histoire d'avoir leurs onguents et leurs remèdes traditionnels sous la main après être parvenus à leurs fins. Des pros de la colonisation, sans conteste. Comme une centaine de Rambo réunis, sans les problèmes psychologiques hauts en couleur. Il n'est donc absolument pas exclu qu'une armée romaine ait pu pousser l'exploration aussi loin.

— Il y a de la logique dans ce que tu dis, répondit Ken. Et j'admets que les Romains auraient été capables de concevoir le bassin. Même topo pour les sphères : ils connaissaient les techniques de la fonte et du travail du métal.

— Ils ne sont pas les seuls à avoir pu précéder Christophe Colomb, précisai-je à l'intention de Gemma. La rumeur évoque par exemple les Vikings, évidemment. Des moines irlandais... étant donné qu'on a retrouvé en quelques endroits – c'est attesté – des traces de l'alphabet ogham. Peut-être même des Égyptiens, des Phéniciens, ou des Minoens. Pour moi, ça confine au « tiré par les cheveux », mais les Romains ? C'est du domaine de l'envisageable.

Vous avez bien vu à quoi on a affaire. Les Romains sont l'explication la plus plausible.

— Mais les caractères ne sont pas latins.

— Ce qui constitue, j'en suis le premier déçu, une faille dans mon raisonnement. Mais une petite minute.

Je me levai et allai me poster à l'entrée du passage menant au bassin. Ken m'accompagna.

— Quoi ?

Je désignai les trois lettres que Gemma avait remarquées.

— Ça pourrait très bien être d'origine romaine, d'après moi.

Ken fit un signe de dénégation.

— Aucun de ces caractères ne ressemble à leur écriture. En plus, regarde. (Il me montra la partie droite du « N » ou du « M ».) Ça dépasse un peu, là, comme si la personne avait voulu continuer à écrire et n'avait pas eu le temps de finir. Non, mon vieux, c'est sans doute juste « Daniel », ou « Damian », quelque chose comme ça. Comme je te le disais, le groupe d'avant aura voulu laisser une trace de son passage.

— Ouais, tu as sans doute raison.

— Ça fait combien de temps ?

Cette question émanait de Molly. Assise à la lisière de notre groupe, les bras autour des genoux, elle avait les yeux rivés sur le couloir principal. Elle nous avait écoutés jusqu'à présent, sans pour autant participer à la conversation.

Elle était assise pile à l'endroit où nous l'avions retrouvée après avoir découvert le bassin. En notre absence, elle avait réparti équitablement toutes nos ressources en tas bien nets : les sandwichs restants, les bidons d'eau, deux minuscules sachets de cacahouètes et une poignée de barres de céréales. Quant aux piles de rechange pour les lampes et aux batteries pour la caméra de Pierre, Molly les avait isolées.

Aucun de ces tas n'était assez généreux à mon goût.

Molly avait par ailleurs pansé correctement le bras de Gemma avec de la gaze, puis était retournée s'asseoir. Elle avait écouté notre compte-rendu sans émettre le moindre commentaire. Elle semblait calme. Trop calme, avais-je songé, avant de m'apercevoir qu'elle attendait simplement que la situation se décante. Elle en avait terminé avec le site. Il n'éveillait chez elle aucune curiosité particulière, nos éventuelles découvertes ne l'intéressaient pas. Elle voulait simplement quitter cet endroit.

— Quatre heures, répondis-je. Ou un peu plus.

Molly me fit l'aumône d'un regard, puis reprit sa contemplation.

Au bout d'un certain temps, Pierre revint et m'informa qu'il avait trouvé quelque chose d'inédit. Je demandai à Ken s'il souhaitait venir avec moi, mais il déclina la proposition, même s'il m'enjoignit de l'appeler *illico* dans l'éventualité où Pierre aurait découvert un bar bien garni en bouteilles, ou un club de danseuses coquines.

Je suivis donc notre cameraman dans le passage concerné, qui se situait à trois heures quand on tournait le dos au tunnel principal.

— Tu tiens le coup ? lui demandai-je.

Dès que cette question eut franchi mes lèvres, je me rendis compte de son étrangeté. C'était indiscret de ma part, et bien peu utile au demeurant. J'aurais voulu rappeler à Pierre la gravité de notre situation que je ne m'y serais pas pris autrement.

Mais il se contenta de hausser les épaules.

— Oui, ça va. Enfin, ça ne me dérangerait pas de débarrasser le plancher, mais je suis quand même encore tout excité d'être là.

— Tu crois que Molly va bien ?

— Oh, oui. Simplement… elle a tendance à souffrir de claustrophobie dans les lieux sombres. En plus, elle est mi-femme mi-*smartphone*. Et ça fait deux jours qu'on ne capte plus. Ça doit la rendre chèvre, tu ne crois pas ? Sa page Facebook doit être à un cheveu d'exploser sous le nombre de messages.

Je ris.

— Et en ce qui concerne les batteries de la caméra ?

— Ça va. Mais je commence à ne plus avoir d'espace sur le disque dur. C'est pour ça que j'ai arrêté de filmer à tout bout de champ. Je me suis dit que Ken et toi n'auriez qu'à me demander ce que vous voulez immortaliser, et qu'on ferait ça juste avant de partir. Dans le pire des cas, je ferai des coupes dans mes vidéos, même si j'ai envie de supprimer le moins d'images possible. Des séquences comme ça, je n'aurai sans doute jamais l'occasion d'en filmer d'autres.

Cinquante mètres me suffirent pour comprendre que ce passage était différent des autres, parce qu'il s'incurvait nettement vers la gauche – et s'enfonçait donc dans la roche – au lieu de s'éloigner de la grande salle en ligne droite. J'en fis la remarque à Pierre.

— Oui, répondit-il. (S'immobilisant, il tendit le doigt.) Et en plus, il est plus long que les autres. Même s'il s'achève lui aussi par un mur. C'est justement ça que je voulais te montrer.

Il me fit signe de franchir une ouverture, et je m'engageai donc dans une pièce. Je réagis aussitôt.

— Hiii.

— Tu l'as dit.

L'odeur était non pas forte, mais insidieuse, sèche et ancienne même si elle était nettement plus prononcée que celle de poussière et de suie qui flottait ailleurs sur le site. Ma réaction initiale de dégoût était due au fait qu'elle était foncièrement, indéniablement désagréable, malgré sa subtilité ; le genre de fumet qui s'attardait dans les recoins d'un bâtiment truffé de ratières.

La salle était par ailleurs vaste. Ses dimensions exactes m'échappaient, parce que après y avoir parcouru trois mètres – l'odeur enflant à chaque pas – je battis en retraite jusqu'au seuil.

— D'où vient l'odeur ? s'enquit Pierre.

— Aucune idée. Mais Kincaid a mentionné l'existence d'une pièce qui empestait. Le terme qu'il a employé est « relents ophidiens », je crois. Je ne savais pas que les serpents avaient une odeur.

C'est alors que nous entendîmes un cri.

Un cri soudain, impérieux… et qui venait de la grande salle.

# Chapitre 25

Quand Pierre et moi accourûmes, la salle était déserte, ce qui nous déconcerta à l'extrême jusqu'à ce que des voix s'élèvent du couloir principal. En nous rapprochant, nous trouvâmes Ken, Molly et Gemma rassemblés contre la sphère qui bouchait l'issue.

— Qu'est-ce qui se passe ?

Ken me fit signe de le rejoindre.

— On a entendu un bruit, expliqua-t-il. Ça m'a foutu les jetons. Ce n'est qu'en entendant sa voix qu'on a compris.

— C'est Feather ?

— Oui.

Il se recula pour que je puisse m'approcher des interstices laissés par la sphère.

— Feather ? Est-ce que ça va ?

— Oui, ça va, répondit-elle, même si elle semblait épuisée.

— Dylan est avec toi ?

— Non. Il n'est pas là.

— Com… ment ça ?

— Il n'est pas là ! Je ne l'ai pas *trouvé.*

— Il n'était pas au canot ? Pourquoi tu ne l'as pas attendu ?

— Parce que le canot *n'était pas là non plus.*

— Quoi ?! Bon, écoute, Feather… on reprend tout calmement depuis le début, tu veux ?

Elle recouvra ses moyens dans un moment de silence.

— Je suis redescendue par le conduit vertical, expliqua-t-elle. Vite mais pas trop, comme tu me l'as conseillé. En descente, c'était beaucoup plus facile. Ensuite, je me suis laissée tomber dans le tunnel, et puis j'ai regagné l'entrée. J'ai regardé en bas, et… le canot n'était plus là. Il s'est *volatilisé*. Un orage s'est levé, il pleut et il y a du vent. Et le bateau n'est plus là, un point c'est tout.

Ken gonfla les joues et souffla.

—Alors, qu'est-ce que tu as fait, ma douce ?

—J'ai attendu, lui répondit-elle. Je ne savais pas quoi faire d'autre. Je me suis dit qu'il avait dû partir avec le canot après notre départ au lieu de se servir de l'annexe, même si la raison m'échappe. Peut-être que le fleuve était devenu trop agité pour qu'il puisse laisser le canot amarré. Mais est-ce que c'est possible ? Est-ce qu'il aurait pu diriger le canot à lui tout seul ?

—Je ne sais pas, dis-je. Sans doute que oui, s'il y était contraint.

—C'est ce que je me suis dit. Donc, j'ai attendu. Je me suis couchée à plat ventre pour regarder dans le vide, parce qu'il me paraissait vain de descendre alors que Dylan n'était pas là, et que s'il revenait, je pourrais toujours crier pour attirer son attention. Ensuite, j'ai pensé que le canot s'était peut-être détaché accidentellement. Mais dans ce cas, Dylan serait revenu malgré tout, pas vrai ? Grâce à l'annexe.

—J'en suis persuadé, répliquai-je, tout en échafaudant divers scénarios possibles et en estimant leur plausibilité.

Pour une raison encore obscure, Dylan était parti avec le canot, et avait maintenant du mal à remonter le courant. Ou alors… il avait pris du retard. Ou encore… il était revenu puis reparti. Tout était envisageable.

—Comment tu as réagi ?

—Il a commencé à faire sombre. Je n'étais pas sûre qu'il pourrait me voir de si loin. Ou même m'entendre, à cause du courant et de la distance. Je me suis dit que je devrais peut-être redescendre à l'endroit exact où Dylan nous avait laissés, mais je serais restée arc-boutée à la paroi, dans le froid et l'obscurité. Alors… alors, je suis remontée par le puits et je suis revenue ici. J'espère que j'ai bien fait, Nolan… J'étais à court d'idées.

— Tu as agi exactement comme il fallait. Sans nouvelles de ta part, on n'aurait pas tardé à s'inquiéter.

Je sentis Molly s'éloigner de la sphère pour regagner la grande salle. Captant le regard de Pierre, je lui fis signe de la suivre.

— Et maintenant, on fait quoi ? demanda Feather.

— Maintenant… Écoute, il est 20 heures. Je ne sais pas ce qui est arrivé à Dylan. Si ça se trouve, il a flippé parce qu'on s'est absentés trop longtemps et est parti chercher de l'aide. Et à cause du mauvais temps, il a pu rester coincé quelque part.

— Tu crois ?

— C'est probable. Quoi qu'il en soit, on ne peut rien faire de plus ce soir. À quoi bon te laisser passer la nuit à guetter son retour ? On tient le coup et on retente demain, d'accord ?

— D'accord, marmonna-t-elle.

Elle semblait tendue, et très fatiguée.

— Je reviens dans une minute, lui dis-je.

Je retournai dans la grande salle en trottinant. Molly avait repris la même position assise, mais avait renoncé à scruter le couloir principal, se rabattant sur un examen du sol.

— Est-ce que ça va ?

Elle ne réagit pas. J'attrapai le dernier morceau de sandwich et le bidon d'eau à moitié plein de ma pile, puis m'engageai à nouveau dans le tunnel. Je m'agenouillai contre la paroi et tendis le bras dans l'interstice.

— Feather, tu distingues ma main ?

— Où ça ? Ah, oui, OK.

— Tu peux l'atteindre ?

Je perçus un chuintement de tissu contre la roche lorsque Feather se décala pour s'introduire le plus loin possible dans l'espace laissé par la sphère. Puis je l'entendis pousser un grognement d'effort. En un contact ténu, ses doigts frôlèrent les miens.

Je retirai mon bras, changeai le sandwich de main et le poussai dans l'ouverture.

— C'est pour toi.

— Nolan… Je ne peux pas accepter.

— Mais si, voyons. On a encore un peu de nourriture, contrairement à toi. Et contrairement à toi, on n'a pas fait un aller-retour à l'extérieur. Accepte, un point c'est tout.

Au bout de quelques secondes, je sentis qu'elle se saisissait du sandwich. Je répétai l'opération avec le bidon d'eau.

— Merci, dit-elle.

Elle s'exprimait sur un ton égal.

Je me relevai. Ken me lança un regard lourd de sens, que j'accueillis d'un signe de tête. Gemma remarqua notre petit manège.

— Je vais rester un peu, dit-elle.

Nous la laissâmes discuter avec Feather, et remontâmes ensemble la moitié du tunnel.

— Ça ne me dit rien qui vaille, déclara Ken.

— Dylan ne se serait pas tiré comme un voleur.

— Non. C'est un con, pas un salaud.

Je travaillais avec Ken depuis assez longtemps pour saisir la nuance. Et j'étais du même avis que lui.

— Alors, verdict ?

— J'en sais foutre rien. Le fleuve est tout de même assez agité dans le coin. Et ça doit vraiment empirer en cas d'orage. Peut-être qu'il a tiré le canot sur la berge un peu plus en aval. On n'a plus qu'à attendre en espérant qu'il reviendra demain matin.

Une sensation viscérale m'envahit. Me liquéfia. Ce n'était pas une répercussion de l'eau ingérée du bassin ; il s'agissait plutôt d'une incertitude sournoise, intense. Un aveu. Il ne faudrait pas grand-chose pour que notre position passe de « pas géniale » à « carrément dramatique ».

Je piétinai mentalement cette idée.

— On a un plan B ?

— Le seul que j'ai consiste à…

— … lui demander de partir à la nage ?

— Ouais. Et ce serait beaucoup lui demander. Mais elle pourrait descendre le fleuve jusqu'à la plage où on a campé, et attendre. Hurler à pleins poumons quand un autre canot descendra les rapides. Et, oui, je sais qu'on n'a aucun moyen de prévoir le temps que ça prendra. Mais à moins que tu aies caché une botte secrète quelque part dans ta manche trop ample…

— Ouais, pigé. T'es le cerveau de l'opération.

— C'est bien ce qui me tracasse. Parce que je suis loin d'être infaillible, et que la situation risque de dégénérer. (Il me regarda.) De dégénérer *salement*.

# Chapitre 26

J'ignore quelle heure il était quand je me réveillai. J'avais fini par penser à éteindre mon téléphone, et je répugnais à le rallumer, de peur de troubler le sommeil de quelqu'un. Je restai couché sur le dos dans l'obscurité pendant un certain temps, et une histoire que j'avais entendue un jour à propos d'un type qui avait fait un rêve au cours d'une mission spatiale à laquelle il participait me revint en mémoire. Dans ce rêve, l'homme conduisait une jeep lunaire, et il avait remarqué que quelque chose venait à sa rencontre. Petit à petit, il s'était aperçu qu'il s'agissait d'un autre véhicule identique au sien. Il était resté vigilant, et avait fini par se rendre compte que le conducteur d'en face… c'était lui. En entendant cette anecdote pour la première fois, je m'étais dit qu'on devait se sentir sérieusement secoué quand, après avoir fait un songe tel que celui-là, on se réveillait en pensant : « Ah, d'accord, ce n'était qu'un rêve. » Et, quelques secondes plus tard : « Minute papillon. Fichtre… Je suis sur la *lune.* »

Et le fait de me découvrir, à mon réveil, coincé dans un site préhistorique associé à une ou plusieurs cultures inconnues, en sachant que notre seul espoir résidait dans l'intervention d'un aventurier sud-africain dont la localisation était pour le moment incertaine, eh bien… cela me mettait dans le même état.

Après le retour de Feather, nous avions veillé quelques heures de plus. Discutant de choses et d'autres, réfléchissant à la raison d'être de nos découvertes, nous remémorant nos expéditions précédentes. Ken passa un certain temps à évoquer avec force détails quelques-uns de ses cheeseburgers les plus mémorables, jusqu'à ce que tout le monde finisse par le regarder de travers. À tour de rôle, nous passâmes une demi-heure assis à côté de la sphère pour parler avec Feather.

C'était mon tour lorsqu'elle s'endormit, ou du moins cessa de réagir à mes propos. J'aime à penser que j'ai une voix mélodieuse, un timbre lénifiant et réconfortant. Cela dit, je suis peut-être juste incroyablement rasoir.

À ce stade, tout le monde était crevé. Mais aussi affamé et assoiffé. Nous tombâmes d'accord sur le fait que le sommeil représentait le plus sûr moyen de faire abstraction de ces facteurs, et de faire venir le lendemain plus rapidement.

Chacun se servit de son sac à dos comme d'un oreiller et choisit un emplacement où dormir. On pourrait croire que trouver le sommeil en pareilles circonstances serait une gageure. Pas pour moi. Il faisait tout noir, il n'y avait pas le moindre bruit. J'étais exténué. Et il n'y avait rien d'autre à faire. À bien des égards, je suis un spécimen du genre humain tout de bric et de broc, affublé d'une personnalité qu'on serait bien généreux de qualifier de grossier brouillon, mais j'ai toujours été capable de faire fi des problèmes sur lesquels je n'ai aucune prise. Ce qui, je l'admets volontiers, valait souvent pour « la vie en général ».

Après une période de sommeil, donc, je restai étendu pendant vingt minutes, et pris conscience d'un bruit discret, sur ma droite. J'avais déjà deviné de qui il s'agissait avant même d'entendre la cadence égale de son souffle, interrompue à intervalles réguliers par un hoquet ténu signalant qu'elle commençait à hyperventiler et devait se maîtriser.

Je me redressai en position assise. Cherchai à tâtons la petite lampe que j'avais posée à côté de moi. Rampai lentement et sans chercher à me montrer discret, histoire que Molly ait une chance de comprendre que je m'approchais d'elle. Une fois à proximité, je tendis la main dans l'obscurité et eus la chance de trouver la sienne.

— Viens avec moi, lui soufflai-je.

Je la guidai en la tenant par l'épaule vers l'endroit où j'estimais que l'ouverture devait se trouver, et ne me trompai que de quelques mètres. Une fois que nous fûmes engagés dans le passage, je parcourus une petite dizaine de mètres avant d'allumer la lampe, en prenant soin de la diriger à l'opposé de la grande salle, vers le sol.

Molly battit des paupières à cause de l'éclat.

— Qu'est-ce qui te prend ? Qu'est-ce qu'on fiche ici ?

Elle parlait tout bas, et j'en fis autant.

— Je veux te montrer quelque chose.

— Je n'ai aucune envie d'aller là-bas.

— Tu devrais au moins voir à quoi ça ressemble.

— Je suis sérieuse, Nolan. Ça ne me dit rien du tout.

— Eh bien, moi, j'y vais. Si tu veux retourner dans la salle pour gamberger dans le noir, libre à toi.

Je m'éloignai. Au bout de quelques secondes, elle me suivit.

Je la guidai jusqu'à la dernière ouverture du côté gauche, puis nous nous engageâmes dans le passage plus étroit qui s'étirait à cet endroit.

— Attention, dis-je lorsque notre arrivée fut imminente.

J'orientai la torche vers le sol et m'immobilisai lorsque le faisceau s'interrompit brutalement. Alors, je la décalai vers le haut pour éclairer le bassin.

Molly l'observa. Sous la lumière, plus faible qu'auparavant puisque nous n'avions emporté qu'une seule lampe torche, l'étendue d'eau me parut moins limpide. Et puisque nous ne distinguions pas son pourtour, elle ne semblait en rien différente des bassins souterrains que Molly avait sans doute croisés par dizaines, étant enfant, lors des pérégrinations de ses parents californiens. Cela ne l'empêcha pas de s'intéresser à ce qui s'offrait à elle.

— Et ton truc, là. Il est à l'autre bout ?

— Oui.

Elle entreprit d'enlever son tee-shirt.

— Pardon ? fis-je.

Elle déboutonna son jean et s'en dépouilla.

— Pas question que je dorme dans des vêtements mouillés.

— Bon, très bien.

— Je garde tout de même mes sous-vêtements. Tu t'y feras.

J'hésitai à l'imiter. Après ma première baignade, mes habits avaient été longs à sécher. Le temps que je me décide, Molly avait déjà plongé dans le bassin, presque à l'horizontale, comme une nageuse expérimentée.

Je transférai mes affaires importantes dans la poche de ma chemise, et me laissai glisser délicatement dans l'eau sans m'être effeuillé. J'avais l'impression d'être le grand-père de Molly.

— Tu as remarqué qu'ils sont tous singuliers ?

Nous avions fait le tour des sphères. Molly était de mon avis, à savoir qu'elles étaient toutes conçues dans un métal ou un minéral différent. Elle se tenait à présent à côté de la pierre centrale et venait d'évoquer les pictogrammes gravés dans la partie supérieure.

Je la rejoignis. Elle avait raison. Ça ne sautait pas aux yeux parce que l'agencement des glyphes était quelque peu compliqué, chacun d'eux combinant entre quatre et six dessins. Au jugé, j'estimai qu'il y avait entre trente et quarante dessins distincts. Cela allait des formes géométriques basiques à une gerbe de blé, en passant par un ovale hérissé de six petits traits : un soleil stylisé, ou peut-être un insecte sacré, comme je l'avais pensé à ma première visite. L'esprit humain cherchant toujours des schémas logiques, vous aviez tendance à remarquer avant tout l'uniformité de l'ensemble, la répétition des divers caractères. Il fallait un peu de temps pour se forger une vue globale et se rendre compte que tous les glyphes – et il y en avait une centaine – étaient différents.

— Hmm.

— Il y a une tache.

En effet, le sommet était maculé d'un petit rond brunâtre.

— Le bras de Gemma avait recommencé à saigner, expliquai-je.

— Alors, qu'est-ce que c'est ?

— J'en sais rien. Un dictionnaire. Un mythe fondateur d'origine galactique. Un inventaire de céréales. Une personne diplômée saura tirer ça au clair.

— À supposer que notre découverte soit effectivement vue par quelqu'un.

Je m'étais fait la même réflexion, mais je tuai gentiment cette idée dans l'œuf.

— Ce sera le cas, Molly. Évidemment.

— Nolan, comment allons-nous sortir d'ici ?

— Demain, Feather repartira à la recherche de Dylan. S'il n'est pas là… je l'ai préparée à l'idée qu'elle devrait sans doute descendre et attendre toute la journée, voire nager vers l'aval. Dans les deux cas, elle se dit partante.

— Mais où est-il passé, bon Dieu ? demanda Molly, sur un ton capricieux d'enfant trahie.

Entre ça et le fait qu'elle ne portait que ses sous-vêtements trempés, elle était très loin de son image habituelle d'organisatrice hors pair.

— Il est parti organiser notre ravitaillement. Ça lui prend plus de temps que prévu. En plus de ça, le canot est sans doute trop difficile à manœuvrer en solo, vu que le fleuve est plus agité. Au moment où nous parlons, il est certainement en train de s'attaquer à l'un de ces deux problèmes, voire les deux simultanément. Il arrivera comme une fleur tôt demain matin, et notre situation va rapidement s'améliorer.

Molly me regarda avec espoir.

— Tu crois ?

— Tu l'as rencontré comme moi, Molly. Il a un *ego* démesuré, donc c'est quelqu'un qui a sa fierté. Il ne va pas baisser les bras.

— J'espère que tu as raison.

— Molly... Qu'est-ce qui te turlupine ? Enfin, tu n'es pas obligée de m'en parler. Mais tu peux, si tu en as envie.

Elle détourna la tête, s'intéressa aux symboles. Puis elle s'aventura jusqu'au bord de l'eau. Alors, elle s'assit en remontant ses genoux contre sa poitrine pour les entourer de ses bras.

Je m'approchai et m'assis en tailleur à quelques pas de là. Je sortis une cigarette. Plus que onze dans le paquet. Je jouai la carte de l'économie de moyens en me servant d'une allumette de la pochette que j'avais retrouvée par hasard, en songeant que ce serait sans doute une bonne idée de garder mon briquet en réserve. Ce faisant, je remarquai que la pochette provenait d'un bar de Santa Monica, précisément celui où nous avions atterri, Kristy et moi, le soir où j'avais envoyé bouler l'industrie du cinéma. Je connais un peu le patron, un connard très soupe au lait qui avait tendance à combattre toutes formes d'opposition – et en particulier les marques de « progrès » – avec ses poings. D'où le fait qu'il imprimait ses propres pochettes d'allumettes, alors que ça faisait des années qu'il était interdit de fumer dans les bars de L.A. Je me fis la réflexion qu'il avait probablement des clients âgés d'une vingtaine d'années incapables de comprendre pourquoi on avait un jour pu trouver des pochettes d'allumettes dans les bars. Pour eux, ce devait être comme se voir proposer un menu dans un endroit qui ne servait rien à manger. Quel que soit notre lieu de vie, nous évoluons parmi des témoignages anciens qui ne se limitent pas aux fossiles et aux peintures rupestres.

Je restai assis là à fumer pendant que Molly contemplait l'eau.

— Tu sais…, commença-t-elle. Je ne comprends pas vraiment. Enfin, si, je comprends quel est censé être mon problème. Sa nature. J'y ai réfléchi. Avec des gens dont le boulot consiste à aider d'autres gens à passer ce genre de cap. Un cap que j'ai d'ailleurs dépassé. Et puis, ce n'était pas si terrible. Vraiment, on est loin du drame. C'était trois fois rien. Et ça n'avait rien de sexuel.

— Quel soulagement. Rien à voir avec un Oncle Trop Affectueux.

— Mon oncle est un type super. Il m'a appris à faire du surf. Mais maintenant que tu en parles… ça le concerne un peu. Même s'il ne s'en doute absolument pas. Bref, ça s'est passé pendant la nuit. J'étais gamine. J'avais sept ans. Je me suis réveillée.

Elle s'interrompit. Inspira, souffla.

Puis elle me raconta son histoire.

# Chapitre 27

— D'habitude, je me rendormais, reprit-elle. Ça ne me posait pas de problème. Mes frères avaient déjà épuisé le quota de réconfort nocturne. Quand je suis née, mes parents en avaient fini avec ces conneries. Cette nuit-là, j'ai essayé de retrouver le sommeil, mais quelque chose clochait. Ça avait à voir avec la maison, le monde… Quelque chose n'allait pas.

» Donc je me suis levée. Je comptais aller demander à mes parents de se dévouer pour venir me border. Mais en quittant mon lit, je me suis rappelé que ce serait forcément maman, puisque papa était en déplacement à San Francisco. Ça me convenait parfaitement ; elle a toujours été plus douée que lui pour s'occuper de ces petits tracas. Je suis sortie de ma chambre, j'ai longé le couloir à pas menus et je suis entrée dans leur chambre. Je me suis approchée du bon côté du lit. Il a fallu que je m'approche très près avant de me rendre compte… qu'elle n'était pas là.

» Le lit était défait. Or, mon père était très tatillon sur ce point, il le faisait chaque matin, et je suis devenue comme lui. Ça ne demande que deux minutes, et c'est beaucoup plus propret. Mais en son absence, ma mère ne prenait pas cette peine. Donc j'aurais été bien incapable de dire si elle s'était couchée ce soir-là puis s'était relevée, ou si elle n'avait pas encore terminé sa soirée. Elle possédait un petit réveil que mes frères et moi lui avions offert pour Noël. Il indiquait « 1 h 20 ». Une heure très tardive. Je n'ignorais pas qu'il lui arrivait de veiller tard quand papa n'était pas là, par exemple pour regarder un film. Peut-être que ce n'était que ça. Mais cela signifiait que j'allais être obligée de descendre au rez-de-chaussée. Je n'en avais pas très envie. J'étais désormais assez réveillée pour que, dans la pénombre, la maison me paraisse immense et bizarre. Assez réveillée aussi pour me rappeler que mes frères n'étaient pas là, eux non plus. Le premier passait la nuit chez un ami après un anniversaire, et l'autre était en voyage scolaire à Yosemite avec ses camarades de 5$^{e}$. Donc, nous étions rien que toutes les deux, moi et maman. Plus tôt, au dîner, ça m'avait paru cool, on s'était même dit en rigolant qu'il n'y avait plus que les filles à la maison. Mais là… j'aurais vraiment voulu la trouver couchée. Je répugnais à partir à sa recherche dans l'obscurité. D'un autre côté, je serais incapable de me rendormir si elle ne venait pas me border. Tu sais comment ça se passe quand on est enfant. En pareilles circonstances, on devient intraitables. Du coup… je suis descendue.

» Depuis, ils ont pris une maison plus petite, mais celle que nous occupions à l'époque était gigantesque. Et plongée dans le silence. Ça ne m'a pas empêchée de descendre. J'y voyais assez pour m'orienter parce qu'ils laissaient toujours deux ou trois lampes allumées. Je me suis rendue au salon. Elle n'était pas là. Je suis allée dans la cuisine. Personne. Alors, je me dis qu'elle devait être dans la salle de télé, devant l'écran. Ce n'était pas le cas.

Elle me regarda.

— Elle est restée introuvable.

— Tu veux dire que… Qu'est-ce que tu veux dire ?

— Elle n'était pas dans la maison. Purement et simplement. J'ai fouillé chaque pièce. Personne. J'ai même vérifié dans le garage, alors qu'il me fichait la frousse même en plein jour. Elle ne s'y trouvait pas non plus. Elle n'était nulle part. J'étais toute seule à la maison.

— Seigneur… Alors, comment tu as réagi ?

— De la seule façon possible. Je me suis liquéfiée. Bien tranquillement. J'ai refait le tour de la maison, étage plus rez-de-chaussée. Je me suis mise à pleurer. J'ai continué à la chercher, de plus en plus paniquée. J'ai essayé de comprendre ce que j'avais fait de mal. Pour finir, je me suis pelotonnée au beau milieu de l'escalier. Je savais à présent que j'étais toute seule, qu'elle ne reviendrait jamais. Qu'*ils* ne reviendraient jamais.

» Papa était parti le premier. Puis mes frères… Ils étaient de mèche, eux aussi. Ils avaient échafaudé un plan secret. Et puis ce soir, maman était partie à son tour. J'avais pris ces gens pour ma famille, et je m'étais trompée. Ils s'étaient tous volatilisés. Alors, je suis restée là à pleurer toutes les larmes de mon corps en faisant le moins de bruit possible pour ne pas attirer un monstre, j'avais l'impression d'être enfermée dans une grotte sombre et je me demandais ce qui allait bien pouvoir m'arriver. Parce que je me suis progressivement rendu compte qu'ils ne m'avaient pas abandonnée du tout ; non, une créature les avait emmenés, ou avait en tout cas enlevé ma maman. Un monstre avait profité de la nuit pour me l'arracher, et tôt ou tard, ce serait mon tour. Au bout d'un moment, j'ai presque pu sentir sa présence. De plus en plus proche. Il était tapi dans le noir. Il se penchait sur moi.

Elle resserra ses genoux contre elle.

— C'est alors que j'ai entendu du bruit à l'extérieur. La clé a tourné dans la serrure, et maman est entrée. Je n'ai pas bougé. J'en étais *incapable.* Je l'ai regardée du haut de mon escalier. Elle ne se ressemblait plus. Parce qu'elle n'existait plus vraiment, en réalité. Ce monde-là était désormais mort à mes yeux. Ce monde, et les personnes qui le composaient. La femme qui venait d'entrer *ressemblait* simplement à ma mère. Une étrangère s'était introduite chez moi.

» *Peut-être même que c'est la créature,* ai-je songé, *et qu'elle a pris l'apparence de maman.*

» Et puis elle m'a aperçue, assise dans l'escalier, et elle a monté les marches deux par deux, m'a serrée à m'étouffer pendant que je lui disais que je croyais qu'elle avait disparu pour toujours, m'a assuré qu'elle ne m'abandonnerait jamais, et puis elle m'a préparé un lait chaud avant de me border, allant jusqu'à dormir dans mon lit toute la nuit.

— Où était-elle allée ?

— Mon oncle – le frère de papa – vivait à quinze kilomètres de chez nous, plus haut sur la côte. Il était rentré tard, et n'avait compris qu'après le départ de la personne qui l'avait raccompagné qu'il avait laissé ses clés à l'intérieur. Ma mère n'a pas eu besoin de m'expliquer qu'il était ivre. Ça n'arrivait pas fréquemment, mais bon… ce n'était pas non plus exceptionnel. Nous, les mômes, on avait l'habitude. Il était marrant quand il avait bu. Et suffisamment responsable pour éviter de prendre sa voiture quand ça lui arrivait. Donc, il est retourné à pied en direction de l'autoroute, et a trouvé une cabine téléphonique. Ma mère l'a rejoint avec son propre jeu de clés, et ensuite elle est rentrée à la maison. Elle avait envisagé de m'emmener, avait estimé qu'il y avait peu de chance pour que je me réveille et avait finalement décidé de partir sans moi. Elle a admis qu'elle avait eu tort d'agir ainsi. Voilà, c'est tout.

— Bon Dieu, Molly. Je suis désolé.

— De quoi ? C'était un non-événement.

— De toute évidence, ce n'est pas comme ça que tu l'as vécu.

Elle sourit.

— Au fond, ça se résume à ça une thérapie, tu ne crois pas ? Et puis… l'histoire ne s'arrête pas là. Quelques jours plus tard, l'incident était oublié. Le lendemain matin, maman et moi avons décidé que le reste de la famille n'avait pas besoin d'apprendre ce qui s'était passé, parce que mes frères me trouveraient cruche d'avoir paniqué et de m'être crue abandonnée. Des fois, ils pouvaient se comporter comme de vrais crétins, me traiter de bébé, enfin tu vois. Et puis tout le monde était rentré, même papa, l'univers avait été remis sur ses rails, donc bon…

» Toujours est-il que, ce soir-là, j'étais en train de jouer dans le jardin, et j'ai entendu maman et papa discuter dans la cuisine tout en préparant le dîner, le genre de petit bavardage emblématique d'un foyer où il fait bon vivre, qui te donne l'impression que tout est beau et simple, et que ça ne risque pas de changer. Et voilà que papa explique à maman qu'il a rencontré le nouveau petit ami d'oncle Pete en ville, qu'ils sont sortis boire un verre tous les trois après avoir dîné, que le gars a l'air vraiment sympa, et là, maman a répondu que c'était génial, que Pete méritait de fréquenter quelqu'un de bien, pour une fois, et ensuite ils ont embrayé sur un autre sujet. Moi, j'ai cessé de jouer. Et j'ai réfléchi. Et puis j'ai recommencé à jouer, et la vie a suivi son cours.

Elle tourna la tête vers moi, sourcils dressés.

— Je ne pige pas.

Molly attendait.

— Le problème, c'est qu'il est gay ?

— Oh non, voyons. On était au courant. Oncle Pete a toujours ouvertement assumé son homosexualité. Personne n'a jamais essayé de nous cacher ça, ou agi comme si c'était d'une affaire d'État.

— Alors, quoi ?

— Ma famille vit aujourd'hui à San Diego. Mais j'ai grandi à Santa Cruz.

— Je connais bien. Je viens de Berkeley.

— Dans ce cas, tu sais que, pour les habitants de la baie de San Francisco, il y a un endroit, un seul, qui est considéré comme étant la ville.

Cela fit « tilt » aussitôt.

— Ton père parlait de son récent voyage d'affaires à San Francisco.

— La seule fois, cette année-là, où il a été obligé de s'absenter plus d'une journée.

— Et si ton oncle était en ville avec son nouveau mec, ta mère pouvait difficilement lui ouvrir la porte de chez lui à quatre-vingt-dix bornes de là ; il n'a pas le don d'ubiquité.

— C'est ça.

— Hmm. Et donc ?

— Je ne sais pas. Je n'ai jamais réussi à élucider ce point. Tu te doutes bien que je n'ai pas cuisiné ma mère. Mais à bien y repenser, c'est elle qui a suggéré de ne pas mentionner son absence au reste de la famille. Elle a fait preuve de subtilité, et ce n'était pas dénué d'amour – elle savait bien que mes frères se moquaient de moi à la moindre occasion – ; n'empêche que c'était son idée, et qu'elle a agi avec une fermeté inhabituelle. J'ignore où elle se trouvait cette nuit-là. Toujours est-il qu'elle est sortie, et que ce n'était certainement pas pour une promenade en voiture au clair de lune. Autrement, elle me l'aurait dit. Non, elle est allée voir quelqu'un.

— Qui ?

— Je ne sais pas.

— Tu as une théorie ?

— Quelques mois ont passé, et j'ai commencé à surprendre des disputes entre mes parents, ils s'égosillaient tard le soir et ça durait des heures ; pendant un an ou deux ils ont été comme chien et chat, parfois mon père semblait très distant, malheureux, dans la lune. Mais ça a fini par se tasser. Ils sont toujours ensemble et très heureux tous les deux, donc quoi qu'il ait pu se passer à cette période, ils ont réussi à maintenir le cap, à franchir les eaux turbulentes pour en sortir plus forts. Ce qui est génial. Mais à compter de cet instant…

Elle haussa les épaules.

— Tu savais quelque chose dont ton père, dont tes frères n'avaient pas idée. Et tu avais également conscience que ton oncle avait servi d'excuse bidon, mais tu ne pouvais pas le lui dire même si tu l'aimais beaucoup. En plus, ta mère t'a soudain paru beaucoup plus complexe que ce que tu avais cru jusque-là. Sans compter que tu es la seule autre femme de la famille, donc tu t'es certainement demandé si tu deviendrais comme elle. Au revoir, la simplicité. Bonjour, secrets et mensonges.

— C'est plutôt bien vu, dit Molly. C'est même exactement ça. J'en ai parlé avec des inconnus qui facturent cent cinquante dollars de l'heure, et j'en suis sortie apaisée. Enfin, bon Dieu, tout ce déballage pour aboutir à une conclusion simplissime : une gamine se retrouve seule à la maison en pleine nuit, et depuis lors craint les lieux sombres. C'est tellement bateau que ça en devient embarrassant.

— Comme disait ma grand-mère, les humains sont comme des gâteaux très basiques, avec simplement une tonne de glaçage sur le dessus.

— Elle a vraiment dit ça ?

— Non. C'était une femme super, mais elle était nulle en cuisine. Pure invention de ma part.

— Ha. Mais, la vérité, c'est que l'événement en lui-même n'était pas si important que ça.

— Alors, c'est quoi qui est important ?

— Tout le reste. Toutes les autres informations. Le fait d'apprendre qu'il se produit toujours quelque chose dont on ignore tout. Et que nos proches sont capables de nous mentir, même s'ils nous aiment. Qu'on ne peut faire confiance à personne, même pas aux gens qu'on adore. Que, parfois, on sait au fond de nous que le monde ne tourne pas rond, comme je l'ai compris cette nuit-là quand je me suis réveillée. Et tu sais quoi ? Dans ces cas-là, l'avenir nous donne raison.

Elle me regarda droit dans les yeux.

— Et moi aussi j'ai raison, Nolan. Au sujet de cet endroit. Il est profondément malade. Nocif. Je regrette d'avoir localisé le puits. Je regrette que nous ayons découvert le site.

Je soutins son regard et voulus lui répondre qu'elle se trompait, que tout irait bien.

Mais je ne pus m'y résoudre.

Nous traversâmes le bassin en sens inverse. Sur l'autre rebord, en attendant que Molly enfile ses beaux vêtements tout secs – et regrettant de ne pas avoir eu la présence d'esprit de me déshabiller moi aussi –, je me fis à nouveau la réflexion que l'eau du bassin n'était pas aussi limpide que je l'avais d'abord cru. Et que de petits agrégats ressemblant à des algues flottaient sur son pourtour.

Soit je n'avais rien remarqué lors de mon premier passage, soit nous étions responsables du changement, nous avions pollué l'eau, compromis l'intégrité de cet endroit en y apportant un peu du monde extérieur.

Par notre simple présence.

# Chapitre 28

Je n'avais pas particulièrement faim lorsque, en me réveillant le lendemain matin, je découvris que le faible halo d'une lampe torche éclairait déjà la zone où nous nous étions établis. J'avais froid, mes vêtements étant encore légèrement humides après leur séjour dans l'eau, et je mourais de soif. J'avais depuis bien longtemps pour coutume d'ingérer au réveil une quantité de café égale (ou supérieure) à mon propre volume. Ken observait le même rituel. Je serais même allé jusqu'à plaindre celui ou celle qui aurait eu la prétention de nous surclasser en la matière avant midi, si Ken et moi avions décidé de passer professionnels et d'unir nos efforts. En l'absence de café, la journée commença donc sous de bien mauvais auspices.

Mes articulations craquèrent lorsque je me levai, et je m'efforçai de délasser mes épaules pour gommer les points de tension. Les spasmes vifs qui me parcouraient les reins depuis la chute de Gemma s'étaient mués en élancements sourds. Je pris toute la mesure de ma soif et l'informai qu'elle allait recevoir un petit quelque chose, mais que ce serait tout pour l'instant et qu'elle devrait déjà s'estimer heureuse. Je pris une gorgée d'eau et la fis circuler dans ma bouche à plusieurs reprises avant de l'avaler. Ken m'imita, puis considéra d'un air dubitatif le maigre tiers de bidon qui lui restait.

— Un aller-retour au bassin va bientôt s'imposer, me dit-il.

— Je ne sais pas si c'est bien malin de retourner là-bas.

Je lui racontai alors ce que j'avais constaté la veille, en passant néanmoins sous silence ma discussion avec Molly. Celle-ci, qui était en train de s'étirer pendant que je parlais à Ken, s'éloigna ensuite d'un pas décidé dans le tunnel principal, vers la sphère. Cela signifiait, espérais-je, que notre discussion l'avait un peu aidée.

Ken haussa les épaules.

— S'il y avait des algues hier soir, c'est qu'elles étaient déjà là quand on a découvert le site. Y a que le bambou pour croître aussi rapidement. Ou l'addition d'un bar de Las Vegas dont le personnel est exclusivement composé de femmes. Je suis sérieux. Je continue à la payer à crédit, cette ardoise. Et puis, si tu avais vu les saloperies que j'ai bouffées au fil des ans, tu saurais que ce ne sont pas quelques organismes unicellulaires qui vont me bousiller la santé. Tes boyaux te laissent tranquille pour le moment, pas vrai ?

— Oui.

— À ce propos, dit Gemma.

En nous retournant, nous constatâmes qu'elle se tenait à quelques pas de là, avec un air de frilosité que nous ne lui connaissions pas.

— Qu'y a-t-il ?

— Je m'interroge. Si quelqu'un avait besoin de se séparer du produit de son appareil digestif, dans un futur proche voire très proche, quel serait le protocole ? C'est pour une amie.

— Hein ? fit Ken.

— On choisirait une des pièces. Ce seraient nos toilettes officielles. Les archéologues nous maudiraient, mais ça limiterait les dégâts sur le site. Et puis, merde, quoi. Ils ne sont pas coincés ici, eux.

— Reçu cinq sur cinq, dit Gemma.

Ayant dit cela, elle se dirigea vers l'un des tunnels avec son sac à dos.

— Oh, fit Ken au bout d'un moment. C'était donc ça.

— Ouais. Et ça me fait penser qu'on est déjà déshydratés. Ça fait un bout de temps que je n'ai pas eu à me délester de mes déchets, liquides ou autres.

— Moi non plus. Tu penses vraiment qu'on doit éviter de boire l'eau du bassin ?

— Tant que ça ne sera pas une nécessité absolue, oui. Une crise de diarrhée aiguë serait contre-productive alors qu'on cherche à rester hydratés.

— J'apprécie nos petites conversations, Nolan. Je les ai toujours appréciées.

Molly revint en courant.

— Hé, dit-elle. Feather n'est plus là.

— Feather ?

C'était la cinquième fois que Ken appelait son nom. J'en avais fait autant à maintes reprises. Tout comme Molly, et Pierre.

— Elle est passée où, bordel ?

— Peut-être qu'elle a raté un barreau en voulant redescendre, dit Molly. Il est sept heures et demie. Dehors, il fait déjà jour depuis une heure ou deux.

— Elle ne serait pas partie sans nous en informer au préalable. Si ?

— Peut-être qu'elle a essayé, mais qu'on dormait tous.

— J'en doute, dit Pierre. Je me suis réveillé à 4 heures.

— Vraiment ?

— J'ai cru entendre quelque chose, un coup sourd, expliqua notre cameraman d'un air gêné. C'est arrivé une paire de fois. Juste un mauvais rêve. Mais je n'ai pas réussi à me rendormir.

— Ou alors, peut-être qu'elle a perdu la notion du temps ?

— Elle porte une montre, dit Molly. Je l'ai vue.

— Peut-être qu'elle est partie explorer, suggéra Pierre. Qu'elle est retournée au fond du tunnel muré pour voir si elle arrive à desceller les pierres. Ou pour vérifier si quelque chose ne nous aurait pas échappé dans l'un des tunnels subsidiaires. Car, après tout, nous ne les avons pas explorés jusqu'au bout. Si ça se trouve, ils sont très étendus, et ça expliquerait qu'elle ne nous ait pas entendus l'appeler.

Je réfléchis à ce qu'il venait de dire.

— Qu'elle ait cherché à ressortir, passe encore. Mais explorer les autres tunnels, je n'y crois pas. Tu ferais ça, toi ? Même tout seul ?

— S'il le fallait, oui.

— Mais à supposer que ce ne soit pas absolument nécessaire, et que tu n'aies qu'une petite lampe de rien du tout ? Et que tu ne saches pas combien de temps les piles résisteraient ?

— Probablement pas.

— Elle a tout de même son téléphone comme solution de secours, nota Ken.

— Non, dit Molly. Il est resté dans son sac à dos. C'est-à-dire ici.

— Quoi qu'il en soit, repris-je, ça me paraît difficile à croire. En revanche, si elle a choisi de retourner dans le tunnel muré, c'est tout droit à partir d'ici. Elle nous aurait entendus, et nous aurait répondu.

— Alors, on n'est pas plus avancés ? s'enquit Molly en se grattant le bras, sans doute à cause d'un tic nerveux.

J'appelai à nouveau le nom de Feather, à tue-tête. Tout le monde tendit l'oreille. Aucun effet.

— Qui lui a parlé en dernier ? demanda Molly.

— Moi. Elle s'est endormie, répliquai-je.

— Comment tu le sais ?

— À un moment, elle ne m'a plus répondu.

Molly me regarda.

— Quoi ? Qu'est-ce qui a pu lui arriver, à part s'assoupir ?

Molly haussa les épaules.

— Non, sérieusement, Molly. On est vraiment les *seuls* à connaître l'existence de cet endroit. Qu'est-ce que tu insinues, bon sang ?

— Tout doux, Nolan, dit Ken.

Je pris une profonde inspiration. Je ne m'étais même pas rendu compte que j'étais sur la défensive.

— Oh, ouais. Désolé.

Molly secoua la tête avec un petit sourire pour me faire comprendre que l'incident était déjà oublié. Pour elle peut-être, mais pas pour moi. À ce moment précis, Gemma revint. Nos regards convergèrent vers elle. On se demandait tous comment lui décrire la situation.

— Quoi ? dit-elle. Oh, bon Dieu de merde. Oui, je suis allée chier. Ça arrive même aux nanas. Remettez-vous.

— Feather a disparu, expliqua Molly.

— Oh.

Un consensus implicite se noua à notre retour dans la grande salle, à savoir que l'hypothèse la plus favorable était certainement la bonne. Pierre se demanda à voix haute si Feather accompagnerait Dylan chercher de l'aide, ou si elle le laisserait partir et viendrait nous informer que la situation suivait son cours. Nous tombâmes d'accord sur la deuxième branche de l'alternative. Et pour affirmer aussi que, si elle était partie vraiment très tôt, avec un peu de chance nous n'aurions pas longtemps à patienter. Nous devisâmes gaiement, d'une voix calme et pleine d'assurance. Tout baignait. Personne ne sentait poindre l'affolement. Pas le moins du monde.

La majorité de mes compagnons décidèrent de croquer dans leur sandwich. Ken me proposa de partager le sien, mais je déclinai son offre.

— Il est vraiment rare que je mange avant l'heure du déjeuner, donc je ne vais manquer de rien. Garde-le pour plus tard.

Une douleur pas plus grosse qu'une tête d'épingle mais assez vive naquit sur mon bras gauche, et j'y abattis ma paume droite. En l'ôtant, je vis une petite tache de sang.

— Moustique.

— Un moustique ? Qu'est-ce qu'il fout ici ?

— Ils sont partout, mon vieux.

— Non, je ne plaisante pas. Qu'est-ce qu'il fout ici ? Jusqu'à hier, y avait que dalle à se mettre sous la dent.

— Il a pu monter par le conduit, comme nous. Peut-être qu'on l'a transporté dans nos vêtements. Ou alors, il y a une fissure quelque part.

— Une fissure qui mènerait où, Nolan ? Il y a au moins trois cents mètres d'épaisseur de roche dans toutes les directions.

— Ken, j'en sais rien. De toute façon, ça y est, il est mort.

— J'ai vu un insecte, intervint Pierre. Pendant la nuit. J'étais réveillé et, au bout d'un moment, j'ai voulu vérifier l'heure, alors j'ai allumé mon portable. Il y avait un insecte sur l'écran.

— Un moustique ?

— Non. Juste une bestiole.

Je m'adressai à Gemma.

— Vous qui êtes quelqu'un d'intelligent : ça mange quoi les insectes ?

— Je ne sais pas. Des plantes. Des congénères plus petits. De la bouffe pour insecte.

Ken ne me quittait pas des yeux.

— À quoi tu penses ?

— Je ne sais pas trop encore, répondis-je en me grattant la nuque avec insistance. Mais, car il y a un « mais », hier après-midi, Pierre m'a emmené dans une pièce qui sentait très mauvais. Une véritable infection.

— Et dire que j'ai loupé ça.

— On est ressortis parce que Feather est revenue, et que tu nous as appelés à ce moment-là. Mais à bien y réfléchir, qu'est-ce qui peut provoquer une odeur pareille ?

— De quel genre d'odeur on parle ?

— Un mélange de poussière et de renfermé, avec une touche carnée pour donner du peps.

— Comme à peu près la moitié des Merlot que j'ai bus au cours de ma vie.

— J'entends par là que c'est une odeur organique. Je viens de penser qu'il y avait peut-être un organisme en train de pourrir. Peut-être simplement des végétaux. *Ou alors*… un petit animal.

— Et, d'après toi, s'il s'agit d'un animal, il a bien fallu qu'il trouve une ouverture pour venir mourir ici.

— Précisément. Or, je ne vois pas comment une bête aurait pu gravir le puits comme nous l'avons fait.

— Est-ce qu'un être vivant aurait pu entrer avant que l'ouverture ait été scellée ? Les odeurs, ça persiste longtemps en milieu confiné ?

— Aucune idée. Mais Kincaid a mentionné l'existence de relents désagréables dans l'une des salles. Et son récit remonte à une centaine d'années. L'odeur n'a tout de même pas pu subsister aussi longtemps. Et d'après lui, la pièce empestait tellement et était plongée dans une telle obscurité qu'ils n'ont pas poursuivi leur exploration.

— Et toi, tu espères y trouver une cheminée ou un tunnel par lequel il arriverait à un coyote de tomber, et qui nous permettrait – éventuellement – de sortir ?

— C'est ce que j'ai de mieux à proposer. Tu as autre chose ?

# Chapitre 29

Nous laissâmes nos téléphones à Pierre et à Gemma, en leur donnant pour instruction de se précipiter à notre rencontre si jamais Feather réapparaissait, nous munîmes de la lampe torche la plus puissante et nous engageâmes dans le passage.

— Waouh, fit Molly, sitôt entrée dans la pièce. Tu as raison. Ça schlingue.

— Moi, ça ne me déplaît pas, dit Ken.

— C'est parce que tu es un drôle de spécimen d'humain irrécupérable.

— Pas faux.

Nous formions une seule et même rangée, Ken et moi encadrant Molly qui tenait notre lumière. La pièce n'était pas sans rappeler celle où nous avions découvert le mur constellé de symboles, en ce sens qu'elle présentait une forme résolument oblongue, sol, parois et plafond se rencontrant à angles droits. En revanche, il n'y avait cette fois pas trace d'idéogrammes.

Nous progressions lentement, en prenant le temps de nous habituer aux relents pestilentiels. Comme je l'avais noté la veille, l'odeur était d'abord discrète, et cette subtilité étonnante ne faisait qu'en décupler l'effet déplaisant. Rampante, insidieuse, inexorable, elle s'intensifiait à mesure que nous avancions. Respirer par la bouche nous facilitait un peu la tâche, sans que cela présente un avantage décisif.

Au bout d'un certain temps, on avait la sensation que la puanteur nous collait au palais.

— Je suis prêt à débarrasser le plancher, dis-je.

— Oh, pas de souci. Mais regarde un peu ça avant de partir, répondit Molly.

Sa voix me parvenait étouffée parce qu'elle avait plaqué sa main contre son nez et sa bouche. Elle baissa le faisceau de la lampe pour éclairer le sol.

— Quoi ?

Elle déplaça le rayon pour illuminer la zone sur laquelle nous venions de marcher.

— Regarde le contraste.

Le sol était plus foncé devant nous que derrière nous. La démarcation était irrégulière comme une trace d'écume. Et plus nous avancions, plus l'effet était prononcé. Au début, il ne s'agissait que d'une vague souillure. Mais elle s'épaississait lentement jusqu'à occulter complètement la roche. Les teintes, disparates, allaient du gris foncé au noir charbon.

M'accroupissant, j'humectai mon doigt et le passai contre la surface.

— C'est lisse, dis-je. Et très dur. Comme si ça avait cuit sur la roche.

— L'odeur vient de là ?

— Je n'en suis pas sûr. Mais c'est possible. (Je reniflai mon doigt.) En fait, je crois bien que tu as raison.

— Ce n'est pas une bonne nouvelle, intervint Ken.

— Pourquoi ça ? demanda Molly.

— Si on était tombés sur deux rats desséchés, on aurait peut-être tenu le bon bout. Mais s'il s'agit d'une espèce de substance fossile qui a suinté au fil des ans, on n'est pas plus avancés.

— On ne peut pas affirmer qu'il s'agit de ça, répliquai-je. Continuons à explorer.

Nous nous orientâmes en diagonale vers le mur de droite. La matière dont le sol était couvert continua à se densifier. Les taches grises disparurent au profit d'un noir implacable, presque vitrifié.

— Regardez les parois, dit Ken.

Molly dévia sa lumière. Là encore, on distinguait une marque, mais d'un genre différent. Cela ressemblait plutôt à des traces de fumée, comme si des flammes virulentes avaient abandonné de la suie profondément incrustée. Le plafond était pareillement maculé.

— Désolé, Nolan, reprit Ken. Mais je crois que c'est râpé. Quelque chose a dû brûler il y a un paquet d'années. Ça a fondu et c'est resté imprimé, et je parie que c'est ça qui a causé l'odeur.

Quelle étrange sensation que de se trouver dans un lieu qui, à un moment donné – des centaines ou des milliers d'années auparavant –, avait été le théâtre d'un intense brasier. Il n'en subsistait rien, et toute chance de comprendre ce qui s'était passé s'était donc envolée. Il ne restait plus qu'un désagréable écho olfactif. Quant à nous, nous étions coincés, sans la moindre échappatoire.

— Ouais, dis-je. Je crois que tu as raison.

Nous attendîmes lui et moi que Molly se soit éloignée dans la salle, emportant notre source de lumière. Je souffrais d'un mal de tête qui empirait progressivement. Mon estomac se contracta soudain douloureusement avec un grondement prolongé.

— Tu mangeras un bout du sandwich en revenant, me dit Ken.

— Je n'y manquerai pas. Mais quand on l'aura terminé, on n'aura plus qu'un sachet de cacahouètes, quelques barres de céréales et *basta*.

— Nolan, on est mal embarqués. Et tu sais ce qu'il y a de bizarre avec cet endroit ?

— Tu plaisantes ? *Tout* est bizarre.

— Pas faux. Mais, hormis les sphères de la salle pleine d'eau, il n'y a rien. C'est complètement dépouillé. Il n'y a même pas de cailloux par terre. C'est vide.

— Peut-être que le groupe de Kincaid a tout emporté.

— Absolument tout ? Pour l'éthique archéologique, on repassera, même pour l'époque. Mais ce que je veux dire, c'est que puisqu'on a fait chou blanc avec cette salle, je me demande si on ne devrait pas chercher quelque chose – tout ce qui nous tombera sous la main – pour attaquer les murs.

— Parce que… ?

— Parce que, sinon, je ne sais vraiment pas comment on va sortir d'ici.

— C'est une blague ?

— Je ne parle pas de creuser un tunnel. Juste d'agrandir l'ouverture autour de la sphère. Pour permettre à quelqu'un de mince comme Gemma de passer.

— C'est de la *roche*, Ken. On arriverait peut-être à quelque chose si on avait des ciseaux, des marteaux et de la dynamite. Mais taper avec un caillou, ça demanderait trop d'énergie, on ne peut pas se le permettre.

Il ouvrit la bouche, la referma. Hocha la tête.

— Ouais. Je sais. Mais alors, on fait quoi ?

Plus que tout ce qui s'était produit auparavant, ce fut le fait que Ken suggère de creuser autour de la sphère, en ne plaisantant qu'à moitié, qui me fit comprendre qu'on était dans la merde jusqu'au cou. Lorsque vous vous trouvez en fâcheuse posture, une partie de vous est toujours prête à continuer vaille que vaille, et suppose simplement que vous n'avez pas encore envisagé la panacée, la solution pourtant évidente qui ne vous est pas encore venue à l'esprit. *D'accord, ça va mal,* vous murmure cette voix lénifiante, *mais la panacée va tout régler*. Mais si elle n'existait pas, cette panacée ? Si la situation était vraiment aussi désespérée qu'elle en avait l'air ? Voire pire ?

— Merde, Ken. Je suis navré de vous avoir entraînés là-dedans.

— Sois pas con. Et puis, je ne suis que le producteur, moi. Je t'ai fait part de ce plan B juste pour la forme. Feather va revenir. Plus elle tarde, plus c'est bon signe.

— Selon quel raisonnement tordu ?

— Parce que ça voudra dire qu'elle a déniché Dylan et qu'elle est partie chercher du secours avec lui. Hier, elle ne s'est absentée que quelques heures, pas vrai ? Elle est remontée parce qu'il n'était pas là. Si elle ne revient pas d'ici deux ou trois heures, ce sera parce qu'elle a la situation bien en main, qu'il y a du concret. En tout cas, c'est ce que je me dis.

— Et ça marche ?

— Va te faire foutre. Au fait, t'es au courant que tu n'arrêtes pas de te gratter la nuque ?

— Quoi ?!

Il tendit le doigt, et ce ne fut qu'à cet instant que je me rendis compte que, oui, j'avais recommencé à me gratter. Depuis un bout de temps.

— Tout à l'heure, tu faisais pareil avec ton bras. Et c'est la même chose pour Molly.

— Ça me démange. C'est sans doute la sueur séchée.

— Sauf que tu as nagé deux fois dans le bassin. En fait, toi et Molly êtes les seuls à vous être baignés pendant la nuit, je me trompe ? Justement quand l'eau était trouble, selon tes dires. Et, comme par hasard, vous êtes les seuls à vous comporter comme des sacs à puces.

— Qu'est-ce que tu veux dire ?

— Je ne fais que relever une corrélation, mon vieux.

Je n'étais pas du tout certain de comprendre où il voulait en venir. Mon mal de tête empirait, et ma bouche me paraissait soudain très sèche.

— Hé, les gars, lança Molly. (Elle semblait assez loin de nous.) Il y a une ouverture dans le fond.

# Chapitre 30

La pièce était plus profonde que je l'avais escompté, et il nous fallut vingt mètres pour rejoindre Molly. Le mur du fond n'avait pas été travaillé et lissé, contrairement aux autres, et ses angles n'étaient pas droits ; il s'agissait apparemment d'un reste d'espace naturel, une caverne profondément enfouie. En son centre figurait une ouverture. Apparemment d'origine naturelle, elle aussi, elle présentait la forme d'une fissure qui se rétrécissait dans ses parties supérieure et inférieure tandis qu'elle mesurait entre soixante centimètres et un mètre en son milieu.

Molly braqua sa lampe, révélant un étroit passage.

— À la bonne heure, dit Ken.

— On retourne prévenir les autres avant d'y entrer ?

— Non, répliquai-je. On est déjà sur place. Et puis, il faut bien que quelqu'un reste au camp de base pour quand Feather reviendra. Si jamais ça va loin, il sera toujours temps d'aller les chercher. C'est con de ne pas avoir emporté une lampe frontale, ceci dit.

Molly me tendit sa lampe torche. Je m'engageai dans le « passage » qui – on s'en rendait compte dès qu'on y entrait – se résumait somme toute à une fissure tout en reliefs. Des centaines de milliers d'heures avaient été consacrées au reste du site, mais manifestement, personne n'avait pris la peine d'aménager ce tunnel-là.

— Ça commence à se resserrer méchamment, dis-je.

— Qu'est-ce que tu sous-entends ? demanda Ken.

— Rien, espèce d'âne. Je me demande juste pourquoi ils ne l'ont pas aménagé, comme le reste des souterrains.

— Peut-être qu'il est apparu après la construction du site ? À la suite d'un séisme, peut-être ?

— Peut-être. Je ne suis pas géologue. Mais je ne pense pas que ce soit ça, parce que le mur du fond était irrégulier lui aussi. C'est plutôt comme si c'était déjà là quand ils ont élaboré le reste, et qu'ils ont décidé de le laisser à l'état naturel, pour une raison qui m'échappe.

Je suivis la fissure, prudemment. Le sol était très accidenté et comportait des crevasses assez grosses pour qu'on s'y torde la cheville. Lorsque j'eus parcouru quelques mètres, Ken me suivit, et Molly lui emboîta le pas.

Au bout d'un moment, l'ouverture s'incurva vers la gauche en dents de scie et se rétrécit encore. Suffisamment pour que nous soyons obligés de nous placer de profil. Puis de voûter le dos.

— On est sûrs que ça mène quelque part, au moins ? demanda Molly sur un ton forcé. Et j'entends par là un endroit où on a *envie* d'aller.

Environ cinq mètres plus loin, je m'arrêtai. Le plafond de la faille ne cessait de s'abaisser même si, fort heureusement, l'odeur s'était quelque peu estompée.

— On va presque devoir ramper pour passer la section suivante, expliquai-je. Si quelqu'un veut lâcher l'affaire… c'est sans doute le moment.

— Contente-toi d'avancer, dit Ken.

Suspendant la lampe torche autour de mon cou, je m'accroupis. Inspirai profondément. Les espaces confinés ne me posent pas de problème particulier, mais il n'en reste pas moins que l'espace en question était vraiment très exigu. Au fond de ma tête, une voix discrète mais insistante manifestait sa désapprobation et faisait joujou avec le concept de crise de panique. Si Molly parvenait à franchir cette étape, alors cela voudrait dire qu'elle était beaucoup plus courageuse que moi. À supposer bien sûr que nous n'ayons pas tout bonnement affaire au début de la fin de la fissure, le point où elle se réduisait lentement à néant. Le faisceau lumineux ne nous dévoilait pas assez de terrain pour que nous soyons fixés.

Nous poursuivîmes notre chemin. Je crus percevoir une légère pente ascendante, mais pas de quoi faire une différence. C'était une affaire de quelques degrés. Pour regagner la surface en suivant un tel gradient, il nous aurait fallu parcourir plusieurs centaines de kilomètres. J'avançai un pied en m'arc-boutant contre une paroi et contre le plafond, puis décalai mon autre pied. Et rebelote.

La progression était laborieuse, l'espace gros de nos halètements et de nos grognements d'effort. Seul point positif : nous étions totalement sortis de la zone nauséabonde. Une odeur de poussière flottait désormais, nous donnant l'impression d'être enfermés dans un sarcophage en pierre.

Nous continuâmes ainsi pendant dix minutes. J'allais renoncer lorsque, tout à coup, le plafond reprit de la hauteur. Je retrouvai également de la place pour mes coudes.

Pris par surprise, je restai accroupi et conservai ma démarche traînante pendant encore un mètre ou deux. Alors seulement, je me redressai, non sans prudence.

— On y est enfin ? demanda Ken d'une voix étouffée.

— Je ne sais pas. Mais au moins, tu vas pouvoir te redresser.

— Dieu soit loué.

Je braquai la lumière vers lui pour lui faciliter la tâche. Il s'extirpa de la fissure tel le bouchon récalcitrant d'une bouteille de champagne. Son visage s'était empourpré, et il transpirait. Quant à Molly, elle apparut une minute plus tard avec un soupçon de grâce supplémentaire, même si elle ne paraissait pas avoir goûté l'expérience plus que Ken.

— Bon, dit notre producteur. Libre à toi maintenant de nous révéler l'ascenseur véloce bourré de bières qui nous permettra de quitter ce temple. Quelle délicate attention de la part de ces bâtisseurs du temps jadis.

Je dirigeai ma lampe torche vers une noirceur d'encre.

Nous nous trouvions dans un espace mesurant environ quatre mètres cinquante de large. Deux mètres séparaient nos têtes du plafond en pente. Le sol restait irrégulier, mais semblait avoir été tout de même moins négligé que le reste, puisqu'il avait été sommairement aplani. Impossible de dire si la grotte était très profonde, car notre source de lumière n'était pas assez puissante pour nous révéler plus de cinq mètres à la ronde.

La paroi de droite était rugueuse, naturelle. Celle de gauche était lisse, même s'il nous aurait été difficile de conclure à un phénomène artificiel. De toute façon, un vague coup d'œil et cela devenait le cadet de vos soucis.

— Bordel… de merde, fit Ken.

Car ce mur-là était intégralement peint.

Cela commençait presque à la naissance de la fissure. Les peintures étaient généreuses : approximativement soixante centimètres de haut, dans un style assez libre. Certaines avaient été remplies, parfois avec un travail sur les ombres, mais la plupart consistaient en un simple tracé suggérant forme et mouvement, comme des esquisses.

Je n'aurais su dire ce que la première était censée représenter. En revanche, la deuxième me fit penser à un oiseau, ou peut-être à un insecte – car, à bien y regarder, la figure comportait plus de deux pattes –, même s'il était difficile de porter un jugement définitif vu le degré de stylisation de l'ensemble.

Venait ensuite une silhouette proche d'un condor ou d'un aigle, en dépit d'une tête bizarrement formée. Le dessin suivant évoquait un rongeur, ou un autre mammifère de petite taille.

Et ça ne s'arrêtait pas là. Certains tracés étaient noirs comme du charbon, d'autres blancs, comme dessinés à la craie. Complètement préservés des intempéries et du soleil, ils avaient conservé leur éclat du premier jour.

Redirigeant mon faisceau lumineux, je révélai peu à peu la rangée de peintures qui s'étirait vers les ténèbres. En France ou en Allemagne, la nature du spectacle n'aurait fait aucun doute. La ressemblance avec les trouvailles de Lascaux – des œuvres d'art réalisées près de 20 000 ans plus tôt – était frappante, indéniable.

Nous restâmes médusés pendant plusieurs minutes. Honnêtement, je n'avais pas les mots. Contrairement à Ken, évidemment.

— Nolan, c'est préhistorique. Au sens positif du terme.

— Oui. Et ça évoque plus précisément le paléolithique supérieur. Sauf que c'est impossible. Les *Homo Sapiens* de cette période n'ont jamais mis les pieds en Amérique du Nord, à de rares exceptions près. Et ils n'ont assurément pas décoré des grottes.

— *Dixit* ?

— Pratiquement tout le monde. Même les New Age les plus endurcis ne s'aventurent pas sur ce terrain-là. Il n'y a jamais eu l'ombre d'une preuve.

— Il n'y en avait pas, jusqu'à ce qu'on tombe sur un mur immense, chargé de peintures rupestres.

— Kincaid n'est jamais arrivé jusqu'ici ? s'enquit Molly.

— Non, répondis-je. Ils se sont carapatés dès qu'ils sont entrés dans la salle nauséabonde.

— C'est *immense*, nota Ken. Nous voilà en territoire inconnu, Nolan. Nous sommes les premiers Européens à voir ça. Peut-être les premiers *depuis l'âge de pierre*. Putain, c'est toute l'histoire de l'humanité qu'il faut réécrire. Tu le sais.

— Ouais, fit Molly, levant sa jolie frimousse pour observer les symboles. Quelle poisse ce serait si on crevait ici sans pouvoir en parler à personne.

Ken et moi lui décochâmes un regard lourd de reproche.

— Pardon, grommela-t-elle.

Nous longeâmes une succession de peintures, les étudiant chemin faisant. Plus nous avancions, plus les œuvres d'art devenaient sommaires, hâtées, comme si le ou les artistes, pris par le temps, n'avaient pas été en mesure d'achever leur projet. Nous découvrîmes d'autres oiseaux, un bison, un poisson, un animal qui ressemblait à un gros chat avec de grandes dents, une sorte d'arachnide dont les pattes ondulées pointaient toutes dans la même direction. D'autres figures étaient moins faciles à identifier. Sans doute un loup. Un mammouth, éventuellement. Une créature proche de l'antilope, mais dressée sur ses pattes arrière, sachant que ses antérieurs étaient bien plus courts.

— Nolan, m'appela Molly. Viens voir ça.

De prime abord, on aurait dit une espèce de cerf, mais plus trapu que la bête précédente et représenté lui aussi dressé sur ses postérieurs, ou alors figé en plein saut. Mais quand j'approchai ma source de lumière, je compris la réaction de Molly. En examinant la peinture de plus près, on se rendait vite compte qu'il ne s'agissait pas d'un cervidé. Le dos était trop massif et puissant. La tête trop grosse, de forme plus proéminente.

— Ça ressemble à l'un des symboles de l'Utah, le Newspaper Rock dont tu parlais à Gemma.

— Effectivement. Une preuve supplémentaire dans le sens de la présence de braves hopis à des fins de pèlerinage.

Des pèlerinages qui seraient donc attestés depuis... très, *très* longtemps.

— Au bas mot, dit Ken. Et ça, c'est quoi ?

Il n'y avait plus de peintures à droite de la créature-ours, du moins pas dans l'acception traditionnelle du mot. Car il s'agissait en effet d'un amas d'empreintes noires, ocre et blanches. La plupart correspondaient à des mains gauches, ce qui suggérait des artistes droitiers, même si j'aperçus une paume droite.

— Les humains, dis-je. Tous les animaux sont représentés. Mais pour figurer les humains, ils ont préféré apposer des empreintes. Peut-être en guise de signature. Pour affirmer : « Nous sommes différents. Nous sommes l'animal qui peint et non celui que l'on peint. Et c'est nous qui avons fait tous ces trucs, conçu cet endroit. » La question étant : est-ce que c'est très vieux ?

Lascaux avait été datée aux alentours de 15 000 ans avant Jésus-Christ. Mais d'autres peintures rupestres du paléolithique étaient deux fois plus anciennes, et des découvertes récentes suggéraient l'existence de décorations néandertaliennes moins élaborées remontant à près de 170 000 ans.

— Sauf qu'un humain, il y en a un, remarqua Ken. Une immense silhouette.

Je m'apprêtais à décaler le faisceau de ma lampe torche pour comprendre de quoi il parlait lorsque les rayons virèrent soudain à un pauvre jaune sale. Puis tressaillirent.

Pour enfin s'éteindre.

Les archives de Nolan Moore
Peintures rupestres, Lascaux

# Chapitre 31

J'actionnai plusieurs fois l'interrupteur de la lampe torche. Cela se solda par un subtil sursaut d'agonie tandis que les piles finissaient de cracher leurs tripes. Puis les ténèbres reprirent leurs droits.

— *Fait chier*, dit Ken.

— Quelqu'un a de quoi s'éclairer ?

— Nan, fit Molly d'une voix morne.

J'attendis que mes yeux s'accoutument à l'obscurité, et me rendis compte que c'était stupide. Nous ne nous trouvions pas en milieu mal éclairé. Il n'y avait pas de lumière du tout. Jamais le soleil n'avait brillé sur cet endroit, jamais. Pas le moindre rayon. Et ce depuis l'aube de l'humanité. Tout ce que je distinguais, c'étaient des taches rémanentes parce que mon cerveau cherchait à donner sens et logique au comportement erratique de mes rétines.

— Bon, dis-je. Ok. C'est… pas top, mais ça pourrait être pire.

— Je suis curieux de savoir ce que tu entends par là, Nolan.

— On sait où on est, et comment revenir.

— Putain, dit soudain Molly avec force. Putain putain putain putain *putain*.

Je n'avais encore jamais entendu la moindre grossièreté sortir de sa bouche. Les mots se réverbérèrent dans la grotte, puis ce fut à nouveau le silence total.

— T'en fais pas, ma douce, dit Ken. Nolan a raison. Nous devons simplement revenir sur nos pas.

Je trouvai l'épaule de Molly un peu par hasard. Elle tremblait.

— Ça va aller, Molly.

Elle ne réagit pas.

— Nolan, ordonna Ken. Tu passes devant. Molly, tu t'accroches à sa chemise ridicule. À ce propos, Nolan, je t'ai déjà dit que tu ressembles à un comédien amateur en train de jouer Hamlet avec ce machin sur le dos ? Ou alors à un serveur dans un restaurant résolument gay ? En 1982 ?

— Plusieurs fois. J'ai même reçu un e-mail en ce sens, un jour.

— Ah bon ? Ça ne me rappelle rien.

— Tu étais sans doute bourré. Tu as écrit ton propre nom avec une faute.

— Elle me plaît, moi, cette chemise, nota Molly d'une petite voix.

— Ah, tu vois, fis-je, soulagé de constater que notre petit numéro avait porté ses fruits.

Enfin, d'après moi. Rien ne disait que Ken n'avait pas simplement voulu se montrer désobligeant envers cet élément de ma garde-robe.

— De toute façon, je n'ai pas de vêtement de rechange, donc oui, Molly, n'hésite pas à l'empoigner.

— Et ne panique pas si tu sens une main se poser sur ton épaule, précisa Ken. Ce sera la mienne.

Nous nous plaçâmes l'un derrière l'autre pour nous mettre en route.

Je nous guidai dans la direction opposée aux peintures, de manière à éviter de les détériorer en nous tenant au mur pour nous orienter. Je marchais avec lenteur et régularité, les genoux légèrement fléchis, faisant glisser un pied pour tâter le terrain avec mon talon, puis posant ma voûte plantaire avant de répéter le processus avec mon autre pied. Ce mode de locomotion m'était venu instinctivement, et il me fallut un moment pour me rappeler son origine. Une année, pour mon anniversaire, Kristy m'avait payé deux mois de cours individuels de tai-chi. Je ne sais pas trop pourquoi, étant donné que je n'avais jamais exprimé le moindre intérêt pour cette activité, mais toujours est-il que j'avais apprécié mes leçons. Je ne m'entraînais pas assez entre les séances pour accomplir de nets progrès. Néanmoins, cette pratique avait modifié ma façon de me mouvoir. Et voilà comment, dix ans plus tard, je traversais une caverne dans le noir le plus complet sans trébucher ni me cogner, tel un ninja passé maître dans l'art de la furtivité.

Je me réjouis cependant que Ken ne puisse pas me voir.

Il nous fallut dix minutes pour parcourir toute la grotte. Ken pesta deux fois. Sans doute s'était-il cogné un orteil. Quant à Molly, elle ne lâcha pas le moindre mot mais s'agrippa au dos de ma chemise. Enfin, la paroi commença à s'incurver vers moi, et je me servis de mon bras gauche pour garder une distance homogène tandis que, de la main droite, je guettais un décrochage. Alors, je m'immobilisai.

— Ok, dis-je. Maintenant, on se décale vers la droite et on trouve la sortie. C'est là qu'on commence à rigoler.

— Seigneur, marmonna Molly.

Au bout d'une minute, nous avions déjà trouvé la faille. J'en palpai le pourtour à l'aveugle, puis m'y engageai en position accroupie. J'agis lentement, précautionneusement, ce qui ne m'empêcha pas de me cogner le sommet du crâne.

Une fois engagé à l'intérieur, je marquai un temps d'arrêt.

L'aller ne m'avait pas particulièrement plu. Le fait d'effectuer le retour dans l'obscurité totale ne devrait pas rendre la situation moins supportable. Du moins pas d'un point de vue rationnel. Je risquais certainement de m'érafler les coudes et de me cogner à nouveau la tête, mais en dehors de cela, quelle différence cela ferait-il ?

*Toute* la différence. De la même façon que n'importe qui est capable de marcher sur une ligne de briques, mais que la plupart des candidats chuteront au bout de quelques pas si vous placez ladite ligne à trente mètres du sol. L'exercice n'est pourtant pas plus ardu physiquement. Pour le cerveau, en revanche… c'est une autre paire de manches. L'esprit, bien conscient des conséquences possibles, s'affole et interfère avec l'équilibre naturel du corps.

S'introduire dans un espace confiné alors qu'il fait noir comme dans un four relève du même principe. Votre esprit a un tas de choses à vous dire à ce sujet, mais « même pas peur » n'est pas du nombre.

Je me recroquevillai autant que je le pouvais. Ayant déjà accepté mes futures plaies et bosses, je m'efforçai de me détendre. Je me comportai comme je l'avais fait précédemment, avançant un pied petit à petit, tout en jouant des mains et des coudes pour m'arc-bouter contre les parois. Je gardais les yeux fermés pour empêcher mes rétines accablées par la privation sensorielle de m'induire en erreur. Je progressais par tranches de cinq ou dix centimètres.

Je me focalisai sur les sensations qui parcouraient mes doigts et mes pieds, le contact de la roche, l'odeur de la poussière. Chaque pas était difficile mais, Dieu merci, nous étions sur le chemin du retour. Je savais que l'épreuve allait prendre fin à un moment donné. Pourvu que vous soyez patient, vous pouvez aller très loin en faisant un pas à la fois. Je m'immergeai totalement dans l'exercice, occultant tout le reste.

C'est alors que je pris conscience d'une respiration saccadée, de moins en moins maîtrisée.

— Molly ? Est-ce que ça va ?

— Je vais pas y arriver. Je peux pas. Il faut que je sorte.

— C'est ce qu'on est en train de faire, Molly, répondit Ken. On cherche à sortir. Continue comme ça.

— Je peux pas. J'y arriverai pas. On va tous mourir sous terre, et ça me va, mais pas question que je meure dans ce tunnel. Pas question que je meure ici. Il faut que je sorte. IL FAUT QUE JE SORTE.

Je ne cherchai plus à avancer.

— Molly. Recommence à crier. Encore une fois. Évacue-moi tout ça.

— Je...

Mais sa voix se brisa, et elle se mit à pleurer.

— Molly, approche-toi. Colle-toi contre moi.

J'entendis un léger crissement. Puis sentis son front se poser contre mon dos. Elle transpirait, et tremblait de tous ses membres.

— Tu te trompes, Molly. On va s'en sortir.

— Non, c'est faux !

— Si. On peut compter sur Feather. Elle va descendre le fleuve. Ou alors, c'est déjà fait. Elle retrouvera Dylan en aval, et vu que c'est un gros macho bourré de testostérone, il va endosser le rôle de héros du jour... ce qui implique de *nous sauver*. Pas de sauvetage, pas de héros, pas de parade. J'ai pas raison ?

Molly marmonna de façon incompréhensible.

— Et je vais te dire une bonne chose, poursuivis-je. Même s'il s'est tiré ou que le canot a coulé, ou s'il a été enlevé par des extraterrestres, j'ai confiance en Feather. Elle sera capable de nager jusqu'à notre campement, et elle attendra que quelqu'un passe pour crier à tue-tête. Car quelqu'un viendra, Molly. Aujourd'hui, demain ou un peu plus tard. C'est un paramètre intangible. Tout ce qu'on a à faire, c'est garder notre sang-froid jusque-là. Ce ne sera pas une partie de plaisir, mais on y arrivera. Et la première étape consiste à s'extraire de cette crevasse. Parce que cet endroit est craignos.

C'est l'endroit, le point, le moment où débute le reste de notre vie. Un chemin se dessine. Et nous devons le suivre. On doit persévérer. D'accord ?

— Ok, répondit-elle tout bas. (Puis, avec plus d'assurance.) Ok. Désolée.

— Ne sois pas désolée. Tu es quelqu'un d'extraordinaire. À ta place, je nous aurais déjà explosé entre les mains. Littéralement. Et rien ne dit que ça n'arrivera pas. Ce qui serait dégueu, soit dit en passant. Bref, moi aussi je passe un sale quart d'heure, parce que c'est la *merde*. Donc, on se tire d'ici.

Je me remis en route à pas traînants. Au bout d'un moment, je sentis que Molly s'accrochait toujours à ma chemise.

Nous continuâmes à marcher. Mètre après mètre.

C'est alors que quelqu'un se mit à hurler.

# Chapitre 32

Le bruit n'était ni fort ni proche, mais inopiné, âpre. Nous nous figeâmes dans les ténèbres. Une seconde plus tard, il se répéta.

— Putain, qu'est-ce que c'était que ça ? demanda Ken.

— Gemma, répondis-je.

Je voulus m'astreindre à la lenteur, mais c'était impossible. Pas après avoir entendu un truc comme ça. Alors, je parcourus les derniers mètres de la section confinée en m'égratignant et en me cognant la tête, m'efforçant de ne pas paniquer malgré mon souffle oppressé, de plus en plus saccadé. Puis je tendis le bras au-dessus de moi, et constatai que nous venions d'atteindre l'endroit où il fallait se mettre de profil mais où nous pouvions rester debout. L'odeur réapparut.

— On y est presque.

Cette partie du parcours me parut plus longue qu'à l'aller, mais au moins je pouvais me tenir droit. Je manquai de me fouler la cheville à cause du sol fissuré, et fus obligé de me faire violence pour ne pas courir, me rappelant *in extremis* que la fissure s'ouvrait un peu plus haut que le sol, et qu'un léger décrochage nous attendait donc.

Enfin, je touchai au but.

— Je suis sorti, dis-je.

Mon estomac se révolta, et je fus pris d'un haut-le-cœur. L'odeur était encore plus prégnante que dans mon souvenir. Je fis quelques pas dans la pièce, fermant la bouche et pressant fermement ma main contre mon nez tout en tâchant de déterminer quelle direction nous devions emprunter. Molly et Ken se laissèrent tomber dans la pièce à ma suite.

— Tu as réussi à t'orienter ? me demanda ce dernier.

— Je crois bien, oui, répondis-je en les attrapant tous les deux par la main.

Ensemble, nous pressâmes le pas dans l'obscurité. Au bout de quelques mètres, je remarquai que quelque chose avait changé, mais Molly fut la plus prompte à formuler cette impression.

— Vous n'auriez pas les pieds qui collent ?

— Si, répondit Ken. La matière noire dont le sol est couvert… elle est devenue poisseuse. Ce n'était pas le cas tout à l'heure.

— On ne marche sans doute pas au même endroit, dis-je. Peu importe… On continue.

Nous ne ratâmes l'issue que d'un mètre environ. Nous nous décalâmes latéralement jusqu'à ce que nous la localisions. Alors, nous nous retrouvâmes dans le couloir, et un léger scintillement venant de la grande salle nous apparut. Jamais encore une si petite chose ne m'avait procuré un tel réconfort.

Je lâchai la main de mes compagnons, et nous nous mîmes à courir.

Quand nous débouchâmes dans la grande salle, Gemma et Pierre étaient réunis en son centre. Chacun tenait une lampe. Debout dos à dos, ils fouillaient la salle avec leurs faisceaux lumineux.

— Mais enfin, qu'est-ce qui s'est passé ?

Gemma décrivait de grands moulinets avec sa lampe, comme si elle tenait une épée. Molly s'approcha d'elle lentement, levant les mains en un geste d'apaisement. Étant donné qu'elle s'était remise de son affolement dix minutes auparavant, sa capacité de récupération forçait le respect.

Pierre nous rejoignit en hâte.

— C'est Gemma. Elle…

— J'ai *senti quelque chose* ! hurla l'intéressée. Quelque chose *m'a frôlé la jambe.*

Je regardai Pierre. Il haussa les épaules.

— Tu as vu de quoi il s'agissait ?

— On était assis dans le noir, répondit notre cameraman. Je me suis dit que, vu qu'on n'était que tous les deux, on ferait mieux d'économiser les piles.

— Bonne idée. Nous, notre lampe vient de nous lâcher. En fait, je crois bien que tu devrais éteindre la tienne, maintenant.

— Oh, oui.

Pierre s'exécuta, et il ne resta plus que la lampe de Gemma, fendant l'obscurité comme un sabre laser. Molly alla lui parler tout bas, une main posée sur son bras.

— Donc, on était assis dos à dos, expliqua Pierre. Par terre au milieu de la salle. On discutait. On a surtout attendu ici, même si on est retournés près de la sphère de temps en temps pour appeler Feather. Aucune réaction. Ça faisait un moment que vous étiez partis, et ça commençait à être compliqué de ne pas, euh, paniquer. Toujours est-il que Gemma est en train de me parler de ses précédents articles, et que tout à coup elle fait un bond, me hurle que quelque chose l'a touchée.

— Et toi, tu as senti un truc ? Ou entendu quoi que ce soit ?

— Non, mais j'étais tourné dans la direction opposée. Vous avez trouvé quelque chose dans la pièce ? Des rats, peut-être ? Ça pourrait être ça ?

— Non, répliquai-je. On a fait une découverte, mais rien à voir avec des êtres vivants.

— Alors, quoi ?

— Si je savais…, dis-je en secouant la tête.

Je laissai Ken avec Pierre, et m'approchai des filles. Molly avait réussi à apaiser un peu Gemma.

— Je l'ai senti, insista la journaliste. C'est vrai. Ne prétends pas le contraire. J'ai senti quelque chose me frôler la jambe.

— Tu es sûre qu'il ne pouvait pas s'agir d'un courant d'air ? demandai-je. Ou bien… j'essaie juste d'explorer toutes les possibilités… est-ce que ça aurait pu être la main de Pierre ? Par accident… Ou pas, d'ailleurs.

— Non, s'indigna Gemma. On était dos à dos. Et ce n'est pas le genre. Et puis, merde à la fin, Nolan. Je ne suis pas débile. J'ai vraiment senti quelque chose.

— D'accord. Bon… d'accord. Tu as une idée de sa taille ? De ce que c'était ?

— Non. Mais ce n'était pas petit. Assurément pas une souris, par exemple. J'étais assise… (Elle mima sa posture, les genoux remontés entre ses bras.) … comme ceci. Et ça m'a frôlé le tibia. Il y avait des poils. Pas un pelage doux comme celui d'un chat, plutôt hirsute. Comme un chien. Ou peut-être un raton laveur.

— Je ne crois pas qu'il y ait de ratons laveurs dans le désert.

— Un coyote, alors. C'est gros, un coyote ?

— Pas très, répondit Molly. Quand j'étais gamine, on en trouvait tout le temps dans notre jardin. Ils font à peu près la taille d'un chien pas trop gros. En plus maigre. Mais je ne vois vraiment pas ce qu'un coyote viendrait faire ici.

— Non. C'est impossible, en effet, dis-je. Ils sont malins, et ils sautent très bien, mais je ne crois vraiment pas que ce soit ça.

— En tout cas, il y avait quelque chose, persista Gemma en se relevant. Quelque chose est piégé avec nous, Nolan. Je suis très sérieuse. Tu dois me croire.

— Je te crois. Simplement, je ne sais pas quoi faire. On pourrait partir à sa recherche, et c'est peut-être bien ce que nous allons faire, d'ailleurs, car s'il a réussi à entrer, ça signifie aussi qu'on pourrait sortir. Mais, pour le moment, gardons notre calme. S'il avait voulu te mordre, il l'aurait fait.

— Et s'il allait chercher ses congénères ? Les coyotes sont grégaires, pas vrai ? Ils se séparent pour explorer, puis ils attaquent en meute quand le jeu en vaut la chandelle ?

— C'est un peu leur méthode, en effet, reconnut Molly.

— Non, c'est pas ça, dis-je. Je ne sais pas ce qui se passe ici, mais je ne crois pas à un coyote.

Gemma haussa les épaules d'un air excédé et s'éloigna. Molly croisa mon regard.

— Tu en penses quoi ?

— Il y a quatre-vingts pour cent de chances qu'elle soit désorientée, dis-je. Un effet de la déshydratation. Ils étaient dans le noir complet. On sait ce que ça fait. On perd tout recul. On ressent des trucs imaginaires.

— Mais il y a les vingt pour cent restants.

— Elle a l'air… vraiment convaincue de ce qu'elle avance.

— Mais qu'est-ce que ça signifie ?

— Ça signifie que j'aimerais vraiment que Feather revienne avec de bonnes nouvelles. Dans un avenir proche.

— Ou *tout de suite.*

— Ouais. Ce serait bien.

Nous nous assîmes tous ensemble au milieu de la salle, autour d'une seule lumière. Tout le monde croqua dans son sandwich. Ken me tendit le sien et me regarda jusqu'à ce que j'en accepte un morceau. Je pris tout mon temps pour mâcher. Le pain était caoutchouteux et commençait à moisir. Le fromage industriel avait beaucoup durci. Après ça, nous ne disposerions plus que de l'équivalent d'une bouchée par personne. Ensuite, nous en serions réduits à quelques cacahouètes et à une demi-barre de céréales. Puis plus rien.

Mon mal de tête avait pris la forme d'une barre horizontale qui reliait mes tempes comme un trait de feu. Je remarquai que certains de mes compagnons plissaient les yeux ou se les frottaient, et compris que je n'étais pas le seul à souffrir.

Ken et moi partageâmes une cigarette. Plus que sept.

Pierre nous confia son envie de retourner à la sphère pour appeler Feather. Gemma et Molly l'accompagnèrent. La journaliste chancela en se levant, comme prise de vertige. Tous trois s'éloignèrent lentement. Apathiques.

Ken et moi échangeâmes un regard entendu.

# Chapitre 33

Lorsque les autres se furent éloignés dans le passage principal, nous versâmes les quelques centimètres d'eau de mon bidon dans celui de Ken, posâmes ce dernier à côté des sacs à dos et partîmes avec l'une des lampes. À mi-chemin du bassin – et donc hors de portée d'oreille –, Ken se tourna vers moi.

— Comment on va procéder ?

— Je vais jouer les cobayes, dis-je. J'ai l'estomac solide.

— Pas autant que le mien, et pourtant j'en ai vu des vertes et des pas mûres.

— Je n'en doute pas. Mais je parle spécifiquement des germes. Il y a plusieurs années, Kristy et moi étions en vacances à Ensenada. On était partis pour pas cher. Pas assez cher. Elle a passé trois jours dans la salle de bains et perdu quatre kilos dans l'opération, alors même que le motel et le restaurant du coin servaient de l'eau minérale à leurs clients. Ils n'arrêtaient pas de s'en vanter, d'ailleurs. Sauf qu'un matin, je les ai surpris en train de remplir des bouteilles à l'arrière de l'établissement, à un robinet tout rouillé. Un robinet que j'avais déjà vu une chèvre lécher.

— Saloperies. Pas la chèvre. Les types.

— C'est également ce que j'ai pensé. Donc, le dernier matin, on a embarqué un seau à glace, deux couvertures, une lampe et toutes les serviettes sur lesquelles on a réussi à mettre la main. J'ai gardé la lampe, d'ailleurs. Enfin bref, mon estomac n'a pas bronché, alors que Kristy et moi buvions dans les mêmes bouteilles. Je vais donc boire quelques gorgées au bassin. S'il doit y avoir un problème, ça se déclare généralement dans les quelques heures qui suivent. Espérons que Feather sera revenue d'ici là. Dans le cas contraire, je demanderai à Gemma de quelle pièce elle s'est servie. En espérant que je ne me vide pas littéralement.

— Il y a un vrai risque. Mais on doit essayer, pas vrai ?

— Tu as bien vu comment sont les autres. Avoir faim, c'est désagréable. Mais comme je le disais hier, le manque d'eau va nous foutre à plat vite fait. Et pas que physiquement. La situation est déjà assez fâcheuse comme ça sans qu'on commence à faire une crise de nerfs ou à avoir des hallucinations.

— Tu crois que c'est ce qui est arrivé à Gemma ?

— Je n'en sais rien. Mais une chose est sûre, ça va *nous* arriver si on ne trouve pas à boire.

Ken acquiesça.

— En parlant de Kristy, comment ça va ?

Ken et moi avions fait connaissance alors que j'étais encore marié, l'année qui avait suivi mes adieux au monde du cinéma. Comme beaucoup d'adieux, ils n'avaient pas été catégoriques, et il m'arrivait d'être à nouveau happé par le milieu, de temps à autre. J'ai par exemple réécrit le pilote d'une série pour HBO sans être crédité au générique, à titre de faveur envers un ami. Pour la même raison mais pas pour le même ami, Ken était payé en tant que consultant pour garder un œil sur le jeune *showrunner* durant l'étape de la préproduction. En effet, ledit *showrunner* tenait son expertise du simple fait qu'il était marié à une cadre sup' de la compagnie. L'intervention de Ken tourna court lorsqu'il balança un coup de poing à l'intéressé (et, bon Dieu, que ce petit connard l'avait bien cherché...), mais à ce stade, nous avions déjà commencé à boire des bières ensemble pendant l'après-midi. C'est ainsi que, de fil en aiguille, naquit *Aux frontières de l'Anomalie.*

— C'est le néant, dis-je.

— Le néant complet ?

— Hormis un bref échange d'e-mails, il y a quelques mois.

— Pour moi, ça reste un mystère, nota Ken.

— Tu sais ce qui s'est passé.

— Oui. Mais vous étiez très unis, Nolan. Et ce n'est pas comme si ça avait été un drame national dans cet immense chaos que sont les relations de couple. Je suis surpris que vous n'ayez pas continué vaille que vaille, recollé les morceaux avec certes quelques cicatrices, mais en restant dans le même bateau, pour paraphraser le discours cucul des hippies.

— Ouais, ben, ça s'est pas passé comme ça.

— Désolé. J'aurais pas dû aborder le sujet. M'enfin c'est toujours mieux que tes histoires de diarrhée.

— C'est vrai. Au fait, tu la détestes vraiment, ma chemise ?

— Bien sûr que non. Rien qu'en te regardant, je commence à bander.

— Et si tu arrêtais de causer pour qu'on puisse aller chercher de l'eau ?

— Riche idée, mon canard.

J'avais joué les chefs toute la matinée, et j'en avais soupé ; je donnai donc la lampe à Ken, et ce fut lui qui s'engagea le premier dans le tunnel plus étroit. J'en avais également assez d'être dans le noir. Au bout de vingt-quatre heures de ce régime – un laps de temps qui m'avait d'ailleurs paru beaucoup plus long –, ça n'avait plus rien de palpitant. Pour le meilleur comme pour le pire, je possède une grande faculté d'adaptation. Lorsqu'une ampoule claque, en l'espace d'un jour ou deux je vis déjà dans un monde qui n'a jamais connu cette ampoule en état de marche, ce qui a le don d'exaspérer les rares personnes qui ont souhaité partager ma vie. Là, c'était différent, parce que les ténèbres ne se contentaient pas d'être un fait concret ; non, elles constituaient une affirmation. La lumière, c'était le monde extérieur. L'obscurité, c'était le monde souterrain. Nous étions pris à son piège.

Nous atteignîmes l'extrémité du passage et nous accroupîmes au bord du bassin. Ken éclaira l'eau pour me permettre de remplir mon bidon, mais je n'en fis rien.

— Bon, dit Ken. (Il semblait très las.) Qu'est-ce qu'il y a *encore* ?

Il y avait que l'eau n'avait plus rien de limpide, ni même de plus ou moins clair. Le peu que je distinguais était trouble et brunâtre, le genre de cochonnerie complètement contaminée qu'on n'aurait bue qu'à nos risques et périls.

Mais, plus étrange encore, les deux tiers de la surface étaient désormais recouverts d'une espèce d'algue dont la couleur dominante était un vert iridescent de mouche ou de flaque d'essence, strié de bleus et de violet sombre.

Je pris la lampe et la baissai au ras de l'eau. La couche d'algues mesurait par endroits un demi-centimètre d'épaisseur. Par ailleurs, l'eau était constellée de minuscules points que la lumière faisait scintiller.

Alors, en relevant la lampe, j'avisai un objet au fond de l'eau, à la lisière du halo lumineux. L'une des sphères métalliques.

— Mais putain, qu'est-ce qu'elle fiche là-bas ?

Dressant la lampe le plus haut possible, je décrivis un lent demicercle. Du côté droit, un peu plus loin, j'aperçus une autre sphère.

— Ce matin, dit Ken. Pierre. Il n'a pas dit qu'il s'était réveillé pendant la nuit… et qu'il avait cru entendre quelque chose ?

— Oui. Des coups sourds. Mais comment est-ce possible ?

— Les boules étaient perchées sur des piédestaux, ces cubes. Comme l'énorme sphère de la grande salle. On a bien vu que ça pouvait tomber, et quelles conséquences ça pouvait avoir. Et on ne peut pas nier que le bord, de l'autre côté, est légèrement en pente, tu ne trouves pas ?

— Si.

— Donc les cubes se sont rétractés, et les boules sont tombées dans l'eau.

— Il semblerait, oui. Mais j'ai aucune envie d'aller vérifier. Je pense que tu avais vu juste, que les démangeaisons sont dues au fait que Molly et moi sommes venus ici la nuit dernière. Je ne sais pas ce qui pousse dans l'eau, mais ça s'est posé sur notre peau.

— Ça te démange toujours ?

— Non.

— Est-il possible que toi ou Molly ayez touché quelque chose quand vous êtes venus, que vous ayez marché sur un mécanisme ?

— Je ne crois pas. En tout cas, ça ne me rappelle rien. On a examiné les sphères, et le bidule du milieu. Mais l'eau commençait déjà à devenir trouble. Donc, je pense que le processus avait débuté avant même qu'on se mette à l'eau, Molly et moi. Peut-être que ça remonte à hier après-midi, quand on a trouvé le bassin, toi, moi et Gemma.

— Quel processus ?

Je secouai la tête. À quoi bon lui répéter que je n'avais pas de réponses à lui apporter ?

— Quelque chose est en train de se produire, Nolan. Et je ne parle pas que de l'eau. Tu penses vraiment qu'on a pu traverser la salle nauséabonde à l'aller sans marcher sur la saloperie poisseuse ? Ou bien est-ce possible que la substance noire soit en train de fondre, de se dépiauter ?

— Mais dans ce cas, comment l'expliquer ? Il ne fait pas plus chaud. Il fait même frisquet.

— Je ne sais pas. Mais quand je soulève le capot de la Kenmobile pour lui reluquer les tripes, j'y pige que dalle. Je n'ai pas la moindre idée du fonctionnement de mon téléphone. Pourtant, il déconne souvent. Tout le temps.

— Il faut qu'on arrête, dis-je. Qu'on arrête d'explorer, de toucher ce qui nous entoure. Quelque chose est en train de se produire, et ce n'était pas le cas avant notre arrivée. Nous devons éviter d'aggraver la situation.

— Je pense que c'est trop tard, mon vieux.

— J'espère que tu te trompes.

— Pour une fois, moi aussi.

Après avoir regardé le bassin une dernière fois, nous regagnâmes la grande salle. Les autres étaient réunis au centre, debout.

Molly se retourna en nous entendant approcher.

— Gemma a trouvé quelque chose. C'est… un peu bizarre.

# Chapitre 34

Gemma tenait un téléphone. Un iPhone blanc avec une coque bleu canard, pour être précis. Je reconnus l'appareil.

— Alors, dit-elle. (Elle semblait lasse, mais très remontée.) On est retournés à la sphère et on a crié. Toujours pas de réaction. Et pendant qu'on revenait, Molly m'a rappelé que ta lampe était H.S. Du coup, on s'est dit qu'on devrait vraiment passer en revue ce qu'il nous reste d'éclairage.

— Bonne idée. Bilan des courses ?

— On a une lampe torche et une lampe de poche qui fonctionnent encore. Plus une des grosses lampes. Et une seule lampe frontale, au demeurant très faible.

— C'est tout ?

— Oui. Et pas moyen de savoir si les piles vont encore durer longtemps. Ça pourrait être deux heures comme dix minutes. La caméra possède un éclairage puissant, et d'après Pierre, il reste à peu près deux heures de charge. Ce qui est cool. Mais vu qu'on cherchait à être exhaustifs, on a également vérifié nos téléphones respectifs. Malheureusement, c'est… pas bézef.

— OK. Mais…

— Je me suis alors souvenue qu'on a aussi un autre téléphone, en cas de besoin. Celui de Feather. Je l'ai sorti de son sac à dos. (Elle me tendit l'iPhone.) Jettes-y un coup d'œil.

— Il n'est pas protégé par un code ?

— Euh, si. 6115.

— Et tu as su ça… comment ?

— J'ai le sens de l'observation. C'est mon boulot. Allez, regarde.

J'appuyai sur le bouton. Une page d'accueil apparut, chichement garnie de logos d'applications disposés sans logique apparente.

— Oui, et alors ?

— Tu ne remarques rien ?

— Il n'y a pas beaucoup d'applis.

— Exact. À vrai dire, il n'y a que celles qui étaient préinstallées. Elle n'a rien ajouté. Pas même Facebook.

— Tout le monde n'a pas de profil Facebook, Gemma.

— Mais on est plus d'un milliard dessus. Surtout des femmes. Et Feather ? Elle rentre pile dans le moule. C'est le genre à *liker* les photos de mioches que postent ses amis, et à passer son temps à souhaiter paix et amour à tout le monde. Tu peux me croire.

— Peut-être qu'elle préfère passer par un ordinateur plutôt que de faire ça sur son téléphone.

— Peut-être bien. Mais regarde les photos.

L'appli concernée se situait dans la rangée supérieure. Je cliquai sur le cliché le plus récent en ayant l'impression d'être un intrus. Pas super réussi, il représentait notre groupe prêt à monter à bord du canot, la veille au matin.

— Et donc ?

— Fais défiler vers l'arrière.

Je remontai la galerie dans le temps. Il y avait là quelques photos de notre groupe en divers endroits, des clichés du canyon, du fleuve, du canot. Typiquement le genre d'instantanés de vacances qui vous crient « J'y étais ». Venait ensuite la photo d'elle et moi posant au départ du sentier, et enfin celle de son mari et de son fils, qu'elle nous avait déjà montrée.

— Je ne comprends pas, Gemma.

— J'ai maté ses photos uniquement parce que je ne m'expliquais pas l'absence de son Facebook. Tu l'as dit toi-même, aucune loi n'oblige les gens à fréquenter les réseaux sociaux, ou à avoir des applis sur leur téléphone. N'empêche que ça me paraissait bizarre. Donc, j'ai fureté. La première photo, tu la connais.

— Oui, je l'ai déjà vue. Elle l'a montrée à Molly et à moi. Où tu veux en venir ?

— Alors, voilà. À part les photos du canyon et celle de vous deux, c'est la seule photo.

— Le téléphone est sans doute neuf, Gemma. Et si c'est la première photo qu'elle a prise, c'est sûrement pour garder sa famille auprès d'elle en permanence. Je ne vois vraiment pas en quoi ça t'étonne. C'est un truc de maman. Et ça explique sans doute aussi pourquoi elle n'a pas installé tout un tas d'applis. Soit elle n'a pas eu le temps, soit c'est son premier *smartphone*… Quoi qu'il en soit, on s'en fout, non ?

— Regarde mieux.

Je tapotai le cliché pour l'agrandir. Je ne vis rien de neuf. Un type plutôt avenant dans le genre lambda, avec une barbe de *hipster*, qui riait avec un gamin.

— Allez, Gemma, crache le morceau.

— La photo ne te paraît pas mise en scène ?

— Ils ont pris la pose, bien sûr.

— Et leurs vêtements ne te semblent pas trop bien assortis ?

— Hmm… Un peu.

— Et l'éclairage, n'est-il pas trop intense ?

J'examinai le cliché plus attentivement. Il avait été pris en fin d'après-midi, comme l'attestaient les ombres longues. Mais, oui, on avait l'impression qu'il existait une seconde source d'éclairage, parce que le visage des deux sujets, lui, était totalement exempt d'ombre.

— Elle a eu de la chance. Ou alors, elle a mis le flash.

— À en juger par la qualité de ses autres photos, je ne suis pas certaine qu'elle sache utiliser le flash, Nolan.

— Dans ce cas, c'est quelqu'un d'autre qui a pris la photo.

— Bon Dieu, tu tiens vraiment à avoir raison. Mais voilà l'argument massue. Ce type, je le connais.

— Tu connais le mari de Feather ?

— Très drôle. (Elle leva le doigt.) Je n'ai pas dit ça. Et il y a connaître et *connaître*. Je l'ai vu. À plusieurs reprises. Une fois, on était à la même soirée.

— T'es sérieuse ? Quand ça ?

— Quand je couvrais les défilés de mode. C'est un mannequin, Nolan.

— Et donc...

— Il vit à San Francisco.

— Mais...

— Bon sang, Nolan, il est gay. C'est un mannequin gay, et ça, c'est pas une photo de famille. Elle a été prise pour un magazine.

— Tu es sûre ?

— Oui. Je suis sûre à quatre-vingts pour cent qu'il s'agissait de la collection Sundance, parce que les étoffes me paraissent familières. Et elle n'a enregistré aucun contact dans son téléphone, Nolan. Il n'y a ni textos, ni e-mails, ni appels récents.

— Pas d'e-mails ? Mais elle m'a dit qu'elle avait envoyé notre photo à son mari. Molly... t'étais là.

— Oui, confirma Molly. C'est bien ce qu'elle a dit.

— D'accord. Mais ça ne prouve vraiment rien. Peut-être qu'elle est en réalité célibataire, et que ça la gêne. Ou b...

Ken se tenait à l'écart du groupe, le regard perdu dans le vague, ou plutôt dans les ténèbres qui environnaient notre petit cœur lumineux.

— Ken, t'en penses quoi ?

Il resta silencieux un moment. Les yeux rivés sur l'obscurité, il se mordillait la lèvre inférieure.

— On s'est vus juste après le coup de fil de la fondation Palinhem nous informant qu'ils voulaient nous envoyer quelqu'un sur le tournage. Tu confirmes ?

— Euh, ouais, répondis-je. Ça ne te plaisait pas des masses, si je puis dire. On est allés boire un coup à Santa Monica.

— Et je n'ai pas arrêté de fulminer. Je m'en souviens. Toi, tu t'es comporté en Californien qui se respecte, puisque tu as continué à commander des verres en me disant qu'il faudrait bien se résigner, et j'ai fini par te sortir tout ce que j'avais sur le cœur, ce qui nous a conduits à d'autres sujets de conversation et davantage d'alcool. Du coup, je ne crois pas t'avoir parlé du reste.

— Quel reste ?

— Après le passage au câble, on a aussi eu droit au flicage qui allait avec. Ce qui m'a foutu en rogne, mais de toute façon, on n'avait pas le choix. Bref, on m'a demandé de soumettre une liste des projets que nous espérions pouvoir couvrir. La grotte Kincaid ne figurait même pas en première page, parce que bon, pour moi, on n'avait aucune chance de la trouver, la logistique aurait été plus coûteuse que d'habitude et la perspective de randonner à outrance me faisait chier, voilà. Mais par retour de *mail*, ils m'ont dit qu'ils adoraient l'idée, qu'on devrait même commencer par ça et qu'un employé de la Fondation se joindrait à nous.

— Pourquoi tu ne m'as rien dit à ce moment-là ?

— Parce que ça ne m'a pas paru important.

— Et tu as changé d'avis ?

— Je sais pas, Nolan. Mais Gemma a raison. La photo a pas l'air très catholique.

— Chut, dit soudain Molly.

Ken et moi nous tûmes. Alors, il n'y eut plus rien d'autre à entendre que le bruit de quelqu'un qui battait lentement des mains.

Le bruit cessa presque aussitôt, mais son origine ne faisait aucun doute.

Tous ensemble, nous longeâmes le tunnel principal pour nous arrêter à quelques mètres de la sphère.

— Feather ? demandai-je. C'est toi ?

— Oui.

— Parfait. Content que tu sois de retour. C'est drôle… on parlait justement de toi.

— Je sais. J'ai entendu.

— Bizarre… Tu es revenue à ce moment précis.

— Oh, je n'ai pas bougé, Nolan.

— Tu n'as… Quoi ?

— Je suis restée là sans faire le moindre bruit.

— Tu ne nous as pas entendus crier tout à l'heure ?

— Si, évidemment.

— Dans ce cas, pourquoi tu n'as pas réagi ?

— Je n'avais rien de spécial à dire.

Ken prit le relais.

— OK, ma douce. Tu… es descendue pour essayer de retrouver Dylan ?

— Non. Ça n'avait strictement aucun intérêt.

— Pourquoi ?

— J'ai bien peur que Dylan soit mort.

— *Quoi ?!* dis-je. Qu'est-ce qui te fait penser ça ?

— Je l'ai tué hier.

# Chapitre 35

Personne ne pipa mot.

— Feather, si c'est une blague, elle n'est pas drôle. Elle est même franchement ratée.

— Oh non, je ne plaisante pas. Il attendait en bas comme un brave et loyal serviteur. Il a croisé un type qui a pu lui fournir de l'eau et de la nourriture, et il est revenu dare-dare. Donc, je suis descendue au fond du canyon, je suis montée dans le canot, et de fil en aiguille… un drame fatal et nécessaire est survenu.

— Feather, dit Ken, ce n'est pas drôle.

— Non, j'imagine bien.

— Alors, quoi ? Après ça, t'es remontée et tu nous as fait croire qu'il n'était jamais revenu ? Pourquoi ?

— Hmm, j'ai d'abord laissé le canot sur la berge où on avait campé. Ce qui n'a pas été une mince affaire, à moi toute seule. Je l'ai tiré sur la terre ferme, j'ai monté deux tentes, installé les tables et les chaises. La scène est assez crédible, je crois. Après ça, oui, je suis revenue avec l'annexe et je suis remontée par le conduit. Sacrée journée, c'était exténuant. J'ai bel et bien apporté de l'eau, mais juste pour moi. Désolée. J'étais crevée.

— L'annexe est toujours là ?

— Oui. Mais elle est bien cachée.

Un généreux pan de ma personnalité s'efforçait encore de croire à une tentative d'humour, toute pathétique fût-elle. En ce monde, l'esprit humain a tendance à protéger farouchement ce qu'il croit être la vérité, tout particulièrement lorsque cette croyance est tacite, ou profondément enracinée en lui. Prenez par exemple le moment où vous apprenez la mort d'un être cher, ou celui où vous découvrez que votre femme vous trompe de temps en temps avec un mec que vous considérez comme un ami ; tiens, vous avez même partagé un déjeuner convivial avec lui quelques jours auparavant. Votre esprit est incapable de gérer sans accroc des bouleversements de cette ampleur. Il fera tout ce qui est en son pouvoir pour faire rentrer les preuves – le coup de fil de votre père qui vous informe, en larmes, que votre mère a fait une crise cardiaque, ou le « Il fallait que tu saches » dans un e-mail de la meilleure amie de votre épouse – dans le récit d'avant, celui dans le cadre duquel ces événements incompréhensibles n'existent pas et ne pourraient d'ailleurs jamais exister.

Mais votre âme n'est pas dupe, elle. Il y a fort à parier que votre âme se doutait déjà de ce qui se tramait bien avant la survenue de ces événements que vous vous efforcez en vain de comprendre, car elle est sensible à des courants, à des changements trop subtils pour être accessibles à votre esprit conscient, et réagit de manière exacerbée aux avenirs qui se façonnent devant vos yeux.

Alors, votre âme reste plantée là et attend que vous preniez le train en marche.

Et à cet instant précis, alors que je ne savais pas quoi répondre à Feather, je revis en éclair l'expression de son visage lorsqu'elle s'était retrouvée séparée de nous par l'énorme sphère tout juste libérée. Cet aspect figé par la peur. En tout cas, c'était ainsi que je l'avais interprété. Mais voilà qu'une partie plus développée de mon cerveau, qui s'était réveillée un peu tard mais déployait désormais toute sa force de lucidité, venait de faire impérieusement le lien avec la réaction que Feather avait eue quand elle était tombée par-dessus bord dans l'eau bouillonnante, le premier jour :

elle avait aussitôt relevé ce défi tant physique que mental, de façon décisive et athlétique.

À travers ce prisme, je convoquai le souvenir que je gardais de son visage et me demandai si, en lieu et place de la peur et de la confusion, je ne devrais pas plutôt y déceler un air calculateur, une prise de décision fulgurante, suivie d'une fuite éperdue qui devait sembler convaincante.

Je me posai la question, et la réponse m'apparut immédiatement.

— Tu as dit que c'était « nécessaire ». Pourquoi ?

— Dylan était con, mais au fond c'était un type bien. Voyant que vous ne reveniez pas, il serait forcément parti chercher du secours.

— Et pourquoi tu ne voudrais pas que nous soyons secourus ? Qu'est-ce qui se passe, Feather ?

— Tu as fait une découverte majeure, Nolan. Sans doute la plus cruciale possible. Je ne te mentais pas, à l'hôtel, en disant que je suis une grande fan. C'est la vérité. Tout le monde, à la Fondation, est fan de toi. Nous battons d'autres fers pendant qu'ils sont chauds. Il y a des gens qui veillent sur nos intérêts. À leur insu, évidemment. Même Kristy, qui est pourtant *réputée* pour son intelligence, n'y a vu que du feu.

— De quoi, dis-je lentement, parles-tu ?

— Le pergélisol se fissure en Alaska. Nous nous sommes demandé s'il n'abriterait pas dans ses profondeurs quelque chose d'intéressant pour nous, comme ce qui se terre dans ce canyon, d'après nos estimations. Les chances étaient maigres, mais mieux valait en avoir le cœur net. Je ne sais pas encore ce que ça a donné là-bas. Après tout, c'est vous qui avez mon téléphone.

— Feather, intervint Ken.

Son visage ne trahissait aucune émotion, et il s'exprimait d'une voix extrêmement calme. Je l'avais déjà vu comme ça dans un bar. Une bagarre avait éclaté quelques secondes après.

— Et si tu arrêtais de faire ta salope et que tu nous disais ce qui se passe ?

— C'est pas très gentil, Ken.

— Tiens donc. Mais à moins que tu aies fait une crise de nerfs et que ça t'ait donné des hallucinations, tu viens d'assassiner le seul type qui pouvait nous sortir d'ici. Tu nous as sciemment baisés. Alors, tu me passeras l'expression, *ma douce*, et tu vas nous expliquer.

— N'y compte pas, répondit-elle. J'ai reçu l'ordre de laisser les événements se dérouler. D'attendre, et d'espérer.

Lorsqu'elle reprit la parole, sa voix était plus ténue, comme si elle s'était éloignée.

— Mais par respect pour toi, Nolan, je te dirais que tu sais déjà ce que vous avez découvert. Ou que tu peux en tout cas le *déduire*. Je regrette que tu sois du mauvais côté de ce tunnel. Ensemble, on pourrait aller loin. Tu es plus intelligent qu'on le croit généralement, et tu as toutes les pièces du puzzle à ta disposition. Il ne te reste plus qu'à les assembler. Ça ne te sauvera pas, malheureusement. Mais tu auras au moins la satisfaction d'avoir eu raison tout du long.

— Feather…

— Tu vas changer le monde, Nolan. Pour toujours. Tu peux être fier.

Sur ce, elle s'en alla.

# Troisième partie

« Alors pourquoi voulez-vous savoir ?
— Parce que la science ne consiste pas seulement à savoir ce qu'on doit ou peut faire, mais aussi à savoir ce qu'on pourrait faire quand bien même on ne doit pas le faire. »

Umberto Eco, *Le Nom de la rose*
(traduction de Jean-Noël Schifano)

*Et l'Éternel dit : « J'exterminerai de la face de la terre l'homme que j'ai créé, depuis l'homme jusqu'au bétail, aux reptiles, et aux oiseaux du ciel ; car je me repens de les avoir faits. »*

*Genèse 6:7*

# Chapitre 36

Nous regagnâmes la grande salle et nous assîmes en cercle. Pendant un certain temps, personne n'eut rien à dire. Lorsque le bruit des pas de Feather avait commencé à décroître, Pierre avait appelé son nom. Sa voix avait résonné contre les parois, morne. Et bête. Ce n'était pas la faute de Pierre. Cela était dû au fait que ce prénom – ce prénom que nous avions crié tant de fois au cours des dernières vingt-quatre heures, par inquiétude pour Feather et dans l'espoir de plus en plus impérieux qu'elle revienne avec de l'aide – convoquait désormais une image très différente. Elle n'avait jamais eu besoin d'assistance, et elle n'avait jamais cherché à nous secourir.

Je voyais bien que la plupart de mes compagnons étaient en proie au même processus mental que moi, qu'ils reconsidéraient selon un angle nouveau tous les faits et gestes de Feather. De nous quatre, Pierre et Molly étaient les plus affectés. Gemma avait toujours eu quelques longueurs d'avance sur nous, évidemment. Elle avait rapidement tiré les conclusions qui s'imposaient après avoir fouillé dans le téléphone de Feather… et les événements lui avaient donné raison. Elle semblait malgré tout, elle aussi, extrêmement fatiguée et repliée sur elle-même.

Quant à Ken, son expression restait indéchiffrable, mais je savais qu'il était de nous tous le plus capable de s'engager tête baissée dans un monde sombre et inédit. C'était un homme pragmatique, habitué à suivre le sens du vent ; il avait vu ses acteurs se faire hélitreuiller vers le centre de désintoxication le plus proche au beau milieu d'une scène coûteuse, il s'était déjà fait virer la veille des premières prises de vue de ce qui aurait dû devenir LE film de sa vie, un tournant décisif dans sa carrière, tout ça à cause d'un caprice du studio.

Et moi ? J'étais présent, cela pouvait se résumer ainsi. Suffisamment présent pour comprendre que tout ce que nous avions fait jusqu'alors n'importait pas.

Tout ce qui compterait, ce serait nos actes à venir.

L'un des avantages qu'il y a à être un adepte du tabagisme est qu'en toutes circonstances… même les plus tragiques, vous adoptez systématiquement la réaction adéquate. J'allumai une cigarette et la passai à Ken. Il en fuma la moitié sans me regarder, puis me la rendit.

— Qu'est-ce qu'elle voulait dire ?

— Quand ?

— Quand elle t'a expliqué que tu avais tous les éléments en main.

— Je sais pas. De toute évidence, elle a passé toute la journée assise dans le tunnel à nous écouter. Et on lui a tous parlé hier soir, on lui a révélé ce qu'on avait trouvé jusqu'à présent. Donc elle en sait autant que nous. Sans doute qu'elle faisait référence à une information ou une combinaison de détails permettant de déduire quelque chose de plus crucial.

— Alors, qu'est-ce qu'on sait au juste ? Récapitule-moi ça.

— On a tout un tas de tunnels et de conduits, de salles qui sont pour la plupart totalement vides. Le bassin avec les sphères en métal, qui ont désormais migré.

— *Migré* ? demanda Gemma.

Ken raconta à Pierre et à la journaliste ce que nous avions découvert juste avant que l'affaire du téléphone de Feather ne nous explose à la figure. Il n'eut pas besoin de leur expliquer que tout espoir d'obtenir plus d'eau s'était envolé.

Puis, d'un signe de tête, il m'incita à continuer.

— On compte également la salle nauséabonde, sachant que la matière noire qui couvre le sol est peut-être en train de se décomposer. Sans oublier la fissure qui donne sur une autre grotte, plus loin. Et enfin, Gemma pense que quelque chose l'a frôlée dans l'obscurité.

— *C'est le cas.*

— D'accord.

Ken opina d'un air songeur.

— C'est tout ?

— Oui. Et pour moi, c'est proche du néant. Je vais faire appel aux petits bonshommes futés qui crèchent au fond de mon cerveau, histoire de voir si je peux établir des liens, mais pour le moment… je reste bredouille.

— Alors, on fait quoi ?

— *Primo*, on accepte la réalité. Feather ne nous sera d'aucune aide. Ce qui signifie que *personne* ne se portera à notre secours. (Je vis que Molly commençait à ciller frénétiquement.) Désolé, Molly, mais la situation est ce qu'elle est. Ça ne servirait à rien de se voiler la face.

— Je sais bien. C'est ma tête. J'ai vraiment mal.

Je pouvais en dire autant, et j'avais l'impression d'avoir du vieux carton plein la bouche.

— Il nous appartient donc de trouver une issue. Mais il me paraît évident qu'on change la donne en explorant le site. Ça nous a déjà coûté notre approvisionnement en eau. Je n'ai pas envie que la situation continue à empirer. C'est pourquoi…

— On n'a pas le choix, intervint Pierre. (Il s'exprimait lentement, marquant une pause pour cligner des yeux et les plisser très fort.) Si on ne fait rien, les choses vont empirer de toute façon. Je ne sais pas pour vous, mais moi, je me sens vraiment pas bien. J'ai mal à la tête. J'ai plus de jus. Tout est embrouillé. Ne rien faire n'est pas une solution.

— C'est exactement là où je voulais en venir, dis-je. Nous devons agir, et vite.

— C'est décidé, renchérit Ken en se levant d'un air déterminé. (Il chancela.) Ooh. Belle chute de tension. Bon. Quel est le plan ?

Je haussai les épaules.

— Si je savais…

— Dommage, dit-il. Pendant quelques minutes, j'ai trouvé que tu étais au taquet. OK. Nous n'avons pas encore exploré tous les passages, je me trompe ?

— Je les ai tous faits, sauf deux, répliqua Pierre.

Se tournant, il indiqua les tunnels situés respectivement à neuf heures et midi lorsqu'on se tenait dos au passage bloqué par la sphère.

— Très bien, donc on sait par où commencer, nota Ken. (Il coula un regard en direction de Gemma.) Ça va, ma douce ?

La journaliste se tenait à croupetons, la tête entre les genoux.

— Ça va. J'ai simplement la nausée. Ça me pendait au nez depuis un moment, mais là, c'est brutalement passé à un autre niveau.

— Nous avons besoin de manger, jugea Molly. (Elle s'empara de son sac à dos – qui était devenu *de facto* notre garde-manger – et sortit délicatement les dernières bribes de sandwichs.) Je sais qu'on n'a presque plus rien, mais à quoi bon le garder pour quand on sera morts ?

Elle déballa chaque morceau tour à tour et en tendit d'abord un à Ken, sans se rendre compte, sans doute, qu'elle se conformait ainsi à la hiérarchie traditionnelle de notre groupe. Puis elle servit Pierre. Ensuite, elle rompit un fragment de sandwich en deux et me tendit l'une des moitiés.

— C'est mon tour, dit-elle. Franchement, je regrette un peu ta galanterie d'hier.

— T'en fais pas. Dorénavant, les braves dames criant famine seront contraintes d'arracher les dernières miettes à mes doigts froids et déjà raidis.

Molly offrit alors le dernier bout de sandwich à Gemma, qui s'en saisit sans enthousiasme. Nous mastiquâmes avec lenteur. Le pain était encore plus caoutchouteux. Le fromage avait l'exact goût du plastique. Avaler le tout ne fut pas une mince affaire.

— Charmant, dit Ken. Mes compliments au chef. (Il tiqua, venant de se rappeler que le chef en question avait été Dylan.) Bon. Molly et moi, on prend ce passage-ci, pendant que Pierre et Gemma s'occupent de l'autre.

— Et moi ? m'enquis-je.

— Toi, tu retournes à la sphère.

— Pourquoi ?

Ken baissa le ton.

— Parce que je ne serais pas surpris que la Folle Furieuse soit toujours là à nous épier. Du coup, tu devrais aller lui parler. Essayer de susciter une réaction. Tu es la seule personne qu'elle semble prendre au sérieux, Nolan. Soutire-lui des infos. Essaie de savoir si on peut faire quelque chose pour échapper à ce foutoir.

— Je vais essayer.

— Va falloir faire mieux que ça, mon vieux. (Il me dévisagea avec gravité.) C'est vraiment le moment de te surpasser.

# Chapitre 37

Je regardai mes compagnons s'éloigner. Il me vint à l'esprit, un peu tard, qu'ils auraient peut-être dû rester groupés pour épargner nos sources d'éclairage. Puis je me fis la réflexion que l'exploration leur aurait alors pris deux fois plus de temps, ce qui ne nous aurait rien permis d'économiser du tout.

J'avais l'impression que ma capacité d'analyse avait chaussé des bottes de plomb, que je pataugeais dans une mélasse mentale, à l'exception des brefs instants de fulgurance lors desquels des idées déconnectées les unes des autres surgissaient du brouillard tel un éclair pour disparaître tout aussi vite. Pendant un moment des plus rares, mon esprit fit partie intégrante de mon corps, colonisant l'aride léthargie de mon organisme épuisé.

Je remuai la langue, me la passai sur les dents, en vain. J'eus simplement l'impression que mes gencives avaient enflé.

Je me forçai à me lever, éteignis ma lampe et me dirigeai vers la grosse sphère en pierre.

Il faisait très sombre. Parfaitement sombre. Et le silence était total. Je m'orientai vers la boule à tâtons, et m'assis juste à côté sans rien entendre d'autre que le doux son de mon souffle tour à tour chassé et emmagasiné.

De l'autre côté, rien ne me parvenait. Je n'étais pas vraiment convaincu que Feather était encore là. Ses adieux m'avaient semblé définitifs, et à l'entendre, elle en avait appris assez pour avoir confirmation que notre camp (quel camp au juste ?) suivait le cap que ses mystérieux comparses et elle avaient fixé. À supposer bien sûr qu'elle n'ait pas simplement agi seule.

— C'est l'incertitude qui finit par avoir ta peau, soufflai-je au bout d'un long moment.

Ma voix me parut étrange dans tout ce silence. Lasse, esseulée, ainsi que vous l'entendez en votre for intérieur lorsque, couché dans votre lit, le soir, vous revivez vos erreurs passées.

— Pas l'espoir, contrairement à ce qu'ils disent tous. Si tu es capable de garder aveuglément espoir, c'est ce que tu fais. Mais quand rien n'est certain… ça t'empoisonne. Tu deviens incapable de t'investir. De te jeter à corps perdu dans une direction et de t'y tenir. Je ne sais même pas pourquoi je te raconte ça.

Aucun bruit de l'autre côté.

Je n'avais pas la moindre idée de ce que Ken me croyait capable de raconter. Je n'avais pas grand-chose d'intéressant à exprimer. Mais je songeai que, quitte à tout prendre, je devrais m'efforcer de penser à voix haute, essayer de dévider ainsi le fil de l'histoire, comme je l'avais fait si souvent par le passé : en faisant les cent pas dans le bureau de la maison que Kristy et moi partagions, en arpentant avec elle la promenade qui longeait l'océan, en flânant tous les deux dans les rues de Santa Monica ou Venice Beach… Je parlais d'une voix forte, incitais l'intrigue d'un film à se manifester oralement à force de cajoleries.

— Tu n'es pas idiote, alors je préfère te l'avouer tout de suite : Ken me croit capable de t'inciter à changer de comportement. Je sais que les chances sont maigres. Ton cap est verrouillé. La seule question que je me pose, c'est : quel est ce cap ? Et pourquoi tu ne nous révèles pas tout simplement de quoi il s'agit ? Tu as précisé que tu n'en avais pas le droit. Mais puisque nous sommes censés ne jamais quitter cet endroit, pourquoi notre ignorance importe-t-elle ? Qui risquerait d'apprendre que tu nous as parlé ? Les cadavres sont très forts pour garder un secret.

Je réfléchis un instant à ce que je venais de dire.

— Mais il reste *toi*, ceci dit. *Toi*, tu saurais que tu as enfreint les règles. Ce qui implique peut-être le fait que quelqu'un risquerait de te soutirer cette information tôt ou tard, et que cela t'inquiète. Bref… la crainte d'un châtiment futur est une explication possible. Ça, ou alors tu te connais assez bien pour savoir que la culpabilité ne te sied pas. Qu'elle finirait par te ronger. Qu'elle entacherait ce que tu as accompli ici, quand bien même tu garderais ce vilain petit secret jusqu'à la fin des temps. Ouais. Je crois que c'est ça. Et, bon Dieu, comme je te comprends…

Pas un bruit ne s'élevait du tunnel, pas le moindre soupçon de lumière ne brillait. Les autres étaient certainement encore accaparés par leur exploration, que nous avions voulue minutieuse. Et qui se révélait certainement laborieuse, lente et gauche, mes compagnons s'appuyant d'une main contre la roche pour se soutenir et clignant des yeux dans la pénombre. À moins qu'ils aient déjà été découpés en rondelles par un fou dangereux armé d'une hache, auquel cas j'étais désormais seul, en train de m'épancher auprès d'une femme absente.

— C'est comme ça que je me suis pourri la vie, dis-je. En refusant le moindre secret. Figure-toi que Kristy… a eu une aventure.

Aussitôt après que ces mots m'eurent échappé, je m'aperçus que j'avais rarement formulé cet aveu. Je m'étais ouvert à Ken, oui. À un couple d'amis communs qui voulaient qu'on leur explique pourquoi le binôme « Kristy + Nolan » n'était tout à coup plus d'actualité. La plupart du temps, j'avais simplement eu un geste d'indifférence en répétant que c'était le genre de tuile qui pouvait arriver à tout le monde.

— Je ne suis même pas certain qu'il fallait en faire tout un plat. Enfin, je ne prétends évidemment pas que c'était anodin. Tu te maries, puis ta femme ou ton mari fricote avec quelqu'un d'autre, ça compte. Mais de là à en faire tout un plat, une fois qu'on a dépassé le sentiment de trahison, l'*ego* piqué au vif et toutes ces conneries ? Ça dépend. Fichtre, c'est pas rien de demander à deux personnes de passer toute leur vie ensemble. Les gens évoluent, c'est inévitable. Vous avez beau avancer globalement dans la même direction, il y a forcément un moment où l'un des deux dévie de la trajectoire. D'ailleurs, je n'aurais jamais rien su si une amie de Kristy ne m'avait pas informé par e-mail. Et même après son message… j'aurais très bien pu lâcher l'affaire. Mettre ça sur le compte du grand mystère de la vie. Je ne suis pas bête. Je devinais bien ce que ça signifiait. Les après-midi dans un motel. Le lien, l'investissement, la joie surprenante que cela suscite. Le fait d'être soudés aussi par la culpabilité. Le sexe qui paraît tout nouveau tout beau, tellement concret. La promesse d'horizons différents, quand bien même ce serait illusoire. Un rêve enfiévré de nouveauté. Des secrets. L'odeur agréable de la peau de son amant.

» Il y avait eu tout cela, bien sûr. Mais si ça se trouve… le type qu'elle voyait, eh bien c'était pour ainsi dire un ami. Il était plein d'esprit et d'humour, beau garçon. Talentueux et très investi dans ses projets. Il avait une conscience écologique. Si ça se trouve, me disais-je, c'était lui l'homme de sa vie. Dans le grand ordre des choses, je n'étais peut-être pour Kristy qu'une étape sur le chemin qui devait la conduire à cet homme. L'histoire d'amour la plus ancienne des deux n'est pas forcément meilleure ou plus légitime. Comment savoir ?

» Je ne savais donc pas quelle importance attacher à cette liaison, et c'est là que l'incertitude blesse. J'aurais pu choisir l'espoir, et décider que tout irait bien. Je tenais vraiment à m'en persuader. Mais ce n'était pas *certain*. Je ne pouvais pas m'assurer que ce n'était qu'un accident de parcours, et non la *fin* du parcours. Le type que je suis aujourd'hui, deux ans plus tard... Si ça se passait à l'heure actuelle, j'aurais la présence d'esprit de laisser la situation suivre son cours sans intervenir. Nous nous aimions. Je suis quasi convaincu qu'on serait sortis victorieux de cette épreuve. Et même dans le cas contraire, bah, ça aurait au moins prouvé ou suggéré qu'on ne s'aimait plus *assez*, et le fait d'en prendre conscience nous aurait permis de tirer les conclusions qui s'imposaient. Mais au lieu de ça... au lieu de ça, un soir, après avoir bu un coup de trop, je suis passé chez l'amie de Kristy.

» Ma seule intention était de vérifier d'où elle tenait l'information. De m'assurer qu'elle ne s'était pas trompée. Elle m'a reçu, m'a confirmé que, oui, elle était sûre de sa source, et elle m'a donné quelques détails qui ont achevé de me convaincre. De petits trucs que j'aurais dû remarquer moi-même, mais... J'étais toujours accaparé par mes scripts et, au bout d'un certain temps, ta chère et tendre finit par faire partie du paysage. Oh, je sais ce que tu vas me dire : qu'une heure plus tard, j'ai copulé avec la copine de Kristy sur le canapé. Eh bien, pas du tout. Nous avons bu deux verres de vin, nous sommes accordés sur le fait que la vie était parfois nulle, et puis je suis rentré chez moi en taxi.

» Quelques jours plus tard, au dîner, j'ai demandé à Kristy si quelque chose n'allait pas. Elle s'est figée. Elle m'a demandé pourquoi je lui posais cette question. Je lui ai répondu que j'avais une sensation étrange, que deux ou trois petites choses m'avaient fait tiquer. Elle a avoué qu'elle me trompait.

» On a vraiment beaucoup discuté ce soir-là, ça a duré jusqu'au lendemain matin. Le genre de conversation qui t'incite à penser, après coup, que tu n'auras plus la moindre envie d'aborder le même sujet. Pendant quelques semaines, notre relation s'est embellie.

» Sauf que, et c'est là que ça devient franchement crétin, j'étais turlupiné par le fait que j'avais menti. *Moi.* Non pas que je sois un enfant de chœur. Ça ne m'avait jamais tué de mentir. Mais là, le *seul* facteur qui me réconfortait dans cette situation était que je détenais la position de supériorité. Elle avait mal agi, et j'étais blanc comme neige. Cependant, mon petit mensonge de rien du tout entachait mon bel ascendant moral, et ça m'embêtait. Puisque nous devions sortir victorieux de l'épreuve, ai-je raisonné, tout devait éclater au grand jour. Je passais mon temps à demander à Kristy de se montrer honnête envers moi, il faut bien l'avouer. Pourtant, moi, je n'étais pas franc. Alors, je lui ai tout raconté. Et c'est ça qui nous a foutus en l'air.

— Mais c'est injuste…, dit Feather.

J'accusai le coup. Hésitai. Me rendis compte que je ferais mieux de continuer à parler.

— Pourtant, non, dis-je. Parce qu'elle m'avait posé la question, plusieurs fois. Elle m'avait demandé ce qui, spécifiquement, avait éveillé mes soupçons. Et j'avais été bien obligé d'inventer une explication, de justifier des déductions que je n'avais jamais opérées. Ce premier mensonge en avait appelé d'autres. On était tombés dans la vérité sans fard. C'est ce que j'avais demandé. *Exigé.* Kristy avait obtempéré, quitte à se présenter sous un mauvais jour et à se sentir hyper mal. Et pendant ce temps-là, je lui mentais de manière éhontée. Ce n'était pas tant le fait que sa meilleure amie m'avait refilé le tuyau, même si ce n'était déjà pas génial, car je commençais sérieusement à m'interroger sur ses motivations ; d'ailleurs, Kristy et elle ont fini par avoir une discussion extrêmement houleuse au téléphone. Elles ne se sont plus jamais adressé la parole.

» Mais, non. Ce qui coinçait, c'était les mensonges. Un mensonge reste un mensonge, aussi futile soit-il. Et pour citer un grand homme qui a déjà passé l'arme à gauche : « Ce n'est pas tant la teneur du mensonge que tu m'as livré qui est problématique ; c'est le fait que je n'arrive plus à te croire. » C'est ça qui détruit tout. Tout à coup, tu passes de couple plus-soudé-tu-meurs à deux personnes qui ont pris le pli de se mentir, maintes et maintes fois. Nous avions bâti des mondes séparés à partir d'informations qui n'étaient pas vraies, et vivions chacun de notre côté… au lieu d'occuper le monde réel. Ça brise la magie. Pendant les mois qui ont suivi, on s'est peu à peu éloignés dans des directions opposées. J'ai essayé de faire machine arrière. Elle aussi. Nous avons vraiment essayé. Mais c'était terminé.

— N'empêche que c'est injuste.

— Les choses sont ce qu'elles sont, et ce qui est fait est fait. Là où je veux en venir, c'est que je comprends qu'un mensonge puisse devenir destructeur. Je comprends qu'on doive pouvoir se regarder dans une glace, sans cadavres dans le placard pour nous empêcher d'être en paix. Et toi, tu serais capable de vivre avec un tel poids ?

— Bien tenté. Oui, Nolan, je saurai vivre avec ce poids. Pour te citer : « les choses sont ce qu'elles sont ». Très sympa, cette petite discussion, mais il faut vraiment que j'y aille. J'ai à faire.

— Tu peux développer ?

— Ça ne te concerne pas. Alors… ça t'a aidé de partager tout ça avec moi ?

— Pas vraiment.

— C'est bien dommage. Mais je ne voudrais pas que Ken pense que tu as perdu la main, alors je ne vais pas te laisser sans rien. Les peintures que vous avez découvertes ont 50 000 ans – oui, bien longtemps avant la période généralement admise pour une présence humaine sur ce continent – et elles font partie d'une énigme que je te sais assez malin pour résoudre. Kincaid avait bien réussi à la résoudre, lui. Enfin, c'était Jordan le cerveau de l'opération, en l'occurrence. Il a écrit un article, une fois de retour à Washington, et l'a aussitôt soumis au Smithsonian. Ils ont occulté son travail. Immédiatement, ils l'ont enterré. Ce document, il est en notre possession. Nous avons toujours su ce que Kincaid et lui avaient découvert. Il fallait simplement guetter le moment opportun. Tout ce dont nous avions besoin, c'était de la seule information qu'ils avaient tenue secrète. Or, c'est précisément ça que tu as réussi à élucider : l'emplacement du site.

» Et pour t'aider à aboutir aux mêmes conclusions qu'eux, tu as tous les éléments à ta disposition, autour de toi et dans ta tête aussi, d'ailleurs. Tu tiens une histoire cruciale, Nolan… *sensationnelle*. Un récit d'ampleur biblique. Ne me déçois pas. Je crois en toi. Tu voudras savoir, et tu auras bien mérité d'obtenir des réponses.

— Dis-moi juste ce…

— C'est tout, mon chou. J'ai terminé.

Je restai assis encore un long moment. Cette fois, elle était réellement partie. Pour une raison obscure, j'en étais intimement convaincu.

Je ne cherchai pas à passer ses propos au crible. Je n'étais pas persuadé que ses révélations avaient un sens, et puis j'étais usé, j'avais l'esprit embrouillé et détraqué. Je ne me sentais pas mal à l'aise de lui avoir fait ces révélations. C'était tout sauf d'une actualité brûlante.

Il faut dire aussi que je ne lui avais pas dévoilé toute la vérité.

Car j'avais *évidemment* fini par coucher avec l'amie de Kristy ce soir-là. Oui, je suis con à ce point. J'avais commis une erreur digne d'un type ayant trop bu, et j'avais avoué cette faute. C'était ça qui avait fini par tuer notre couple. Vous pourriez arguer du fait que l'événement B ne serait jamais survenu sans l'événement A, et vous auriez raison, mais au fond, qu'est-ce que cela prouverait ? Que vous n'avez jamais partagé de relation durable. La logique n'est jamais en cause dans ces cas-là, et on ne peut pas contester la sentence. Et puis, comme l'avait affirmé Molly, il n'y avait pas mort d'homme. Rien de tout cela n'est crucial. Sauf pour les personnes concernées.

Sauf si c'est votre histoire.

Je crois bien que je m'endormis pendant quelques minutes, ou du moins que je piquai du nez.

C'est alors que j'entendis quelque chose s'approcher de moi dans les ténèbres.

Sans hâte, mais sans lambiner non plus. Cela avançait à son propre rythme. Un bruit feutré de coussinets, et de petits cliquetis évoquant des griffes contre la roche.

Je ne bougeai pas.

Je n'avais nulle part où aller.

Cela s'approcha, encore et encore. Puis cela s'arrêta.

La créature inconnue se trouvait probablement à un mètre de moi désormais. Je perçus une odeur vague mais irrépressible de pelage mouillé. Puis une sorte de reniflement, qui se répéta.

Enfin un bruit moite, tranquille, de mâchoires qui s'écartaient.

Je tâchai de faire la paix avec Dieu et avec le monde dans son ensemble.

Et la créature s'éloigna en trottinant.

# Chapitre 38

Ils regagnèrent la grande salle après moi, annoncés par un halo diffus émanant des deux tunnels. Dans l'obscurité complète, cela me donna l'impression d'être en présence d'yeux appartenant à une créature, l'un d'eux devenant résolument plus gros que l'autre. Puis, au bout d'un moment, je me persuadai d'avoir affaire à deux voitures roulant sur l'autoroute en plein brouillard. Mon cerveau asséché jouait à interpréter les maigres informations dont il disposait, et multipliait les hypothèses. Ken et Molly débouchèrent dans la pièce avec une nette longueur d'avance sur les deux autres.

Ken fit « non » de la tête.

— Tout se ressemble ?

— Encore des salles vides, m'expliqua-t-il, mais avec des pyramides comme celles qu'on a trouvées à l'écart du tunnel principal. J'en ai touché une, et elle m'a paru chaude, ce qui est bizarre. Ou alors, c'est moi qui commence à perdre la tête. En tout cas, le passage s'achevait par un mur plat. Et, oui, j'ai scruté le plafond pendant qu'on rebroussait chemin. Pas de conduits verticaux. Et toi… tu as du nouveau ?

— Tu avais raison. Elle était là.

— Et ?

— Rien de bien concluant. Elle a à nouveau sous-entendu qu'on avait des éléments à imbriquer. Et que les peintures datent de 50 000 ans.

— Et ?

— C'est tout.

Ken me regarda.

— Bon, d'accord, dis-je. Je suis aussi convaincu que Gemma n'a rien inventé. Le machin qui l'a frôlée est venu me rendre visite.

— Qu'est-ce que c'était ? demanda Molly, la mort dans l'âme.

— Je ne sais pas. C'était sombre, je dirais. Mais je suis persuadé que s'il avait décidé de m'attaquer, c'est lui qui aurait gagné.

Je voyais les rouages s'activer dans l'esprit de Ken. Faiblement éclairé par en dessous, il donnait l'impression d'avoir maigri du visage. D'accord, seulement de quelques grammes, à cause de la déshydratation. N'empêche que ça ne me plaisait guère. En temps normal, nous vivons dans une civilisation du « plus on est fluet mieux c'est ». Mais il suffit que des conditions défavorables s'installent pour que le cerveau ait tendance à basculer vers le registre des jours d'antan, où tout était plus difficile. Par exemple, le fait de voir un membre de votre tribu diminué engendre chez vous la peur de connaître le même sort. De voir le temps se réduire comme peau de chagrin. De sentir l'éradication toute proche.

— À vrai dire, nota Ken avec une mine songeuse, ça faisait un bail qu'on n'avait pas reçu un tel encouragement.

— Ouais, fis-je.

Molly eut l'air perplexe.

— Comment ça ?

— Parce que la bête n'a pas essayé de bouffer Nolan. Ce qui signifie soit qu'elle a bon goût, soit qu'elle n'est pas en train de crever de faim. D'une façon ou d'une autre, elle a réussi à entrer. Soit récemment, soit via un itinéraire qui lui offre une échappatoire fiable.

— Oh. Je comprends.

— Attendons de voir ce qu'auront trouvé les autres, suggéra Ken. S'ils sont bredouilles, eh bien…

— Ouais, on fera ça. Ce n'est pas comme si les idées se bousculaient.

— Moi aussi je peux participer à la séance de remue-méninges ? s'enquit Molly. Ou c'est seulement sur invitation ?

— La salle aux peintures, dit Ken. On n'est pas allés jusqu'au fond. La lumière nous a lâchés, donc on a fait demi-tour.

— Oh, fait chier, rétorqua Molly. Pas question que j…

— Tu n'es pas invitée, Molly, lui expliquai-je, impassible. Déjà que tu nous as fait un cirque pas possible la dernière fois…

— Haha.

Elle me tira la langue.

Nous nous tournâmes en entendant Pierre et Gemma arriver dans la grande salle, puis nous précipitâmes à leur rencontre en constatant que notre cameraman soutenait la journaliste par la taille et la portait presque.

— Elle ne se sent vraiment pas bien, expliqua-t-il. C'est pour ça qu'on a mis aussi longtemps. Désolé. En plus de ça, on n'a rien trouvé.

Nous escortâmes Gemma jusqu'au centre de la salle. Elle se recroquevilla, les bras croisés fermement sur son ventre. Molly posa le dos de sa main contre son front.

— Elle a de la fièvre.

— Seigneur, fit Ken. Gemma… qu'est-ce qui ne va pas ? Tu nous couves une grippe ou quoi ?

— Je ne sais pas. Peut-être, ouais. J'ai mal partout. Mais…

Elle écarta ses mains, révélant un ventre ballonné.

— J'ai des crampes terribles. Il est extrêmement dur. Et il me fait un mal de chien.

— Tu as mangé le même sandwich que nous, pas vrai ?

— Oui.

— Et tu n'as rien mangé d'autre ?

Elle leva les yeux vers moi. Ils étaient vitreux.

— *Non.*

— Écoute, Gemma… on n'en fera pas un fromage. Si tu t'es gardé un truc à grignoter dans ton sac, peu importe. Nous devons simplement comprendre ce qui ne va pas.

— Va te faire foutre, Nolan. J'ai rien mangé, un point c'est tout.

— D'accord.

— Je…

Elle s'interrompit brusquement pour vomir. Il n'y eut pas grand-chose, mais l'odeur était aigre, rance. Molly sortit un tee-shirt de rechange dont elle se servit pour aider Gemma à s'essuyer la bouche. Puis cela recommença. Trois spasmes puissants, suivis de haut-le-cœur.

— Oh, merde, dit Gemma d'une voix caverneuse, enrouée. Je me sens vraiment mal.

— Si j'insiste, c'est pour une seule raison, expliquai-je en sachant pertinemment que je passais pour un enfoiré. Si c'est la grippe, on risque de l'avoir tous attrapée. Mieux vaudrait savoir à l'avance.

Gemma prit le tee-shirt des mains de Molly et chercha à s'essuyer le menton avec un succès mitigé. Ses cheveux lui tombaient sur le front et les joues comme des queues de rat.

Elle inspira, vida ses poumons, inspira, vida. Une nouvelle crise parut se profiler, mais rien ne se produisit. Une grimace de douleur déforma durablement son visage, et elle plaqua à nouveau ses bras contre son ventre.

— J'avoue, dit-elle. Je n'ai rien mangé. En revanche…

— En revanche quoi ?

— Tu te souviens de la question que je t'ai posée ce matin ?

— À propos des toilettes.

— C'est ça. J'y suis allée. Et après, je me suis rendu compte que je n'allais plus pouvoir tenir très longtemps sans boire, et que j'étais déjà à mi-chemin. Voilà.

— À mi-chemin de quoi ?

— Du bassin, répondit Ken, sinistre. Merde. Elle a bu l'eau du bassin. Bon Dieu, Gemma… tu n'as pas vu à quoi ressemblait l'eau ?

— Je n'ai pas vraiment regardé. J'ai juste bu rapidement avec mes mains.

— Quelle quantité ?

— Je ne sais pas. L'équivalent d'un verre. Peut-être plus.

— Elle était bonne ?

— Non, elle avait un sale goût. Boueux. Métallique. Mais j'avais tellement soif… Et Nolan en avait bu quand on a découvert le bassin, et il avait l'air d'aller bien.

— Pourquoi tu ne nous as rien dit avant ?

— Parce que je me sentais bien. (Elle s'interrompit brusquement, comme si elle s'apprêtait à vomir encore, mais au lieu de cela étouffa un rot.) Inutile de dire que ça a changé.

— Bon, conclus-je. Tu n'as donc probablement pas contracté la grippe. Tu as l'estomac dérangé à cause de l'eau contaminée. Tu vas en baver pendant quelques heures, Gemma. Mais ensuite, ça passera. Molly… il nous reste quelle quantité d'eau ?

— À peine plus d'un demi-bidon. Pour tout le monde.

— File-lui le tiers. Gorgée par gorgée, à cinq minutes d'intervalle. Si elle vomit à nouveau, tu arrêtes immédiatement.

— Et toi, qu'est-ce que tu vas faire ?

Je me saisis de notre lampe la plus puissante. Puis, tout bien réfléchi, emportai également mon téléphone par précaution. Je n'avais aucune envie de me retrouver à nouveau dans l'obscurité dans le même tunnel.

— Je vais tester la grotte qu'on a trouvée… Voir s'il n'y aurait pas une issue au fond.

— Sois prudent.

— Bien sûr. Oh, et Gemma… tu avais raison.

— À quel sujet ? me demanda-t-elle, le regard trouble.

— On n'est pas seuls ici.

— Génial.

Je me tournai vers Ken.

— Tu es prêt ?

— Nan, emmène plutôt Pierre. Il sera deux fois plus rapide. Et la fissure n'est pas tout à fait une promenade de santé pour les messieurs un peu enrobés.

— OK. Garde une lampe allumée. Si tu vois quelque chose… braille.

— Tu déconnes, mon vieux. Si je vois un truc, je vais carrément le bouffer.

Nous ne fûmes que deux à rire, et encore. Nos voix sonnaient creux dans l'obscurité.

# Chapitre 39

Avant même d'atteindre la salle, nous comprîmes que la puanteur s'était encore intensifiée depuis ma dernière visite. Fortement intensifiée. Elle était perceptible à vingt mètres. Une fois à l'intérieur, elle était même si âcre qu'elle nous piquait les yeux.

— Bon sang..., fit Pierre.

Il avait plaqué son tee-shirt contre son nez, et sa voix me parvenait étouffée.

J'en fis autant. Ça ne servit pas à grand-chose.

— Là aussi, il y a quelque chose qui a changé. La dernière fois, nous avons trouvé une grotte avec des peintures sur les murs. Nous ne sommes pas restés longtemps, mais j'ai eu l'impression au retour que le sol devenait spongieux. Sur le moment, je n'étais pas sûr. Mais c'est clairement ce qui est en train de se produire.

— Mais comment est-ce possible ? Et comment une couche si fine peut-elle empester autant ?

Je m'avançai dans la salle en ayant l'impression de devoir lutter physiquement contre l'odeur pestilentielle. En quelques secondes, mes semelles devinrent toutes collantes et l'effet de succion ne fit que s'amplifier. Au bout de quelques mètres, j'avais l'impression de marcher dans une couche d'un centimètre de vieille mélasse.

— Bon Dieu, dis-je. (Je renonçai à avancer, reculant même d'un pas.) C'est pour ça. C'est parce que le sol n'est pas plat. Il est en pente, comme celui d'une piscine dont la profondeur augmente progressivement. La surface ne nous a semblé plate que dans la mesure où le liquide était figé. Et maintenant, ce n'est plus le cas.

— On va vraiment patauger dans cette saloperie ? s'enquit Pierre.

Lui et moi nous étions rapprochés l'un de l'autre, presque blottis, comme si cela pouvait avoir une quelconque utilité. Il plissait les paupières, ses yeux larmoyaient.

— Enfin, je vais le faire si on est obligés, reprit-il. Évidemment. Mais…

— Non. On n'a aucune idée de la profondeur. On ne tentera de traverser qu'en désespoir de cause.

Pierre cligna rapidement des cils pour apaiser ses yeux brûlants.

— Et on n'en est pas encore à ce stade-là ?

— Pas tout à fait, non. Et pas question de s'embarquer là-dedans sans prévenir les autres. (Du menton, j'indiquai la sortie.) Viens. On se casse.

— Bon alors, qu'est-ce que c'est ? demanda Ken posément.

Il était venu voir. Nous étions ensuite retournés dans la grande salle, et nous nous étions assis dans le noir, à environ cinq mètres du reste du groupe.

— Moi, j'ai supposé qu'il s'agissait d'une espèce de carburant fossile, comme du pétrole brut, en somme. Cela aurait expliqué pourquoi ça a pu s'embraser par le passé. Mais je suis d'une ignorance crasse sur le sujet, je ne connais ni l'aspect ni l'odeur que peut avoir ce genre de substance, je ne sais pas où on peut la trouver. Et puis, je me fous de savoir ce que c'est. Ce que je ne comprends pas, c'est pourquoi elle est en train de passer à l'état liquide.

— Une réaction chimique.

— Ouais, ça paraît évident. Mais provoquée par quoi ?

— On a marché dedans il y a quelques heures, me fit remarquer Ken. Donc je me dis que c'est peut-être nous qui sommes responsables. Encore. Comme pour tout le reste.

— Il va tout de même bien falloir serrer les dents et y aller franco. Tu le sais. C'est le seul truc qu'on n'a pas essayé.

— Mais s'il y a trois mètres de fond à l'autre bout, on est baisés, mon vieux. On ne peut pas nager dans une telle bouillie… Même Pierre n'en serait pas capable. Et si tu finis par en avoir jusqu'au cou, tu ne pourras plus t'extirper. Trop visqueux.

— Il faut qu'on trouve quelque chose à faire flotter.

— Certes. Mais tu oublies que celui ou celle qui a organisé le jeu n'a pas prévu de nous fournir des accessoires, Nolan.

— *Putain*, dis-je en me prenant la tête entre les mains.

Mon cerveau semblait sur le point de se fendre par le milieu.

— Si seulement les piles n'avaient pas lâché quand on est venus tout à l'heure. Au moins, on saurait si ça vaut la peine de traverser.

— Des « si seulement », on en a à revendre. Et ils ne nous servent strictement à rien en ce moment.

Nous entendîmes un grognement. La silhouette de Molly sortit de la nuit pour entrer dans le faible halo éclairé qui entourait Gemma, et nous la vîmes passer un bras autour des épaules de la journaliste. Celle-ci émit une espèce de croassement précédé d'un spasme sec, puis un gémissement plus impérieux.

— Son état empire.

— Ouais, dit Ken. Elle n'a pas toléré la première gorgée, alors on a arrêté. Il va falloir qu'elle supporte la douleur jusqu'à ce que ça passe, bien que l'on ne sache pas combien de temps ça va durer. Même si on trouvait une issue dans les prochaines minutes, je ne crois pas qu'elle serait capable de bouger, de toute façon.

J'allumai l'une de nos cigarettes en voie de raréfaction, et nous nous l'échangeâmes à intervalles réguliers. Lorsque le rougeoiement fut sur le point de disparaître, je me tournai vers Ken. Il soutint mon regard.

— Je ne comptais rien te dire, dit-il, mais j'ai croisé Kristy il y a quelques semaines.

— OK.

— Elle était assise en terrasse chez *Peet*, sur la Troisième. Toute seule. Je l'ai saluée. On a causé. Je lui ai demandé si vous vous étiez vus récemment. Elle a secoué la tête. Elle m'a dit : « C'est fini. »

— Bon sang. Merci bien, Ken. Putain. Qu'est-ce qui te prend de me raconter ça maintenant ?

— Parce qu'elle a employé le même ton que toi.

— Et donc ?

— Elle est comme toi. Elle n'est pas passée à autre chose.

Je le regardai avec des yeux ronds sans trop savoir si je devais ressentir de la colère ou une profonde tristesse.

— C'est quand on est mort qu'on est mort, dit Ken en me tapotant la joue. Pas avant.

Après ça, nous gardâmes le silence un long moment. En règle générale, on se fait une idée assez précise du temps qui passe, mais mon esprit s'activait bien plus lentement qu'à l'accoutumée. Je n'aurais donc pas su dire au bout de combien de temps s'éleva un bruit soudain, un cri mâtiné de grognement, bien plus fort que les précédents. Plus fort, et aussi plus pressant.

Lorsque Ken et moi rejoignîmes nos compagnons, Pierre et Molly se trouvaient déjà au chevet de Gemma. À genoux, pliée en deux, la journaliste crispait ses bras contre sa taille.

Elle poussa le terrible croassement de ceux dont l'estomac proteste vertement sans plus rien avoir à donner.

— Ça ne va pas mieux, annonça Molly. Je ne sais pas ce qu'on va bien pouvoir faire d'elle.

— Le pire est forcément passé, depuis le temps, dis-je. Elle n'a plus rien à vomir. Son organisme a déjà évacué l'eau qu'elle a bue ce matin. Peut-être que ce sont les derniers…

Le croassement revint, se muant cette fois en une éructation saccadée, dure, avec une force impressionnante. De toute évidence, le pire n'était *pas* passé.

Je m'accroupis à côté de Gemma. Entourai ses épaules de mon bras. Son dos irradiait une chaleur intense. Elle poussa un gémissement sourd et ininterrompu, et sembla chercher à se recroqueviller le plus possible, comme si les muscles de son dos et de ses membres se contractaient tous simultanément.

— Gemma, dis-je, ça va aller.

Elle eut un nouveau renvoi, une espèce de long hoquet éraillé qui s'accompagna d'une odeur révoltante.

Elle redressa brusquement la tête. Ses joues et son front étaient baignés de sueur, ses cheveux empoissés.

— Oh, fit-elle.

Elle ne s'adressait pas à moi, ne parlait pas de moi. Au début, je ne fus même pas certain qu'elle avait perçu ma présence. C'est alors qu'elle prononça mon nom, deux fois. D'une voix de vieillarde.

— Gemma, il faut évacuer tout ça. (Je m'étais déjà exprimé en des termes semblables, plus tôt dans la journée, devant quelqu'un d'autre.) Tâche de ne pas te crisper. Ne cherche pas à te retenir.

En voulant détacher ses doigts crispés contre son abdomen, je remarquai combien il était distendu ; les boutons de sa chemise semblaient sur le point de craquer.

— Ce sont les gaz qui provoquent ces spasmes violents, dis-je. Il faut que ça sorte.

Gemma trouva la force de retirer sa main de la mienne pour la reposer sur son estomac. En un éclair me revint un souvenir de moi, enfant, alité parce que j'avais mal au ventre. Seul le contact de la main fraîche de ma mère avait semblé me soulager.

Alors, je reproduisis ce geste avec autant de douceur que j'en étais capable. Gemma se mit à hurler. Sa tête se trouvait juste à côté de la mienne, et j'eus l'impression que mes tympans allaient éclater.

— Pardon, dis-je.

Mais j'eus beau ôter ma main, les hurlements se répétèrent. Encore et encore. Ce n'était pas moi qui les avais provoqués. Il y avait autre chose.

Relevant la tête, je constatai l'impuissance de mes compagnons. Aucun d'eux ne savait comment réagir, comment soulager la douleur. Aucun d'entre nous n'avait d'enfant, alors nous ne savions même pas comment faire semblant de régler le mal. Dans des cas comme celui-là, nous étions tous encore des enfants.

Gemma rouvrit la bouche pour hurler, mais ne put que pousser un puissant haut-le-cœur. La puanteur s'était encore aggravée. Le bruit s'acheva sous la forme la plus atroce que j'aie jamais entendue chez un être humain, une espèce de miaulement d'agonie purement animal.

Gemma tomba, renversant la lampe. Tout devint noir.

Je tendis le bras, sentis la peau brûlante de Gemma contre la mienne. Je trouvai la lampe et la redressai. Gemma était à présent couchée sur le côté, les traits convulsés. Elle hyperventilait.

Subitement, elle ouvrit des yeux exorbités. Sa respiration était heurtée, irrégulière. De sa gorge naquit un son humide.

Elle me regardait. Ses lèvres remuaient, mais j'étais incapable de comprendre ce qu'elle s'efforçait de me dire.

Un caillot de sang noir jaillit de ses lèvres.

Elle écarquilla davantage les yeux.

Ses bras se raidirent, ses mains formant des griffes tétanisées. Un nouvel afflux de sang envahit sa bouche, mais elle n'avait plus la force de l'expulser, et les hurlements qu'elle cherchait à pousser se soldèrent par un bruit spongieux.

Je m'empressai de la placer en position latérale de sécurité. Je tâchai de libérer ses voies aériennes, mais le sang n'en finissait pas de monter. Il n'en finissait pas de monter.

Elle s'étouffa.

Elle mourut.

# Chapitre 40

J'épuisai mes connaissances, tout ce que j'avais pu voir à la télé. Je tentai un massage cardiaque, recommençai. Cela ne fit aucune différence.

Comment réagir lorsqu'un tel drame se joue en votre présence ? Je restai là, agenouillé auprès de Gemma comme en présence d'une marionnette aussi bizarre que terrible. On avait l'impression qu'elle avait été percutée par une voiture, son cou tordu par les spasmes d'agonie.

Je la fis rouler sur le dos avec douceur.

Ses yeux ouverts contemplaient fixement l'obscurité. Elle avait le menton, la gorge et la poitrine couverts de substances sanguinolentes expulsées. L'odeur était pestilentielle, mélange de sang aux nuances métalliques et de quelque chose de plus capiteux, de bien pire ; sans doute un organe s'était-il rompu.

Enfin, je crus comprendre ce qui s'imposait. J'agis même si cela me paraissait absurde.

Du bout des doigts, je touchai ses paupières tièdes. L'une se révéla moins récalcitrante que l'autre, si bien que, l'espace d'un instant, son expression se figea en un grotesque clin d'œil. Puis elles furent définitivement closes.

Je me redressai. Il me paraissait inconcevable que la dépouille étendue à mes pieds ait pu un jour appartenir à la jeune femme intelligente et déterminée que j'avais connue.

Nous restâmes debout autour d'elle en silence, puis Pierre ramassa la lampe et nous nous réunîmes d'un côté de la salle, nous asseyant contre la paroi.

J'avais si mal à la tête qu'elle me semblait sur le point d'éclater. J'aurais cru que Ken me demanderait une cigarette, mais il n'en fit rien. Nous étions au-delà de tout réconfort possible.

— Qu'est-ce qu'on va faire ? finit par demander Pierre.

— À propos de quoi ?

— De Gemma. Qu'est-ce qu'on dira ?

— Rien, répondit Molly. (Elle se tourna vers lui.) Tu n'as toujours pas pigé ? Nous non plus on ne quittera jamais cet endroit.

Un peu de temps s'écoula. Cinq minutes ou dix, voire un peu plus. Peut-être beaucoup plus. Je me rendis compte que j'avais faim, que mon estomac protestait douloureusement. Cette préoccupation me semblait lointaine. Le vrai problème, c'était l'eau. Il nous en restait certes quelques gorgées, mais lorsque nous les aurions bues, nous n'aurions plus rien pour nous encourager à passer le cap des prochaines heures. De toute façon, je crois bien que personne n'avait envie de s'approcher du corps de Gemma ; c'était encore prématuré. Or, nos sacs à dos étaient posés à côté d'elle.

Je me sentais tout sec, réduit à deux dimensions au lieu de trois. Je percevais la présence de Ken à un mètre de là ; il avait les yeux ouverts mais dodelinait de la tête. C'est alors que mon champ de vision vira au blanc, et j'aurais été bien incapable de décliner mon identité, de dire où je me trouvais et si j'étais éveillé ou endormi.

Un long moment plus tard, Ken releva la tête.

Ce mouvement, presque imperceptible dans la pénombre, suffit cependant à me faire revenir à la réalité. Je cillai, les paupières collantes, puis tournai la tête vers lui, croyant que c'était moi qu'il regardait.

Ce n'était pas le cas. Il scrutait la grande salle d'un air méfiant.

Les deux autres étaient pelotonnés contre la paroi. La lueur de la lampe – que nous aurions dû éteindre, au lieu de gaspiller une énergie précieuse – rayonnait sur environ trois mètres. Peut-être quatre, même si à ce stade il s'agissait d'un léger réchauffement des ténèbres plutôt que d'un véritable éclaircissement.

L'obscurité scintillait légèrement, si noire que nos rétines n'étaient pas de taille à lutter ; elle paraissait presque frémir tel un rideau surpris par un souffle d'air.

Quelque chose bougeait.

Je clignai furieusement des yeux, croyant d'abord à un effet d'optique. Et lorsque je cessai, les ténèbres étaient redevenues égales à elles-mêmes.

C'est alors que je surpris un nouveau mouvement. Une silhouette se tenait là. Pendant une fraction de seconde, je crus qu'il s'agissait de Feather.

Mais ce n'était pas elle. Il s'agissait d'un animal.

Un pas hésitant l'amena à la lisière de notre lumière.

Je n'avais jamais rien vu de semblable. Il avait la taille d'un gros félin, par exemple un puma, et en avait aussi la démarche, même si sa tête évoquait plutôt la gent canine, avec ses yeux et sa gueule grands ouverts. Deux énormes dents s'incurvaient vers le bas, de part et d'autre de sa mâchoire supérieure.

Désormais pleinement réveillé, je jetai un coup d'œil à Ken.

— Tu vois ce q…

— Oui, souffla-t-il. Je le vois.

Nous n'avions pas été assez discrets. L'animal dressa brusquement l'oreille dans notre direction, percevant le danger. Ou la présence d'une proie.

Et alors, il recula et disparut, comme effacé par les ténèbres.

Nous nous levâmes vivement, sans un bruit.

—On y va, si j'ai bien compris ? demanda Ken.

—Ouais.

Nous nous déplaçâmes prudemment vers l'emplacement où nous avions entrevu la bête. Ou avions *cru* l'entrevoir. Quelques secondes seulement s'étaient écoulées depuis qu'elle s'était volatilisée, et c'était à croire qu'elle n'avait jamais existé. Je me rendis compte que je n'avais pas de lampe, mais je repensai à mon téléphone, que j'avais rangé dans ma poche. Tandis que nous nous hâtions vers le tunnel le plus proche, je l'allumai. Nous nous arrêtâmes à l'orée du passage, le temps que l'appareil soit opérationnel.

—C'est le tunnel qui donne sur la salle nauséabonde, n'est-ce pas ?

—Oui.

—Mais encore ?

—J'en sais rien, avouai-je, prenant conscience de mon ignorance à cet instant. Pierre y a fait un tour hier matin. Il ne m'a parlé que de l'odeur. Je ne suis même pas certain qu'il ait mentionné ce qu'il y avait ailleurs. Il n'a pas tout exploré.

L'écran du téléphone s'illumina. Je le brandis au-dessus de ma tête, révélant trois mètres de conduit mal éclairés.

Ken et moi nous plaçâmes de façon à occuper la largeur du tunnel. Nous passâmes devant l'entrée de la salle nauséabonde mais ne nous y arrêtâmes pas, partant du principe qu'aucune créature ne s'y serait engagée à moins d'y être obligée.

Ken surveillait le tunnel tandis que je scrutais les diverses ouvertures qui se formaient peu à peu dans le reflux des ténèbres. Toutes les pièces étaient vides, nouveaux exemples des espaces angulaires impersonnels que nous avions découverts avant la salle principale, avec leurs petites pyramides.

—Il est passé où, bordel ?

— On n'a pas encore tout exploré. Et il a bien fallu qu'il trouve une entrée…

— Je sais.

Nous poursuivîmes notre chemin et, quelques minutes plus tard, trouvâmes une ouverture plus étroite que les autres, en face d'une dernière salle.

— Ça ressemble furieusement à…

— Oui, dit Ken.

Nous nous engageâmes aussitôt dans le passage étroit. Juste en face, dans la dernière salle, je distinguai une ligne de hiéroglyphes gravés dans la paroi.

Au bout de cinquante mètres, le sol s'interrompait inopinément. Trente centimètres sous nos pieds, une étendue d'eau cristalline.

— Oh, Dieu soit loué. Un autre bassin.

— Recule, Nolan. Pas question d'y faire tomber un seul grain de poussière. Et vu ce qui est arrivé à Gemma, je ne suis pas sûr que ce soit un risque à courir.

Nous nous empressâmes de regagner le tunnel principal.

— Bon, donc c'est forcément la salle d'en face.

— Comment tu veux procéder ?

— On bloque l'ouverture pour l'empêcher de passer.

— Et ensuite ?

— On lui demande poliment par où il est entré.

— Ken…

— S'il se sent acculé, il cherchera à s'échapper par là où il est entré.

— Ou alors, il décidera de nous *attaquer*, Ken, un point c'est tout.

— Ouais. C'est pas faux.

Nous avions parcouru la moitié de la distance lorsque nous entendîmes Molly crier le nom de Ken.

Une vraie sirène.

— *Merde*, dit Ken. Il nous a contournés.

Quand nous arrivâmes dans la grande salle, Molly et Pierre étaient au milieu, près de la dépouille de Gemma. Molly se tourna vers nous, le regard fou.

— Vous étiez où ?

— On… faisait un tour, expliqua Ken. Ça va ?

Elle indiqua le corps sans vie.

— On a entendu quelque chose. Ça ressemblait à… je ne sais pas. Regardez-la.

À première vue, Gemma semblait égale à elle-même. En plus morte, ceci dit. Puis je compris l'agitation de Molly. Son abdomen avait encore enflé.

— C'est le gaz… Il est piégé à l'intérieur, expliquai-je. (La silhouette étendue n'avait plus rien de commun avec « elle ».) Il faut croire que… que même dans la mort, il continue à se développer. *Post mortem*. Parce que le… travail de décomposition est amorcé.

— Ça se produirait si *tôt* que ça ?

— Je ne crois pas. Le système nerveux autonome…

Je m'interrompis. Pendant une fraction de seconde, un jeu de faible lumière me donna l'impression que son ventre avait bougé. Les gaz continuaient à s'accumuler, très rapidement.

— Je ne sais pas vraiment ce qui se passe pour le corps après la mort. Mais je crois que ça va continuer à…

Là. Ça venait de se reproduire. Une bosse déforma un côté de l'estomac, assez vigoureusement pour tirailler les boutons de la chemise ensanglantée.

Ken avait une longueur d'avance sur moi.

— Nolan… écarte-toi d'elle.

Je restai interdit. Il me saisit par le bras et me tira sans ménagement.

— *Écarte-toi d'elle.*

Je finis par comprendre son intervention et reculai gauchement. Les gaz gagnaient si vite en volume que le sort de la dépouille qui les enfermait ne faisait aucun doute.

Les boutons de la chemise cédèrent. Puis la peau s'assombrit tandis qu'une ligne sanglante se dessinait le long du ventre de Gemma, les gaz exerçant une pression si terrible que la chair commençait à se fendre. C'est du moins ce que je croyais.

Sauf que quelque chose commença à sortir de la déchirure.

C'était tellement inconcevable qu'il me fallut une bonne seconde pour comprendre que je ne rêvais pas, que ce n'était pas la lumière qui me jouait un tour, ou mes yeux qui interprétaient de travers le sang noir qui se répandait peu à peu.

Mais non, quelque chose était bel et bien en train d'apparaître.

Un membre parcheminé, proche de la texture d'une aile de chauve-souris, en plus gros.

Il surgit plié en deux, formant un coude. Ce n'était pas fini. Il y eut un autre bras, ou peut-être une aile, justement. Puis un dos encore voûté.

Et enfin une tête. La créature n'était pas si impressionnante que ça. Elle faisait la taille d'un petit rapace, déplumé et maigrelet, avec un crâne osseux très allongé.

La chose acheva de s'extraire, tomba encore toute luisante des fluides du ventre dévasté de Gemma, et tourna la tête pour découvrir ce qui l'entourait.

Je restai pétrifié, bouche bée. Pierre et Molly étaient dans le même état. Mais Ken s'approcha et, dans le même mouvement, lui flanqua un grand coup de pied.

La bête vola à travers la pièce pour se fracasser contre la paroi. Ken la rejoignit en quelques secondes, et leva le pied.

— Attends, dis-je.

Je m'approchai à mon tour. L'animal s'était déjà dressé sur ses ergots et commençait à déplier ses ailes dégoulinantes de sang et de tissus.

— Putain, c'est un ptérodactyle, dit Ken.

— Tue-le.

Alors, Ken lui piétina la tête jusqu'à ce que mort s'ensuive.

Les archives de Nolan Moore
Pétroglyphe du site de Three Rivers, Nouveau-Mexique

# Chapitre 41

Il est de notoriété publique que je me montre parfois simplet et long à la détente, mais en règle générale, je finis toujours par piger ce qui doit l'être. Libre à vous de penser que vous auriez été plus réactif en semblables circonstances, mais tout est très différent quand on se trouve perdu au cœur des événements, quand les idées abstraites ont moins de prise sur nous que la vue du sang versé et des entrailles déchirées, ou le risque de mourir de faim. J'attendais de connaître la révélation – conscient, pour une raison qui m'échappait, qu'elle ne tarderait plus – lorsque Pierre parla.

— Qu'est-ce qui vient de se passer, bon Dieu ?

Il semblait s'en remettre à moi plutôt qu'à Ken pour obtenir une réponse, mais je n'étais pas encore au bout de mon raisonnement. Et, voyant bien que je réfléchissais, Pierre attendit patiemment au lieu de répéter sa question. Cela faisait belle lurette que j'avais cessé de le trouver agaçant.

Pendant ce temps, Molly s'en prit à Ken.

— Où t'étais passé ?

— Hmm ?

À l'entendre, Ken était en plein remue-méninges, lui aussi.

— Je t'ai demandé où t'étais passé. Tu as simplement dit que tu étais allé « faire un tour ».

— Ouais, c'est à peu près ça.

— Vraiment ?

Ken me regarda. Je lui donnai le feu vert d'un signe de tête.

— Très bien, dit-il. Juste avant que… Bref, juste avant, Nolan et moi avons aperçu quelque chose.

— Quel genre de chose ?

— Une sorte de… euh, créature ?

— *Ici ?*

— Ouais.

— Qu'est-ce que c'était ?

— Je sais pas trop, dis-je. Je ne l'ai pas bien vue. Tout comme Ken, je crois.

Ken me confirma cela d'un signe de tête.

— Mais c'était gros, précisa-t-il. Et ça avait de grandes dents. Quand il a compris qu'on l'avait vu, il s'est volatilisé.

Molly me regardait désormais avec horreur, les yeux écarquillés.

— Comment ça « volatilisé » ?

— Je ne prétends pas qu'il a disparu comme par magie. Il s'est rencogné dans l'obscurité. On est partis à sa recherche. Quand on t'a entendue crier, on s'est dit qu'il avait sans doute réussi à nous contourner pour revenir dans la grande salle.

— Et donc, donc… Bordel.

— Je sais bien, Molly, dit Ken.

— Mais comment il a pu entrer ?

— Je ne crois pas qu'il ait eu besoin d'entrer.

— Qu'est-ce que tu veux dire ?

— Ce matin, commençai-je, m'évertuant à traduire mon idée en paroles.

« Ce matin » semblait remonter à une éternité. Gemma était toujours en vie, alors. Elle n'était pas encore devenue la chose qui gisait à nos pieds.

— Ce matin, repris-je, il y avait un moustique, n'est-ce pas ? Je l'ai écrasé.

— Et donc ?

— Et toi, Pierre… tu as vu un insecte pendant la nuit. Alors, je veux bien que ce site ait son propre petit écosystème fonctionnant en vase clos, et que les insectes soient le cadet de nos soucis, mais c'est tout de même étrange que, pendant les premières heures, on n'en ait croisé absolument aucun. Ensuite, ce matin… Gemma a senti quelque chose lui frôler la jambe. Mais, à l'entendre, ce n'était pas très gros. De la taille d'un chat domestique, ou d'un petit chien, hein ? Ensuite, j'ai senti quelque chose s'approcher de moi, après ma conversation avec Feather. J'étais plongé dans le noir, donc je ne pourrais pas en jurer, mais c'était nettement plus gros. Moins, cependant, que la créature que Ken et moi venons d'apercevoir.

— Gemma se sera sans doute trompée, suggéra Pierre. Il faisait noir. Elle était déjà souffrante.

— Exact. Ou alors… il s'agit de plusieurs créatures différentes.

— Nolan, je ne comprends pas où tu veux en venir.

— Venez. Venez tous avec moi. Dorénavant, sauf cas de force majeure, on reste ensemble. D'accord ?

Pierre et Molly marmonnèrent leur assentiment. Je me munis d'une lampe et les emmenai dans le tunnel qui se situait sur la gauche de la grande salle.

Ken et moi nous tenions à une trentaine de centimètres du bord du bassin dans lequel, vingt-quatre heures auparavant, lui et moi avions fait trempette avec une femme qui était morte entre-temps. Molly et Pierre se trouvaient derrière nous. Je tins la lampe de façon que tout le monde puisse voir.

La surface de l'eau était entièrement couverte d'algues verdâtres, presque noires, à supposer qu'il s'agisse bien d'algues. La pellicule s'était par ailleurs épaissie, au point qu'elle mesurait par endroits pas moins de trois centimètres d'épaisseur.

La température avait beaucoup augmenté également. Une sorte de brume flottait au-dessus de l'eau. Et l'odeur… Ce n'était pas du tout une odeur d'eau. Plutôt un fumet carné, organique.

— C'est forcément ça, hein ? demanda Ken.

— Je crois bien, répondis-je.

— Mon Dieu, dit Molly. De quoi vous parlez ?

— Les sphères, expliquai-je. Celles qui étaient perchées sur des piédestaux et qui se trouvent maintenant au fond de l'eau. Tu as vu à quoi elles ressemblaient.

— Oui, et alors ?

— La plus volumineuse se trouvait dans le fond. Elle était vraiment beaucoup plus grosse que les autres. Gris foncé, surface mate. Je pense que c'était du carbone. Et une autre m'a fait penser à du cuivre. Il y avait aussi du fer. On aurait sans doute aussi pu identifier du potassium, du magnésium et du calcium, entre autres. N'oublions pas que certaines sphères étaient vraiment petites. Pour les éléments qui se trouvent en très petite quantité.

— *Quid* de l'oxygène et de l'hydrogène ? demanda Ken. Ce sont les deux costauds du lot, non ?

— On les trouverait dans l'eau du bassin. Et puis, les algues sont certainement en train de produire du dioxyde de carbone.

— Et l'azote ?

— Dans l'atmosphère. Et rien ne dit que l'une des sphères n'en contenait pas sous forme pressurisée.

— Le sodium, le chlore ?

— Une boule de sel. Le brome et quelques autres existent probablement sous forme combinée avec d'autres corps.

— Dites, les gars, vous allez nous citer toute la table de Mendeleïev ? s'enquit Pierre.

—Non, répliquai-je. Seulement vingt-huit éléments.

—Pourquoi ? demanda Molly. Pourquoi justement eux ?

—Parce que ce sont ceux qui sont à l'origine de la vie.

Nous observions toujours la partie du bassin que nous dévoilait notre halo lumineux.

—Mais comment ça *marche* ? s'interrogea Molly.

—Si je savais... On pourrait effectivement s'attendre à trouver tout un tas de câbles et d'ordinateurs. Rien ne dit qu'il n'y a pas toute une quincaillerie cachée dans la roche. Mais on ne saurait même pas comment ça pourrait fonctionner, à supposer qu'on ait vu juste. On serait incapables de créer la vie. Donc, le ou les responsables sont plus avancés que nous. Peut-être qu'on peut adapter le comportement de la roche. Peut-être que le site entier n'est qu'un gigantesque ordinateur.

—Et il aurait été là depuis tout ce temps ? Dans ce cas... pourquoi tout s'est déclenché maintenant ?

—On s'est baignés. Peut-être que ça a suffi... Des cellules de notre peau ont sans doute desquamé, provoquant une réaction.

—Ou le sang, nota Molly. Tu te rappelles ? Quand on y est allés ensemble pendant la nuit. Il y avait une tache de sang au milieu, sur le mégalithe couvert de symboles.

—Bon Dieu, c'est ça, répondis-je. Gemma. Sa plaie au bras.

—Tu penses que c'est ça ? Qu'elle a saigné dans l'eau ? Y laissant son ADN ?

—Possible, dit Ken. Ou alors, ce ne sont pas de banales inscriptions. Plutôt une console de commande. Elle se dresse en plein milieu de la salle, donc ça pourrait être ça, pas vrai ?

—Au fait Molly, tu as remarqué qu'aucun des symboles ne se répétait. Et on s'est demandé pourquoi. Quel genre de texte ou de message ne ferait apparaître chaque lettre ou chaque mot qu'une fois ? Un texte qui n'en est pas un. Une *liste*.

— Une sorte de table des matières, renchérit Ken. Tu appuies sur un symbole, et il fabrique la créature correspondante.

— D'accord, dis-je. Sauf que Gemma n'est pas la seule à avoir *tripoté* la surface de la pierre. D'après moi, on a touché la grande majorité des symboles. Les organismes les plus simples seront apparus en premier parce qu'ils étaient les plus faciles à recréer. Le processus avait déjà commencé quand Molly et moi sommes allés au bassin la nuit dernière. C'est bien pour ça qu'on a eu des démangeaisons terribles le lendemain matin. Ensuite…

— Ensuite, ce matin, raisonna Molly qui semblait sur le point de se trouver mal, Gemma a bu l'eau. Or… la créature était déjà en train de s'y développer.

Nous ménageâmes une pause pour réfléchir ; la créature s'était développée en se nourrissant de Gemma. La rongeant au fur et à mesure de sa croissance.

— Non, décréta Pierre. C'est un tissu d'âneries. Rien de tout cela n'est *possible*, pour commencer.

— Donne-moi une autre explication, et je t'écouterai avec plaisir, dis-je. En attendant, il ne s'agit pas d'un site cérémoniel. Mais d'une machine. Et ça, c'est plus dans tes cordes que dans les miennes, donc on aurait bien besoin de ton aide.

Voyant la mine sinistre de Molly, j'ajoutai :

— Et de la tienne aussi, Molly, ça va sans dire.

— Je n'ai rien à signaler, dit-elle. À ceci près que, si tu as raison, et que le site est vraiment en train de fabriquer des êtres vivants, cela signifie que la grosse créature que tu as entrevue n'a pas eu besoin d'entrer, contrairement à ce qu'on croyait. Et qu'il n'y a pas d'issue.

# Chapitre 42

Pierre réfléchit une minute.

— Attendez ici.

— Tu n'as pas écouté ce qu'on a dit ? On reste *groupés*.

— D'accord, mais je veux vérifier un truc.

Nous le suivîmes jusqu'au passage principal, puis dans la pièce d'en face. Il se dirigea droit vers la pyramide qui s'élevait du soubassement rocheux, et la toucha.

— C'est chaud. Vraiment chaud. J'avais eu la même impression avec les autres pyramides, mais je n'avais pas de certitude absolue.

— Ouais, dit Ken. J'avais remarqué ça, moi aussi.

J'allai toucher la paroi, fraîche sous mes doigts, puis les posai contre la pyramide. Elle était nettement plus chaude, surtout dans sa partie supérieure.

— Tu es calé au sujet des pyramides, Nolan, dit Pierre. Tu nous expliques ?

— Des tas de gens ont dit un tas de trucs les concernant, sans la moindre preuve scientifique pour étayer leur propos. Pendant les années 70, c'était la grande mode de l'énergie positive, et la forme pyramidale était réputée pour la favoriser. On en construisait en bois, et on dormait dedans. En plus de ça, c'était la marotte des Égyptiens, comme tu le sais. Il y a des zinzins qui prétendent que les grandes pyramides de Gizeh étaient en réalité une forme antique de centrale électrique.

— Voilà. Et, sauf erreur de ma part, on t'a filmé il y a quelques jours en train d'expliquer que, d'après certaines personnes, les Égyptiens sont allés jusqu'au Grand Canyon.

— Mais j'ai précisé également que ça ne me paraissait pas réaliste.

— Rien ne confirme que ce sont eux, intervint Ken. Il pourrait s'agir d'un autre peuple maîtrisant la même technologie. À moins que l'obsession des Égyptiens pour les pyramides ait simplement été machinale, une résurgence déformée de quelque chose qui existait bien avant leur civilisation… Et que c'est ce peuple *plus ancien* qui aurait réussi, contrairement à eux, à arriver jusqu'ici.

— Quelle technologie, Ken ? C'est juste une *forme géométrique*.

— Une forme géométrique très *chaude*. Contrairement au reste de la roche. Tu l'as dit toi-même il y a deux minutes… Donne-moi une autre explication et je l'accepterai sans problème. Sinon…

— D'accord, d'accord. Mais est-on plus avancés pour autant ?

— On pourrait essayer de les empêcher de produire de l'énergie ?

— Eh bien… c'est qu'il y en a un paquet. Sans compter qu'il faut inclure les pyramides de l'autre côté du passage bloqué, celles qu'on a vues avant de nous retrouver piégés. Et comment on ferait, d'ailleurs ? On leur taperait dessus à mains nues ?

— D'accord… Quelqu'un a une autre idée ?

— Les sphères immergées, dit Pierre d'un air songeur.

— Oui ?

— Vu qu'on ne sait pas comment les pyramides fonctionnent, ça pourrait tout aussi bien être de la magie. On ne peut rien faire avec elles. En revanche, si le site est capable de créer des êtres vivants parce que les sphères sont au contact de l'eau…

— … il faudrait donc les *sortir* de l'eau, compléta Ken.

Nous étions réunis au bord du bassin. Je ne vais pas vous mentir… l'idée de me mettre à l'eau ne me tentait absolument pas. Pas seulement à cause des plantes gluantes accumulées à la surface, ou de l'odeur de décomposition. Non, c'était surtout à cause de Gemma. De ce qui lui était arrivé. Même si, paradoxalement, nous envisagions d'agir en grande partie pour ne pas avoir à penser au fait qu'elle était morte.

— Bon, alors, comment on procède ? s'enquit Ken.

— Nous devons éviter d'ingérer l'eau. Ça devrait aller, vu qu'elle n'est pas très profonde. Ceci dit, il vaudrait sans doute mieux éviter aussi tout contact avec la peau, dans la mesure du possible. Ça me grattait terriblement ce matin, alors que les algues étaient loin d'avoir tout colonisé quand on s'est mis à l'eau, Molly et moi.

— D'accord, dit Ken en s'avançant jusqu'au bord. On se protège comment ?

— Tu plaisantes ? Pas question que tu descendes là-dedans, Ken. Toi et l'élément liquide, ça fait deux.

— Va te faire. J'adore me baigner en piscine.

— Je sais. Je t'ai vu faire, en Floride. Tu as passé tout l'après-midi à siroter des alcools forts sur un matelas pneumatique. Il a fallu que je t'aide à regagner le bord tellement tu étais bourré.

— Je te trouve bien pointilleux, mon salaud. Cette manie que tu as de citer le passé « par souci d'honnêteté » est franchement agaçante.

— Je me dévoue, dit Pierre. Nolan, passe-moi ton jean. Ken, ton pull. Je vais les enfiler par-dessus mes propres vêtements.

— Ça ne fera pas beaucoup de différence. L'eau passera à travers le tissu. Et tu en auras sur les mains.

— Ce sera toujours mieux que rien. Et je vais faire vite.

— Non, il faut qu'on soit deux, lui dis-je. Les sphères doivent être lourdes, même si elles ont commencé à se dissoudre.

— Ça ne marchera jamais, protesta Molly. Comment vous comptez les localiser ? On ne voit pas bien le fond, et la surface est immense.

— Elles ont dû tomber à l'autre bout.

— Sauf si le sol est incliné vers ici. Et puis d'abord, pourquoi on remonterait les sphères, Nolan ? À quoi bon vous mettre en danger ?

— Parce que tôt ou tard, ma chérie, dit Ken, l'une des créatures issues de ce bassin va avoir envie d'un casse-croûte. On a déjà suffisamment de problèmes comme ça.

Il enleva son pull.

Pierre passa les habits de Ken par-dessus les siens, et moi, j'enfilai le tee-shirt de Molly. Jamais je n'aurais pu rentrer dans son jean. Je calai l'ourlet du mien dans mes chaussettes, et Pierre m'imita. J'avais bien conscience que cela ne serait d'aucune utilité.

Je me perchai au bord du bassin. Je n'avais toujours aucune envie de mettre notre plan à exécution. J'étais en revanche persuadé que c'était la chose à faire, que c'était une idée intelligente, logique et visionnaire, à supposer que nous ayons intérêt à planifier nos actions, ce qu'on pouvait toujours espérer. N'empêche que j'y allais à reculons.

Du pied, je poussai une partie des plantes et de la mousse. Elles cédèrent après une brève résistance, dévoilant une eau plus claire que ce que nous avions vu précédemment.

— Peut-être que l'eau trouble était la première étape, remarqua Ken. Et que maintenant, des organismes plus complexes sont en train de se former. Comme ces plantes.

— Ce serait bon signe, répondis-je.

Toutefois, la simple perspective de me baigner me donnait déjà des démangeaisons, et je mis un point d'honneur à éviter de me demander si l'eau pouvait entrer dans mon corps via les pores de ma peau.

— Puisque vous êtes décidés à faire les cons, dit Molly, privilégiez la sphère en carbone. Tous les êtres vivants de la Terre sont composés en premier lieu de carbone, pas vrai ? Sortez-la du bassin, et ça reviendra à débrancher la machine.

— En voilà une riche idée, Molly, dis-je. T'es la meilleure.

Je m'immergeai. L'eau était tiède, presque comme un bain. À peu près la température du corps humain, d'après mon estimation. Mon entrée provoqua un léger remous, mais le liquide ne se troubla pas.

Je parcourus quelques mètres en brandissant la lampe, histoire de laisser à Pierre la place de me rejoindre. J'avais confié mon téléphone à Ken, mais l'écran en était pour le moment éteint.

Le temps que Pierre arrive à ma hauteur, l'eau avait déjà traversé mes vêtements. Nous allions devoir agir vite.

Nous nous dirigeâmes vers le milieu du bassin, au motif que c'était là que nous avions le plus de chances de trouver les sphères, en supposant bien sûr qu'elles aient roulé de la plate-forme en ligne droite.

— Surveille le niveau de l'eau, conseillai-je à Pierre.

— Pourquoi ?

— Comme ça, on saura si le sol est en pente. Si oui, la sphère la plus massive sera aussi la plus proche. Enfin, je crois.

— Je le crois aussi. Et dans le cas contraire ?

— Elle sera à l'autre bout.

Nous poursuivîmes notre progression. Les plantes résistaient, semblaient même se raccommoder après notre passage, même si le phénomène était sans doute dû simplement au déplacement de l'eau dans notre sillage. Je m'aperçus que j'avais gardé sans le vouloir les bras soigneusement levés, alors même que nous serions obligés de plonger complètement pour remonter les boules une fois que nous les aurions repérées. Chaque fois que j'étais intimement persuadé d'avoir envisagé toutes les possibilités, je me rendais compte au bout de quelques secondes qu'un facteur pourtant évident m'avait échappé. Et cela m'inquiétait.

À vrai dire, cela m'effrayait même.

— Nolan ? demanda Pierre à voix basse, apparemment pour éviter que nos compagnons l'entendent.

Je me rappelai combien le son de nos voix s'était propagé rapidement sur l'eau, lors de mes précédentes visites, aussi lui répondis-je sur un ton encore plus discret.

— Quoi ?

— Je viens de sentir quelque chose.

— Une sphère ?

— Non. Ça m'a frôlé la cuisse. Je crois que c'était un poisson, en tout cas ça y ressemblait. Mais…

— Mais quoi ?

— C'était… gros.

— Avance.

Nous progressâmes à quelques mètres d'intervalle, emportant notre petit îlot de lumière. À cinq mètres de l'extrémité du bassin, je me cognai le pied. Contre une surface dure, mais pas tout à fait inamovible.

— Attends. Je crois que j'en ai une.

Pierre me rejoignit et tâta le sol avec son pied.

— Oh, ouais. Ok.

Je jouai des coudes pour écarter les algues et nous permettre de regarder au fond de l'eau. Elle était assez claire pour que nous puissions distinguer une boule d'un diamètre sensiblement égal à la longueur de ma chaussure, ce qui signifiait qu'il s'agissait de l'une des petites sphères.

— Et maintenant ?

— On ferme les écoutilles.

— Et les narines dans tout ça ?

— Merde. J'en sais rien.

— Et si on se bouchait le nez d'une main, et qu'on plaçait chacun notre autre main contre la boule pour la soulever ensemble ?

— Pierre... ça ne va pas être de la tarte.

— Pas question que j'avale cette eau.

— Pareil pour moi. Bon, d'accord.

Nous nous postâmes l'un en face de l'autre. Posant la lampe en équilibre sur une partie intacte du tapis végétal, je me pinçai le nez de la main gauche.

— On doit faire vite, mais pas de précipitation non plus, sinon on risque de la lâcher. À trois.

Nous comptâmes en silence : *un... deux...*

Et nous plongeâmes ensemble.

Nous n'eûmes aucun mal à trouver la sphère ; ma main la rencontra aussitôt. J'insinuai mes doigts en dessous pour donner un peu de jeu, et tentai de la soulever. Pierre y parvint une seconde avant moi.

Elle nous échappa.

— Merde, dit Pierre lorsque nous eûmes refait surface.

Sa voix tremblait légèrement, et comment lui en vouloir ? Quelle idée stupide d'avoir voulu barboter dans cette eau...

— Franchement, Nolan... on est sûrs que ça en vaut la peine ?

— C'est toi qui as eu l'idée, mec.

— Ouais, mais je suis pas expert, moi. Je ne suis que le cameraman.

— On va jusqu'au bout. Allez, on retente.

Nous répétâmes l'opération à la même cadence mesurée, et elle se solda de la même façon. Cette fois, quand nous refîmes surface, j'entendis Ken crier :

— Ça va, vous deux ?

— Ça va sans aller, je t'avoue.

Je m'essuyai chaque œil contre l'épaule correspondante. Pierre en fit autant. Nous étions désormais cernés par une nappe végétale. Difficile de ne pas avoir l'impression qu'elle se resserrait autour de nous.

— On essaie encore une fois, dis-je.

— Ok.

Bon Dieu que Pierre avait l'air jeune… Je ne connaissais pas son âge exact. Vingt-six ans, dans ces eaux-là. Je ne doutais pas qu'il aurait été embarrassé d'apprendre qu'il avait la tête d'un gamin cherchant à se rassurer auprès d'un type expérimenté. D'un adulte. D'un papa.

Mais je n'étais rien de tout ça, et la probabilité pour que cela change un jour semblait s'amenuiser de plus en plus. Un sourire et un clin d'œil, voilà ce que je trouvai de mieux à lui offrir.

— Tu sais quoi ? fis-je. Et puis merde.

Avant qu'il ait pu réagir, je fermai les yeux et la bouche, fis basculer ma tête pour descendre vers le fond du bassin.

Aussitôt, mes doigts rencontrèrent la sphère. Mais elle était lourde. Très lourde.

Je la soulevai de toutes mes forces, et parvins à la faire décoller du sol, mais je perdis l'équilibre et tombai lentement vers la droite, l'objet commençant à m'échapper.

C'est alors que je sentis Pierre prendre le relais.

Nous crevâmes la surface en hoquetant, aveuglés par l'eau qui ruisselait, la sphère coincée entre nous deux. Elle était extrêmement lourde.

— Ça va ?

— Je crois bien, répondis-je. On dirait du cuivre, tu trouves pas ?

— Ouais.

Je me rappelai avoir admiré cette sphère la veille au soir, son aspect si lisse. Mais la surface en était désormais mate, et grêlée par endroits.

— Et maintenant, on fait quoi ?

— On la transporte jusqu'au bord.

Pierre ramena ses épaules vers l'arrière pour que la sphère se retrouve fermement calée contre son torse. Il y plaqua ses paumes pour la maintenir, et les tendons de ses bras et de son cou jouèrent sous la peau. Nous prîmes lentement le chemin de la plate-forme, frôlant au passage d'autres boules ; nous en traversions un vrai champ.

Notre immersion complète avait compromis toute chance que nous aurions pu avoir d'estimer au plus juste l'évolution de la profondeur de l'eau, mais je n'avais vraiment pas l'impression qu'elle s'accentuait. La sphère en carbone devait donc se trouver droit devant nous.

Pierre s'avança jusqu'au bord du bassin, assura son équilibre et, ensemble, nous hissâmes la sphère en cuivre sur la terre ferme. Je la maintins en place, puis donnai une petite secousse pour la pousser.

Elle n'alla pas bien loin, mais semblait devoir rester immobile.

— Et de une. Plus que vingt-sept.

— Faisons ce qu'a dit Molly, et trouvons celle en carbone.

En l'espace de quelques minutes, nous localisâmes deux sphères parmi les plus petites, et les mîmes au sec en usant avec succès de notre technique du « une main chacun ». Nous commençâmes même à entrer dans une sorte de routine pour cette tâche qui comptait parmi les plus bizarres que j'aie eu à entreprendre au cours de ma vie.

— Attends, dit Pierre. Je crois que je l'ai trouvée.

En effet, il avait vu juste. Et comment le savions-nous ? Parce que en écartant les plantes, son sommet affleurait presque. Son pourtour était bien plus déformé que celui des sphères dont nous nous étions déjà occupés, ce qui suggérait un stade de dissolution plus avancé. Mais… elle restait *colossale*. Évidemment.

— J'avais comme qui dirait… oublié qu'elle était si grosse.

— Ouais, répondis-je, saisi par l'étendue de ma stupidité. Moi aussi. Tu te crois capable de la faire *bouger*, sans même parler de la soulever ?

Pierre se décala et plaqua ses paumes contre la sphère. Puis il s'arc-bouta en vue de la poussée.

Et il disparut.

# Chapitre 43

Il était là, puis plus rien l'instant d'après… sombrant avec une telle vivacité qu'il semblait s'être volatilisé. J'appelai son nom en sachant bien qu'il n'avait pas glissé. Je plongeai.

Il faisait sombre, car notre lampe qui dodelinait sur son perchoir végétal perçait à peine la surface de l'eau. Le liquide était cependant clair, presque aussi limpide que lors de ma première visite. J'entrevis quelque chose au fond… Il ne s'agissait ni d'une sphère, ni de l'une des pyramides qui, je le savais, se trouvaient quelque part dans les parages, mais plutôt d'un agrégat de matière ; c'était à croire qu'une partie du tapis d'algues avait coulé et commençait à façonner quelque chose de nouveau. Cela expliquait peut-être la prolifération végétale dans le bassin. Je n'avais pas le temps de m'en soucier.

La sphère de carbone sombre occupait une bonne partie de mon champ de vision. Juste à côté, Pierre se débattait. Au début, je ne compris pas pourquoi.

Il parvint à remonter à la surface et à happer un peu d'air, mais fut immédiatement ramené au fond.

Quelque chose était enroulé autour de ses jambes.

Une forme sombre et sinueuse.

En regagnant l'air libre, j'aperçus une autre créature se porter vers sa taille. En un éclair, je revis l'une des peintures rupestres… celle de « l'araignée », dont toutes les pattes pointaient dans la même direction.

Je saisis Pierre par le bras. Il lui fallut une seconde pour comprendre que c'était moi. Il chercha d'abord à résister avec un mouvement de recul. Lorsque je pus lire dans son regard qu'il m'avait reconnu, je l'attrapai à bras-le-corps.

C'est alors que je sentis un appendice gluant s'enrouler vigoureusement autour de mon bras, une créature bien plus puissante que moi, de la force à l'état brut enveloppée de chair.

Mes pieds se dérobèrent lorsqu'un autre tentacule s'empara de ma cheville et tira.

L'affolement s'abattit sur moi comme tombe un rideau. Je décochai des coups de pied convulsivement, ramenant et détendant mes deux jambes à la fois sans viser de cible bien précise. Je sentis que Pierre réagissait de la même façon.

J'étais désormais à court d'air, et des étoiles envahissaient progressivement mon champ de vision tandis qu'une partie de mon cerveau, terrorisée, m'enjoignait d'ouvrir la bouche pour respirer.

Je perçus que Pierre remontait vers la surface.

Je continuai à jouer des pieds et à me débattre, tentai de rouler sur le côté.

Quelque chose me toucha le bras, et je crus qu'il s'agissait d'un autre tentacule, mais c'était Pierre. L'une de ses jambes était toujours entravée, mais cela ne l'empêchait pas d'essayer de me tracter vers la surface.

Nos regards se croisèrent, et je hochai la tête :

*Un… Deux…*

Nous exerçâmes une violente poussée avec notre jambe libre. Je sentis la mienne s'enfoncer dans une matière molle. L'étau se desserra momentanément autour de mon autre mollet, et je remontai mon genou vers mon torse pour me dégager. Je reçus un coup au visage alors que Pierre battait frénétiquement des jambes. Je me tournai de côté pour lui laisser une marge de manœuvre, et découvris subitement que j'étais libre.

Je plantai mon pied fermement contre le sol. L'impact ébranla mon genou, mais me donna assez d'élan pour crever la surface.

J'engloutis de l'air et passai vivement mon bras autour du torse de Pierre pour l'arracher à la créature aquatique. Sa tête apparut, il toussa de l'eau parce qu'il avait déjà la bouche ouverte, et je compris que nous ne serions plus que des morts en sursis si le bassin était toujours contaminé. Mais qu'importe. Ça ne nous dispensait pas de nous battre.

C'est difficile de donner des coups de pied latéraux quand on est dans l'eau. L'élément liquide refuse de vous laisser faire. Mais je persistai tout en tirant Pierre à moi jusqu'à ce que, soudain, toute résistance semble avoir disparu.

Entraîné par mon élan, je tombai en avant, et mis ce mouvement à profit pour plonger résolument et m'éloigner, confiant dans le fait que Pierre suivrait mon exemple.

Je me coulai au-dessus d'autres créatures tapies au fond de l'eau, la dernière d'entre elles étant nettement plus imposante que ses congénères. Je m'arrêtai pour enfoncer mon pied dans sa masse gélatineuse une fois, deux fois.

Alors, je me hâtai, les poumons brûlants, vers Molly et Ken qui étaient en train de hurler. Ils me sortirent de l'eau si vite que je me cognai les tibias contre le bord du bassin.

Je roulai sur moi-même afin de laisser assez de place à Pierre, et restai étendu là, pantelant.

— Qu'est-ce qui s'est passé, bordel ? demanda Ken.

— Des calamars, souffla Pierre. Des saloperies de calamars énormes.

— *T'es sérieux ?*

— D'après toi, on faisait les cons ?

— Il y a d'autres organismes qui sont en train de croître dans le bassin, expliquai-je.

Je me frottai les lèvres d'une main et les yeux de l'autre pour chasser l'eau de mon mieux. Mais j'en sentais le goût minéral sur ma langue. Je fus pris d'une quinte de toux moite et glaireuse. J'en avais aussi dans la trachée, les oreilles et le nez.

— Cet endroit fabrique des trucs à tour de bras.

— Tu as avalé beaucoup d'eau ? demanda Ken en se postant au-dessus de moi.

— Je sais pas.

— Fais-toi vomir, mon vieux.

D'après moi, cela ne ferait guère de différence, mais je lui obéis. M'agenouillant au-dessus de l'eau, j'introduisis mon index et mon majeur dans ma gorge le plus loin possible. Au bout d'un moment, je parvins à provoquer le réflexe escompté, mais n'expulsai qu'un filet de bave.

— Bon, y avait pas grand-chose, conclus-je en m'adossant contre la paroi.

Mon estomac vide s'était contracté, j'avais presque l'impression d'une déchirure musculaire.

Ken obligea Pierre à en faire autant. Il parvint à rejeter une gorgée d'eau. Après cela, il resta agenouillé, les mains sur les cuisses, observant le bassin… et plus spécifiquement le faible halo lumineux, à l'autre extrémité de la salle.

— Merde, dit-il. On a laissé la lampe.

— Et tu sais quoi ? Pas question que je retourne la chercher.

— Vous avez sorti la sphère en carbone ?

— Non, Molly, répondis-je. Elle est toujours énorme. Même en s'y mettant à quatre, on n'y arriverait pas. Même dix personnes ne suffiraient pas. Et puis, c'est là-bas que l'attaque est survenue. Notre plan était foutu d'avance. Je ne sais même pas ce qui nous est passé par la tête.

— Dans ce cas, on quitte cet endroit, dit-elle. Je n'ai aucune envie d'attendre la prochaine créature qui sortira de l'eau.

Nous regagnâmes l'étroit passage, puis tournâmes dans le tunnel plus large ; à cet instant, un son se réverbéra contre les parois. Une longue et morne plainte, s'égrenant sur plusieurs notes.

— Seigneur, fit Ken d'un air las. On aurait dit un loup, non ?

— Non, répliquai-je. Deux loups.

— Alors, on fait quoi ?

— Direction la grande salle.

— C'est de là que venait le bruit, Nolan.

— Possible… Ou alors, l'écho provenait de l'un des autres tunnels. Je ne sais pas toi, mais moi, j'ai pas envie qu'on reste piégés dans un cul-de-sac. D'autant que c'est justement celui par lequel vont arriver d'autres grosses bestioles.

— Bien vu. Bon, il n'y a plus qu'à faire un sacré boucan.

C'est ainsi que nous progressâmes dans le tunnel, toussant, parlant et émettant toutes sortes de bruits improbables tandis que je brandissais mon téléphone. Nous nous arrêtâmes à l'entrée de la grande salle. Ne voyant ni n'entendant rien, nous nous rendîmes au milieu de la pièce.

— Oh, seigneur, dit Molly en se détournant.

Notre arrivée avait dérangé plusieurs créatures, les empêchant d'achever ce qu'elles avaient commencé. Ken et moi regardâmes ce qui restait de Gemma. Très brièvement.

— Ils commencent à avoir faim.

Malgré ce que nous avions décidé, nous nous engageâmes dans le tunnel principal bloqué par la sphère. Sans doute parce que c'était ce qui nous rapprochait le plus d'une forme de fuite. La perspective de rester enfermés dans cet endroit avec des prédateurs était déjà suffisamment éprouvante.

Mais c'était bien pire de s'apercevoir que la nourriture était devenue pour eux une nécessité.

Ils n'étaient d'ailleurs pas les seuls à avoir besoin de s'alimenter. Nous partageâmes les deux dernières barres de céréales et les ultimes gorgées d'eau. Cette fois, personne n'envisagea d'en conserver la moitié. À force de diviser nos ressources, nous en serions réduits à avaler des miettes, des doses homéopathiques, guère plus que des molécules, et perdrions jusqu'au souvenir de la nourriture. Cela n'avait strictement aucun intérêt. Nous avions besoin de quantités substantielles, pas de rations encore plus maigres.

Nous terminâmes nos provisions.

Il ne restait plus rien.

# Chapitre 44

Oui, nous avions peur. Mais l'organisme – surtout lorsque ses besoins les plus élémentaires ne sont pas comblés et que le désespoir commence à se faire sentir – a le chic pour fermer les volets et conserver autant de forces que possible. Il passe en mode économie d'énergie.

Un à un, mes compagnons s'assoupirent ou perdirent connaissance, glissant vers un état de conscience purement intérieure et vagabonde. La distinction entre le sommeil et l'éveil s'affirmait de moins en moins. De même que la notion du temps, privée de sa signification habituelle. Lorsque je constatai, en consultant mon téléphone, qu'il était 21 h 43, les nombres me parurent arbitraires, telles des formes abandonnées dans le sable par un chien remuant la queue avec enthousiasme.

Cela était dû principalement à l'obscurité permanente, à l'absence de repères pour rythmer nos repas, nos plages de repos et donner ainsi un sens au lent défilé des minutes. Mais le site semblait également s'engluer dans le temps long. Il existait depuis des âges immémoriaux, il dépassait notre faculté d'entendement. Par comparaison, combien de temps y avions-nous déjà passé ? Vingt-quatre heures ? Trente-six ? Dans tous les cas, c'était une période si insignifiante dans le grand ordre de la création qu'elle équivalait au degré zéro de la présence. Peu importait notre capacité à survivre ; statistiquement parlant, nous aurions aussi bien pu ne jamais avoir mis les pieds ici.

Ce raisonnement n'embellit pas mon humeur, aussi laissai-je mon esprit errer sans chercher à orienter mes pensées dans une direction précise. Ma présence au fond du tunnel bloqué, le dos tourné à la grande sphère, me rappela ma dernière discussion avec Feather. À supposer bien sûr qu'il s'agisse de son vrai nom. À supposer qu'il y ait eu le moindre soupçon de vérité dans tout ce qu'elle nous avait raconté, la moindre authenticité dans ses vêtements hippies – à ce propos, sa tenue n'était-elle pas justement *trop* parfaite, notamment la touche finale de la croix égyptienne ? –, la moindre sincérité dans son discours lorsqu'elle m'avait suggéré que j'avais tous les éléments en main pour comprendre ce qui se jouait autour de nous.

Je n'arrêtais pas de cligner des yeux et d'ouvrir grand la bouche pour me détendre le visage, pour me maintenir éveillé, persuadé que j'étais de la nécessité qu'au moins un de nous monte la garde. Gemma avait été vidée de ses entrailles lorsque nous étions revenus du bassin, et les créatures qui rôdaient sur le site seraient bientôt assez affamées pour nous considérer comme des proies valant la peine d'être attaquées, même si nous étions capables de nous défendre. Je ne savais pas exactement si nous pourrions leur résister très efficacement. Cela dit, je ne voyais aucun intérêt à entamer les hostilités par une bévue tactique, à savoir être surpris en plein sommeil. D'autant que, si j'avais raison et qu'il y avait bien deux loups et non un seul, d'autres espèces pouvaient très bien compter plusieurs individus…

Mes pensées opérèrent brusquement un dérapage incontrôlé.

Elles glissèrent allégrement par-delà mon panneau « stop » mental, et je sus que je devais revenir en arrière. J'étais proche de l'endormissement, je le savais parce que j'avais l'impression de diriger mon introspection comme on conduit une voiture : en regardant les idées défiler comme à travers la vitre d'un véhicule.

Mais je comprenais aussi au fond de moi que j'étais réveillé, que je venais simplement de recevoir un éclair de lucidité qui nécessitait toute mon attention.

*« Tu tiens une histoire cruciale. »*

*« Un récit d'ampleur biblique. »*

N'est-ce pas ce que Feather m'avait confié ? Plus ou moins en ces termes ? Oui, j'en étais presque convaincu. Et je me rendis compte, quoiqu'un peu tard, que la référence ne m'avait pas frappé. Je l'avais seulement interprétée sous l'angle de la péripétie, en bon scénariste que j'avais été.

Or, Feather l'avait employée à dessein. Elle m'avait fourni un indice. En procédant par association d'idées.

Elle faisait référence à l'arche.

Je me redressai, mes sens ayant retrouvé toute leur acuité.

Évidemment. L'arche… Celle de Noé préservant des couples d'animaux.

Le fonctionnement du site m'échappait encore, mais j'avais vu de mes propres yeux la preuve incontestable que tout cela était bien réel.

*Et peut-être que…*

Je n'avais que trop conscience de retomber dans le travers dont Gemma s'était moquée pendant notre descente dans le canyon, avant le désastre, à savoir que je m'engageais sur le terrain mouvant de la spéculation, un mode de raisonnement faussé – ne serait-il donc pas possible que deux et deux fassent sept ? – qui, si vous n'y preniez pas garde, pouvait vous mener à des conclusions délirantes. Mais pour le moment, je n'avais personne pour guetter un faux pas de ma part.

Et peut-être que…

*Peut-être que ça s'est vraiment passé comme ça.*

Il était possible qu'à une certaine époque de la préhistoire, une découverte proche de celle que nous avions faite ait eu lieu. Qu'un peuple ancien soit tombé sur une machine du même genre, enfouie au cœur de la roche, et ait déclenché un processus similaire. Peut-être que les peintures rupestres auxquelles on accédait par la salle nauséabonde avaient pour vocation de garder une trace de cet événement.

Et qu'au lieu d'entrer deux par deux, les animaux étaient peut-être *sortis*.

Cet événement étrange avait pu se produire quelque part au Moyen-Orient – Feather n'avait-elle pas insinué que plusieurs sites semblables existaient ? – et avoir fait l'effet d'un tel coup de tonnerre (même à un peuple moins porté sur les explications scientifiques pour déterminer ce qui était du domaine du possible et ce qui ne l'était pas) qu'il avait perduré sous la forme d'un mythe, d'un récit édifiant… tant et si bien qu'une version tronquée avait fini par être intégrée au recueil de contes et légendes qui était ensuite devenu la Bible.

Une arche. Quoi d'autre ? Quel était le thème de cette fable, au fond ?

Un déluge.

Les informations affluaient désormais, bribes de connaissances gardées en mémoire ou lues au moins une fois, des éléments, en tout cas, que j'aurais dû assembler beaucoup plus tôt… Ce que j'aurais sans doute réussi à faire si j'avais pu identifier le lien qui les unissait.

À l'instar de bien d'autres peuples, les Indiens hopis – comme je l'avais expliqué à Gemma en long, en large et en travers – accordaient une place cruciale à une inondation mythique. Les détails m'échappaient, mais cela n'avait pas d'importance. J'avais tout ce dont j'avais besoin à portée de la main.

*C'est là qu'elle voulait en venir.*

La veille de notre ascension du canyon, elle m'avait emprunté mon téléphone pour compulser mes notes. Le seul problème étant qu'il y avait près d'un millier de pages en cache, et que je n'avais pas le temps de les vérifier toutes.

Mais je me rendis compte que ce serait superflu. En partie parce que je comprenais déjà la direction que tout cela prenait. Et aussi parce que l'appli gardait en mémoire l'historique des fichiers ouverts récemment. Ceux-là mêmes que Feather avait consultés.

Elle avait donc bel et bien lu des documents relatifs aux Hopis. Rien de saugrenu jusque-là – nous nous trouvions en territoire hopi, après tout, et Feather n'avait demandé l'accès à mes dossiers qu'après notre conversation concernant Newspaper Rock –, mais cela me permit d'élaborer les dernières étapes du raisonnement.

Les Hopis croient que le monde dans lequel nous vivons est la quatrième version façonnée par les dieux. La première fut engloutie dans les flammes. La deuxième fut balayée lorsque deux divinités mineures, en quittant leur poste sur l'axe de la Terre, provoquèrent une glaciation.

La version suivante se révéla bien plus évoluée que les deux précédentes, puisque les humains cessèrent de vivre avec les animaux ou de former de petits villages. Cette troisième mouture fut l'équivalent du règne des Atlantes, la population s'étant multipliée et considérablement développée... Mais bien évidemment, tout vola en éclats. Le peuple avait créé un « énorme bouclier volant » nommé *patuwvota* – certaines personnes n'ont pas manqué de l'interpréter comme un engin aérien, un vaisseau spatial des extraterrestres – pour attaquer une ville étrangère. Ladite ville ayant riposté, tout était allé de travers.

Constatant cela, le chef des dieux, un certain Sotuknang, avait décidé de retomber dans un délire eschatologique et de provoquer un déluge. Mais les gentils – ceux qui avaient « dans le cœur un chant » – se virent accorder le droit de survivre, et une chance de bâtir un monde nouveau. Un quatrième univers, Tuwaqachi, qui ne serait pas d'une uniformité parfaite, contrairement au précédent, mais connaîtrait à la fois hauteur et profondeur, chaud et froid, luxuriance et désolation, bref, un environnement plus exigeant, l'idée étant que les humains, turbulents par nature, soient plus préoccupés par leur survie que désireux de s'écharper mutuellement. Néanmoins, pendant cette phase d'élaboration, lors de laquelle la planète se trouvait encore sous les eaux, les plus valeureux reçurent l'aide des Anu Sinom : le peuple-fourmi. Ces êtres escortèrent les Hopis survivants vers un lieu où ils pourraient attendre la fin de la phase de transition, tout en prouvant leur piété, leur loyauté envers les dieux.

*Le lieu en question était un réseau de grottes.*

Évidemment, rien dans la légende ne permettait d'en déterminer l'emplacement. Mais les Hopis, héritiers de la tribu la plus anciennement attestée, celle des Anasazis, avaient coutume depuis toujours de quitter leur foyer et de parcourir des centaines de kilomètres pour se rendre… au Grand Canyon.

Pour quelle raison ?

Et pourquoi certains dessins de Newspaper Rock ressemblaient-ils à s'y méprendre aux peintures rupestres que nous avions découvertes dans les profondeurs du site, des peintures qui, d'après Feather, dataient de 50 000 ans ? Rien ne corroborait ses dires. D'un autre côté, rien ne tendait à prouver que l'information n'était pas fiable. Or, j'avais passé assez de temps à observer des reproductions d'art rupestre remontant au paléolithique pour trouver les nôtres convaincantes. D'autant plus que la grotte de Lascaux n'avait livré ses secrets qu'après 1940, soit trente ans *après* l'expédition Kincaid, et que celui-ci avait été le dernier, avant nous, à explorer le site.

Personne, ni lui ni quelqu'un d'autre, *n'aurait su quoi falsifier*. Tout était donc bien réel, *forcément*.

Ce que je ne comprenais pas, c'était pourquoi la fondation Palinhem tenait à localiser un endroit pareil. Ce n'était pas par curiosité intellectuelle, en tout cas. Feather avait jubilé comme une véritable illuminée. Je remarquai alors quel document elle avait consulté en dernier.

« Les prophéties hopi ».

Un document ancien, une liste de neuf signes censés présager la fin du quatrième monde, la survenue de l'Armageddon et la renaissance sous la forme d'un cinquième monde. Certaines personnes – partisanes d'une interprétation libre du texte – croyaient dur comme fer que la plupart des conditions étaient déjà remplies. Le Premier Présage évoquait la venue de l'homme blanc. D'autres prévoyaient certainement l'invention du chemin de fer, de catastrophiques marées noires, l'avènement d'Internet ou encore la contre-culture des années 60.

Seulement voilà, il était admis que le Neuvième Présage n'était pas encore advenu ; de fait, aucune étoile bleue n'était apparue dans les cieux pour ensuite s'écraser sur la Terre. En revanche, d'autres éléments de la prophétie relative à cet ultime augure – « l'homme blanc aux prises avec des peuples issus d'autres contrées », eh bien… étaient connus comme le loup blanc.

Vous pouviez choisir par conséquent de croire que la prophétie était en passe de se réaliser, et attendre que l'étoile bleue/météore/vaisseau spatial nous tombe sur le coin de la figure. C'était tout à fait plausible, pourvu que vous soyez un brin dérangé, et si vous l'étiez, il y avait des chances pour que vous ayez envie de prendre les devants en vous appropriant le site pour y trouver refuge.

Histoire d'attendre patiemment le moment de repeupler la Terre.

*Vous tenteriez de trouver l'arche.*

J'avais bien conscience que mon raisonnement était bancal. Il ne me paraissait cependant pas erroné.

*Loin s'en fallait.*

J'entendis Molly parler d'une toute petite voix.

— Oh, mon Dieu…

Toujours plongé dans mes notes, je levai le nez et vis qu'elle avait les yeux rivés vers la grande salle. J'orientai mon téléphone pour y voir mieux.

Un être vivant se tenait à la lisière de la lumière, restant pour l'essentiel plongé dans l'obscurité.

Sa taille équivalait à celle d'un jeune cheval. L'une de ses épaules proéminentes était couverte d'un bouquet d'algues, et il avait le poil encore humide. Il nous considérait avec curiosité, la tête penchée légèrement de côté.

Une corne immaculée, parfaitement droite, surmontait son front.

La bête se détourna et s'éloigna dans les ténèbres.

Molly n'avait pas bougé d'un cheveu.

— Qu… qu'est-ce que c'était que ça ?

— Une licorne, répondis-je.

# Chapitre 45

Nous réveillâmes les deux autres. Discutâmes très brièvement et tombâmes d'accord pour affirmer qu'il ne fallait *surtout pas* suivre l'animal que Molly et moi avions aperçu. Nous étions proprement terrorisés.

— Voyons, Nolan, me reprocha Ken. (Même lui semblait profondément perturbé.) Ça y est, tu déconnes à plein tube.

— Pas forcément, répliquai-je. Ce qu'il y a de bizarre avec les licornes, c'est qu'elles ne figurent à aucun moment dans la mythologie grecque. Seulement dans les histoires naturelles. Pour les Grecs, les licornes n'étaient pas des créatures de légende. Ils croyaient qu'elles existaient. Et l'animal que nous avons vu ne ressemblait que vaguement à un équidé. Qui sait ? Si ça se trouve, c'était un jeune spécimen d'élasmothérium.

— C'est-à-dire ?

— Une espèce disparue. Une sorte de rhinocéros d'Europe du Nord. Qui, d'après certaines personnes, aurait survécu à la dernière glaciation et côtoyé des humains ; on tient peut-être là l'origine des licornes, créatures discrètes et solitaires par excellence.

Je leur expliquai le fruit de ma réflexion, les idées que j'avais collées comme des bouts de pâte à modeler pour justifier l'existence du site. Molly commença aussitôt à me bombarder de questions et d'objections, non sans lancer de fréquents coups d'œil dans le tunnel. Quant à Pierre, il me dévisageait comme si je venais de m'exprimer dans une langue étrangère.

Mais Ken, Dieu merci, accepta mon hypothèse sans sourciller. Si Satan en personne s'était pointé sur le pas de sa porte, tout auréolé de soufre et d'éclairs, Ken lui aurait fait passer un sale quart d'heure pour avoir oublié le vin/tabac/vodka, avant de lui avancer un transat afin qu'il se sente à son aise.

— Mais la sphère, tout de même, dit-il.

Nous nous trouvions juste à côté d'elle, blottis contre elle, à l'exception de Pierre, qui faisait le guet à deux ou trois mètres de là.

— À supposer que tu aies raison, Nolan. Même si ça paraît complètement frappadingue. Pourquoi laisser enfermés ici tous ces êtres vivants ? Si cette machine est destinée à faire renaître la vie sur Terre, il faut tout de même bien que les nouveaux habitants puissent *sortir*, non ?

— J'envisage trois réponses possibles.

— Bon Dieu, toi et ton foutu cerveau. Ce serait trop demander, *une* seule réponse à une question donnée, une réponse qui ne soit pas synonyme de désastre ?

— La première... La sphère n'est pas censée se déclencher. Elle représente une défense, un dernier recours en cas d'attaque, et on a simplement joué de malchance parce que Gemma a marché sur le mécanisme.

— C'est une idée merdique. Suivante.

— La deuxième est qu'il existe une sortie, et que nous ne l'avons simplement pas encore trouvée. Moi, je parierais sur la salle des peintures rupestres.

— À laquelle on ne peut pas accéder. Merdique, deuxième du nom.

— Troisième solution, il y aura un moyen de reprogrammer l'environnement quand les créatures créées seront prêtes à quitter cet endroit pour repeupler une Terre désormais purifiée. De déplacer la sphère pour rouvrir le tunnel.

— Comment ? demanda Molly. On éteint tout et on rallume ?

— Je vois pas en quoi ça nous aiderait, nota Ken. Je suis toujours ravi de me balader au pays des illuminés avec le Pape de l'Anomalie, mais je ne crois pas que déplacer la sphère soit la solution. Elle est très lourde, au pied d'une pente. La physique n'est pas notre alliée.

— Je sais bien. La troisième réponse n'est pas plus chouette. Je donne ma langue au chat.

Pendant un certain temps, personne ne pipa mot.

— Et s'il existait un autre mécanisme ?

Pierre s'exprima au moment où nous nous apprêtions prudemment à remonter le long du tunnel sans motif particulier, hormis le fait qu'il ne nous paraissait guère judicieux de rester coincés dans ce passage condamné au cas où nous serions contraints de fuir. Une obligation qui paraissait de moins en moins improbable à mesure que le temps passait.

— Pas pour, cette sphère-là, reprit-il. (Son élocution perdait son flux naturel ; il ménageait des pauses à des endroits curieux. C'était sans doute aussi mon cas.) Et s'il y avait quatre réponses possibles et pas trois ? S'il y avait un autre mécanisme qu'on pourrait actionner en le poussant, ou en marchant dessus… ?

— On n'a encore rien croisé de tel.

— Non. Mais on évoluait dans l'obscurité, focalisés sur la recherche d'une sortie. Nous n'avons pas exploré rigoureusement les salles dans leurs moindres recoins. Comme dans *Tomb Raider*, en somme. Parce que bon, t'avoueras qu'on se croirait dans un jeu vidéo.

Molly fit « non » de la tête. La déshydratation lui éraillait la voix.

— Pierre, il y a une centaine de salles. Et Dieu sait combien de tunnels. Avec des… *créatures* qui rôdent au hasard.

— Et il y a aussi un problème de logique, ajoutai-je. Il pourrait s'agir d'un dispositif de sécurité conçu précisément pour empêcher des gens comme nous de déclencher prématurément le processus, ou en tout cas de le déclencher de la mauvaise manière. Feather a insinué que ce site n'était pas unique en son genre.

— Elle a dit ça ?!

— Apparemment, l'expédition de Kristy en Alaska risque de s'aventurer sur le même terrain que la nôtre. Ou a été délibérément envoyée là-bas dans l'espoir d'un événement similaire.

— Merde, fit Molly. J'espère qu'elle va bien.

Molly n'avait jamais rencontré Kristy. Elle ne m'avait presque jamais entendu parler d'elle, et je ne voyais aucune raison pour que Ken et elle aient évoqué ensemble mon ex-femme. De façon un peu ridicule, sa sollicitude m'émut.

— Moi aussi, dis-je.

— Nolan, dit Pierre, un léger trémolo dans la voix. Ce serait bien que t'arrêtes de nous prouver que cet endroit est bouclé, d'accord ? J'ai besoin de me raccrocher à quelque chose. Même si c'est illusoire.

— Pardon. Et, oui… il est possible que la sphère ait été prévue pour condamner l'accès au site durant toute l'étape de la genèse, et qu'il existe un moyen de libérer toute la merde dans la nature à un instant choisi.

— Je ne crois pas, répliqua Molly. Il n'y a rien à manger. Je parie que la plupart des salles ont été prévues à l'origine comme des zones de stockage. Pour du grain, etc. Elles sont vides. Comment les créatures étaient-elles censées survivre sans nourriture ? Nous avons découvert ce lieu par hasard, au mauvais moment, alors qu'il n'est pas prêt, pas approvisionné ; et où sont passés les petits hommes-fourmis d'ailleurs ? En plus de ça, on a déclenché le système de défense, on est *foutus*. Et *nous* sommes tout ce qu'elles auront à se mettre sous la dent.

— *Molly*, rétorqua Pierre sèchement. Franchement. Ferme-la.

— On a *une* lampe digne de ce nom, plus une petite, mais je n'ai aucune idée de la durée des piles.

— J'ai toujours l'éclairage de la caméra.

— Super. Donc, on fait quoi ? On quadrille des centaines de mètres carrés de sol et de parois, minutieusement, en appuyant partout ? Combien de temps ça va prendre ? Et, putain, je ne parle même pas des *loups*. Et des tigres à dents de sabre. Eux aussi, ils vont avoir faim.

— Je continue à penser que la salle des peintures est la meilleure solution, dit Ken. Ou alors, hmm… il reste l'autre bassin.

— Quoi ?! réagirent Molly et Pierre dans un bel ensemble.

— Elle est limpide, dit Molly.

Allongée à plat ventre, la tête dans le vide, elle éclairait le bassin au ras de la surface. Ken, resté derrière nous, surveillait le passage.

— Oui, répondis-je, mais…

— Il n'y a pas de « mais ».

Plus la fatigue s'installait, plus Molly redevenait notre maman de compétition. Une maman qui en avait soupé des conneries que ses enfants étaient capables d'inventer en l'espace d'un après-midi, et aurait eu grand besoin d'un verre d'alcool bien tassé.

— Tu as goûté l'eau de l'autre bassin, et tu te portes comme un charme. Cela fait plusieurs heures que vous avez bu la tasse dans cette espèce de bouillon de culture, et ça a l'air d'aller, non ?

— Il faut qu'on se désaltère, Nolan, dit Ken. Sinon, on est fichus.

Le simple fait d'en parler nous incitait à contempler l'eau avec convoitise, l'aura de la lampe éclairant à moitié nos traits tirés, émaciés.

— C'est peut-être le sang de Gemma qui a déclenché une réaction dans l'autre bassin, dis-je avec circonspection. Je suis tellement fatigué que j'en viens à me demander si les sacrifices rituels ne seraient pas une résurgence déformée du processus qui semble à l'œuvre ici. On offre du sang aux dieux, et ils nous fournissent… des trucs bizarres. En fait…

— Quoi ?

— La plaque de pression. Celle qui a libéré la grosse sphère. Quelques gouttes de sang sont tombées dessus. Peut-être que c'est *ça* qui a déclenché le mécanisme, et non le fait que Gemma ait *marché* sur la plaque.

— Possible, mon vieux. Et j'ai remarqué autre chose tout à l'heure. Les trois lettres qui étaient gravées dans la roche juste à côté.

— Oui ?

— La petite queue qui dépassait. Si ça se trouve, c'était l'amorce d'un « g », et ça n'avait rien à voir avec un nom.

— Hein ?

— Peut-être qu'il ne s'agit pas d'un nom, mais d'une tentative d'avertissement : « Danger ! », c'est-à-dire : « Faites pas les cons avec le bassin que vous allez trouver un peu plus loin, sinon vous êtes cuits. »

— On s'en fout, rétorqua Molly. J'ai *besoin* de boire.

— Est-ce qu'on a un objet en verre ?

— Pourquoi ?

— C'est le matériau le plus stable au contact de l'eau.

Molly fouilla son sac à dos.

— Non, dit-elle, tout en continuant à chercher. Oh. (Elle exhuma un petit pot.) J'ai ça.

Elle avait conservé l'emballage vide de son baume pour les lèvres.

— Et tu aurais un mouchoir ?

Elle en trouva un et me le tendit. Je m'en servis pour essuyer les derniers résidus de crème. Molly farfouilla à nouveau, et sortit de son sac une pince à épiler.

— Pour t'éviter tout contact avec l'eau ?

— Oui, mais pas que, dis-je en me munissant de mon briquet.

Lorsque j'eus nettoyé le petit pot de mon mieux, je le tins à l'aide de la pince à épiler et le passai sous la flamme de mon briquet, traitant minutieusement la face interne et la face externe, les derniers soupçons de crème se consumant avec une odeur qui n'était pas foncièrement désagréable. Je me rendis compte que cela faisait bien longtemps que je n'avais pas respiré autre chose que de la roche froide et de la poussière à n'en plus finir. Quelque chose de doux, de tendre.

— Ce n'est pas parfait, dis-je.

— Mais c'est pas loin, marmonna Ken. Allez, vas-y. Je n'ai pas envie que quelque chose arrive pendant qu'on est coincés ici.

— Attends, dit Pierre.

Debout au bord de la saillie qui surplombait l'eau, il avait sa caméra contre l'épaule. Il en braqua le rayon puissant sur la zone qui s'étendait devant nous, révélant que ce bassin-là était sensiblement plus vaste que le précédent. Plus large, plus haut de plafond, et surtout beaucoup, beaucoup plus long.

— Fait chier, putain, déclara Ken.

Je ne l'avais encore jamais vu si épuisé, à deux doigts de baisser les bras. Ni lui, ni *personne d'autre*, d'ailleurs. Parce que non seulement à l'autre extrémité du bassin, mais aussi sur ses deux autres côtés, de grandes plates-formes accueillaient des centaines, que dis-je, des *milliers* de sphères métalliques plus volumineuses que celles que nous avions découvertes auparavant, et qui s'étiraient rangée après rangée dans les ténèbres.

Tout médusé que j'étais, j'entendis un léger « ploc ». Le petit pot venait de glisser au bout de la pince à épiler, et était en train de s'enfoncer dans l'eau.

# Chapitre 46

Nous continuâmes à contempler l'eau jusqu'à ce que Pierre éteigne sa caméra, nous plongeant dans les ténèbres. Personne ne m'accabla parce que j'avais fait tomber le pot.

Ken et moi partageâmes une cigarette. Il ne nous en restait plus que deux. Au moment où j'écrasai le mégot, une longue plainte lancinante s'éleva dans le couloir. Sans doute pas celle d'un loup. Je ne sais pas ce qu'elle m'évoquait. Sans doute que les peuplades de jadis entendaient ce genre d'appel lorsqu'une créature s'aventurait dans leur grotte pendant la nuit. Le genre de bête qui fait que les gens ont peur du noir. En l'espèce, l'auteur du cri ne semblait pas très proche de nous. Maigre réconfort. Nous n'avions nulle part où aller. Il finirait par nous trouver tôt ou tard.

Nerveux, Pierre ralluma la caméra et braqua le rayon lumineux vers le tunnel. À cette occasion, je remarquai pour la première fois un pan de paroi aplani, lustré. Au milieu figurait un gros pictogramme. Il m'était familier – il s'agissait de celui avec les petites cornes – et je me rappelai où je l'avais vu : sur l'espèce de console de commande, dans la salle de l'autre bassin. Puis Pierre décala le faisceau, dévoilant un Ken absorbé dans ses pensées.

— Qu'est-ce qui te tracasse ?

— Qu'est-ce que Feather t'a dit ? Avant de partir.

— Je te l'ai dit.

— Recommence. Et sois le plus précis possible.

— Elle m'a expliqué que Dylan était mort, ou plutôt *ré*expliqué. Elle m'a fait le coup du « récit d'ampleur biblique », que j'ai associé à l'idée d'arche. On en a déjà parlé. C'est tout.

Frustré, Ken secoua la tête.

— Il y a autre chose.

— Non, je t'assure.

— Si, il y a forcément autre chose, Nolan. Déjà, tout à l'heure, ça m'avait fait tiquer, mais c'était la merde, et du coup ça m'est sorti de la tête. Putain. Réfléchis. C'était quoi ?

Je fermai les yeux. Aussitôt, je me sentis égaré, un peu nauséeux. Je les rouvris à moitié. Rien d'autre ne me revenait en mémoire. J'avais déjà du mal à me rappeler ce que j'avais raconté à mes compagnons.

— Il n'y a rien d'autre, Ken.

— Les peintures. Elle n'a pas du tout évoqué les peintures ?

*Eurêka !*

— Si, tu as raison. D'après elle, ça date de 50 000 ans. Voilà, c'est tout.

— On tient le bon bout, dit Ken posément.

— Comment ça ?

— Ta question, intervint Molly, c'est comment elle a su qu'elles étaient si anciennes ?

— Non, répondit Ken. Enfin, si. Mais ça ne se limite pas à ça. Revenons un peu en arrière, Molly. Toi, moi et Nolan, on s'est rendus dans cette grotte. On a découvert les peintures, et puis la lumière s'est éteinte avant qu'on ait pu l'explorer complètement. Et que s'est-il passé quand on est retournés dans la grande salle ? Pourquoi on s'est dépêchés ?

— À cause… des cris, répliqua Molly, le front marqué d'un pli de concentration, comme une élève de 4$^{e}$ bien décidée à prouver qu'elle était capable de suivre le cours d'algèbre. On était en train de traverser le passage exigu quand on a entendu Gemma crier.

— C'est ça. Donc on a couru, et on a géré l'urgence. Ensuite ?

— On a mangé, dis-je.

— Ensuite ?

— Ken, tu ne voudrais pas cracher le morceau ?

— Non. Il faut que vous arriviez à la conclusion vous-mêmes. Pour qu'on soit sûrs que mon raisonnement se tient. Après avoir mangé, on a fait *quoi* ?

— Ken, bordel. Tu sais bien qu'on est immédiatement allés vérifier le bassin tous les deux, en se disant qu'on allait boire malgré les risques. Mais on y a renoncé en voyant que les algues avaient proliféré, et à notre retour, la découverte de la photo dans le téléphone de Feather a fait l'effet d'un coup de tonnerre. Et c'est là qu'on a entendu Feather applaudir. Fin de l'histoire. Et donc ?

— Et donc, on a discuté avec elle, elle a fait semblant de partir, puis plus tard *tu* lui as parlé… Et c'est là qu'elle a évoqué les peintures. J'ai bon ?

— Ouais.

Ken me décocha un sourire radieux. Certes forcé et tout de travers, mais bien réel.

— Allez, Nolan. Secoue-toi les puces, espèce de larve.

Je restai perplexe… puis l'illumination se fit.

— Merde, dis-je. T'es sûr ?

— Pas à cent pour cent, mais pas loin. C'est pour ça que je voulais que tu te remémores toutes les étapes.

Je restai un instant silencieux, me repassant la séquence des événements avec toute la rigueur dont j'étais capable.

— Doux Jésus.

— Exactement.

— S'il vous plaît, dit Molly, vous voulez bien arrêter tous les deux ?

— Feather a suivi tous nos faits et gestes, puisqu'elle a passé la journée à nous espionner, expliquai-je. Dans un silence exemplaire. Elle a entendu toutes nos conversations. On est bien d'accord ?

— Oui, et… ?

— On n'a jamais parlé des peintures.

Molly accusa le coup.

— Hein ?

— Pierre, dis-je. Quand en as-tu entendu parler pour la première fois ?

— Quand toi et moi on est allés dans la salle nauséabonde, et qu'on a constaté que toute la merde avait commencé à fondre.

— Ni Ken ni moi ne t'en avions parlé avant ?

— Non.

— Tu es sûr ?

— Catégorique.

— Donc, repris-je, étant donné qu'elle n'a pas pu nous entendre évoquer les peintures, comment a-t-elle su qu'elles existaient ?

— Oh, dit Molly. Oh.

— Attends, c'est pas fini, intervint Ken. On ne sait pas ce qu'ils savent, elle et les types pour qui elle bosse. Cette garce a mentionné un autre site comme celui-ci en Alaska. Peut-être qu'il en existe aux quatre coins du monde. Et qu'ils possèdent *tous* des peintures rupestres. Là n'est pas la question.

Je fronçai les sourcils.

— Ah bon ?

— Ce n'est pas tant le fait qu'elle connaisse l'existence des peintures, m'expliqua Molly, qui avait désormais une longueur d'avance sur moi. C'est qu'elle a compris que nous les avions vues.

— Et comment elle s'en est rendu compte, Nolan ?

— Elle… elle aura émis une hypothèse. On a exploré le site. Elle a dû se dire qu'on les avait trouvées.

— C'est l'impression qu'elle t'a donnée ?

— Non, reconnus-je. Elle m'a donné leur âge comme si elle répondait à une question. Une question qu'elle m'aurait entendu poser.

— À un moment précis…

— … quand on était devant les peintures.

— Mais qu'est-ce que ça veut dire ? demanda Pierre, qui s'était jusque-là contenté de suivre notre échange.

— Ça veut dire qu'on peut se rendre du couloir condamné à la salle des peintures sans passer par la grande salle, lui expliqua Ken. Il n'y a que comme ça qu'elle a pu nous entendre, et s'apercevoir qu'on les avait découvertes.

— Ce qui signifie qu'il y a une issue, conclus-je. Peut-être.

— On n'a pas mieux, dit Ken en se levant.

Il vacilla terriblement, oscillant vers la paroi comme un ivrogne, tâcha de rectifier sa posture, mais recommença à tituber et finit par s'écrouler lourdement.

— Fait chier.

Pendant une fraction de seconde, couché ainsi sur le côté et s'évertuant à se redresser, il ressembla à un vieillard. Pierre et moi voulûmes lui prêter main-forte. Pour aussitôt tomber sur le flanc.

Ça aurait pu être drôle, à ceci près que ça ne l'était pas du tout.

En fin de compte, nous parvînmes à nous remettre tous les trois sur nos pieds. Puis Pierre et moi tendîmes la main à Molly, qui avait regardé toute la scène avec des yeux ronds, pour la relever avec douceur.

— Si on compte essayer, il ne va pas falloir traîner.

— Non, en effet, dit Ken. (Il semblait redevenu lui-même, quoique dans une version exténuée, usée.) Il faut que ce soit maintenant.

C'est alors qu'au loin – mais plus près que la fois précédente – se répéta un grondement guttural mêlé à un jappement strident.

— Voire hier, se corrigea-t-il.

# Chapitre 47

Cinq minutes plus tard, nous nous trouvions dans la salle nauséabonde. Il y faisait nettement plus chaud que lors de ma dernière visite et, chose à peine croyable, elle empestait encore plus. Désormais plus développée, plus fraîche, l'odeur devenait plus aisément reconnaissable. C'était la puanteur abjecte d'un corps ayant entamé sa décomposition deux jours auparavant : phoque échoué sur la plage, rat victime d'un piège en plein soleil… mais en dix mille fois plus intense. Elle attaquait nos yeux et notre estomac telle une entité vivante, nous soulevait le cœur, provoquant crampes et accès de nausée.

Cela n'empêcha pas Pierre de patauger sur quelques mètres avant de revenir jusqu'au seuil, jusqu'à nous.

— Ça s'est encore liquéfié.

— Tu crois ?

— J'en suis sûr. Tout à l'heure, ça faisait comme de la mélasse. Là, c'est plus fluide.

— Ça reste tout de même assez dense, remarqua Ken. Et on n'a aucune estimation de la profondeur à l'autre extrémité, n'est-ce pas ?

— La salle ne fait que trente mètres de long, lui expliquai-je. On peut y arriver.

— Peut-être.

— Si, je t'assure.

— Écoute, pesta Ken, je sais pas nager. Pigé ?

— Tu *plaisantes* ?!

— J'ai grandi à Londres dans les années 70, et je ne suis pas masochiste, monsieur-le-Californien-pur-jus. Si la vie sur terre a commencé, c'est parce que toute la poiscaille a décidé de foutre le camp de la mer du Nord parce que ça caillait. À supposer…, ajouta-t-il, que la théorie de l'évolution tienne toujours. Parce que vu ce qui est en train de se passer, c'est pas gagné. Bon Dieu.

— Ça va aller, dis-je. On t'aidera à traverser.

— Comment ?

— Le B.A.BA du sauvetage en mer, dit Pierre. Je nage sur le dos et je te tracte.

— Bordel de merde.

— Deux minutes, dit Pierre résolument.

Il s'éloigna en direction de la grande salle.

— Où tu vas ?

— Les disques sont dans mon sac.

— Quels disques ?

— Les disques durs. Tout ce qu'on a vu tient là-dedans. Hors de question que je parte sans.

— D'accord, mais… on en a déjà parlé, répliquai-je. On reste *ensemble.*

Cette politique sensée restait d'actualité, et nous n'avions tous qu'une hâte : ne plus sentir cette odeur pestilentielle…

Ce fut néanmoins une erreur.

L'état de la dépouille de Gemma indiquait clairement une nouvelle visite en notre absence.

Je voulus prendre mon sac à dos avant de m'apercevoir que c'était superflu. Ken et Molly aboutirent à la même conclusion. Mieux valait voyager le plus léger possible. Nous transférâmes rapidement les disques durs dans le sac de Pierre.

— Ils résistent bien à l'eau tes machins ?

— Pas trop, non. Je pense que je vais d'abord traverser en tenant le sac à bout de bras, puis le lancer dans la faille. Ça me donnera l'occasion de tester la surface, de voir s'il y a quelque chose en dessous.

— Comme quoi ? demanda Molly avec angoisse.

— Simplement des pyramides. La plupart des pièces en comportent, répondit-il. Et en prime, elles se réchauffent, pas vrai ? C'est sans doute pour ça que la mélasse est en train de fondre. Mieux vaut éviter de trébucher sur une pyramide. Ou de se brûler.

— Bien vu, dis-je. D'accord. On va aussi ranger les téléphones dans ton sac.

C'était justement ce que nous étions en train de faire lorsqu'un bruit s'éleva. Le même que celui que nous entendions à intervalles réguliers depuis une demi-heure, en bien plus fort et provenant cette fois du tunnel desservant le premier bassin. Une sorte de grognement semblant s'effranger aux marges tel un murmure.

Pas bon, ça. Pas bon du tout, même si nous nous étions trouvés au beau milieu d'une clairière ensoleillée. Alors à un kilomètre sous terre, dans un site ancien, complètement privé de lumière et aussi éloigné qu'on pouvait l'être du mot « normalité », la situation aurait difficilement pu être plus dramatique.

— Misère, qu'est-ce que c'est que ça ? souffla Molly.

— Je ne sais pas. Mais pas des loups, en tout cas. C'est trop guttural, trop puissant. Franchement, je n'ai aucune envie de connaître la réponse.

Le même son se répéta dans un tunnel différent.

— Ils sont deux, déclara Ken sur un ton égal. Ils quadrillent le site pour nous trouver. On file. Tout de suite.

Dans le couloir donnant sur la salle, Molly, Ken et moi échangeâmes à voix basse sur l'éventualité de nous dépouiller de nos vêtements pour la traversée, de les faire passer en premier dans le sac à dos de Pierre afin d'éviter que l'odeur écœurante nous suive. Ce fut le point de vue contraire – nous souhaitions éviter autant que possible tout contact direct avec le liquide visqueux – qui l'emporta, et cela d'autant plus aisément qu'après la traversée nous aurions été contraints d'essuyer toute la saloperie avec… nos vêtements.

Molly cala la caméra sur son épaule pour diriger le faisceau lumineux à travers la pièce. Il était assez puissant pour atteindre la naissance de la fissure et indiquer à Pierre une trajectoire en ligne droite.

— Sois prudent, lui dit Ken. Et si tu sens quelque chose bouger en dessous, tu reviens dare-dare.

Pierre fit signe qu'il avait compris, brandit son sac au-dessus de sa tête et entra dans le liquide.

— Ça reste plus dense que de l'eau, nous informa-t-il lorsqu'il se fut enfoncé jusqu'aux genoux. Même si… (Il s'interrompit brutalement, pris d'un violent haut-le-cœur.) Bon Dieu, qu'est-ce que ça *schlingue*.

Mais il poursuivit son chemin. La profondeur augmentait rapidement. Encore une minute, et il fut immergé jusqu'à la taille. Puis jusqu'au torse. Il toussait et semblait presque constamment sur le point de vomir.

— Ok, dit-il à mi-parcours. Il va falloir que je nage, maintenant. Est-ce qu'on peut parler de « nager » même si ce n'est pas de l'eau ? Pas *vraiment* de l'eau ?

Il marqua une pause, ajusta son orientation par rapport au faisceau lumineux puis se remit en route. Il garda une main levée pour caler le sac au-dessus de sa tête. L'autre, il la plongea dans le liquide tandis qu'il marchait. Au bout de quelques instants, ses mouvements de tête nous indiquèrent clairement que ses pieds ne touchaient plus le fond, qu'il était bel et bien en train de flotter, se servant de sa main libre comme d'une rame pour avancer péniblement.

Sa progression était très lente, le liquide restant assez dense pour enrayer ses efforts.

— Est-ce qu'on va pouvoir y arriver, nous ? me demanda Molly. Je me débrouille pas mal en natation, mais ça a l'air tendu.

— Ça va aller, répondis-je.

Que lui répondre d'autre ? J'entendais cependant Ken respirer bruyamment derrière moi, et je savais bien ce qu'il devait se dire. Qu'il n'était pas un poids plume, loin de là, pas en bonne condition physique, et que pour Pierre, fournir le double d'efforts se révélerait extrêmement éprouvant.

— Ça va aller, répétai-je.

Nous regardâmes Pierre combler la distance qui le séparait encore du fond de la salle. Molly maintint l'orientation de la caméra sans faiblir, jusqu'à ce qu'il ne reste plus que la tête et les mains de notre compagnon en surface. À un moment, il sembla perdre le rythme, sa nuque frôlant le liquide, mais il se reprit.

Alors, avec un grognement d'effort, il arracha son bras droit à la substance.

— Voilà.

Sa voix nous parut très lointaine, bien plus que ne l'avaient suggéré les dimensions de la salle. Le sac à dos atterrit sur le sol de la fissure avec un son mat.

— J'y suis.

— Beau boulot. Prends une minute avant de revenir.

— Oh ouais. (Il haletait, épuisé.) Pour ça, tu peux être tranquille.

C'est alors qu'un bruit de très mauvais augure retentit en provenance de la grande salle.

Nous fîmes volte-face en sursautant, Molly pointant sans le vouloir la caméra dans le tunnel.

Pendant une fraction de seconde, j'aperçus quelque chose, à trente mètres à peine de l'entrée de notre salle.

Une silhouette, momentanément éclairée. Pas aussi haute qu'un adulte, puisqu'elle ne mesurait qu'un mètre cinquante, mais deux fois plus large. Musculeuse comme un taureau. Des mains comme des pelles, complètement disproportionnées, avec des doigts en forme de spatule, encore rouges du sang de Gemma.

Une énorme tête chauve, au crâne épais.

Le temps que Molly cherche à la suivre avec la caméra, elle s'était rencognée dans l'obscurité. Mais elle n'était pas allée bien loin. Nous l'entendions encore respirer.

— Ils sont deux, dit Ken. Éteins la lumière.

Molly obéit. Nous tendîmes l'oreille.

Deux souffles dans les ténèbres. Deux souffles lourds. Comme si les créatures devaient lutter pour faire passer l'air des narines aux poumons et des poumons à l'extérieur, la trachée encore pleine du bouillon nutritif duquel elles s'étaient extraites.

L'une d'elles reproduisit le son. Le son que nous avions entendu. Guttural, éraillé. En l'espace de quelques secondes, il changea trois fois de hauteur. À défaut d'être une langue, il s'agissait en tout cas d'un mode de communication. Pas pour parler avec nous. Pour se parler l'une à l'autre.

Elles préparaient leur attaque.

— Ils se rapprochent, dit Molly, très contrariée, très effrayée.

Un bruissement de pattes contre la roche. Un grondement sourd, comme un roulement. Au fond de votre cœur, de votre âme, une partie de vous savait bien ce que ce bruit signifiait ; c'était inscrit dans votre ADN.

Molly et moi reculâmes d'un pas.

Un nouveau grondement, amplifié.

— Partez, dit Ken.

— Quoi ?

— On n'a pas le temps d'attendre que Pierre revienne me chercher. Je vais les entraîner loin de vous.

— Ta gueule, Ken.

La créature la plus proche émit un autre son. Pas un grondement. Plutôt un rugissement. Nous étions acculés et elles en avaient bien conscience. Elles venaient nous chercher.

— Si vous restez, on va tous mourir. Je déconne pas. Je suis foutu. On est presque à court de cigarettes, de toute façon.

— Fais pas le...

— Molly ! cria-t-il. Dégage.

— Mais...

Molly n'avait aucune envie d'obéir, mais elle était habituée à suivre les instructions de Ken, et dans cette fraction de seconde d'hésitation, Ken en profita pour, d'une main, lui prendre la caméra et, de l'autre, me pousser violemment.

Je trébuchai sur la démarcation du seuil, tombai à plat dos dans la salle. Ken alluma la lumière et, pendant un instant, la caméra éclaira son visage par en dessous. Il souriait. Il m'adressa un clin d'œil qui le fit brièvement paraître beaucoup plus jeune.

— On s'est bien marrés, mon vieux. Vrai de vrai. N'empêche que t'es un abruti.

Et il fonça dans le tunnel.

Je me relevai frénétiquement, poussai Molly derrière moi sans ménagement, si bien que ses semelles ripèrent sur la pierre et qu'elle bascula. Dans l'obscurité totale, j'entendis un bruit d'éclaboussures molles.

— Va, lui criai-je.

— Qu'est-ce qui se passe ? lança Pierre.

— Viens chercher Molly. Aide-la à traverser.

— Qu'est-ce qui se passe, *bon sang*?

Je me retournai dans la direction qui, croyais-je, était celle de l'entrée, mais je fus projeté deux mètres en arrière par un geste cinglant, des griffes aiguisées me labourant la poitrine à travers ma chemise.

C'est à peine si j'eus le temps de happer un peu d'air avant que ma tête disparaisse sous la surface. Le liquide était aussi épais que de la lessive, et très chaud. Je ne coulai pas aussi vite que si j'étais tombé dans de l'eau, mais je n'avais aucune idée de mon orientation, ni de la profondeur à laquelle j'allais m'enfoncer.

Au bout de quelques secondes, je sentis qu'on m'empoignait et qu'on me tirait dans une direction qui se révéla la bonne, puisque je crevai la surface quelques secondes plus tard. Je respirai avec un hoquet, et me rendis compte de la cacophonie ambiante.

Molly et Pierre me hurlaient de venir avec eux. Chez la créature, c'était un chaos de hurlements ; elle avait soif de sang.

— Ken, haletai-je. J'y re…

— Non, rétorqua Pierre sans cesser de me tracter, tout comme Molly.

— Tu l'as entendu, me dit celle-ci, les dents serrées. Tu as entendu Ken. Il nous a ordonné de partir. Cette bête va te tuer si tu retournes là-bas… et je ne le permettrai pas. *C'est hors de question.*

La créature poussa un nouveau rugissement, mais elle ne progressait pas aussi vite que je l'aurais cru ; comme si elle se méfiait de la fange pestilentielle dans laquelle nous frôlions la noyade, et ne savait pas trop comment négocier la traversée. Cela ne l'empêchait pas de patauger vers nous… On sentait l'onde de ses mouvements se propager. Néanmoins, elle était seule, j'en étais certain malgré l'obscurité.

Ken avait entraîné l'autre à sa poursuite, nous offrant là une maigre chance de survie.

Je continuai à lutter contre Pierre et Molly, mais j'étais à bout de souffle et désorienté, je ne savais pas quelle direction suivre. Et peut-être que, tout au fond de moi, j'avais compris que je devais renoncer.

— Espèce d'*enfoiré*, criai-je, en m'efforçant une dernière fois de me dégager.

Mais ma voix se gonflait de larmes, et je crois que mes compagnons n'entendaient même pas ce que je disais.

Ce ne fut que lorsque, à force de gesticulations, nous nous cognâmes les bras contre le bord rugueux, que nous comprîmes que nous avions achevé notre traversée. Molly fut la première à s'extraire du bassin, et elle m'aida à gravir le rebord tandis que Pierre me soulevait les jambes ; il était encore assez frais pour produire cet effort tout en surnageant.

Nous nous retrouvâmes agglutinés à l'entrée de la fissure, hors d'haleine, obligés d'engranger des goulées d'air tout en toussant, les poumons irrités par l'odeur tenace, âcre, nocive.

— J'y retourne, dis-je d'une voix étranglée.

— Pas question, rétorqua Pierre. Essaie un peu pour voir, et je t'assomme.

— Va chier. Ken est mon…

C'est là que nous l'entendîmes.

Tous les trois, nous l'entendîmes, malgré les rugissements de la créature. Un cri, ou un hurlement. Aigu, atroce, humain. Il venait de l'extérieur, il venait de la grande salle. Ken était au moins arrivé jusque-là.

Puis la plainte cessa. Stoppée net.

La créature qui nous avait pourchassés se tut, puis, au bout d'un moment, nous l'entendîmes s'éloigner rapidement vers le couloir, quittant la salle pour s'approprier sa part de butin.

— Viens, Nolan, me dit Molly avec gentillesse.

Pierre trouva son sac à dos, le ramassa, puis Molly et lui m'entraînèrent dans la fissure. Nous partîmes.

Les archives de Nolan Moore
Gravure tirée du *London Magazine*, mai 1766

# Chapitre 48

Nous nous faufilâmes tant bien que mal dans la crevasse. Pierre passa le premier. Je lui emboîtai le pas, me servant de mon téléphone pour éclairer notre progression. Molly fermait la marche, et même si je l'entendis quelquefois réaliser ses fameux exercices de respiration, il m'apparut que les événements récents avaient pulvérisé sa peur du noir associée à la sensation de confinement. C'est ce qui se produit, je suppose, lorsque la vie se charge de vous rappeler qu'il existe bien pire que cela. Nous finîmes par déboucher sur la salle aux peintures. Nous restâmes un instant immobiles, reprenant notre souffle.

— C'est assez vilain, dit Molly.

Elle faisait référence à mes blessures. De profondes entailles s'ouvraient à deux centimètres d'intervalle sur mon torse, témoignage de l'attaque à laquelle j'avais failli succomber. Elles saignaient à profusion. Je contemplai l'œuvre des griffes de la créature avec indifférence. Cela n'avait aucune espèce d'importance, et je ne pouvais de toute façon rien y faire.

— Ken ne nous a pas laissé le choix, poursuivit Molly avec douceur.

— Je sais. Et quand je le retrouverai au Paradis, je lui péterai le nez.

Le menton de Molly tremblait. Elle pinça les lèvres en un pli de défi.

— Moi, j'espère qu'il est en Enfer. Ce serait plus son truc. Et puis, toi, tu t'adapterais sans mal.

De surprise, j'émis un son qui ressemblait à un rire. Je voulus parler, mais je ne savais absolument pas quoi répondre à Molly.

Pendant ce temps-là, Pierre découvrait les peintures pour la première fois. On est parfois capable de lire dans l'esprit des gens. Il ne s'agit pas d'un pouvoir magique, surnaturel. Il suffit de connaître les personnes concernées. Pierre se disait qu'il devait filmer les peintures dans les meilleures conditions possible d'éclairage et de cadrage, et les conserver sur disque pour les montrer. Afin que le monde sache. Puis je lus sur son visage qu'il venait de se rappeler qu'il n'avait plus sa caméra, et qui était la dernière personne à l'avoir tenue. Alors, il ferma complètement son âme à cette ligne de pensée.

Il longea néanmoins la paroi en levant bien haut son téléphone pour observer chaque symbole.

— Un moustique, dit-il. Un insecte. Un coyote ou un loup. Un cheval affublé d'une corne. L'espèce de calamar qui a failli avoir ma peau. Et ça… Ça, c'est la créature qui était dans le ventre de Gemma.

Il parlait du dessin que j'avais remarqué lors de ma première visite, une espèce de volatile avec une drôle de tête osseuse.

— Oui, je suppose.

— Mais il existe des millions d'espèces sur terre, nous fit remarquer Molly. Une centaine de boutons, ce n'est pas suffisant.

— Peut-être qu'on peut les combiner, suggérai-je. Former des séquences, ou que sais-je encore. Ou alors, c'est le kit de départ, à charge pour le processus d'évolution de se mettre en place. J'en sais rien.

La lumière de l'écran passa sur une peinture que je n'avais pas vue auparavant, située en bout de rangée, après les empreintes de mains. Elle était stylisée et difficile à distinguer, surtout à la lueur maladive d'un téléphone portable. Cela n'avait assurément rien à voir avec des fossiles déjà attestés… sauf à supposer, bien sûr, que des archéologues aient choisi de passer leur découverte sous silence pour éviter un affolement généralisé.

Le symbole en question était celui que j'avais montré à Gemma sur l'illustration de Newspaper Rock. Des cornes courtes. Une silhouette ursine, avec un dos trapu et puissant. Les épaules étaient voûtées, les poings serrés et dirigés vers le bas.

De courtes cornes. Comme le pictogramme que j'avais repéré d'abord dans la salle du premier bassin, et le seul que nous avions vu une demi-heure auparavant, figurant sur la paroi proche de l'entrée du second bassin, beaucoup plus vaste que son homologue.

— Allons jusqu'au fond, il y a peut-être autre chose à voir…, dis-je.

Involontairement, je laissai ma phrase en suspens, tant j'étais habitué à ce que quelqu'un réagisse, occupe l'espace pour me conforter dans mes propos ou soumettre une alternative (souvent bien meilleure que ma suggestion initiale). Ou encore lâcher une salve de grossièretés. Voire parler de cheeseburgers.

Les regrets arrivaient par vagues, chaque fois plus prononcées. Si seulement nous n'avions pas perdu de temps au deuxième bassin en tâchant de décider si nous devions, ou pas, en boire l'eau, ce qui n'était de toute façon pas arrivé… Si seulement j'avais compris plus vite où il voulait en venir, à savoir que Feather nous espionnait… Ou s'il ne m'avait pas obligé à aller lui parler. Si seulement nous n'étions pas retournés chercher les disques durs…

Je m'aperçus que ce cheminement mental ne me mènerait nulle part, et que je finirais par devenir un poids mort pour mes compagnons si je continuais à m'enfoncer dans cette spirale. Le passé regorge de « si seulement… », et il n'y en a pas un qui ne soit pas un tissu d'âneries. On se fait ce genre de réflexions uniquement lorsqu'il est déjà trop tard. Les « si seulement », aurait dit Ken, c'est pour quand on est déjà dans la merde.

Je les repoussai donc dans un coin de mon esprit, et nous nous hâtâmes vers le fond de la salle.

Peu après le point que nous avions atteint lors de notre première visite, la salle se rétrécissait rapidement, adoptant un profil fuselé. Encore trois mètres, et elle s'achevait abruptement par une étroite faille qui, comme le reste du lieu, ne comportait pas la moindre trace de l'intervention humaine pourtant si évidente sur le reste du site. La fissure était impraticable. J'y fourrai ma main, perçus une poche de vide un peu plus loin, mais en touchai vite l'extrémité. Aucune issue.

Un morne crissement se produisit lorsque je bougeai, et je braquai mon téléphone vers le sol.

— Que… C'est quoi ? demanda Molly.

Je m'accroupis.

— Des ossements.

— De…

— Des dernières personnes qui se sont retrouvées coincées ici, je présume. Celles qui ont réalisé les peintures. En attendant que…

D'après ce que je pouvais voir, il y avait cinq crânes. Cinq squelettes complets. Je venais de piétiner plus de dépouilles datant du paléolithique que l'on en avait découvert dans le reste du monde, et je parle bien du *total*. Les os de personnes qui s'étaient terrées au fond de cette grotte pour attendre la fin. Préservant la mémoire de ce qu'elles avaient vu jusqu'à ce que l'énergie vienne à leur manquer. Jusqu'à mourir de faim.

— Et maintenant ? demanda Pierre.

Il n'avait pas prononcé un mot au sujet de Ken depuis notre séparation, et cela aurait de toute façon été superflu. L'affolement qui transparaissait dans sa voix en disait long. Subitement, le sol s'était dérobé sous ses pieds et il en avait bien conscience, de même qu'il doutait que je puisse incarner un plan B viable.

— Bon Dieu, on fait quoi maintenant ?

Molly lui prit le téléphone et le pointa vers le haut. Elle révéla ainsi un pan de roche accidenté, étroit et totalement vertical qui s'étirait dans les ténèbres.

— Ça doit être par là, dit-elle.

— Ou alors, on se goure complètement, répondis-je. Soit Feather nous a entendus dans d'autres circonstances, soit elle ne répondait pas à ma question.

— Elle est débile, ton idée, rétorqua Molly en me tendant le téléphone. Et j'en ai ma claque des idées débiles.

Elle se campa devant la paroi. Trouva un semblant de prise pour caler ses deux mains et commença à grimper en s'aidant du mur opposé, comme si elle avait affaire à un semblant de conduit de cheminée. Avant même d'avoir parcouru plus d'un mètre, elle était déjà essoufflée. Elle me paraissait bien différente de la jeune fille qui s'était attaquée à l'ascension du canyon avec aplomb, lorsque nous avions repéré l'ouverture. Elle avait maigri et se trouvait dans un état d'épuisement indescriptible. Elle était au bout de ses ressources, mais avait décidé d'essayer une dernière fois, parce que c'est la chose à faire même quand tout espoir de succès vous a déserté.

Je regrettais que nous n'ayons pas bu l'eau du vaste bassin, quitte à la puiser entre nos mains. Je ne voyais pas en quoi cela aurait détérioré notre situation. Mais ce n'était qu'encore une histoire de « si seulement ».

— Tu vois quelque chose ?

Je me rendis compte de la stupidité de ma question dès que les mots furent sortis de ma bouche. C'était moi qui tenais notre source de lumière. Je la levai, dans l'espoir que personne ne me demanderait de faire usage de mes cellules grises dans un avenir proche.

— Nan.

Pierre fouilla dans son sac et en sortit notre dernière lampe torche, doublant ainsi la hauteur que nous pouvions distinguer, soit environ six mètres. Aucune ouverture en vue. Et mon regard de novice ne me révélait guère de prises exploitables. Bien entendu, rien ne garantissait qu'il existait une issue en hauteur… et les ossements des précédents occupants du lieu, ces ossements qui se trouvaient à mes pieds, prouvaient que leurs propriétaires n'en avaient pas trouvé. Nous n'étions pas dans un jeu vidéo, confrontés à une énigme concoctée pour nous divertir, un problème ardu mais pas insoluble. Il n'existait pas *forcément* de sortie. Même à supposer que Feather ait pu nous suivre pour nous épier, rien ne disait qu'un passage s'ouvrait dans cette paroi précise.

Je gardai cette pensée pour moi.

Tout à coup, Pierre tourna la tête.

— C'était quoi ?

Il leva la main pour nous imposer le silence.

Je l'entendis à mon tour. Un jappement strident, se propageant jusque dans la salle des peintures depuis la fissure d'accès.

— On dirait des coyotes, dit Molly sur le ton d'une conversation lambda, même si l'on percevait dans sa voix les efforts qu'elle devait fournir pendant son ascension.

— Fait chier. Ça sait nager, un coyote ?

— Oh que oui. Ils vont traverser le bassin sans problème. Et pourvu qu'ils aient assez faim, ils attaqueront tout ce qui bouge.

Je pris la lampe des mains de Pierre et lui ordonnai de commencer à grimper.

— Mais toi, tu ne pourras pas…

— Allez, Pierre. Je serai juste derrière toi.

Molly commença à tâter frénétiquement la roche, s'agrippant à la moindre aspérité pour progresser le plus rapidement possible. Pierre s'engagea dans la montée. De nous trois, il était sans conteste le plus à l'aise en escalade, et possédait encore une partie de ses forces.

J'alternai entre la surveillance de sa progression – dans l'espoir risible de pouvoir reproduire ses mouvements – et de fréquents coups d'œil dans la salle. Les feulements se rapprochaient, bizarrement déformés par la faille d'entrée. C'était à croire que les coyotes étaient plus de deux. Rien ne disait, à bien y réfléchir, que l'arche se contentait de couples d'animaux. Peut-être qu'une fois activée elle ne s'arrêtait plus. D'abord un couple, puis un autre et encore un autre, jusqu'à la dissolution complète des sphères chimiques, commençant par celles du petit bassin avant de passer au plus grand – d'autant qu'il en existait peut-être d'autres que nous n'avions pas découverts – afin d'atteindre un nombre d'individus suffisant pour assurer la pérennité des espèces. Avec en ligne de mire le repeuplement de la Terre.

— Nolan, lumière !

Je braquai le faisceau vers le haut. Molly était perchée à plus de cinq mètres.

— Je vois quelque chose. Il y a… Il y a une ouverture là-haut ! Oui, c'est une *ouverture* !

— Super. Continue comme ça.

Je m'exprimai le plus calmement possible, conscient que Molly, le souffle court et le sang lui battant contre les tempes, n'avait aucun moyen de savoir à quel point les bêtes étaient proches.

— Je la vois, dit Pierre. Nolan, commence à monter. On peut terminer dans le noir.

Peut-être que Molly et lui en seraient capables, oui. Mon cas me semblait plus problématique. Je n'avais pas la fibre de l'escalade. Surtout quand il s'agissait de grimper à l'aveuglette. Mais de toute évidence, il fallait aller jusqu'au bout.

Calant la lampe entre mes dents, je choisis les mêmes prises que Pierre. Je me hissai au-dessus du sol, mais glissai aussitôt.

Les coyotes – s'il s'agissait bien de coyotes – ne hurlaient plus. Pas parce qu'ils avaient renoncé et étaient repartis là d'où ils étaient venus, non. Parce qu'ils savaient avoir trouvé une proie digne d'efforts. Tout comme ils avaient compris, sans doute, grâce à ce sixième sens flippant qu'ont les animaux, que la proie en question ne pouvait en aucun cas prendre la fuite.

Ils convergeaient vers moi dans l'obscurité.

Je les entendais trottiner, et cela m'arracha un sourire, car je sentais que j'allais certainement avoir l'occasion de péter le nez de Ken – que ce soit au ciel ou en enfer – plus tôt que je l'avais espéré.

— Bon Dieu, Nolan ! cria Pierre, me ramenant à la réalité. *Grimpe.*

Je m'accrochai aux aspérités de la paroi de toutes mes forces. Je sentis mes doigts glisser, mais je projetai mon bras vers le haut pour détecter une prise et ainsi de suite, jusqu'à parvenir à caler mon pied droit contre la première saillie. Je gravis un mètre ou deux, puis sentis que je perdais à nouveau le rythme, que je commençais à basculer en arrière, peut-être irrémédiablement, alors même qu'un cliquetis d'ongles m'indiquait l'approche des prédateurs.

J'étirai ma main au maximum et rencontrai une autre aspérité, mais cela ne me suffirait pas pour garder le contact avec la paroi. Je me sentis partir, et tâchai de me coller contre la roche tandis que Molly me criait quelque chose ; je n'entendais pas les mots, seulement l'urgence qu'elle exprimait.

Alors que je croyais devoir m'écraser au sol, mon dos rencontra le mur opposé avec un bruit mat, et je me rendis compte que j'étais monté assez haut pour que la roche forme une cheminée. Tendant la main derrière moi, je poussai sur mes pieds, grignotant la distance petit à petit de façon à m'élever hors de portée de saut.

Je regardai vers le bas au moment précis où quelque chose s'élançait vers moi.

Le rayon de la lampe torche, que je tenais toujours entre mes dents, barra d'un trait lumineux un animal qui ressemblait bel et bien à un coyote et venait de bondir vers moi. Sa gueule écumante était hérissée de dents. Et il avait un œil de trop sur le front, pas parfaitement centré.

— Oh misère, marmonnai-je.

— Quoi ? demanda Molly, affolée.

— Rien.

Un autre animal m'attaqua, manquant de m'atteindre, et je glissai en voulant l'éviter, même si ce ne fut que de quelques centimètres. Je fis des pieds et des mains pour m'élever progressivement dans une cacophonie de hurlements et d'aboiements étranglés, jusqu'à ce que Pierre me crie de me déporter vers la première paroi en mobilisant tout mon poids.

Je lui obéis, et il me saisit fermement par l'avant-bras. Il tira tandis que je poussais sur mes jambes. Je m'éraflai les poignets sur une saillie rugueuse, et sus que je touchais au but.

Molly joignit ses efforts à ceux de Pierre, et c'est alors qu'un roulement assourdi fit frémir la roche, comme si une météorite s'était écrasée à la surface de la Terre. Si mes compagnons ne m'avaient pas tenu, j'aurais aussitôt dégringolé.

En l'état, je parvins à me hisser sur le rebord, qui donnait immédiatement sur une faille.

— Qu'est-ce que c'était ? demanda Molly.

Haussant les épaules, je m'avançai dans la fissure en m'efforçant de ne pas penser aux propriétaires des cinq squelettes, au fait qu'ils avaient été à un cheveu de trouver une issue. Une vraie, peut-être.

# Chapitre 49

La fissure dans laquelle nous nous étions engagés était plus haute et plus large que celle qui reliait la salle nauséabonde à celle des peintures. Quoique d'apparence naturelle, puisqu'elle était tout sauf rectiligne, elle semblait néanmoins, à la lumière du téléphone, avoir été travaillée par endroits. Cela me rassura quelque peu, à supposer que je sois encore capable d'une telle émotion, parce que cela suggérait un itinéraire d'importance suffisante pour justifier un effort de cette ampleur.

Tous trois, nous chancelions désormais, nous aidant des parois pour progresser le plus vite possible dans le tunnel. Nous entendîmes de nouveaux coups sourds au loin. Difficile d'être catégoriques, mais nous avions l'impression que les impacts se produisaient à un niveau inférieur du site.

— C'était à ça qu'ils ressemblaient ? Les bruits que tu as entendus pendant la nuit ?

— Oui, répondit Pierre. Ou en tout cas, ils sont très similaires. Les sphères viennent de tomber dans le grand bassin, hein ?

— Je crois bien. Le site est passé à la phase deux.

— Ce qui signifie que bien d'autres créatures vont apparaître, conclut Molly.

— Des tas. La console de commande du premier bassin indiquait une centaine de spécimens différents. On en est encore loin. Mais le grand bassin ne présentait qu'un symbole. Si ça se trouve, c'est carrément autre chose.

— Quoi ?

— Une saleté, avec des cornes. Je ne sais pas. Je ne sais pas.

— Est-ce que… ça va ?

— Je vais bien.

C'était évidemment faux. La douleur ne cessait de s'accentuer. Les entailles me semblaient chauffées à blanc. Ou glacées. Je n'arrivais pas à décider. En tout cas, mes terminaisons nerveuses dégustaient, et la sensation se propageait vers mon abdomen, s'enfouissant dans les muscles. Mais à quoi bon en informer mes compagnons ?

— Je ne te crois pas.

— Allez, Molly, on avance.

Ce n'est pas chose aisée que de s'orienter dans un tunnel plongé dans l'obscurité, surtout lorsque vous vous efforcez de courir. J'eus tout de même l'impression que le passage respecta un angle donné pendant un bon bout de temps, avant de commencer à s'infléchir progressivement pour former une courbe.

Puis il redevint droit, parfaitement rectiligne. Le sol et les parois se firent par ailleurs beaucoup plus lisses.

— On est déjà venus ici ?

— Je ne crois pas, répondis-je.

Sans vouloir me montrer péremptoire, j'estimais cependant que le chemin ne s'était pas assez arqué pour rejoindre le passage principal, de l'autre côté de la sphère.

— Pierre… tu n'es jamais allé jusqu'au bout des deux tunnels qui partaient du tunnel principal, avant qu'il se retrouve bloqué ?

— Non. Du coup, ça pourrait… Oh.

Devant nous, le passage formait un embranchement.

— Pour l'amour du ciel…, dit Molly. Bon, on va où ?

— On choisit un côté, et on reste ensemble, répliquai-je. Et si ce n'est pas le bon, on rebrousse chemin et on tente l'autre. Toujours ensemble.

— Et par lequel on commence ? demanda Pierre. (À l'entendre, il n'était plus simplement effrayé ; mais absolument désespéré.) C'est par où, Nolan ?

— À droite.

— Mais comment tu le sais ?

— Là n'est pas la question. Il faut essayer. Ça va aller, Pierre… On va sortir de cet endroit.

— Je ne pense pas que je vais encore tenir bien longtemps, dit-il. J'ai besoin de lumière, de la lumière du jour. Et d'air *frais.*

J'emmenai mes compagnons dans le passage de droite, confiant dans le fait que ce serait le bon. Mais après avoir viré sèchement sur environ dix mètres, nous fûmes confrontés à un cul-de-sac. Aucune saillie suggérant une ouverture en hauteur. Le couloir s'arrêtait purement et simplement. Étant donné la complexité du site, cet agencement dépassait mon entendement. Comment croire que ses fondateurs aient été à un moment donné à court de temps ou d'énergie ? Ce tunnel subsidiaire avait forcément une raison d'être. Mais elle m'échappait.

Et, à moins qu'il s'agisse du fruit de mon imagination, un phénomène était en train de se produire. Si je posais ma paume contre la roche, je la sentais vibrer.

— Bon Dieu, dit Pierre. Tu as dit que *c'était le bon chemin.*

— J'ai eu tort. C'est pas la première fois.

Nous retournâmes rapidement à la jonction. En arrivant à sa hauteur, un choc massif retentit, bien plus puissant que les précédents. Provoqué sans doute par un objet extrêmement lourd.

— Il faut qu'on sorte d'ici, dit Pierre. Si le site est encore en train de fabriquer des centaines ou des milliers de monstres…

— Ça va aller, répondit Molly, même si elle ne semblait pas très convaincue de ce qu'elle avançait. Pierre, ça…

— Tu plaisantes, Molly ? Depuis le début, il n'y a *rien* qui va.

— Si. Parce qu'on n'est pas morts, rétorquai-je.

Et, une main dans le dos de chacun, je les poussai sans ménagement dans l'autre passage.

D'abord rectiligne, le tunnel accusa un net virage à droite. Et poursuivit son bonhomme de chemin, s'élargissant même, tant et si bien que nous pûmes trottiner à trois de front.

— Stop, dit soudain Molly.

— Quoi ?

— Il y a de la lumière.

Elle avait une meilleure vue que moi. Avec le halo de l'écran du téléphone, je n'avais rien remarqué. En le désactivant, je distinguai une douce lueur au fond du couloir.

Nous restâmes immobiles et silencieux pendant une minute. Aucun bruit.

— C'est elle, murmura Pierre. Feather… Elle retourne à la salle des peintures.

— Bon, qu'est-ce qu'on fait ?

— On est à trois contre un, dit Molly d'une voix dure. Et j'ai vraiment envie d'avoir une petite discussion avec elle.

Je hochai la tête.

— Ok. Alors on y va, tout doucement.

Pierre et Molly me laissèrent une légère avance. Ma démarche lente et prudente ne fit que me rappeler combien mon estomac se tordait. Mes muscles étaient en train de se nouer. Il s'agissait peut-être simplement d'un spasme, comme si j'avais froissé ma sangle abdominale durant l'heure qui venait de s'écouler, un phénomène encore accentué par le fait que j'avais avalé en tout et pour tout l'équivalent de trois cuillerées de nourriture ces deux derniers jours. En tout cas, j'espérais que ce n'était que ça. Dans le cas contraire, cela signifiait que j'avais été contaminé par les griffes de la créature, ou par le liquide visqueux dont j'étais toujours couvert.

Nos pas étaient presque inaudibles, mais cela ne m'empêchait pas de lever la main à intervalles très réguliers. Nous nous figions alors, et tendions l'oreille. Rien… hormis la vibration sourde que j'avais remarquée, et encore… rien ne disait qu'elle n'existait pas que dans ma tête.

Encore quelques pas… Toujours rien.

Mais une ouverture se dessina peu à peu, une ouverture parfaitement rectangulaire. La source de la lueur venait d'un peu plus loin.

Nous nous approchâmes furtivement, jusqu'à ce que nous soyons obligés de franchir le passage et de pénétrer dans une salle en descendant une courte volée de trois marches… Les premières, pris-je conscience, que nous croisions sur le site.

Nous constatâmes aussitôt que l'espace était vierge de toute présence. Mais pas vide.

Molly descendit les marches à ma suite.

— Bordel, qu'est-ce que c'est que ce truc ?

# Chapitre 50

La salle était vaste et strictement rectangulaire, le plafond bas. Un chemin traversait en ligne droite un grand espace ouvert. Dans chaque coin se dressait l'une des structures pyramidales un peu austères que nous avions rencontrées sur tout le site, mais dans une version bien plus imposante : environ un mètre vingt de haut.

Comment pouvions-nous distinguer tout cela ?

Grâce à la lueur dont la pièce était baignée.

Je ne sais pas comment décrire autrement le phénomène. Il ne possédait pas d'origine précise. Ni les murs, ni le sol, ni le plafond ne comportaient le moindre dispositif ; il n'y avait ni torches ni d'autres formes d'éclairage. La lumière formait simplement une sorte de subtile nappe opaline.

— Mais comment est-ce possible ? demanda Pierre.

— Aucune idée. Nous ne sommes pas capables d'un tel phénomène.

— Tu veux dire que notre technologie n'est pas assez avancée ?

— Elle ne l'est pas et ne le sera jamais.

Nous nous approchâmes de la zone centrale. Le sol était intégralement orné de motifs, et séparé en deux parties égales par le chemin. Certaines parties étaient surélevées d'environ deux centimètres. Leurs angles étaient nets, comme taillés au laser, une réalisation bien plus précise que tout ce que nous avions pu voir sur le reste du site. Tous les motifs étaient strictement géométriques : certains volumineux, puisqu'ils pouvaient mesurer plusieurs mètres de côté, d'autres plus modestes. Quelques-uns comportaient de petits points lumineux. Pas à l'*intérieur* de la pierre, cependant. Les lueurs ne semblaient pas enchâssées dans la roche, mais plutôt suspendues à quelques centimètres au-dessus du sol. Et elles n'étaient pas nombreuses. J'en dénombrai six sur la moitié gauche, sept à droite, soit un total de treize, réparties sur toute la surface de la salle. La plupart présentaient un coloris ambré assez terne. Je m'intéressai à la moitié gauche.

Le point qui brillait dans le quart supérieur était d'un rouge intense. C'est cela qui me permit de comprendre la logique de l'ensemble.

— C'est une carte, dis-je.

Molly regarda le sol sans aménité.

— Une carte de quoi ?

— De la Terre. Réduite à sa plus simple expression. Regarde.

Une fois que l'on était parvenu à cette conclusion, les contours prenaient forme d'eux-mêmes. On trouvait là les continents et les principales îles présentes sur notre planète, dans une version stylisée, simplifiée, géométrique. Par impulsion artistique, peut-être, ou pour tenir compte des abîmes du temps, théâtres d'une éventuelle dérive continentale.

Molly montra du doigt la minuscule lumière rouge qui brillait très fort.

— Et ça, c'est nous ?

Le petit point occupait le quart gauche de son coin de carte, presque tout en bas. Soit l'emplacement approximatif du Grand Canyon au sein d'une carte extrêmement basique du continent nord-américain.

— Je crois bien.

— Et les autres lumières représentent d'autres sites comme celui-ci ?

— C'est forcément ça.

J'immortalisai les deux moitiés de la salle sur mon téléphone. L'une des lumières ambrées était peut-être l'Égypte. Une autre, sise dans un rectangle, représentait sans doute l'Australie. Une autre se trouvait au cœur de la Russie, et une autre encore en France. Je remarquai aussi un point qui était probablement dans l'État d'Israël.

C'est alors que j'avisai un petit point brillant sur ce que l'on pouvait interpréter comme les confins de l'Alaska.

— Merde. Oui, c'est bien ça.

Cette lumière-là était du même ambre terne que les autres. Mais allait-elle le rester ? Et tous les autres signaux ? N'avions-nous pas déclenché un processus bien plus ambitieux que nous l'avions escompté… provoquant ainsi une succession de cataclysmes aux quatre coins du monde ?

— Nolan… regarde. Là.

Je reportai mon attention sur la lumière qui devait indiquer notre position. Elle avait commencé à clignoter.

— Pourquoi ça fait ça ? s'enquit Molly.

Le point s'éteignait toutes les deux secondes environ, assurant une transition entre ses deux états.

— Je ne sais pas.

Pierre semblait fébrile.

— On s'en va.

— Mais il pourrait s'agir d'un panneau de commande. On pourrait mettre un terme à tout ça.

— Ou plutôt aggraver la situation, répliqua Molly, les yeux rivés sur le point rouge. (Elle semblait effrayée.) Comme chaque fois qu'on a pris une décision.

— On doit essayer, dis-je.

Et, m'écartant du chemin, je marchai sur la carte en direction du point clignotant.

— Nolan… non !

Mais rien ne se produisit. Je posai mon pied sur la petite lumière. Lorsque je le retirai, elle brillait toujours par intermittence, comme une mini-alarme silencieuse. Je répétai mon geste une fois, deux fois, avec toujours plus de frustration, de frénésie.

Pierre me toucha le bras, et je me dégageai.

— On doit bien pouvoir faire quelque chose.

Pierre répéta son geste avec plus d'autorité.

— On s'en va, dit Molly. Nolan, je t'en prie.

— Ça ne fonctionne pas, renchérit Pierre. Allez, viens.

Molly gagna le fond de la salle. Tandis que nous gravissions en courant la volée de marches, je remarquai la présence d'une cavité à gauche de l'ouverture. Une mince plaque de pierre y était logée. La dernière marche comportait un sillon.

Cela me donna un peu d'espoir, mais je décidai de garder ça pour moi jusqu'à nouvel ordre. Pierre nous rattrapa au moment où nous nous engagions dans un nouveau tunnel, qui formait un embranchement au lieu de se poursuivre tout droit.

— Et maintenant, on va par où ?

— À droite. Et cette fois, je suis confiant.

— Pourquoi ?

— Quand on est arrivés sur le site, c'était à ce niveau-là. Avant que l'accès principal soit bloqué par la sphère, tu es parti seul pour explorer l'autre passage. Tu as trouvé une issue condamnée par une plaque de pierre, n'est-ce pas ?

— Oui, je crois.

— J'espère que l'autre tunnel, c'était celui-là.

J'allumai mon téléphone, et constatai que la batterie était désormais dans le rouge. Nous suivîmes le passage en courant, croisant des ouvertures que j'étais certain d'avoir déjà vues. Des arches. La texture de l'air semblait aussi avoir changé. Il me paraissait moins confiné. Moins mort.

Au bout d'une centaine de mètres, nous rencontrâmes un nouveau couloir qui croisait le nôtre à angle droit et était nettement plus large.

—Oui, dis-je.

—Alors, c'est bien ça ? Tu es sûr ?

Difficile d'en avoir le cœur net. Dans une obscurité presque totale, rien ne ressemblait plus à un tunnel qu'un autre tunnel… et Dieu sait qu'on en avait emprunté un bon paquet. Cela étant dit, deux ou trois mètres plus loin, je localisai une ouverture qui ressemblait fort à celle que nous venions de franchir…

—Je crois bien que oui. Pfiou, Dieu soit loué.

—Il n'y a qu'un moyen de s'en assurer, dit Pierre.

Il tourna à gauche et s'enfonça dans l'obscurité. Il trébucha mais ne renonça pas. Molly et moi le suivîmes. Ce n'était pas bien loin. À une petite vingtaine de mètres, si mes souvenirs étaient bons.

Il ne nous fallut guère de temps pour nous heurter à un mur. Toutefois, il ne ressemblait pas exactement à ce que nous avions vu dans la salle de la carte… On avait plutôt l'impression que le travail d'excavation avait été interrompu. La paroi était irrégulière. Elle se composait de pierres et de mortier.

C'était le tunnel scellé que nous avions découvert l'avant-veille. Et de l'autre côté…

… le monde.

—Bon, dis-je, ayant peine à en croire mes yeux. On est dans le bon tunnel. Le premier qu'on a trouvé après avoir escaladé le conduit. On doit simplement retourner à l'embranchement et…

Pierre ne m'écoutait pas. Au lieu de cela, il rouait le mur de coups de pied. De toutes ses forces, sans faiblir.

—Pierre…

—J'ai besoin d'air.

— Tu pourras respirer quand on sera descendus dans le conduit.

— Non, tout de suite, Nolan. Je ne peux plus attendre.

Je voulus l'apaiser en lui prenant les épaules.

— Pierre, je comprends. Mais…

— Je peux casser la paroi. On peut sortir par là.

— Quoi ?! Bien sûr que non. On serait bien incapables de descendre des centaines de mètres supplémentaires dans le noir. Enfin, peut-être que, toi, tu pourrais, mais pas moi. Surtout pas en ce moment.

Je cherchai à nouveau à le réconforter, mais il se dégagea. Il avait la peau brûlante, le regard fou.

— Laisse-le, dit Molly.

— Non.

— Laisse-le, Nolan. Laisse-le tout seul dans le noir. J'en ai ma claque de cet endroit. Je choisis la sortie qu'on connaît.

Elle commença à s'éloigner.

— Pierre, repris-je le plus calmement possible. J'ai envie d'en finir autant que toi. Mais pas de cette façon. Tu as entendu Molly : on *sait* où est la sortie. Il n'y a plus qu'à y aller.

Mais il ne m'écoutait plus. Peut-être n'était-il plus en mesure de m'écouter. Depuis le début, il s'était conduit en roc. Attentionné, fiable, toujours prêt à faire ce qui était juste. Ce temps-là était révolu ; il n'était plus question de continuer à aller de l'avant. Il n'avait plus les ressources nécessaires.

Et moi, j'étais engagé sur la même voie.

Une dernière fois, je m'efforçai de le toucher, de le convaincre. Lui, il continua à frapper dans le mur, même si cela n'avait absolument aucun effet.

J'agis de la seule façon possible. J'étais persuadé qu'il ne tarderait pas à retrouver ses esprits. Parfois, on a simplement besoin de se défouler, de laisser l'affolement suivre son cours.

Je tournai donc les talons.

C'est à cet instant précis que Molly se mit à hurler dans les ténèbres, puis à pousser un cri de rage.

Je courus en tenant mon téléphone à bout de bras.

— Feather, dis-je. Il faut qu'on parle.

C'est alors que j'aperçus Molly. Toute raide, les yeux écarquillés, elle était immobilisée. Et le bras plaqué en travers de sa gorge n'appartenait pas à Feather.

— Salut, Indy. Vous vous êtes fourré dans un drôle de pétrin cette fois, pas vrai ?

C'était Dylan.

# Chapitre 51

Je m'arrêtai net. Dans la semi-obscurité, c'était comme tomber nez à nez avec un fantôme.

— Feather… a dit qu'elle vous avait tué.

— *Fake news*, répliqua Dylan sur un ton jovial. Une vraie plaie, ces trucs-là. Bon, où sont les autres demeurés ?

— Morts, rétorquai-je avec colère. Ken, Gemma et Pierre sont morts. *De l'autre côté de cette putain de sphère.*

— Sans mentir, je m'en contrefous. Et puis, ça m'épargne du travail.

— Mais… pourquoi Feather nous a dit que vous étiez mort ?

— Pour vous miner le moral. Vous faire perdre courage. Parce que sans moi, pas de retour au bercail, hein ? C'est très déprimant comme idée. Désespérant, même. Cette nana mise tout sur la psychologie.

— Où est-elle ?

— Dehors. Avec mon téléphone, puisque apparemment vous lui avez pris le sien. Pour contacter le Q.G. Mobiliser Palinhem, ou en tout cas les gens en qui nous avons confiance. Et il était grand temps, parce qu'elle était censée se contenter de poser son cul et de vous observer. C'est ce qu'elle a fait. Mais elle a papoté, hein ?

— Pas beaucoup.

— Dans ce cas, comment se fait-il que je vous trouve ici, alors que vous devriez être coincés là-bas ?

Je ne répondis pas.

— Eh ouais, Indy. Elle a commis une erreur. Aucune importance. Je suis là pour rectifier le tir. C'est mon travail.

— Vous aussi, vous êtes à la solde de Palinhem ?

— Évidemment. Comme mon père et mon grand-père avant moi.

En un éclair, je compris.

— C'était vous. Feather et vous. Vous vous êtes vus sur le parking de l'hôtel, deux jours avant qu'on descende dans le canyon.

— Et vous avez bien failli nous surprendre. Failli. Le drame de votre vie.

— Une minute… Vous avez parlé de votre *grand-père* ? Mais… le fondateur, Seth Palinhem… il est mort il y a seulement dix ans, d'après Feather.

— Mais c'est que vous êtes sacrément con, mon vieux. Il n'a jamais existé. Il s'agissait simplement de vous faire gober une petite histoire pour expliquer la manne financière. En réalité, la Fondation est plus ancienne que votre pays à la con. Que n'importe quel pays, d'ailleurs. Feather n'a jamais connu autre chose que Palinhem, exactement comme moi, mais elle a un faible pour l'Indiana Jones de service. Elle a eu la riche idée de vouloir vous convertir à notre cause. Je n'ai pas ce problème. Moi, je sais quelle est ma place. Je ne suis pas payé pour réfléchir.

— Alors, pourquoi…

— Pour que tout se passe sans anicroche. Pour veiller à ce que les dix milliards de moutons qui peuplent la planète ne se doutent jamais de ce que nous accomplissons en leur nom. La mission ne tolère pas la moindre prise de risque. Rien ne doit être laissé au hasard. *Rien*.

Il décala la main qu'il avait jusque-là tenue derrière son dos, et pressa le canon d'un pistolet contre la tempe de Molly.

— Finissons-en.

Je me tenais à trois mètres de lui. Même si j'avais été doté de bons réflexes, et en meilleure condition physique, jamais je ne serais arrivé à temps pour l'empêcher de presser la détente. Même pas la peine d'essayer.

Pendant une seconde, je ressentis un soulagement aussi intense qu'une collision entre deux véhicules, cette émotion qui vous gagne lorsque le pire est en train de se réaliser, là, tout de suite, et que vous n'avez plus besoin de vous y préparer.

J'expirai lentement, et tournai mes paumes vers le haut.

— Ok. Ok, Dylan. Vous avez gagné. Je ne vais pas vous attaquer. Vous le savez.

— Ouais… Parce que vous êtes faible. Tout ce que vous savez faire, c'est causer.

— Certes. Mais aussi parce que je sais quand m'avouer vaincu, et que Molly est mon amie. Je n'ai aucune intention de causer sa mort. Vous allez devoir faire le sale boulot vous-même. Ce que je ne comprends pas, c'est pourquoi tout ça est si important pour vous.

— Vous voulez rire ? C'est notre plus gros coup, Indy. Ça nous permettra de reprendre à zéro. De réinitialiser tout ce merdier.

— Qu'est-ce qu'on va réinitialiser ?

— La planète Terre. Ce ne sera pas la première fois. Mais lors des autres cycles… tout s'est perdu. *Presque* tout. Quelques enclaves ont échappé au déluge. Quelques équipes de nettoyage ont survécu. Leur ADN est censé se déliter une fois le travail accompli, mais la dernière fois, il est entré dans la légende, s'est mêlé à la nouvelle lignée humaine. Vous savez, ces géants dont vous nous rebattez les oreilles ? C'est *eux*. Des échos de leur existence dans notre sang. C'est bien pour ça que la dernière réinitialisation n'a pas marché. Vous parlez de soi-disant « anomalies » à tout bout de champ – ouais, figurez-vous que j'ai vu votre émission débile–, mais vous ne pigez rien à rien. L'anomalie, c'est l'*humanité*, espèce de demeuré. Ce sont les humains qui sont complètement *foirés*, complètement salopés. Mais cette fois, on tient le bon bout. Cette fois, c'est nous qui allons contrôler le jeu.

— *Quel* jeu ?

— Le jeu de la *vie*. Lorsque la Neuvième Prophétie se réalisera, que tout sera éradiqué de la surface de la Terre, nous serons sains et saufs, en mesure de veiller à ce que, cette fois, elle reste *pure* et nous permette d'entrer dans la nouvelle ère. Nous sommes une planète de morts en sursis. Et vous, vous nous avez permis de découvrir comment activer la chaise électrique.

— Il n'y en a pas qu'une, à en croire ce qu'on vient de voir sur la carte. Pourquoi ?

— Une seule machine ne suffirait pas à repeupler le monde. Celle d'ici est censée déclencher toutes les autres.

— Mais comment ?

Il haussa les épaules.

— J'en sais rien, vieux. Je ne connais pas le mécanisme de la gravité, je ne sais pas expliquer pourquoi les abeilles dansent ou pourquoi les requins sont capables de sentir une goutte de sang dans des millions de litres d'eau. Vous le savez, vous ? Non. Pourtant, c'est avéré.

Du menton, il désigna mon torse lacéré.

— Vous avez eu de la chance. Mais seulement parce qu'ils venaient à peine de sortir du bassin. Il y a pire, bien pire en préparation. Je parle des créatures qui sont restées dans nos mémoires sous le nom de démons.

Je revis le pictogramme du grand bassin. Celui qui représentait une bête dotée de courtes cornes.

Dylan surprit mon regard.

— Oh, non, en effet. Ce n'est pas une invention. Ils sont bien réels. On le sait bien, au fond de nous. Et je ne suis pas digne d'eux, Indy. Ces machins-là, c'est l'équipe de nettoyage puissance dix. Ils sont des centaines de milliers. Des millions. Ils vont déferler sur le monde tel un raz-de-marée, tuer tous les êtres vivants. Aucun moyen de lutter. Aucune chance d'en réchapper. Ils vont ratisser toute la planète.

Un coup sourd retentit au loin, dans les profondeurs du site. Cela ne suscita cependant pas la moindre réaction chez Dylan. Il était à l'évidence concentré sur sa mission, ce qui était passablement déprimant.

— Ça peut encore se terminer autrement, dis-je. Écoutez, Molly et moi… on se fiche éperdument de tout ça. Tout ce que nous voulons, c'est rester en vie. Laissez-nous partir, et nous disparaîtrons. Pour de bon.

Dylan fit « non » de la tête.

— Franchement, tout le monde nous prendrait pour des fous.

— Vous êtes fini, Indy.

Je lus dans son regard que même s'il n'avait pas été chargé de me tuer, il l'aurait fait avec joie.

Il y eut un nouveau coup assourdi, cette fois très ténu.

— Je vous en prie. Tuez-moi s'il le faut. Mais laissez Molly partir.

Il s'esclaffa.

— Vous n'êtes pas un héros, et on n'est pas au cinéma. Vous n'êtes pas le chevalier blanc de ces dames.

Le martèlement enfla légèrement. Encore quelques secondes ; il ne m'en fallait pas davantage.

— Je ne peux pas vous faire changer d'avis ? demandai-je avec un désespoir non feint. Vraiment pas ? Qu'est-ce que je peux vous offrir ? Dites-moi.

Il secoua la tête, raffermit sa prise contre la gorge de Molly et accentua la pression du canon contre la tempe.

Molly regardait droit devant elle. Le monstre s'était enfin déclaré, et elle savait que cette fois elle ne lui échapperait pas.

— Vous avez toujours manqué d'ambition, me dit-il. On ne joue plus pour jouer, mais pour tuer.

Molly battit des cils. Je me décalai vivement en éteignant l'éclairage de mon téléphone.

Et Pierre passa près de moi comme un train lancé à pleine vapeur.

Je ne vis rien de la collision. Un coup de feu retentit – Dylan avait d'excellents réflexes –, et après cela, j'entendis un grognement ponctuer l'impact, un crissement de semelles, un cri strident de la part de Molly.

Lorsque je fus raisonnablement certain de l'origine des bruits, je me jetai dans la mêlée.

Au début, je frappai sans doute autant Pierre que Dylan, mais je parvins vite à déterminer qui était qui, et commençai à balancer des parpaings. Pierre lui tapait dessus lui aussi, mais alors Dylan me mordit l'avant-bras, et je lui assenai un coup de coude en plein visage avant de le saisir au cou pour chercher à lui cogner la tête contre le sol.

Il me résista, me rouant de coups de poing à l'estomac tandis que Pierre le saisissait par les épaules et m'aidait à lui rabattre la tête contre la roche. Nous persistâmes jusqu'à ce qu'il n'y ait plus de résistance, plus aucun répondant.

Alors seulement, à bout de souffle, nous nous aperçûmes que nous n'avions pas cessé de crier, Pierre et moi : soit l'un après l'autre, soit à la face de Dylan ou d'une quelconque entité mystérieuse.

Pierre se laissa tomber en position assise. Moi, je gardai les mains crispées autour de la gorge de Dylan.

— Molly ? Est-ce que ça va ? finis-je par demander.

— Ça va.

— Trouve le téléphone. Je l'ai fait tomber.

Je l'entendis chercher à tâtons dans l'obscurité derrière moi, balayant la roche à grands gestes de ses paumes.

— Je l'ai.

Elle réactiva l'écran, me rejoignis. Braqua la lumière vers le bas.

Dylan était mort et bien mort. Et c'était moi qui avais commis cet acte atroce, odieux. Sur le sommet du crâne, les cheveux – des cheveux qui, comme je l'avais remarqué deux millions d'années auparavant, avaient commencé à se clairsemer – étaient rattachés à une forme qui n'arborait plus qu'une vague ressemblance avec un crâne humain. Un œil était entrouvert. L'autre non. Ils n'étaient plus symétriques.

Je desserrai mes doigts. Ils me faisaient souffrir.

J'entendis Molly réprimer un petit cri. Je songeai qu'elle venait de découvrir la scène. Mais il ne s'agissait pas de ça.

— Je vais bien, dit Pierre.

Sauf qu'il avait été touché.

# Chapitre 52

Molly m'aida à soulever le torse de Dylan pour que je puisse lui enlever sa chemise. Ensuite, il nous fallut plusieurs minutes pour déchirer le tissu, en tirant comme deux vieillards exténués, avant d'en trouver un pan qui n'était pas englué de sang. Pierre voulut nous prêter main-forte, mais je lui ordonnai de se tenir tranquille et d'éviter de mettre du sang partout. En fin de compte, nous obtînmes de quoi improviser un bandage.

La balle – la seule que Dylan avait eu le temps de tirer avant que Pierre lui rentre dedans – avait touché notre cameraman à l'épaule droite et semblait s'être coulée le long de l'os sans, fort heureusement, poursuivre sa course jusqu'à la cage thoracique. Donc, certes, cela aurait pu être pire. D'un autre côté, c'était un vrai carnage. Une vilaine blessure dont la chair martyrisée saignait abondamment.

Alors qu'une longue descente nous attendait.

Molly ayant suivi des cours de secourisme par le passé, ce fut elle qui officia tandis que je l'éclairais. Pendant qu'elle confectionnait une écharpe de fortune à partir des derniers lambeaux de la chemise, je me relevai et allai éclairer le tunnel. Manifestement, Dylan n'avait rien apporté. Aucune trace d'un sac, ni même d'un bidon d'eau.

Une fois méticuleusement pansé, Pierre se leva. Il vacilla légèrement, appuya sa paume contre la paroi. Retint son souffle.

Molly le regarda d'un air sceptique.

— Ça donne quoi ?

— Ça baigne.

— Pierre, dis-je d'un air de reproche.

— Bon, d'accord, ça fait mal. Qu'est-ce que tu attends de moi ?

— Tu seras capable de descendre ?

— Oui.

— Sans cafouiller ?

— Bon sang, Nolan, tu crois vraiment que j'ai le choix ?

Je me plaçai devant lui.

— Écoute, Pierre. Je n'avais encore jamais été témoin d'un tel acte de courage, jamais. Tu m'as sauvé la vie. Tu as sauvé la vie de Molly.

— Mais non.

— Si. Soyons sérieux. Dylan n'avait rien à ajouter. Je le regardais droit dans les yeux, et je voyais bien qu'on ne serait que les derniers d'une longue série de victimes. *Il n'y avait rien dans son regard*, Pierre. Ni peur, ni hésitation, ni doute. Si tu étais resté planqué dans le noir, comme n'importe qui d'autre l'aurait fait – moi, par exemple –, on se serait écroulés avec une balle dans la tête dix secondes plus tard. Tu as empêché ça par un acte de bravoure insensé, incroyablement *stupide*. T'es le plus con de tous les héros.

Pierre détourna la tête. Je le pris par le menton, l'obligeai à me regarder.

— Mais maintenant, c'est terminé. Tu n'auras plus besoin d'agir ainsi, OK ? Je te le demande même. Parce que la prochaine étape, c'est de descendre dans le conduit, et il n'est pas question que je te laisse faire si tu ne t'en sens pas capable. Parce que ce serait dangereux pour toi, dangereux pour nous, et que j'en ai marre de perdre du monde.

Je n'avais pas idée que je lui jetais tout cela à la figure jusqu'à ce que j'entende l'écho de mes paroles se réverbérer mollement contre les parois du tunnel.

— Ok, répondit-il posément.

Il recula un peu, tourna la tête dans un sens et dans l'autre. Leva l'épaule droite pour voir ce que cela donnait. Il grimaça, mais reproduisit son geste. Tendit le coude latéralement, puis le replia.

— Ça fait un mal de chien, dit-il. Mais je ne sens pas de déchirement. En tout cas, le mouvement n'aggrave pas la douleur. J'ai la même impression qu'après m'être luxé l'épaule.

— Tu t'es déjà luxé l'épaule ?

— J'ai beaucoup joué au beach-volley, mon vieux. Ce sont des choses qui arrivent.

— Donc tu penses pouvoir t'accrocher aux barreaux ?

— J'en suis sûr. Et je suis aussi certain d'autre chose. Plus ça va aller, plus la douleur va empirer. On peut y aller, Nolan. Il faut que ce soit tout de suite.

Mon téléphone n'avait plus que dix pour cent de batterie, et je ne pourrais pas à la fois le tenir et négocier la descente. J'arrêtai donc mon choix sur notre dernière lampe torche. Pas moyen de savoir si les piles dureraient assez longtemps. Mais on n'y pouvait rien.

Nous décidâmes que Pierre ouvrirait la voie. Certes, il aurait sans doute mieux valu que Molly passe la première, puisqu'elle était la mieux conservée de nous trois, avec ses *deux* bras en état de fonctionnement. Mais Pierre resta intraitable, nous faisant remarquer que le risque de chute était plus élevé chez lui. Il ne voulait avoir personne en dessous de lui si cela devait arriver. Ne trouvant pas de faille dans cette logique, nous l'aidâmes à se caler fermement sur les premiers barreaux du puits et veillâmes à ce que sa main valide agrippe la première prise.

— Tu es sûr ? demanda Molly.

Il ne répondit pas. Il commença à descendre.

Molly le suivit. Lorsqu'elle fut engagée dans le conduit, je lui passai la lampe autour du cou. Elle me regarda. Nous savions bien qui nous étions en train d'abandonner, mais il n'y avait rien à dire. En tout cas pour le moment.

Je restai assis au bord du vide pendant une minute afin de laisser un peu d'avance à Molly. Des coups sourds continuaient à résonner au loin. La machine remplissait son rôle. Avec un peu de chance, les chocs seraient assez puissants pour déclencher une alerte sismique et provoquer une intervention. C'était peu probable.

Non, tout ce que Dylan nous avait dit allait certainement se dérouler comme prévu.

N'empêche. Au moins, je n'étais pas le seul à blâmer dans toute cette histoire.

Je ne sais pas comment Pierre se débrouilla. Il se servit certainement de son bras blessé pour se tenir aux barreaux en alternance avec sa main valide. Il poussa quelques grognements, et ne parvint pas quelquefois à réprimer un bref hoquet de douleur. Mais en dehors de cela, il progressa sans encombre. Sans doute même un peu trop vite. De toute évidence, il avait compris qu'il ne résisterait pas bien longtemps, et que lorsqu'il céderait, il n'y aurait plus qu'une issue possible. D'un autre côté, cette accélération n'était elle-même pas dénuée de risque.

Molly le suivait en silence à un rythme régulier.

Quant à moi, j'évoluais dans une nuée de « si seulement ». Je savais que c'était parfaitement idiot, mais c'était irrépressible. Quand vous vous trouvez dans une situation critique, vous ne pouvez pas vous empêcher de retracer les étapes qui vous y ont mené. Et notre descente dans le conduit ne faisait qu'accentuer le phénomène… comme si nous étions en train de nous enfoncer dans un passé où, si j'avais eu ne serait-ce que deux sous de jugeote, un autre chemin aurait pu se profiler.

Il suffit en effet de tirer sur un fil pour défaire tout un habit, et comment identifier avec certitude les coutures décisives ? D'accord, il y avait eu cette soirée au cours de laquelle j'avais décidé que cela valait la peine de chercher la grotte Kincaid. Mais avant cela, je n'avais pas réagi lorsque Ken m'avait annoncé avoir dégotté un nouveau sponsor, songeant simplement que c'était super, à nous les lauriers, et avec un peu de chance ça générerait plus d'argent que les bouquins débiles sur lesquels je bossais. Et si je les écrivais, ces bouquins, c'était parce que mon précédent boulot n'avait pas marché. Et si ce boulot n'avait pas marché, c'était parce que j'étais séparé de la femme qui était faite pour moi. Et pourquoi nous n'étions plus ensemble ? Au moins en partie parce que en sortant d'un bar de North Hollywood – sans être particulièrement bourré, d'ailleurs – j'avais décidé d'aller demander à l'amie de Kristy des explications concernant l'e-mail qu'elle m'avait envoyé. Je jure devant Dieu que je n'avais aucune intention, du moins consciemment, que la soirée se termine comme elle s'était terminée, mais notre esprit, notre âme sont gouvernés par des rouages occultes qui nous entraînent vers des territoires dont nous ne soupçonnions même pas l'existence, des lieux où nous nous échouons, exténués et atterrés par notre propre comportement.

Vous vous dites : « Si seulement... » Mais la vérité, c'est qu'on ne comprend les événements capitaux que lorsqu'il est déjà trop tard. C'est toujours la vague que vous ne voyez pas arriver qui vous submerge.

*Bon Dieu, qu'est-ce que j'allais bien pouvoir dire à la femme de Ken ?*

Car il faudrait que l'annonce vienne de moi. Je lui devais bien ça. Je la connaissais un peu, son épouse. Je ne comptais plus les dîners que nous avions partagés à trois. Ils s'étaient rencontrés alors qu'elle était figurante sur le plateau des *Morts refusent de mourir*, le point culminant de sa carrière cinématographique, puisqu'elle s'occupait désormais d'un refuge animalier et d'un programme d'alphabétisation pour les sans-abri. C'était une personne intelligente, posée, une femme de bien, et je n'ignorais pas que Ken suivait souvent ses conseils. Ou en tout cas, l'écoutait donner son avis. Je savais aussi qu'elle aurait voulu qu'il arrête de déconner avec ses histoires de web-TV et de fréquenter des conspirationnistes sans le sou, qu'il fournisse plus d'efforts afin de remettre un pied dans le milieu du cinéma… et qu'elle ne me considérait pas forcément avec bienveillance, tant d'un point de vue professionnel que sur le plan personnel (je vous l'ai dit, c'est une dame intelligente).

J'ignorais, Ken ne m'ayant évidemment rien dit à ce sujet, la façon dont ils s'étaient quittés ce matin-là, avant qu'il monte à bord de la Kenmobile et passe nous chercher, enclenchant ainsi notre désastreuse équipée. Avait-il déposé un baiser sur sa joue à la va-vite ? Ou l'avait-il serrée dans ses bras en lui disant « Je t'aime » ?

Aucune idée. Mais j'allais être obligé de lui annoncer la nouvelle.

Et sur ce point, j'étais à blâmer.

Plus bas, plus bas, toujours plus bas.

J'abandonnai l'idée de relativiser la douleur que me causaient mes plaies. Je m'étais dit qu'elles commençaient simplement à s'infecter, ou que mes muscles traumatisés exacerbaient l'inconfort latent qui était le mien depuis que Gemma avait manqué de dégringoler de la falaise.

Toujours plus bas, toujours.

— Ça ne doit plus être très loin, dit Molly d'une voix pâteuse.

— On va y arriver.

Je compris que si sa voix était si curieuse, c'était parce qu'elle était en train de pleurer, mais je ne savais pas quoi lui répondre d'autre.

Ce que je m'abstins aussi de lui confier (parce que cela aurait été vain et n'aurait pas changé quoi que ce soit à notre situation), c'était que j'étais à peu près sûr d'entendre des bruits au-dessus de moi. Différents des coups sourds qui se perpétuaient.

Plutôt une créature lancée à nos trousses dans le conduit.

Et plus rapide que nous.

# Chapitre 53

Je compris que nous touchions au but lorsque j'entendis un bruit de chute ponctué d'un grognement.

— Ça va ?

— Ouais, répondit Pierre faiblement. J'ai lâché prise à la dernière seconde. Je vais bien. C'est juste… Oui, je vais bien.

Je l'entendis se reculer pour nous laisser la place de descendre.

— La voie est libre, dit-il.

Molly se laissa tomber sur le dernier mètre. J'en fis autant. Nous étions désormais serrés les uns contre les autres sur le rebord.

— De l'air, reprit Pierre d'une voix qui n'était désormais guère plus qu'un croassement. (Son bandage et son écharpe de fortune étaient imprégnés de sang.) De l'air frais. Il est bien là, je le sens.

— Sortons.

— J'ai besoin de souffler une minute, dit Molly.

Elle était hors d'haleine

— Non, crois-moi, on doit avancer.

Elle allait me gratifier d'une réplique bien sentie, mais se ravisa. Tendit l'oreille, la tête légèrement penchée.

— Qu'est-ce que… c'est que ça ?

— Je sais pas, répondis-je. Mais on est suivis depuis un moment, et c'est bien plus rapide que nous.

Molly fut la première à sauter du rebord. Elle se tordit la cheville dans l'opération, poussa un juron et manqua de tomber. Mais elle se reprit vivement pour aider Pierre à se réceptionner, ce qui n'alla pas sans un gémissement de douleur. Ce fut ensuite mon tour. Par comparaison, mes compagnons étaient de vrais chamois.

— Courez, dis-je.

Ils obéirent. Molly ouvrit la fuite, les ombres oscillant sur les parois rugueuses au gré de la lampe qui dansait la gigue autour de son cou. Pierre mit un point d'honneur à ne pas se laisser distancer. Quant à moi, il aurait été plus juste de dire que je me traînais rapidement. Tout mon torse me semblait désormais rigide, froid comme la glace.

J'entendis bientôt quelque chose se réceptionner au pied du conduit, derrière moi. Un bruit s'éleva. Un bruit grave et caverneux qui se propagea dans le tunnel. Je n'aurais pu affirmer catégoriquement qu'il n'émanait pas de la créature qui nous avait attaqués – et m'avait blessé – dans la salle nauséabonde, mais il me paraissait différent. Plus puissant.

— Allez ! cria Molly.

Mes compagnons prirent de l'avance sur moi, ce qui me convenait parfaitement. C'était exactement ce que j'attendais d'eux. Ils avaient de bonnes chances de s'en tirer, et je comptais bien aider le sort.

Un nouveau grondement me conforta dans l'idée que nous n'avions pas affaire à un ogre/troll comme ceux que nous avions croisés. Il était non seulement plus guttural, mais aussi plus texturé. On percevait des articulations, des variations de ton, comme si, dans des conditions favorables, la créature aurait pu trouver l'usage de la parole.

Le bruit fut cette fois assez fort pour que Molly s'arrête de courir. Elle se retourna.

— Nolan ! hurla-t-elle. *Cours !*

— Je peux pas. Et puis, ça sert à rien.

Même si nous atteignions la sortie, la bouche de la grotte, l'air frais, le vaste monde, il nous faudrait encore vaincre cent mètres de paroi. Impossible lorsque vous étiez pourchassé par un monstre. Impossible dans notre état d'épuisement, de douleur intense.

Molly donna une bourrade à Pierre et lui ordonna de continuer. Il n'en fit rien, évidemment.

Ils revinrent tous les deux me chercher.

C'est donc ensemble que nous vîmes la créature apparaître enfin dans le cône lumineux de la lampe, à environ cinq mètres de là.

— Oh, seigneur..., fit Molly.

Nous découvrîmes les membres et le torse en premier. Cela répondait à la question de savoir pourquoi la plupart des tunnels du site dépassaient allégrement la taille d'un adulte.

La créature mesurait nettement plus de deux mètres cinquante.

Elle était nue, et sa peau arborait une nuance lustrée, tel un cuir sombre, vierge de tout poil. Large d'épaules et puissamment bâtie, elle gardait cependant des proportions humaines. Des cornes courtes et épaisses lui sortaient du haut du crâne, sans rien de net ni de symétrique ; il y en avait trois, aussi tordues et torturées que les branches d'un arbre en hiver. Elles jouaient certainement le rôle d'armes, destinées à s'enfoncer dans les entrailles d'un autre animal pour aussitôt l'éviscérer.

Ses traits auraient presque pu passer pour humains, même si la mâchoire était trop développée, les traits trop épatés, trop grossiers. Et puis, il y avait autre chose.

— Non, dit Pierre. Non, faut pas déconner.

Les cheveux, qui pendaient sur les épaules de la créature et étaient en train de se tasser tandis que celle-ci levait ses mains énormes, étaient d'un roux sombre. Certes, peut-être que le monstre était supposé présenter cette apparence. Mais tout de même, l'agencement de ses traits...

Il aurait été difficile de les qualifier de féminins, donc la ressemblance était loin d'être frappante. Mais si Gemma avait eu un frère, un jumeau contrefait que la famille aurait tenu cloîtré sous l'escalier sans jamais mentionner son existence, il aurait été tout à fait possible d'établir de lui une cruelle caricature qui aurait ressemblé à notre monstre.

— Quand elle a saigné, son ADN…

Je n'eus pas le temps d'en dire davantage.

La bête à laquelle nous avions été confrontés dans la salle nauséabonde avait des épaules rondes, une silhouette trapue. Chacun de ses mouvements avait eu quelque chose de chaloupé, une espèce de langueur qui vous laissait miroiter, à condition d'être meilleur athlète que moi, l'espoir de pouvoir la devancer, l'esquiver.

Ici, rien de tel. La créature nous chargea sans hésiter, traçant tout droit avec une précision clinique, agressive dans sa rapidité.

À peine eus-je le temps de comprendre qu'elle nous attaquait que, déjà, elle avait envoyé Pierre valdinguer dans le noir comme un vulgaire insecte.

La bête nous regarda alors tour à tour, Molly et moi, et établit aussitôt (sans doute à tort) que, de nous deux, j'incarnais la plus grande menace.

Elle avait un regard dix fois plus éloquent que celui que m'avait lancé Dylan. Elle avait beau ne pas être humaine, elle était dotée d'une intelligence égale à la nôtre, et sans doute similaire dans son fonctionnement. Une version militarisée de l'humain, en plus grand et en plus évolué. Un membre de l'équipe de nettoyage spécialisée dans les fins du monde.

Elle commença à courber la tête tout en écartant les bras.

Pierre n'avait pas bougé ni émis le moindre son depuis qu'il avait été mis hors de combat. Il ne faisait plus partie de l'équation pour le moment, ou peut-être pour toujours. J'étais le suivant sur la liste du monstre.

Mais Molly se jeta sur lui et le roua de coups de poing. Il sentait les coups. Il n'était pas invulnérable, mais pas non plus troublé par le comportement de Molly. Il la saisit d'une main pour l'envoyer rouler dans le tunnel, derrière moi.

— Va-t'en, lui dis-je alors qu'elle était en train de se relever. Allez, va-t'en. (Elle me regarda droit dans les yeux.) Tire-toi, Molly. Je t'en prie.

Elle hocha la tête, passa le cordon par-dessus sa tête et posa la lampe sur le sol. Ensuite, elle empoigna Pierre et entreprit de le traîner. Il réussit à l'aider, encore léthargique. Molly insista. Notre petite maman ne comptait pas renoncer. Tant mieux.

Je me retournai juste à temps pour voir le poing du monstre se rapprocher de mon visage. Je parvins à tourner la tête de façon à ne pas recevoir le coup de plein fouet. En l'état, je fus touché à l'oreille et à la tempe. Je planai dans le tunnel et m'écrasai contre la paroi.

La créature ne se précipita pas pour s'acharner sur moi. Elle attendit. Jaugea la situation.

Je tentai de me lever. Y parvins à moitié, avant que mes jambes cèdent sous moi. Mes oreilles bourdonnaient. Je n'abandonnai pas, et réussis cette fois à me redresser un peu plus, mais l'autre poing de la créature me cueillit à la tempe, et je me retrouvai à nouveau par terre.

Au tapis, bientôt à titre définitif.

Dans ma tête, cela grinçait si fort que je n'entendais presque plus rien. Je voyais double, et mon champ de vision s'assombrissait. J'avais l'impression que toutes mes douleurs s'agrégeaient.

Et dans les ténèbres, derrière le monstre, je vis quelque chose bouger et compris qu'il n'était pas seul. Ils allaient quitter l'arche deux par deux... Ils seraient des milliers.

Une armée en marche. La fin du monde.

D'un coup de pied, la bête m'envoya à nouveau heurter la roche dans un crissement de côtes traumatisées. Les marges de mon champ de vision se repliaient tandis que les ombres affluaient dans mon esprit, mettant mes pensées sens dessus dessous et rompant leur continuité comme un film égrené image par image.

Je savais que j'avais bien raison d'être resté. Pas seulement parce que cela donnerait à mes compagnons une chance de survivre, mais parce que j'avais passé trop de temps à fuir chaque fois que quelque chose ne se déroulait pas comme prévu, ou me faisait souffrir. En me confrontant à la créature, je me condamnais, mais on ne peut pas toujours échapper à l'échec. Une défaite parfois irrévocable.

Un nouveau coup de pied, et dans ma tête tout se brisa. Plus aucune connexion. Le temps lui-même s'était détraqué, et je ne faisais plus la différence entre l'instant présent et mes souvenirs. J'entrevis notre moment de détente au bar de l'hôtel, je convoquai l'illusion aussi brève que délicieuse de la bière fraîche coulant dans mon gosier. Un instantané de la vue qu'offrait mon balcon, à Santa Monica.

Un souvenir de Kristy se tournant vers moi au cours d'une promenade, quelque part en forêt, des années auparavant, avec un demi-sourire tout de guingois qui m'indiquait que pour rien au monde elle n'aurait voulu se trouver ailleurs.

Je crus même entendre la voix de Ken, lorsqu'il s'était moqué de ma chemise pour la dernière fois.

La créature me souleva par la gorge. Elle n'était pas monstrueuse, en réalité ; c'était bien cela le pire. L'univers inconséquent n'était pas en train de me jouer un tour pendable, je n'allais pas succomber à un accident de voiture, un glissement de terrain. J'avais affaire à un être vivant, doué d'intelligence, qui s'apprêtait à faire ce pour quoi il avait été créé et ne comptait pas s'arrêter en si bon chemin. Pour une fois dans ma vie, j'allais être le premier en quelque chose.

La créature ramena son poing en arrière, et je remarquai à cette occasion qu'elle possédait non pas quatre doigts, mais cinq, dont un pouce opposable. Il s'agissait d'un géant, un vrai, et il allait me tuer. À supposer que je ne m'évanouisse pas avant. Je serais là quand ça arriverait. J'allais mourir en direct.

Il ouvrit la gueule, révélant deux rangées de dents. *C'est pour mieux te manger, mon enfant.* Ses yeux noisette étaient mouchetés de vert, comme l'avaient été ceux de Gemma.

C'est à ce moment-là que tout le côté droit de son visage fut pulvérisé.

Cinq autres coups de feu retentirent.

Tandis que je perdais connaissance en me persuadant que je ne me réveillerais jamais plus, je fis une curieuse expérience.

Debout au-dessus de moi, Ken me souriait.

— Arrête de glander, Nolan, dit-il. Faut qu'on y aille.

Puis je sombrai.

# Chapitre 54

Je ne restai pas inconscient bien longtemps. Cinq minutes, d'après mes compagnons. Ça m'avait paru plus long : un million d'années, et j'avais l'impression d'avoir voyagé à l'autre bout du monde. Je connus une brève phase où j'étais certainement réveillé, même si je ne ressentais aucune douleur, comme si tout ce qui avait trait au corps était en option et que je n'avais pas besoin de m'en préoccuper. Quelle agréable sensation.

Ensuite, ce fut tout le contraire. Une douleur omniprésente.

Mes oreilles bourdonnaient encore. Je m'efforçai d'ouvrir les yeux, mais j'étais de toute évidence incapable de mobiliser mes paupières.

— Il a un traumatisme crânien.

La voix appartenait à Molly. J'en fus déçu, parce que c'était bien le genre de fille qui savait de quoi elle parlait, donc si elle estimait que j'avais un traumatisme crânien, elle avait probablement raison. D'un autre côté, cela voulait dire aussi que je n'étais pas mort.

— Nan. C'est juste un gros bêta.

Cette dernière remarque suffit à me faire ouvrir les yeux.

Ken était assis en face de moi, adossé à la paroi du tunnel. Sa chemise était déchirée, son bras barré d'une grosse entaille, la moitié de son visage disparaissait sous une couche de crasse et il lui manquait une chaussure. En dehors de ça, je l'avais déjà connu en plus sale état.

— Franchement, reprit-il, exaspéré. Pourquoi t'as laissé le flingue là-haut, espèce de nouille ?

— Je pensais pas que j'en aurais besoin, répondis-je en me redressant difficilement en position assise. Ça, plus l'emmerdement de laisser des empreintes…

— Oh, fit Ken. Ouais, bien vu. Enfin, bref. (Il m'adressa un clin d'œil.) Je maintiens que j'ai bien fait de le ramasser.

— C'est pas moi qui dirai le contraire. Mais… comment ça se fait que tu sois encore en vie ? Comment ça se fait ?

— Je suis le premier surpris, mon vieux.

— Mais on t'a entendu…

— On en a déjà parlé pendant que t'étais dans les choux. En résumé, gueuler comme un putois à l'agonie était le plus sûr moyen d'attirer les monstres loin de vous. Et ça a marché. Même un peu trop bien, si je veux être honnête. Voilà qu'ils se lancent à ma poursuite comme des limiers qui auraient débusqué un lièvre, alors je fuis, mais il fait noir et je ne vois pas du tout où je vais, je me dis que je ne vais pas tarder à rencontrer le Créateur ; or, ça risquerait de nous déplaire, à lui comme à moi. Toujours est-il que je fonce dans le tunnel, que les créatures se rapprochent, que je ne vais pas tarder à déboucher dans la salle et que je n'ai nulle part où aller *sauf*… au premier bassin. Vu que je ne peux rien faire d'autre, je me précipite là-bas et je saute dedans.

» Et tu sais le plus drôle dans tout ça ? Eux non plus, ils savent pas nager. Ils sont même pires que moi. Qui le leur aurait appris, d'ailleurs ? Donc je traverse tout le bassin, je me hisse sur le bord. Tout en les surveillant, je prends la plus petite des sphères que Pierre et toi avez remontées, et je fracasse le boîtier de commande avec. Je le pulvérise en beauté. Pendant ce temps-là, les monstres pataugent dans l'eau, ils n'ont pas renoncé à m'avoir et, malheureusement, ils ont l'air de s'adapter hyper rapidement. Du coup, je saute à l'eau, je traverse dans l'autre sens et je repars dans la direction opposée. Ils me suivent. Retour à la case départ. Sauf que…

— Quelle est cette odeur ? demandai-je.

— Exactement. Allez… Debout.

Pierre et lui m'aidèrent à me relever. J'avais les jambes cotonneuses, comme inexistantes. Molly était postée à quelques mètres de là, dans le tunnel, et paraissait tendue.

— Salut, Molly, dis-je, encore dans le cirage.

— On devrait s'en aller. On n'a aucune idée de ce qui risque de descendre jusqu'ici.

— Elle a raison, dit Ken. Mais vise-moi un peu ça.

Il m'indiquait le géant. Des pans entiers de peau étaient en train de se déliter, de se changer en fange noire pourrissante. Le reste avait pris une teinte plus foncée. L'odeur, quoique encore discrète, était la même que celle que nous avions sentie sur le site.

— Qu'est-ce qui lui arrive ?

— Tu me poses une colle, vieux. Mais il se passe la même chose là-haut. L'une des créatures qui me pourchassaient s'en était prise à l'un des loups un peu plus tôt, et la dépouille était sujette au même phénomène. Et il y a autre chose. Figure-toi que la grosse sphère a commencé à bouger.

— Quoi ?!

— Très lentement. Mais elle a bel et bien commencé à reculer dans le tunnel, même si la raison de ce phénomène me dépasse. Les petites pyramides sont de plus en plus chaudes. J'en ai touché une, et elle vibrait. Je crois que le site est en train de se réinitialiser, Nolan… comme si l'idée était de filmer toute la séquence depuis le début. Deuxième prise. Quand j'étais dans le bassin, j'ai vu sur la plate-forme des sphères qui n'étaient pas là avant.

Pierre le regarda fixement.

— Elles sont apparues *comment* ?

— J'en sais rien. Du mur. Du plafond. J'ai régulièrement entendu des bruits sourds. Quoi qu'il en soit, je me suis rendu dans la salle nauséabonde, et elle est vide… Et vous savez quoi ? Je me demande si cette matière poisseuse ne correspondrait pas aux restes des créatures qui ont été fabriquées *la fois d'avant*. J'ai traversé, je suis passé par la fissure, et vous connaissez la suite. Je ne sais pas comment fonctionne le site, mais l'entité responsable a mystérieusement compris que le processus s'est déclenché prématurément. Elle est en train de tout annuler. De rembobiner. Vous avez vu la carte comme moi, pas vrai ?

— On l'a vue, et on l'a prise en photo.

— Parfait. T'es un vrai pro, Nolan. Je l'ai toujours dit. Enfin, ça t'arrive d'être un vrai pro. C'est peut-être arrivé une fois.

— Est-ce que l'une des lumières clignotait quand tu es passé ? Clignotait lentement ?

— Oui, mais non. Ça pulsait à toute allure.

— S'il vous plaît, les gars, dit Molly. On s'en va. Je vous rappelle qu'on a éliminé un seul membre de l'équipe de nettoyage.

— Et j'ai vidé le chargeur, nota Ken. Donc, ouais. On n'a plus de balles sous la main. Molly a raison. Il est temps de quitter les lieux.

Je le regardai.

— Je suis content que tu ne sois pas mort.

— Et moi donc, vieux. T'as toujours la dernière cigarette ?

Je la sortis du paquet. Notre dernière Marlboro Light s'était dépiautée.

— Oh.

— Fait chier. Je vais regretter de t'avoir sauvé.

Nous atteignîmes l'extrémité du passage, Molly me soutenant par la taille tandis que Ken en faisait autant avec

Pierre, qui s'était tordu le genou lorsque le géant l'avait projeté contre le mur.

Nous marquâmes un temps d'arrêt à l'entrée de la grotte pour contempler la nuit. L'air était froid et pur. Il y avait des étoiles. Il y avait la lune.

Je connus une sorte d'accès de panique quand vint le moment d'entamer la descente. Une réaction de tout le corps sur le mode du « je n'y arriverai jamais ». Cela ne dura pas. Je devais agir.

— On va y aller doucement, dit Molly.

Je n'avais rien dit, et je ne pensais pas que quelqu'un aurait pu comprendre ce qui se tramait dans ma tête. Mais elle, si.

Pierre passa le premier. Puis moi, puis Ken et enfin Molly. Dans notre état, c'était nous qui risquions le plus de décrocher, pas elle, et nous en étions tous conscients.

Nous étions au beau milieu de la nuit, donc il faisait sombre, mais l'obscurité était de nature différente. Vous saviez que la lumière finirait par lui succéder.

Au bout de quelques minutes, le flanc du canyon se mit à vibrer comme sous l'effet d'une réaction viscérale, puis une trombe de feu jaillit de la bouche de la caverne, au-dessus de nous. Nous attendîmes, accrochés à la paroi, au cas où quelque chose d'autre se produirait, mais il ne se passa rien.

Nous poursuivîmes lentement notre descente, à trois mètres d'écart. Cela dura longtemps. Cela dura une éternité. Je devais me faire violence pour ne pas m'arrêter afin de reprendre mon souffle, pour me concentrer sur la roche toute proche. En bas, il y avait le fleuve Colorado, je le savais. Je doutais que son eau soit potable, mais cela ne me dissuaderait certainement pas de la boire.

Nous étions à la fois isolés et soudés dans l'épreuve.

Nous arrivâmes sans encombre.

# Chapitre 55

La vision de l'annexe amarrée à un rocher, au fond du canyon, m'emplit de gratitude. Nous descendîmes jusqu'à elle, mi-montant à bord mi-tombant dedans, puis nous penchâmes par-dessus bord – en prenant bien soin d'y aller en douceur – pour nous désaltérer. Nous humecter le visage. L'eau était glacée. Elle avait le goût du monde extérieur. Elle nous procura une sensation extraordinaire.

Le courant était vif, mais nous nous aperçûmes que nous ne savions même pas quelle distance nous séparait du premier semblant de civilisation. Le GPS de Molly était resté dans la grande salle du site : il ne nous avait été d'aucune utilité pendant les longues heures de notre séjour souterrain, si bien que Molly avait omis de le ranger dans le sac à dos de Pierre avec les disques durs. Quant à mon téléphone, la batterie mourut lorsque je voulus m'en servir. Même si nous avions su quelle direction suivre, nous n'étions assurément pas en état d'endurer les six heures de montée pour rejoindre le sommet de la gorge.

Cette dernière constatation nous laissa hébétés, impuissants, et lorsque Ken suggéra que nous devrions retourner à notre dernier bivouac et ne nous mettre en route que le lendemain matin, personne n'y trouva à redire.

Molly et moi prîmes chacun une pagaie, et Ken détacha l'annexe. Après un passage houleux où nous manquâmes de nous retourner parce que le maniement de ce genre d'embarcation était pour nous un mystère absolu, nous parvînmes à la stabiliser et flottâmes vers l'aval. Nous avions l'impression que nous venions de quitter un vaisseau spatial et de découvrir les voies navigables d'une planète toute neuve, encore inconnue.

Au bout de vingt minutes, l'aspect général des saillies rocheuses de la rive droite nous devint familier… puis la berge apparut comme par enchantement, une centaine de mètres plus loin.

Nous nous aidâmes des pagaies pour orienter l'annexe dans cette direction. Je n'aurais su dire si mes muscles abdominaux et pectoraux me faisaient un peu moins souffrir, ou s'ils étaient totalement ankylosés, mais le fait d'essayer de décrire des mouvements fluides – luttant contre le flot qui résistait activement à nos efforts pour changer de cap – m'indiqua qu'ils ne jouaient pas correctement sous ma peau. Me voyant à la peine, Ken vint m'aider.

C'est à cet instant précis que la collision se produisit, le canot pneumatique sortant sans un bruit de l'obscurité pour nous faire sombrer.

Je me reçus dans l'eau peu profonde, sur la tête. Plus précisément, mon visage rencontra les galets qui tapissaient le fond avec un craquement, et je vis trente-six chandelles. Encore.

Quand je me redressai sur les mains et les genoux, cherchant encore à comprendre ce qui venait de nous arriver, je vis que Pierre était encore plus mal loti que moi. La moitié de sa tête était immergée, et il avait perdu connaissance.

Je saisis son bras valide pour le traîner jusqu'à la rive. Il cracha de l'eau et gonfla ses poumons par réflexe, encore à moitié évanoui. Molly, qui se trouvait déjà sur la berge, était en train de se retourner vers le fleuve.

Le canot était coincé contre des rochers, à la naissance de la plage, là où il avait renversé l'annexe.

Feather s'y tenait debout.

— Vous n'abandonnez jamais, dites donc.

Elle sauta à bas du canot. Elle tenait un couteau de cuisine, certainement celui dont Dylan s'était servi pour préparer nos repas.

— Dylan nous a dit que tu étais partie chercher des renforts auprès de Palinhem.

— Ils sont en route. En attendant, il était censé vous tuer si vous cherchiez à sortir, puisque c'est la seule activité pour laquelle il est vaguement compétent. De toute évidence, il a échoué. Il est mort ?

— Oui.

— Parfait. C'était un vrai connard.

— C-C'est vrai ce qu'il nous a dit ?

— Je ne sais pas du tout ce qu'il vous a raconté. C'est un simple troufion. *C'était*. Il n'était pas censé vous dire quoi que ce soit. J'avais simplement besoin que vous disparaissiez de la circulation tous les trois, pour pouvoir mener les choses à ma façon.

— *Ta* façon ? demandai-je.

— Évidemment. Tu ne crois tout de même pas que je vais laisser les vieux barbons de Palinhem diriger cette opération ? Ce sont des planqués. Ça fait mille ans qu'ils se regardent le nombril et ont oublié le sens du verbe *agir*. C'est moi qui t'ai trouvé. C'est moi qui ai perçu le potentiel de cet endroit. Il nous revient, à moi et à mes partenaires.

— Ça n'arrivera pas, rétorquai-je. Tu as échoué. Le site est en train de se réinitialiser.

— Je ne te crois pas, et je n'ai pas de temps à t'accorder. Je suis désolée, Nolan. Dans cette affaire, c'est *toi* l'anomalie. Tu dois disparaître.

— Trois ? fit Molly. Merde, Nolan… Ken !

Je me rendis compte qu'il n'était pas sur la rive avec nous. Il ne se trouvait pas non plus à bord de l'annexe.

— Vas-y ! me cria Molly.

— Tu n'iras nulle part, rétorqua Feather en s'approchant de moi avec son couteau. C'est terminé.

Elle cingla l'air d'un geste mesuré, assuré. J'avais beau ne rien connaître aux armes blanches, je voyais bien que Feather savait manier la sienne.

Je me décalai vivement vers l'arrière, me tordis le pied sur les galets et perdis l'équilibre. Elle me porta un coup de pied latéral à la poitrine, sur mes lacérations.

Une demi-seconde plus tard, j'étais étendu de tout mon long, et Feather se tenait au-dessus de moi.

— Saison deux, épisode cinq. Existe-t-il une vie après la mort ? Tu ne vas pas tarder à le savoir.

Alors, Molly se jeta sur elle par le côté, et toutes deux roulèrent sur les galets.

— Vas-y ! me hurla-t-elle.

Je me ruai vers le fleuve. Je vis – ou crus voir – une tête flotter, une dizaine de mètres en aval. Dans l'obscurité, je n'étais même pas sûr de moi, mais je ne voyais pas trop où Ken pouvait être, alors je me jetai à l'eau.

Je n'ai jamais compris ces gens qui ont peur de prendre l'avion. Je veux bien qu'on défie la gravité à dix mille mètres d'altitude dans un coucou qui peut avoir jusqu'à vingt ans d'ancienneté, piloté de surcroît par une personne qui, pour autant qu'on sache, a très bien pu trouver son brevet dans une… D'accord, je peux comprendre les réticences. Mais, moi, ce sont les vastes étendues d'eau qui m'ont toujours perturbé. Plus spécifiquement l'océan. Immense, puissant, en perpétuelle agitation, il ne nous doit rien. Et dans l'état de faiblesse qui était le mien, avec l'étourdissement qui ne m'avait pas quitté depuis que j'avais été frappé, le fleuve m'inspirait peu ou prou les mêmes sentiments.

J'avais l'impression qu'il coulait plus vite qu'avant notre arrivée sur le site. Peut-être parce qu'il avait plu. Je l'espérais en tout cas, car sinon cela voulait dire que j'allais devoir négocier des rapides, et je n'avais tout simplement plus l'énergie nécessaire à un tel combat.

Je me dirigeai vers le milieu du fleuve, songeant que j'aurais ainsi plus de chances d'entrevoir à nouveau la tête de Ken – à supposer que mes yeux ne m'aient pas induit en erreur la première fois – et que le courant y serait plus vigoureux.

Et, oui… je l'aperçus. Ken avait encore dix mètres d'avance sur moi. C'était bel et bien lui : la tête rejetée en arrière, il cherchait à respirer tant bien que mal et battait frénétiquement des bras.

Il fut submergé, puis réapparut… crevant à peine la surface, cette fois. Et il s'était encore éloigné de moi.

— Nage, *sale con* ! criai-je.

Mais il ne pouvait pas m'entendre, et était de toute façon bien incapable de nager.

Immergeant mon visage, je commençai à battre des jambes et à me tracter avec les bras jusqu'à atteindre presque le centre du fleuve, ce qui permettrait de gagner en vitesse.

Ken surgit à nouveau, mais je l'entendais désormais s'étrangler, tousser de l'eau. Il ne bougeait presque plus les bras.

Je cessai de lutter contre les éléments, abandonnai toute velléité de choisir ma propre trajectoire et me laissai porter. Ce n'est pas comme si j'avais été sur le point de vaincre le courant. Battant des pieds, je poussai sur mes bras pour sortir mon torse de l'eau, gardant la tête de Ken en ligne de mire.

Mais il fut à nouveau englouti.

Et cette fois, il ne remonta pas à la surface.

Je plongeai de travers, aussitôt chahuté par le courant impétueux. Là-dessous, il faisait tout noir et l'eau bouillonnait dans un chaos indescriptible.

Je n'avais aucun espoir de localiser Ken. Je n'étais même pas certain que je parviendrais à retrouver le chemin de la surface, tant j'avais perdu mes repères.

L'eau était sombre, d'un noir verdâtre ; encore un de ces milieux qui vous donnent l'impression que la lumière est et restera à jamais à l'état de promesse. La température me parut de plus en plus basse, et le liquide devenir plus sombre encore tandis que le néant menaçait d'envahir à nouveau les marges de mon esprit.

Une tache noire.

Devant moi, une tache plus noire que le noir ambiant.

Elle gagna en visibilité lorsque le fleuve décrivit un coude, et que le clair de lune traversa la surface pour souligner convenablement la forme. Je me dirigeai par là, bien conscient que je serais bientôt à court d'air mais que si je remontais pour respirer, je pourrais dire adieu à mes chances de retrouver la masse qui se dessinait droit devant moi, à trois mètres.

Une silhouette vivement emportée vers l'aval, les bras dressés de part et d'autre de la tête tandis qu'un courant concurrent tiraillait les jambes à la perpendiculaire. Les yeux étaient ouverts. Il s'efforçait de garder la bouche fermée.

Je me propulsai avec mes jambes pour combler les derniers mètres et, arrivant dans le dos de Ken, je le ceinturai d'un bras en travers du torse. J'espérais qu'il serait en mesure de m'aider, rien qu'un peu, mais ses lèvres étaient en passe de se desserrer, libérant déjà un peu d'air, et je n'étais même pas certain qu'il s'était rendu compte de ma présence.

De mon bras libre, je brassai l'eau tout en remuant les pieds avec ardeur, jusqu'à rencontrer une résistance… J'acquis l'absolue certitude que l'une des créatures aquatiques s'était arrangée pour quitter son bassin, sans doute relié au fleuve par un cours d'eau souterrain, et que tapie désormais dans les profondeurs sombres, elle guettait l'occasion de nous noyer.

Mon autre pied arriva alors au contact et ripa, ce qui me permit de comprendre que je venais en réalité de toucher le lit du fleuve.

Mes poumons allaient éclater, et mes oreilles chantaient une note lancinante qui ne cessait d'enfler, d'enfler encore, mais je pris appui contre les cailloux, un pied après l'autre, pour me catapulter vers l'air libre.

Ken creva la surface en même temps que moi, crachant et toussant mais toujours en vie, et moi je poursuivis mes efforts, prenant appui sur l'eau encore et encore, tant et si bien que je finis par avoir pied. Ensemble, nous nous affaissâmes contre le tombant rocheux.

Passant un bras autour de Ken, je pressai son torse énergiquement, et un jet d'eau jaillit de sa bouche, provoquant aussitôt une quinte de toux et des haut-le-cœur. Moi aussi, je toussais, mes bronches me brûlaient et j'avais l'impression que j'allais cracher mes tripes.

Et puis cela se calma, nous ne fûmes plus qu'extrêmement essoufflés, notre poitrine se soulevant et se creusant tandis que notre respiration revenait peu à peu à la normale.

— Bravo, Nolan.

— Je t'en p… Oh, *merde*.

— Quoi ?

— Molly.

Je poussai Ken devant moi pour éviter que le courant ait raison de sa résistance. Nous restâmes à proximité de la falaise, nous accrochant à chaque saillie qui passait à notre portée et contournant les arbres rabougris qui nous contraignaient à nous écarter du bord, pour regagner l'amont au plus vite.

Enfin, après le coude que formait le fleuve, nous vîmes le canot encore en partie perché sur l'annexe. Nous sortîmes de l'eau en courant, nos jambes menaçant de céder.

— Non ! cria Ken.

Une femme gisait sur les galets.

Une autre, assise à califourchon sur elle, s'apprêtait à abattre à nouveau son couteau.

Elle tourna la tête en nous entendant arriver, ses grands yeux brillant dans son visage moucheté de sang.

— Ça suffit comme ça, Molly, dis-je.

Mais elle poignarda une dernière fois la dépouille de Feather.

Les archives de Nolan Moore
diverses coupures de journaux formant collage

NES OF GIANT
FOUND IN SO

Giant Skeleton Unearthed.
VALPARAISO, Ind., June 3.—While the steam shovels of the Knickerbocker Sand Co. were loading sand at Dune park, on the shore of Lake Michigan, they unearthed a well-preserved skeleton seven feet two inches in length, and is supposed to be that of a member of an early tribe of Indians. It was found nearly thirty feet underground.

SKELETON UNEARTHE

Produces Bones of Ma
ved to Have Been Mound Builder.

Indianapolis, Ind.—The comple
of one of Indiana's oldest I
said by Dr W. N. Logan, sta

Preserved S
inct Tribe H
Chan

Giant Skeletons Found in Florida

Tampa, Fla., July 28.—(AP)—
Giant Indians who roamed Florida

BONES IN
IDIAN MOUNDS

ULD GRAV

GIANT INDIA

Dicovery of an Extr
eton Near Fon

Fond du Lac, Wis., J
—An Indian skeleton w
farm of Matt and Jose
south of St. Cloud, S

Professor and Stu-
ts Excavate His-
rical Hills Near
Stoddard

ns of Giant Warriors Un-
earthed in France.

STRANGE SKELETONS FOUND.

Indications That Tribe Hitherto Unknown Once Lived in Wisconsin.

Special to The New York Times.

SKELETONS UNEARTHED

ins of Giant Aborig-
Discovered; Weapons
and Utensils Are
Buried

Lived 25,000 Years Ago B
o Have Died Fighting—Ar
Found in
iscovery

GIANT SKELETON

Found in Bed of Sand in Northwestern Ohio—Man Was Eight Feet High.

, O., Aug. 14—While
sand for building on

TON

ayton, O., Nov. 25.—The skeleton
a human giant was found in the
el pit east of the city by W. C.
the owner of the pit. He found
measured about nine feet in length.
skull was six times larger than
of the average Caucasian. Pro-
Metzler and Foerste of the
Steele High school believe the bones
are those of a member of the primeval
race.

BONES OF PRE-
HISTORIC GIANTS

Relics of By-gone Race May
be Exhibited at
Jamestown.

FIND HORNED MEN'S SKE

arkable Discovery by Arch
in Susquehanna Valley.

na (Pa.) Dispatch to Philadelphia Record.
he archaeologists who are traversing
Susquehanna River to the bay visiting
of Indian villages and digging up

# Chapitre 56

Cinq jours plus tard, je fis un rêve.

Je ne le décrirai pas en détail, parce qu'à bien des égards il demeura embrouillé et confus à mon réveil, et que les rêves faits par d'autres personnes sont de toute façon aussi ennuyeux que peut l'être de manière plus générale leur vécu. Dans les deux cas, une certaine résonance se crée parce qu'ils s'enracinent dans l'histoire et la personnalité de l'individu concerné : alors, à moins d'être cette personne, vous n'y entendez goutte, vous ne comprenez pas pourquoi un songe peut vous donner l'impression d'être le sanctuaire de la lucidité et de la faculté de jugement de votre inconscient. Je vais simplement vous en donner les grandes lignes. Il s'était déjà répété trois soirs d'affilée. Il était plutôt intelligible. Je suis quelqu'un de simple.

Je me trouvais dans un lieu enténébré. Je percevais l'existence d'un effroyable secret, un acte que j'avais commis et qui colorerait tout ce que je pourrais accomplir à l'avenir. Et j'avais beau ne rien y voir, je savais qu'il y avait un tunnel, et que deux directions s'offraient à moi.

L'une menait au monde extérieur, c'était celle de la fuite vers la liberté.

L'autre ramenait à l'inavouable.

Je voulus naturellement emprunter le premier. J'entrepris donc de ramper dans l'obscurité fétide. Mais je compris bien vite que je ne trouverais aucun salut dans cette direction, aucun avenir digne d'être vécu tant que je n'aurais pas réglé son compte à l'inavouable. Je me retournai donc péniblement dans l'étroit conduit empoussiéré pour partir dans l'autre sens. Je rampai et rampai encore, m'insinuant dans ce passage toujours plus exigu, toujours plus oppressant qui devait me guider vers le passé.

Mais je ne le trouvai pas. L'inavouable n'était plus là.

Sauf qu'en réalité… il avait perduré. Il se trouvait un peu plus loin, voilà tout. Il serait toujours plus loin. Je serais toujours sur le point de le frôler, sans jamais pouvoir le toucher.

Parce que ce qui est fait est fait.

Je m'éveillai pour de bon peu après 5 heures du matin. L'aube ne s'était pas encore levée, mais ma chambre à coucher n'était plus plongée dans l'obscurité. Depuis mon retour à Santa Monica, je laissais les rideaux grands ouverts durant la nuit.

J'enfilai un pantalon de jogging, un sweat-shirt à capuche et me préparai une Thermos de café. Réunis mes cigarettes, mon briquet, et partis me promener. Depuis mon appartement, quelques minutes me suffirent pour rejoindre la promenade qui longeait la plage. À cette heure de la journée, elle était déserte, à l'exception de coureurs passablement cinglés qui, via une oreillette, organisaient réunion préparatoire sur réunion préparatoire, et de sans-abri étendus dans l'herbe lorsqu'ils ne poussaient pas vigoureusement le Caddie contenant leur inénarrable bric-à-brac. La veille au matin – je m'étais réveillé sensiblement à la même heure, au terme d'une nuit similaire – j'avais tourné à droite, vers la jetée.

Ce matin-là, j'optai donc pour la gauche, en direction de Venice Beach.

Je marchai lentement. Ce n'était qu'après avoir regagné L.A. que j'avais commencé à comprendre que j'avais vraiment mal partout. Il n'y avait pas seulement les coups et les chocs résultant de notre fuite des derniers instants, mais aussi tous les désagréments qui remontaient au moment où Gemma avait glissé de la paroi, lors de notre ascension vers la caverne. Tant de plaies et de bosses que j'en avais perdu le compte. Ce n'est jamais quand la vie vous bouscule que vous vous rendez compte de ce qu'elle vous coûte. Vous n'en prenez conscience qu'ultérieurement, avec le recul.

J'avais par ailleurs perdu près de quatre kilos, et il m'avait fallu plusieurs jours pour me réhydrater convenablement. Pendant trente-six heures, j'avais bataillé contre les accès d'une fièvre dangereusement élevée qui m'avait donné l'impression que mon sang bouillait littéralement dans mes veines. Et peut-être que cela avait été le cas ; les griffes de la créature qui m'avait lacéré étaient sans doute souillées de micro-organismes provenant du bassin. Mon état avait tellement empiré que j'avais envisagé de consulter un médecin, même si je me doutais bien que les antibiotiques que le praticien aurait pu me prescrire seraient sans doute restés impuissants face à des bactéries inédites. J'avais donc serré les dents, suant dans la couverture dont je m'étais enveloppé jusqu'à ce que la fièvre finisse par céder.

Je ne suis même pas certain que la victoire ait été imputable à mon corps. Il est tout aussi probable que mes microscopiques envahisseurs aient connu le même sort que leurs monstrueux congénères. Leur programmation avait échoué, ou alors Pierre et moi avions provoqué une défaillance irrémédiable du système en sortant plusieurs sphères de l'eau. Les bactéries avaient péri et avaient commencé lentement à se décomposer.

Peut-être s'agissait-il d'obsolescence programmée. Peut-être étions-nous tous programmés pour dépérir.

Ce matin-là, je me sentais mieux, fort heureusement. Mon corps avait pris le relais dans le sillage de l'infection, réparant les dégâts, restaurant l'équilibre. L'équilibre d'un quadragénaire, bien loin de vous donner l'impression que vous étiez un demi-dieu, mais ça me convenait. Ça me convenait parfaitement.

En pareilles circonstances, l'esprit cherche à imiter l'organisme, à recréer l'harmonie, et ce processus est en partie volontaire. J'avais repensé de nombreuses fois à ce que nous avions vécu. Déjà, j'éprouvais des difficultés à évoquer clairement certains pans de notre expérience. Certains points de détail, le mordant des événements qui défilaient en temps réel… tout cela était émoussé par le travail de la mémoire. Usé. Ainsi le cerveau joue-t-il son rôle, afin de nous permettre de traverser un traumatisme sans y laisser notre santé mentale. Un phénomène encore amplifié par l'épuisement et la déshydratation. Des séquences entières de notre exploration me semblaient aussi oniriques que le songe qui m'avait réveillé cette nuit-là.

Mais je savais bien que je n'avais pas rêvé.

Les éléments qui occupaient le plus mon esprit ne vous étonneront pas. Je n'avais pas prévu, par exemple, de causer la mort de quelqu'un et de découvrir mes doigts crispés autour du cou de cette personne. Ni que je serais obligé de saisir délicatement un couteau de vingt centimètres entre les mains d'une jeune femme, et que le sang coulerait sur le sable granuleux d'une berge éloignée de tout. Ken avait aidé Molly à se relever, Pierre nous avait rejoints en boitant, et nous avions tous les quatre observé un long et profond silence.

Ensuite, il avait fallu convenir de la marche à suivre.

Au terme d'une longue discussion, nous avions chargé le corps de Feather dans l'annexe et étions repartis vers l'amont. Ensuite, Molly et moi l'avions hissé jusqu'à l'entrée de la grotte. De son vivant, Feather avait été de constitution frêle, mais les morts ne sont jamais légers. Les corps, à l'instar des événements du passé, se changent en trous noirs, absorbant la gravité de l'avenir pour s'en nourrir.

Nous atteignîmes notre objectif, à grand-peine. Il nous fallut une éternité pour hisser et pousser Feather pas après pas, une vraie épreuve d'endurance. Nous l'étendîmes alors dans l'antichambre, à quelques mètres de l'entrée, et même si son pouvoir de nuisance n'avait eu d'égal que sa volonté de nous éliminer pour parvenir à ses fins, la perspective de l'abandonner ici n'en restait pas moins effroyable.

Mais quel autre choix s'offrait à nous ? Il ne serait pas sûr de l'enterrer sur la rive ou de confier son cadavre au fleuve. La dernière solution aurait consisté à la charger dans le canot le matin venu pour entamer un périple vers l'aval – bien plus long et périlleux que celui que nous envisagions – et nous constituer prisonniers lorsque nous aurions regagné la civilisation.

Molly était favorable à cela, et Pierre aussi. Feather avait cherché à nous tuer, me disaient-ils. Nous n'avions rien à nous reprocher. La police s'en rendrait bien compte. Ken et moi n'en étions pas si sûrs. Évidemment, l'idée de dissimuler la dépouille nous répugnait. Mais même à supposer que nous prétendions avoir découvert le cadavre d'une inconnue, notre état de santé à tous les quatre ne manquerait pas de soulever des interrogations, de déclencher une enquête dont nous incarnerions les principaux suspects. Une simple vérification auprès de l'hôtel suffirait à révéler que Molly avait réservé cinq chambres. Notre seule chance de nous tirer de ce guêpier serait alors de raconter toute la vérité… dont les moindres détails de notre découverte.

Là encore, Pierre et Molly étaient d'accord. Ils ne comprenaient d'ailleurs pas notre réticence. Pourquoi ne pas tout dévoiler à la face du monde ? Faire toute la lumière sur cette affaire ?

Sans doute fallait-il avoir vécu un peu plus longtemps qu'eux pour s'apercevoir que certaines choses doivent demeurer dans l'ombre. Que le vaste monde n'est pas prêt pour les recevoir, pour en avoir la charge, et qu'il convient donc de les tenir cachées. Coûte que coûte.

Lorsque nous fûmes redescendus jusqu'à l'annexe, Molly et moi, la discussion reprit de plus belle. Je parvins toutefois à y mettre temporairement un terme en affirmant que la dépouille de Feather serait au moins en sécurité là-haut. Si nous décidions de nous confier aux autorités, il serait toujours temps de révéler l'endroit où nous l'avions laissée.

Nous somnolâmes le reste de la nuit, puis partîmes vers l'amont le lendemain matin. Nous remontâmes à pied tout au sommet du canyon. Nous retournâmes à l'hôtel pour récupérer nos affaires. Puis nous rentrâmes chez nous.

Je croyais avoir accepté la décision que nous avions prise au fond du canyon. Pourtant, au fil des jours, je compris qu'il n'en était rien.

Deux corps gisaient dans les ténèbres. Trois, si l'on incluait celui de Gemma, ou du moins ce qu'il en restait ; à supposer bien sûr que sa dépouille et celle de Dylan n'aient pas été annihilées par le feu purificateur qui avait dévasté le site. Nous n'étions en rien responsables de la mort de Gemma, mais le traumatisme était d'autant plus grand. Vous avez beau enfouir une lettre compromettante tout au fond de la corbeille à papier, elle n'en reste pas moins réelle. Vous avez beau pousser un cadavre au fond d'un tunnel, il n'en reste pas moins réel.

Même détruit par les flammes, il n'en resterait pas moins réel.

Ça, vous le savez déjà. Vous avez vos propres squelettes dans le placard. Des gestes que vous avez accomplis, des erreurs que vous avez commises, des secrets que vous avez gardés ; la culpabilité que vous inspirent ces moments-là se détache sur l'arrière-plan de votre passé comme autant d'étoiles noires sur le firmament de votre vie intérieure. Les anecdotes aberrantes. Les anomalies. Les événements que vous ne pouvez pas réexaminer ultérieurement sans un accès d'incrédulité, en vous demandant comment diable tout cela a bien pu arriver, comment diable les faire rentrer dans les cases d'une histoire que vous êtes de taille à assumer.

Mais la vérité, c'est que ce ne sont pas les longues années oubliables où vous avez scrupuleusement suivi le droit chemin qui vous font avancer dans la vie, mais justement ces instants où vous vous en affranchissez. L'inexplicable et l'illogique révèlent votre identité profonde.

Les anomalies font de vous ce que vous êtes.

Cette prise de conscience ne rend pas l'acceptation plus facile. Le temps vous aidera peut-être à en faire abstraction, mais la culpabilité demeure une souillure indélébile.

Depuis vingt-quatre heures, j'avais pris conscience du fait qu'une partie de mon esprit – celle qui ne m'avait plus beaucoup servi depuis ce jour où j'avais parcouru à pied la distance entre Hollywood et la plage, ayant décidé d'abandonner ma carrière de scénariste – s'était penchée sur ce qui nous était arrivé. Réécrivant les faits. Cherchant un moyen d'aboutir à une conclusion différente.

Enfin, la veille au soir, juste avant de me coucher, j'avais établi un récit alternatif que j'estimais plausible. Une manière de faire croire que j'étais le seul responsable de ce qu'il était advenu de Feather, Dylan et Gemma, sans qu'il soit besoin d'évoquer ce que nous avions découvert dans la caverne Kincaid.

J'allais coucher ce récit par écrit, l'envoyer à Ken par e-mail en lui demandant de coller au script et de prier les autres d'en faire autant.

Parce que au fond, si je n'avais pas entraîné mes compagnons dans cette expédition, ces trois personnes seraient encore en vie. Et les quatre survivants que nous étions ne seraient pas obligés de se lever chaque matin avec le poids de leur disparition, en se demandant quand il allait falloir payer. Quand Dieu, ou une entité bien plus immédiate, viendrait exiger son dû.

Peut-être existe-t-il des gens capables de s'accommoder d'un tel sentiment de culpabilité.

Je ne suis pas du nombre.

Tout au bout de la promenade, là où elle laissait place au sable, je m'assis sur le muret, face à la mer, pour fumer une cigarette. Il était encore tôt, et il n'y avait personne en vue. Je fumai, mon regard se perdant sur la plage.

Après quelques minutes, un objet tomba à mes pieds. Je ne l'identifiai pas immédiatement.

Je le ramassai.

Il s'agissait d'un collier. Orné d'une croix égyptienne. La dernière fois que je l'avais vu, il était accroché au cou de Feather, et Molly et moi étions en train de disposer le corps de celle-ci dans la grotte.

Un homme s'assit près de moi sur le muret. Sans même me tourner vers lui, je sentis qu'il était très grand. Il ne prononça pas un mot.

—Alors, quoi ? finis-je par lui demander.

—Il n'y aura pas de répercussions. En tout cas, pas de notre part.

L'homme avait une voix grave mais chantante.

—Pourquoi cela ?

—Qu'aurions-nous à y gagner ? Le site a été tellement endommagé qu'il est sans doute devenu inopérationnel. Félicitations, M. Moore. Vous venez de détruire le plus important site jamais découvert.

—Mais Ken a seulement pulvérisé la console de commande du petit bassin.

—Le plus grand des deux avait pour fonction de recréer les êtres qui existaient auparavant... ceux qui ont purifié la Terre pour favoriser un nouveau commencement. Les libérer, eux, et pas les autres, reviendrait à commettre un suicide à échelle planétaire. Nous avons effacé toute trace de ce qui s'est passé. Nous avons condamné la grotte.

—Kincaid avait déjà essayé.

—Cette fois, nous n'avons rien laissé au hasard.

—Mais il existe d'autres sites, pas vrai ?

—Oui. Nous avons découvert une salle, avec ce qui ressemblait à une sorte de carte. Elle était éteinte, sans vie. Vous l'avez vue ?

—Pas impossible.

—Y avait-il des points éclairés ? Des indications permettant de déterminer l'emplacement d'autres sites ?

—Non, répliquai-je. Ce n'était que de la roche sans intérêt.

—Je ne vous crois pas.

Je dévisageai l'homme. Il était, certes, beaucoup plus grand que la moyenne, mais pas au point que les gens se seraient retournés sur son passage. Il avait une tête imposante, osseuse, quoique là encore rien d'anormal. Il aurait fallu avoir été confronté, comme moi, à la créature qui avait bien failli me tuer lors de notre fuite pour identifier chez mon interlocuteur une subtile ressemblance, la hantise d'un facteur génétique autre qu'humain. N'importe qui d'autre l'aurait pris pour un joueur de basket-ball.

—D'accord, mais qu'est-ce que cela change ?

—Rien pour le moment. Je vais formuler les choses de façon claire. Cela revient toujours moins cher de ne pas tourner un film. Tout comme il vaudrait toujours mieux ne pas tuer son prochain. Sauf s'il lui vient l'idée d'ouvrir la bouche.

— Qui pourrait bien nous croire ?

— Personne. Mais cela fait bien longtemps que nous veillons à ce que tout cela reste secret. Nous avons pour mission et dessein non seulement de trouver les sites, mais aussi de les tenir cachés. Le temps du renouveau n'est pas encore là, et en aucun cas sa venue ne devrait dépendre d'un seul individu, homme ou femme. Il faut impérativement garder le secret. Ne changez rien.

— Ça me paraît bien, dis-je.

— Prudence, M. Moore. Ne vous intéressez plus à tout cela, plus jamais. Et veillez à ce que nous n'ayons plus besoin de nous croiser.

Il se leva et s'éloigna.

Je m'attardai encore un peu, contemplant l'océan. Au bout d'un moment, je compris que même si notre décision concernant les morts dans lesquelles nous étions impliqués avait été prise le cœur lourd, c'était essentiellement la peur qui avait dicté mon ressenti. Je n'en suis pas fier, mais je ne le nie pas.

Je n'écrivis jamais l'e-mail que j'avais voulu envoyer à Ken.

Et cette nuit-là, aucun rêve ne vint troubler mon sommeil.

# Chapitre 57

Quelques jours plus tard, Ken et moi étions attablés dans la cour du *#ColdBruise*, un bar-restaurant à la con comme il y en avait tant pour les *hipsters* de Santa Monica, et qui avait changé de propriétaire. Nous étions tous les deux d'accord pour dire que l'ambiance était encore plus crispante que sous la précédente gouvernance, mais la terrasse était agréable et l'établissement proposait une large palette d'alcools, alors ça me suffisait bien. En ce moment (même si je savais que cet état d'esprit allait peu à peu changer, à mesure que mes blessures et mes souvenirs s'estomperaient), tous les lieux que je fréquentais m'inspiraient la même réaction.

J'avais appelé Ken dès que j'étais rentré à mon appartement, pour lui parler du type qui m'avait abordé sur la promenade. Nous avions discuté des implications possibles, en nous demandant si nous aurions raison de lui faire confiance.

Nous avions décidé que oui.

La discussion s'était poursuivie autour d'un déjeuner sans que notre position évolue. Nous avions abordé un tas de sujets, et nous ne les avions toujours pas épuisés. Quand Ken est revenu des chiottes (ça devait bien être la cinquième fois), il arborait un air grave.

— Y a quand même un truc. Hier, j'ai découvert que toute cette partie du canyon avait été interdite d'accès jusqu'à nouvel ordre, pour cause d'« activité sismique ».

— La chute des sphères a sans doute eu des répercussions.

— Ouais, peut-être bien.

— Quoi ? Tu penses que la Fondation a fait boucler le périmètre ?

— Ce n'est pas exclu. Et il y a autre chose.

Il a glissé une feuille de papier devant moi. Un document imprimé à partir d'un site Internet bien connu, spécialisé dans les infos farfelues, et selon lequel la dépouille passablement amochée d'une étrange créature avait été découverte dans le canyon. Sauf qu'il s'agissait en vérité d'un mannequin exceptionnellement bien conçu, qu'une équipe de tournage chargée de réaliser un film de science-fiction/horreur avait supposément égaré dans une caverne avoisinante.

— Foutaises, ai-je dit. C'est un coup monté, bordel. Tu sais bien que les créatures qu'on a vues n'avaient rien de marionnettes.

— Évidemment, mon vieux. Mais voilà, c'est publié. Maintenant, quoi qu'on puisse dire, on sera la risée de l'opinion. Et il n'y a pas que ça : je leur ai envoyé un e-mail hier soir.

— À qui ? Aux responsables du site ?

— Non. À la fondation Palinhem.

— Mais pourquoi, Ken, pourquoi ? On était pourtant d'accord pour faire profil bas.

— Ouais. Mais j'avais un coup dans le nez, et je me suis dit, ouvrez les guillemets : « Je les emmerde. » Je n'allais pas passer le restant de mes jours sur le qui-vive, à me demander si quelqu'un n'allait pas venir me défoncer le crâne pendant la nuit. D'accord, le type à qui tu as parlé semble exclure cette possibilité. Mais je voulais en avoir le cœur net.

J'avais suivi le même raisonnement, à ceci près que je n'avais pas agi en conséquence.

— Et donc ?

— Et donc, je me suis fendu d'une bafouille. Je leur ai signalé que l'exploration de la grotte Kincaid avait foiré, « désolé, on n'a rien trouvé ».

— Et ?

— Je ne m'attendais pas à une réaction immédiate, parce que je leur ai écrit en dehors des heures de bureau. Mais j'ai reçu une réponse juste avant minuit. D'un mec à qui je n'avais encore jamais eu affaire. « Pas de problème, ce sont des choses qui arrivent. » Toutefois, pour des raisons de réorientation budgétaire, ils ne seront plus en mesure de financer l'émission.

— Quelle surprise. Alors, on fait quoi maintenant ?

Il a haussé les épaules.

— J'en sais rien. J'emmène ma femme à Palm Springs ce week-end. Quand je reviendrai, je crois qu'il faudra qu'on discute. Je devrais pouvoir gratter de quoi enregistrer une nouvelle saison pour YouTube.

— Mais je ne suis même pas certain qu'on ait encore une équipe. Comment va Molly ?

— Elle va bien. Je l'ai revue hier. Elle a encore l'air un peu perdue, mais beaucoup moins que la dernière fois. On va la retrouver notre Molly nationale, ne t'en fais pas.

— Je l'espère.

— Pour moi, ça ne fait aucun doute. Et vu mon empathie légendaire – clairement, je mériterais une médaille –, je lui ai même parlé de tu-sais-quoi. Et je lui ai demandé comment elle le vivait.

— C'est quoi « tu-sais-quoi » ? On finit par s'y perdre.

La cour n'était pas bondée ; nous étions en plein après-midi, et cela faisait un moment qu'on testait les bières artisanales dans un strict ordre alphabétique. Ken a regardé autour de lui avant de baisser le ton.

— Le truc avec le couteau de boucher, andouille.

— Oh.

— Je lui ai expliqué qu'elle n'avait pas eu le choix. Qu'elle ne devait pas se sentir coupable.

— Et ?

— Elle m'a regardé droit dans les yeux et m'a répondu qu'elle n'en avait pas perdu le sommeil pour autant. Qu'elle avait tué le monstre tapi dans l'obscurité, et puis *basta*. Ça te parle ?

— Peut-être bien, oui.

— Bon, quoi qu'il en soit, elle ne va pas mal. Ou en tout cas, ça va de mieux en mieux. Elle t'embrasse – mais d'après ce que j'ai compris, plutôt de loin et avec une touche de répugnance –, et elle m'a dit de te dire aussi qu'elle t'a dégotté une chemise de rechange. Donc, ouais… je crois qu'elle est toujours de la partie.

— Et Pierre ?

— On a rediscuté pas plus tard que ce matin. Il a dû subir une petite opération pour son épaule, et il est toujours complètement déprimé à cause de ses disques durs.

— Ils sont vraiment foutus ?

— Ouais. Faut dire tout de même que son sac à dos est tombé dans le fleuve. Et il semblerait qu'ils aient été écrasés un peu plus tôt, donc bon… Désolé, mon vieux. On n'a que dalle. Pas la moindre image. Pas la moindre preuve ; c'est comme s'il ne s'était rien passé.

— Et Pierre lui-même ?

— Ça avait l'air d'aller, mais je l'ai trouvé… taciturne.

— Dylan. On a fait ça à deux.

— Ouais, et moi, j'ai fait sauter la moitié de la tête d'un… On a passé un drôle de quart d'heure, on peut le dire. Et d'un point de vue légal, mieux vaut n'en parler à personne, même si le type a dit vrai et que toutes les preuves ont été détruites.

— Ce n'est pas vraiment ça le problème.

— Je sais bien, mon vieux. Moi non plus, je ne suis pas immunisé contre la culpabilité. Ou les cauchemars.

— Je n'ai pas arrêté d'y penser ces derniers jours, ai-je dit. En gros, c'est Feather et Dylan qui menaient la danse, et c'était eux ou nous. Je suis content qu'on ait gagné.

— Même chose pour moi.

— Mais Gemma…

— Ah, oui, il fallait aussi que je te parle de ça. Avec elle, ce n'est pas pareil. Il fallait informer ses proches. Du coup… j'ai pris les devants, a-t-il expliqué d'un air penaud.

Je crois bien que je ne l'avais jamais vu ainsi.

— Qu'est-ce que tu as fait, Ken ?

— J'ai contacté le site pour lequel elle bossait.

— *Quoi ?!*

— C'était le seul moyen d'obtenir des renseignements à son sujet. De déterminer si elle avait un petit ami, une famille. Quelqu'un à qui je pourrais glisser la vérité, ni vu ni connu. J'ai parlé à son rédacteur en chef. Il n'avait rien d'autre à me fournir qu'une adresse électronique et un compte PayPal. J'ai donc engagé un type qui m'a dépanné il y a quelques années, quand un agent véreux a essayé de me la faire à l'envers… C'est une longue histoire, on verra ça à un autre moment.

— Quel genre de type ?

— Un détective privé. Je lui ai demandé de fouiner.

— Et ?

— Ses parents sont tous les deux morts. Cancer et accident de voiture. Ni frère ni sœur, pas d'autre famille proche. Quelques amis, mais de là à les qualifier d'intimes… Elle ne vivait que pour son boulot, d'après l'un d'eux. Mon gars a réussi à localiser son appartement, et même à y entrer. Par souci d'exhaustivité.

— Bon Dieu, Ken.

— Ouais, je sais. Mais il n'y avait rien de spécial. L'endroit est minuscule. Des vêtements, quelques broutilles, des photos avec – certainement – sa mère et son père. Il n'y avait qu'un seul autre objet personnel : un grand poster accroché au-dessus de son bureau. Il avait l'air vieux ; elle devait l'avoir depuis un bout de temps.

— Il représentait quoi ?

— La Terre, vue de l'espace. Dans la partie inférieure, il était écrit au feutre : « Laisse ton empreinte. Je t'aime. Papa. »

On est restés là à se regarder. À cause de nous, cela n'arriverait jamais.

Nous étions sur le point de terminer la bière suivante lorsque Ken a consulté sa montre.

— T'es attendu ?

— Non. Mais je vais pas passer toute la journée avec un branleur de ton espèce. Viens, on va fumer une cigarette, et ensuite je rentre chez moi.

On est sortis sur le trottoir et on a fumé, nous attirant les regards réprobateurs des intégristes de la vie saine, ces gens qui se veulent irréprochables.

— Et les photos, y a du mieux ?

— Non, ai-je répondu.

Le lendemain de mon retour à Santa Monica, en voulant consulter mon téléphone, je m'étais aperçu que les clichés que j'avais pris à l'intérieur du site – ceux qui devaient immortaliser les deux moitiés de la carte – n'avaient rien donné. À la place de la frise au sol, il n'y avait qu'une espèce de brouillard moucheté de gris et de noir.

— Je les ai soumises à tous les logiciels sur lesquels j'ai pu mettre la main, mais ça n'a eu aucun effet. Je ne crois pas que l'éclairage était normal dans cette salle.

— Bah, nous au moins, on sait à quoi s'en tenir.

Il avait raison, même si tout cela allait devoir rester secret. Parce que nous n'avions pas l'ombre d'une preuve. Parce que nous avions reçu un avertissement. Mais surtout parce que les décisions radicales que nous avions dû prendre, vers la fin, nous unissaient dans le silence. Ensemble, nous avions connu la déchéance. Et la chute est longue.

Nous savions cependant certaines choses. Et je commençais pour ma part – à partir de notes que j'avais écrites à la main en consultant un site Internet lourdement crypté, sans enregistrer localement les informations sur mon ordinateur portable – à établir des liens. Je me demandais en effet si la présence de maigres vestiges d'anciennes civilisations anormalement avancées ne serait pas la preuve que plusieurs cycles d'éradication de la vie sur Terre avaient déjà eu lieu. J'avais envisagé la possibilité que la découverte de squelettes géants en Amérique et dans d'autres pays – outre le fait que les géants peuplaient aussi nos plus vieux mythes et légendes – soit la preuve d'un croisement, d'un métissage entre les derniers représentants de l'« équipe de nettoyage » et les humains de l'époque. La Genèse n'affirme-t-elle pas que « les géants étaient sur la terre en ces temps-là » et qu'« il en fut de même après que les fils de Dieu furent venus vers les filles des hommes, et qu'elles leur eurent donné des enfants » ? Oui, c'est bien ce qui est écrit. Peut-être même qu'assis sur un muret, face à la mer, je m'étais entretenu avec la preuve vivante de la véracité de ce récit.

Les données manquent et quelqu'un, quelque part, n'est pas persuadé qu'il faille effacer le tableau pour tout recommencer. J'ignore si c'est parce que cette personne, ou bien son peuple, nous accordent encore un minimum de crédit, en dépit de la violence qui réside dans notre cœur et des erreurs que nous persistons à commettre, ou bien s'ils cherchent à mettre en œuvre un projet plus subtil qui dépasse encore notre entendement.

Mais regardez un peu l'état dans lequel se trouve notre monde. M'est avis que nous n'avons plus beaucoup de temps pour leur prouver que notre cycle d'expérimentation vaut la peine d'être poursuivi.

—Bon, on bavardera à mon retour, a dit Ken. Mais en attendant, réfléchis à l'épisode de remplacement. J'ai une idée à te soumettre, d'ailleurs, si ça peut t'aider. J'ai vu passer sur quelques forums douteux des références à un groupe qui se nomme les Hommes de Paille.

—Qui sont-ils ?

—Aucune idée, mon vieux. Personne n'est sûr qu'ils existent vraiment. Mais ça mérite peut-être d'être approfondi.

—Et comment ! Ils ne peuvent pas être si terribles que ça, hein ? (J'ai alors remarqué que Ken fuyait mon regard.) Quoi ?

Derrière lui, j'ai vu quelqu'un qui venait vers nous, à un demi-pâté de maisons.

—Bordel, qu'est-ce qu'elle fout ici, Ken ?

—Vous serez toujours sur la même route, tous les deux. Je ne fais que vous rappeler où vous avez garé la bagnole.

M'adressant un clin d'œil, il a commencé à descendre la rue.

Kristy s'est arrêtée à quelques pas de moi. Sûre d'elle, belle, indépendante mais aussi nerveuse. Tout comme moi, sans doute, si l'on excepte les trois premiers qualificatifs.

—Salut, ai-je dit.

—Salut.

—Alors, c'était comment l'Alaska ?

—Il faisait un froid de canard. Et on n'a pas trouvé grand-chose.

—Flûte alors.

— C'est la vie.

— Tu sais ce qu'on dit. Peu importe ce qu'on peut bien trouver. Ce qui compte, c'est de ne pas renon…

— La ferme, Nolan. Offre-moi plutôt un verre.

Ensemble, on est allés s'asseoir en terrasse et on s'y est attardés un certain temps.

## Remerciements

Un immense merci à mes agents littéraires, Jonny Geller et Jennifer Joel, et à Kate Cooper ; à mes éditeurs Wes Miller et Sophie Orme, et à Miriam Metoui ; à Ellen Goldstein-Vein et à Lindsay Williams pour leurs efforts et leur enthousiasme, ainsi qu'à Luke Speed ; à Stephen Jones et Adam Simon pour leur amitié et leur soutien ; aux écrivains, aux publications telles que *The Fortean Times*, à Bill Corliss et à Charles Fort, qui rappellent aux gens que le monde est extrêmement bizarre, bien mal connu de nous, et que maintes découvertes nous attendent encore ; à Tes et Eleanor ; à Paula et Nate.

Achevé d'imprimer en mai 2021
Par CPI Brodard & Taupin à La Flèche
N° d'impression : 3043157
Dépôt légal : juin 2021
Imprimé en France
2811215-1